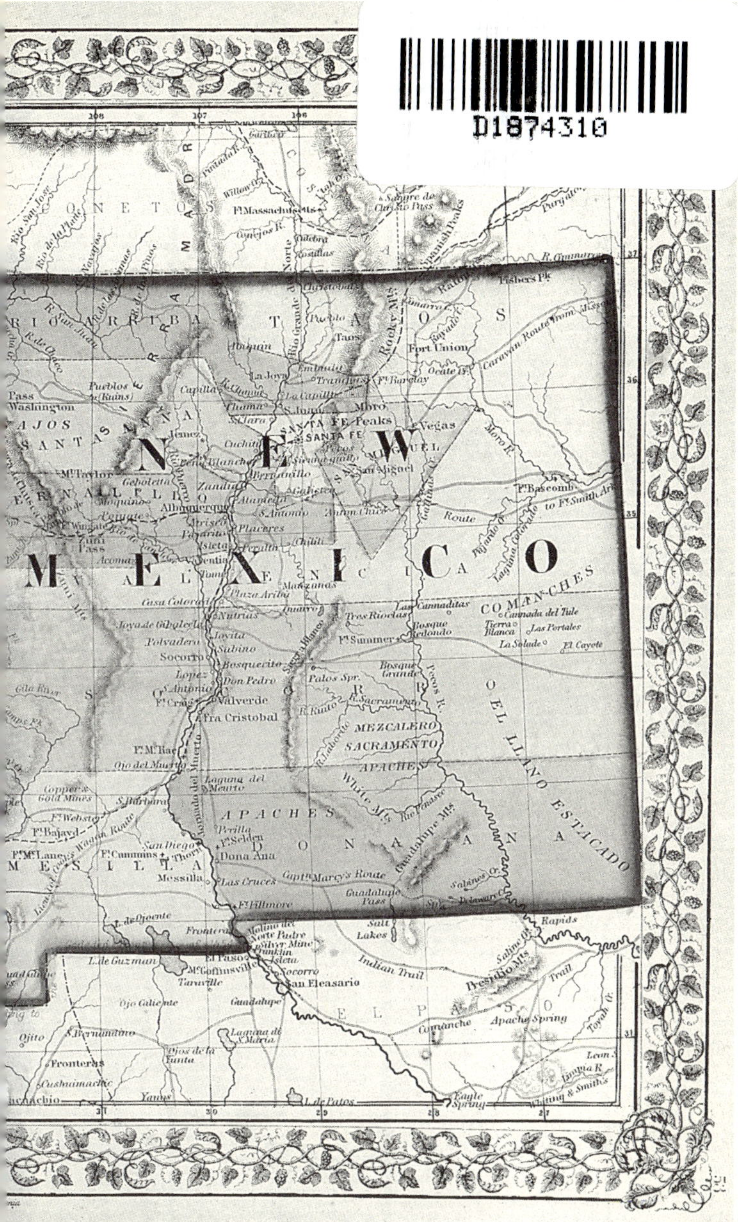
NEW MEXICO
RIO ARRIBA
TAOS
SANTA FE
SANTA ANNA
BERNALILLO
VALENCIA
SOCORRO
DONA ANA
MESILLA
EL PASO
SAN MIGUEL
COMANCHES
APACHES
MEZCALERO
SACRAMENTO
APACHES
LLANO ESTACADO
Santa Fe
Albuquerque
Fort Union
Taos
Socorro
Dona Ana
Messilla
Las Cruces
El Paso
San Eleasario
Fishers Pk
Caravan Route from Missouri
Route to Ft. Smith Ark.
Capt. Marcy's Route
Rocky Mts
Sangre de Cristo Pass
Spanish Peaks
Guadalupe Mts
White Mts
Presidio Mts
Indian Trail
Apache Spring
Eagle Spring
Pecos R.
Rio Grande del Norte
Ft. Sumner
Ft. Bascomb
Ft. Massachusetts
Ft. Fillmore
Ft. Craig
Valverde
Fra Cristobal
Jornado del Muerto
Bosque Redondo
Tres Riodas
Salt Lakes
Guadalupe Pass
L. de Guzman
L. de Patos
Ojo Caliente
San Bernardino
Fronteras

KARL MAY

TÖDLICHES FEUER

KARL MAY
TÖDLICHES FEUER

Herausgegeben, bearbeitet und kommentiert
von S. C. Augustin und Walter Hansen

Band 6

nymphenburger

Die Originalerzählungen wurden der Orthographie und dem Lesebedürfnis unserer Zeit angepaßt und mit erklärenden Fußnoten versehen. Originalfußnoten Karl Mays sind mit »KM« gekennzeichnet.

Herausgegeben und für diese Ausgabe bearbeitet
von S. C. Augustin und Walter Hansen.
Schutzumschlag: Bernd und Christel Kaselow, München
Schutzumschlagillustration: Michael Hellmich, Bielefeld
Satz: MPM, Wasserburg
Gesetzt aus der 10/12 Punkt Adobe-Garamond
Druck: Jos. C. Huber KG, Dießen
Binden: Großbuchbinderei Monheim
Printed in Germany
ISBN 3-485-00755-2

Inhalt

Vorwort

Dieses Buch bietet eine Sammlung von neun Indianergeschichten, die ursprünglich weit verstreut waren in Zeitschriften, Familienblättern und Kolportageheften.

Karl May hat diese Geschichten in zwölf Schicksalsjahren geschrieben, von 1877 bis 1889, als er sich vom literarischen Nobody zum berühmten Autor emporkämpfte. In dieser Zeit gewannen Indianererzählungen einen erstaunlichen Einfluß auf seine Entwicklung.

Im Jahre 1876 arbeitete Karl May als Redakteur beim Dresdner Kolportageverleger Heinrich Gotthold Münchmeyer, einem stadtbekanntem Ausbeuter.

Für ein Jahresgehalt von 600 Talern – gerade genug, um davon leben zu können – erwies sich Karl May als redaktioneller Tausendsassa. Er redigierte mehrere Zeitschriften, gründete zwei neue dazu, schrieb eine Menge Erzählungen und populärwissenschaftliche Erbauungsliteratur und war auch noch als Abonnentenwerber erfolgreich unterwegs. Karl May wurde zum Garant des Erfolgs.

Münchmeyer fühlte sich in Abhängigkeit gedrängt, und seine geschäftstüchtige Gemahlin Ida Pauline wußte Rat: Sie entschied in einem Anfall matriarchalischer Dominanz, daß ihre Schwester Minna Ey diesen nützlichen Karl May heiraten und damit für immer an den Verlag binden sollte. Ab sofort durfte Karl May kostenlos an Münchmeyers familiärem Mittagstisch speisen, Aug' in Aug mit Minna Ey. Doch: »Aus May und Ey wurden keine zwei«, kalauerten die Verlagsangestellten alsbald. Denn Karl May und seine Freundin Emma Pollmer – seine spätere Frau – hatten etwas gegen solche Heiratspolitik, und als die dynastischen Ambitionen der Verlegersgattin zur Belästigung ausarteten, warf Karl May das Tischtuch. Er verließ Minna, Mittagstisch und Münchmeyer im Februar 1877.

Er begab sich spornstreichs auf die freie Wildbahn der Schriftstellerei – und hatte erstaunlichen Erfolg. Im selben Jahr noch wurden neun Erzählungen von ihm veröffentlicht, Dorfgeschichten, Humoresken und Abenteuerstories, weit mehr, als er erwarten durfte – und doch zu wenig, um davon leben zu können. Das Honorar läpperte sich nur zur Hälfte dessen zusammen, was er bei Münchmeyer verdient hatte.

Im nächsten Jahr erschien in der Zeitschrift »Omnibus«, Hamburg, eine Indianergeschichte besonderer Art: »Winnetou«. Dieser Neufassung einer früheren, vergleichsweise dürftigen Erzählung, die damals auch noch keinen Winnetou zu bieten hatte, »kommt geradezu programmatischer Charakter zu (...). Die Winnetou-Fassung wird (...) als Keimzelle der Amerikaerzählungen betrachtet«. (Joachim Biermann, Karl-May-Handbuch). Sie ist in diesem Buch auf Seite 13 zu lesen.

Schon Anfang 1878 geriet Karl May in finanzielle Schwierigkeiten. Er mußte wieder eine Stelle als Redakteur annehmen, diesmal beim Dresdner Verleger Bruno Radelli. Karl May redigierte dort das Unterhaltungsblatt »Frohe Stunden«

und leistete wieder weit mehr, als von einem Redakteur erwartet werden konnte: Für die »Frohen Stunden« schrieb er zwölf Erzählungen – unter anderem zwei Wildwestgeschichten, die in diesem Buch auf den Seiten 102 und 259 veröffentlicht sind – und seinen ersten eigenständigen Roman: »Auf der See gefangen«, ein episches Potpourri, komponiert aus Indianerromantik, Winnetou-Mythos, Detektivstory, Seeräubernimbus, Liebesgeschichten und der Heimkehr des verlorenen Sohnes. (Der Roman ist unter dem Titel »Winnetou und der Detektiv« als Band 2 der Roten Reihe erschienen.)

Das war sein Durchbruch als Autor. Andere Verleger horchten auf. Karl May bekam Aufträge für Erzählungen und konnte schon Mitte 1778 die Festanstellung bei Radelli aufgeben. Fortan blieb er für immer freier Autor. Aber für welchen Preis: Die Honorare waren niedrig, und Karl May mußte literarische Akkordarbeit leisten, um den Kopf über Wasser zu halten. Er schrieb und schrieb und ging ans Eingemachte seines schriftstellerischen Potentials. Sein Werk zeigte die Symptome von Erschöpfung.

Doch merkwürdig: Nur in einem Teil seiner Schriften ist dieser Verfall ins Auge springend, überwiegend in seinen Kolportagegeschichten. – In einem anderen Teil, in seinen Orient- und Indianerstories, sprüht unverbraucht die Frische seiner Phantasie und seiner Fabulierkunst. Und es wird deutlich, daß Karl May, wenn er über Abenteuer in Wüste und Wildnis schwadronierte, Erholung fand von Routineschreiberei und Trivialität, daß er Kraft schöpfte bei seinen literarischen Traumreisen ins Indianerland.

So ist es erklärlich, daß er 1880 in seiner »Juweleninsel« – einem aus Schauerromantik, Verschwörung und abwegiger Erotik mühsam zusammengeleierten Kolportageroman – unvermittelt den Schauplatz wechselt und eine Indianergeschichte einblendet: »Der Bowie-Pater«. Und siehe: Kaum geht's um Apachen und Comanchen – schon ist er da, der wohlvertraute Originalton Karl Mays, wie wir ihn so gerne hören. Es riecht nach Freiheit und Lagerfeuer, mehrere Seiten hindurch – ebenso unvermittelt ist die Indianergeschichte zu Ende erzählt. Karl Mays Höhenflug ist jählings vorbei, er läßt sich zurückfallen zur Trivialität der »Juweleninsel« wie eine flügellahme Krähe, es ist spürbar, wie sein Stil verbleicht, die Szenen an Licht verlieren, wie ihn die Lust am Schreiben verläßt.

Der »Bowie-Pater«, das einzige Schmuckstück aus der »Juweleninsel« von 1880, ist denn auch, aus der alten Fassung herausgebrochen, als eigenständige Geschichte auf Seite 128 dieses Buches zu lesen.

1882 zog Karl May Bilanz. Es zeigte sich, daß er mit Fleiß und Fließbandarbeit gerade das Existenzminimum erreicht hatte. Von einem Minimum an Wohlstand war nichts in Sicht. Und nun kam die große Versuchung: Er traf durch Zufall in Dresden den famosen Herrn Münchmeyer wieder. Frohes Erkennen auf beiden Seiten. Karl May dachte an die finanzielle Sicherheit im Münchmeyer-Verlag, und Münchmeyer dachte an die Erfolge seines Tausendsassa. Schnell entschlossen reichten sie sich über zwei Glas Wein die Hände zum fatalen Pakt. Münchmeyer bot pro Heft seiner Kolportageserien ein niederträchtiges Honorar – gab aber die

Garantie, alles abzunehmen, was Karl May schrieb. Das war die große Versuchung, denn Karl May konnte sich endlich einen stolzen Wohlstand zusammenschreiben, indem er achtzehn Stunden pro Tag arbeitete. Auf die Masse kam's an. Die Qualität wurde zur Nebensache. Karl May produzierte Kolportageromane am Fließband. »Es ist der Geschmack Mays, der sichtbar immer mehr verkommt: immer falscher wird der Ton des Bandwurmromans, immer alberner, kitschiger, pfuscherhafter die Sprache.« (Hans Wollschläger, »Karl May«).

So sieht es denn wie ein Rettungsmanöver in eigener Sache aus, wenn Karl May in seinem auf weite Strecken spürbar lustlos geschriebenen Kolportageroman »Deutsche Herzen – Deutsche Helden« unvermittelt eine Story aus dem Wilden Westen einblendet: eine Silbersee-Geschichte mit Indianern und dem »Fürst der Bleichgesichter«. Und wieder ist spürbar, wie er auflebt, wie seine Figuren auf einmal Saft bekommen, wie ihm das Schreiben wieder Freude macht – vorübergehend allerdings nur, so lange, bis er das Indianerland verläßt und zur Trivialität zurückfällt. Und augenblicklich dampft der Hautgout des Kolportageromans aus den Seiten.

Der spannendste Teil dieser Indianergeschichte ist, aus dem Trivialroman herausgerettet, auf Seite 280 dieses Buches zu finden.

1887 holt Karl May zum Befreiungsschlag aus. Old Shatterhand zeigt Zivilcourage, er pfeift auf die soziale Sicherheit, trennt sich sich von Münchmeyer und schreibt kurz darauf für die angesehene Jugendzeitschrift »Der gute Kamerad«,

Stuttgart, den Roman »Der Sohn des Bärenjägers«, in dem eine Episode zu lesen ist, die jeden Karl-May-Fan fasziniert: Winnetou und Old Shatterhand lernen einander kennen.

Zwar hat Karl May die beginnende Freundschaft zwischen dem Apachenhäuptling und gewissermaßen sich selbst in mehreren Varianten beschrieben, doch die im »Sohn des Bärenjägers« ist die erste, in der er sich in diesem Zusammenhang Old Shatterhand nennt. Sie ist unter dem Titel »Winnetou und der Schwarze Hirsch« auf Seite 441 in diesem Buch zu lesen, als eine von neun Indianergeschichten, die Karl May schrieb, als er um seine Existenz und Anerkennung als Autor kämpfte.

Nach diesem Befreiungsschlag begann Karl Mays Aufstieg zum anerkannten Schriftsteller. Wenige Jahre später war er ein reicher Mann.

W. H.

Winnetou

Ich war in die Vereinigten Staaten gekommen, um »Land und Leute kennenzulernen«, hatte den zivilisierten Osten zur Genüge durchstreift und befand mich nun in New Orleans, von wo aus ich zunächst auf dem Mississippi nach St. Louis dampfen und dann durch die Prärien in die Felsengebirge reiten wollte.

Meine Ankunft in der Metropole des Südens fiel gerade in die Jahreszeit, in der der »Gelbe Jack« (das gelbe Fieber) und das schwarze Fieber den Aufenthalt am unteren Mississippi für den Weißen gefährlich machen. Wer nicht durch dringende Geschäfte festgehalten wurde, der beeilte sich, die dunstschwangere Atmosphäre des sumpfigen Flußdeltas zu verlassen, um sie mit der reineren Luft in höhergelegenen Orten zu vertauschen.

Die vorsichtige Aristokratie der Stadt hatte sich längst unsichtbar gemacht. Wer aus geschäftlichen Rücksichten noch zurückgeblieben war, suchte fortzukommen, denn man erzählte sich schon von mehreren plötzlichen Sterbefällen. Auch ich faßte daher bald den Entschluß, nicht mehr länger zu bleiben, sondern schon die nächste Gelegenheit zur Weiterreise nach St. Louis zu benutzen.

So stand ich am Landeplatz und wartete auf das Steamboat. Ned, der alte grauköpfige Neger, das Faktotum des Hotels, hatte mir den Koffer getragen und lehnte neben mir an einem der Eisenkräne, mit deren Hilfe die ungeheuersten Lasten an und von Bord gehoben wurden. Er machte unter grinsendem Zähnefletschen seine drolligen Bemerkungen über die verschiedenartigen Gestalten, die geschäftig um uns wogten oder die am Ufer standen. Plötzlich packte er mich am Arm und gab mir eine so kräftige Wendung, daß ich mich umdrehte. Dann erhob er den Arm und deutete in das vor uns wühlende Gedränge. »Sehen Master dort Indian?« fragte er in seinem mangelhaften Englisch.

»Welchen? Meinst du den finsteren Patron, der grad auf uns zusteuert?«

»Yes, yes, Master! Kennen Master Indian?«

»Nein.«

»Indian sein groß Häuptling von Pimo, heißen Winnetou und sein bester Schwimmer in United States.«

»So? Dazu gehört viel!«

»Well, well, Sir, aber es sein so, es sein actually so! Oder glauben Master, daß Ned Lügen sagen?«

Ich entgegnete nichts und sah mir den Mann genau an, der jetzt, den Blick weder rechts noch links wendend, in stolzer Haltung an uns vorüberschritt. Sein Name war mir nicht unbekannt; ich hatte im Gegenteil viel von ihm erzählen hören, aber immer an der Wahrheit der wunderbaren Geschichten, die über ihn und ganz besonders über seine Fertigkeit und Ausdauer im Schwimmen kursierten, gezweifelt. Winnetou war der berühmteste Häuptling der Apachen, deren bekannte Feigheit und Hinterlist ihnen unter ihren

Feinden den Schimpfnamen »Pimo« eingetragen hatte. Doch seit er zum Anführer seines Stammes gewählt worden war, hatten sich die Feiglinge nach und nach in die geschicktesten Jäger und verwegensten Krieger verwandelt. Ihr Name wurde gefürchtet bis über den Kamm des Gebirges herüber, ihre Unternehmungen waren stets vom besten Erfolg begleitet, sie unternahmen in geringer Männerzahl und mitten durch feindliches Gebiet hindurch die kühnsten Streifzüge, und es gab eine Zeit, in der an jedem Lagerfeuer und im kleinsten Boardinghouse ebenso wie im Salon des feinsten Hotels die Abenteuer Winnetous erzählt wurden.

Da plötzlich war er am Mississippi erschienen, um nach seiner eigenen Ausdrucksweise die »Hütten der Bleichgesichter« zu sehen und mit dem »Vater der weißen Männer« – dem Präsidenten der Vereinigten Staaten – zu sprechen. Seine wenigen Begleiter hatte er in die am westlichen Ufer des Flusses gelegenen Wälder zurückgeschickt und die Reise nach Washington ganz allein unternommen. Das war vor einigen Monaten gewesen, und nun kehrte er zurück, um die gewaltige Entfernung von dem »Vater der Ströme« bis an die Küsten des stillen Weltmeeres von neuem zu durchmessen, ein Vorhaben, das ihn mit tausenderlei Gefahren in Berührung bringen mußte.

Er schien Anfang Fünfzig zu sein. Seine nicht zu hohe Gestalt war von ungewöhnlich kräftigem und gedrungenem Bau, und insbesondere zeigte die Brust eine Breite, die einen hochaufgeschossenen und langhalsigen Yankee in die respektvollste Bewunderung zu versetzen vermochte. Der Aufenthalt im zivilisierten Osten hatte ihn genötigt, eine dort weniger auffällige Kleidung anzulegen, aber das dichte dunkle Haar hing ihm in langen, schlichten Strähnen bis weit über die Schultern herab, im Gürtel trug er ein Bowiemesser nebst Kugel- und Pulverbeutel, und aus dem Regentuch, welches er malerisch um die Achsel geschlungen hatte, sah der verrostete Lauf einer Büchse hervor, die vielleicht schon manchem Westmann das letzte Valet gegeben hatte.

Da kam eine offene Kutsche, in der ein ältlicher Herr und eine junge verschleierte Dame saßen, dahergerollt. Mit etwas auffälliger Rücksichtslosigkeit drängte der reich betreßte Kutscher das Gefährt durch die Menge und knallte mit der Peitsche um die Ohren der Stehenden. Erschrocken fuhren die Leute auseinander, und nur der Indianer schritt ruhig und unbekümmert um den hinter ihm entstehenden Lärm weiter und wich kein Haarbreit von seiner ursprünglichen Richtung ab. War ja doch zur Seite Raum genug für den Wagen, welcher ebensogut drüben auf dem kurzen Setzpflaster wie hier auf den glatten, breiten Quadern fahren konnte.

»Weg da vorn, Rothaut! Oder bist du etwa taub?« rief der Roßlenker. Und als der Angeredete trotz des barschen und lauten Zurufs seinen Weg, ohne sich umzudrehen, fortsetzte, drohte der Kutscher mit erhobener Peitsche: »Troll dich bei Seite, Nigger, oder meine Peitsche zeigt dir den Weg!«

Obgleich der Ausdruck »Nigger« die größte wörtliche Beleidigung für einen Indianer enthält, schien der Voranschreitende dieselbe doch nicht zu beachten, sondern ging langsam weiter.

Da knallte die Peitsche, und der scharfe Riemen derselben strich dem roten Mann grad über das Gesicht, so daß die

Spuren des Hiebes sofort zu bemerken waren. In demselben Augenblick aber stand der Getroffene auch schon auf dem Bock, riß dem ungezogenen Burschen mit einem von unten nach oben geführten Stoß der geballten Hand Lippe und Nase auf, hob ihn dann vom Sitz empor und schmetterte ihn mit solcher Wucht herunter auf die Steinplatten, daß er, Arme und Beine von sich streckend, laut- und regungslos liegenblieb.

Die Pferde standen still. Es war dies alles so schnell geschehen, daß der im Wagen sitzende Herr nicht Zeit gefunden hatte, seinem Untergebenen zu Hilfe zu kommen. Jetzt aber riß er einen Revolver aus der Tasche, richtete ihn auf den Indianer und rief: »Zounds, Kanaille, das ist für dich, wenn der Mann nicht binnen einer Minute wieder auf dem Bock sitzt.«

Ohne eine Miene zu verändern oder auch nur mit der Wimper zu zucken, zog der Bedrohte mit blitzschneller Bewegung die Büchse hervor und legte auf den Yankee an. Der Hahn knackte, und ganz gewiß wäre es zwischen den beiden zu einer ernsthaften Tat gekommen, wenn nicht einige rasch herbeigeholte Policemen durch ihr Bitten den Besitzer der Kutsche bewogen hätten, die Waffe an sich zu nehmen.

»Bitte, fahrt weiter, Sir«, mahnte der eine von ihnen. »Euer Kutscher hat sich wieder erhoben und wird wohl, das zerrissene Gesicht abgerechnet, keinen groben Schaden genommen haben. Er mußte doch wissen, daß nach den Gesetzen der Indsmen ein solcher Schlag nur mit dem Tod gesühnt werden kann!«

»Well, well, aber mischt Euch nicht in meine Angelegenheiten, Ihr Leute! Was Ihr da von den Gesetzen dieser roten Kerl sagt, das mag meinetwegen ganz wahr sein, mich aber gehen sie ganz und gar nichts an. Ich bin Colonel Webster aus Lindsfort und weiß ganz genau, wie ein freier Amerikaner mit solchen Burschen umzuspringen hat. Tretet vom Wagen zurück, ich werde mit dem Skalpmann auch ohne Euch fertig!«

Die Situation schien gefährlich und also auch interessant zu werden. Nach Art und Weise der Amerikaner, die sich nur selten in die Händel anderer mischen, hatten die Umstehenden einen Kreis um den Wagen gebildet, um zu sehen, wie die Begebenheit enden werde. Da ertönte die schrille Pfeife des herandampfenden Steamers, und sofort nahm die Angelegenheit eine friedliche Wendung.

»Steig auf, Jim!« rief der Colonel seinem Kutscher zu. »Das Boot ist schon da.«

Winnetou zog den Lauf seiner Büchse zurück, setzte den Hahn in Ruhestellung und sprang herab. Die Kutsche rollte der nahen Landungsbrücke zu. Der Kreis der Neugierigen löste sich schnell auf, und ein jeder beeilte sich, auf dem Dampfer einen möglichst guten Platz zu erobern.

Es war nicht das gewöhnliche, äußerst komfortabel eingerichtete Passagierboot, sondern eines jener riesigen Paketschiffe, die zur Personenbeförderung nur ausnahmsweise, und zwar meist dann dienen, wenn bei Beginn der Fieberzeit der Andrang der Reisenden schwer zu bewältigen ist. Deshalb entbehrte das Fahrzeug all jener Bequemlichkeiten, mit denen der praktische Amerikaner sich das Reisen weniger beschwerlich macht, und die Passagiere mußten Platz nehmen, wo und wie sie ihn fanden.

Ich erstieg, nachdem mein Neger sich verabschiedet hatte, einen Haufen Warenballen. Dicht daneben stand eine Reihe viereckiger Kästen, die sich fast über das ganze Deck hinzog. Da oben hatte ich eine freiere Aussicht als unten. Auch strich mir der kühlende Lufthauch merklich um die Stirn, und rechnete ich dazu die Bequemlichkeit, mit der ich mich hier nach Belieben ausstrecken konnte, so war mein Platz verhältnismäßig prächtig.

Von meinem erhöhten Standpunkt aus Umschau haltend, gewahrte ich, daß sowohl der Besitzer der Kutsche mit seiner Dame als auch Winnetou, der Indianer, anwesend waren. Ersterer hatte sich mit seiner Begleiterin vorn neben der Sprintverkeilung niedergelassen, und Winnetou, dem es in dem wirren Gedränge zu schwül und unbehaglich werden mochte, kletterte an den Ballen empor und streckte sich dann, um mir meinen Sitz nicht streitig zu machen, auf dem ersten der Kästen aus, von denen ich vorhin sprach.

Kaum aber hatte er Platz genommen, als ein Laut die Luft erschütterte, der so tief und grollend, so entsetzlich klang, daß sämtliche Passagiere erschrocken emporsprangen und sich nach der Ursache dieses fürchterlichen Brüllens umschauten.

Nur Winnetou blieb ruhig sitzen, obgleich das zornige, donnerähnliche Rollen genau aus dem Kasten unter ihm hervorgedrungen war. Kein Zug seines braunen, unbeweglichen und jetzt von der dicken Peitschenschwiele entstellten Gesichts verriet eine auch nur leise Spur von Überraschung oder gar Bestürzung, und die erschrockenen Leute auf dem Deck schien er kaum eines Blickes für wert zu halten.

Da öffnete sich eine Luke, aus der ein Mann stieg, bei dessen Anblick mir jenes Brüllen sofort erklärlich wurde. Ich hatte ihn in Boston, in New York und später auch in Philadelphia und Charlestown gesehen und mit ihm ziemlich enge Bekanntschaft geschlossen. Er war Fred Forster, der berühmte Tierbändiger, der damals mit seiner Menagerie die bedeutenderen Städte der Vereinigten Staaten besuchte und überall, wohin er kam, durch die Macht, welche er selbst über die wildesten Bestien ausübte, berechtigtes Aufsehen erregte.

Die Kästen gehörten ihm und enthielten die Käfige seiner zoologischen Untergebenen. Der Indianer hatte auf dem ambulanten Logis des Löwen Platz genommen, diesen durch das dabei verursachte Geräusch aus der Siesta aufgeschreckt und ihn zu den unmelodischen Lauten veranlaßt, auf die Forster herbeigeeilt kam, um sich über ihre Ursache aufzuklären.

In dem vorsichtigen Europa würde man sich allerdings sehr hüten, die Beförderung einer kompletten Menagerie ohne großes Bedenken und die umfassendsten Vorsichtsmaßnahmen zu übernehmen. Der Amerikaner aber ist auch in solchen Dingen weniger kompliziert. In dem Land, das er bewohnt, hat die Gefahr ihre ständige Heimat, man ist vertraut mit ihr, man kennt sie in den verschiedensten ihrer Gestalten, man achtet sie, aber man fürchtet sie nicht, da man gewohnt ist, den Bewohnern der Wildnis, wenn sie sich in gezähmtem Zustand befinden, zu begegnen.

Nur das Unerwartete hatte die Reisenden erschreckt. Als man jetzt die Bestimmung der zahlreichen Kästen begriff, lachte man über die Furcht, die man gezeigt hatte, und der Besitzer der Tiere wurde von allen Seiten gedrängt, die Umhüllung der Käfige zu lüften.

»Well, ich habe sehr wenig dagegen, wenn es Euch Spaß macht, Ladys und Gentlemen. Etwas frische Luft wird den Kreaturen auf alle Fälle wohltun. Aber fragt den Käpt'n, auf eigene Faust darf ich es nicht unternehmen!« antwortete er und wandte sich dann an den Indianer: »Wollt Ihr nicht so gut sein und von Eurem Thron steigen, Mann? Der Löwe ist König und mag nicht gern jemanden über sich leiden!«

Der Angeredete machte, ohne die Lippen zu öffnen, durch eine leichte, abweisende Handbewegung deutlich, daß es ihm hier oben ganz gut gefalle und er gar nicht die Absicht habe, seinen Platz zu verlassen.

»Gut, Master Büffelkind, mir soll es recht sein. Aber beklagt Euch dann auch nicht, wenn Euch etwas Unerwünschtes passiert.«

Jetzt brachte man den Kapitän herbei, der nach einigem Zögern die Erlaubnis gab, die Käfige auf der einen Seite von den Bretterwänden zu befreien. Mit Hilfe der Tierwärter war dies bald geschehen, und da Forster diese Gelegenheit gleich zur Fütterung der Tiere benutzen wollte, so war den Zuschauern ein höchst interessantes und unterhaltendes Schauspiel geboten.

Die Sammlung bestand aus meist wirklich prachtvollen Exemplaren. Ein bengalisches Königstigerweibchen nahm die allgemeine Aufmerksamkeit ganz besonders in Anspruch.

Das Tier war erst vor kurzem gefangen, von Indien nach Amerika gebracht und da von seinem jetzigen Besitzer gekauft worden. In der freien Wildnis aufgewachsen und noch fast vollständig ungezähmt, bot es einen imposanten Anblick und riß durch den Bau seiner gewaltigen Glieder, die urkräftige Geschmeidigkeit seiner Bewegungen und den markerschütternden Ton seiner Stimme zu lauten Ausrufen der Bewunderung hin.

»Geht Ihr auch in diesen Käfig?« fragte einer der Umstehenden den Tierbändiger.

»Warum nicht? Von außen ist die Bestie nicht zu zähmen, man muß hinein, wenn man ihr Respekt einflößen will.«

»Aber Ihr riskiert dann jedesmal dabei das Leben.«

»Das habe ich schon tausendmal getan und bin es also so ziemlich gewohnt. Übrigens treffe ich meine Vorsichtsmaßnahmen. Ich bin niemals unbewaffnet, wenn ich mich einem Tier nähere, dessen ich nicht vollständig sicher bin. Ein einziger Hieb mit diesem Totschläger hier betäubt, wenn er kräftig geführt wird und richtig trifft, den stärksten Löwen. Aber ich brauche ihn wenig, die Macht eines echten und rechten Bändigers liegt ganz woanders. Zuweilen trete ich ohne jede Waffe in die Käfige.«

»Aber in diesen hier würdet Ihr Euch wohl nicht so wagen!«

»Wer sagt Euch das? Ich traue mich in jedem Augenblick, das zu tun, und auch jetzt. Zwar hat die Tigerin ihre Ration schon gerochen, das Fleisch aber noch nicht gesehen, und solange ihr Auge nicht auf Blut gefallen ist, habe ich keine Veranlassung, mich vor ihr zu fürchten.«

»Nein, Ihr würdet Euch nicht zu ihr hineinwagen«, meinte, nähertretend, der Colonel, der bisher abgesondert von den übrigen die Käfige besehen hatte. Seine Dame, die sich vor den Insassen derselben scheute, war auf dem Vorderteil des Schiffes geblieben und sah dort über die Reling hinweg in das Wasser, das rauschend am Bug emporschäumte. »Ich wollte wohl hundert Dollar für diese Behauptung gegen jeden setzen, der um diese Summe zu wetten wagt.«

Der Yankee besitzt eine Leidenschaft für das Wetten, und wo sich ihm eine pikante Gelegenheit bietet, dieser Passion Vorschub zu leisten, läßt er sie sicher nicht vorübergehen.

»Ihr seid ziemlich unvorsichtig, Sir!« antwortete Forster.

»Seht, wie furchtlos und ruhig der Indianer da auf dem Käfig des Tigers sitzt. Glaubt Ihr wirklich, daß ich, der Besitzer und Meister dieser Tiere, weniger Mut besitze?«

»Pshaw!« machte der Colonel mit einer verächtlichen Handbewegung. »Bei diesem Menschen ist es nicht Mut, sondern Ignoranz, Dummheit. Hätte er ein Verständnis für das Gefährliche seiner Lage, so würde er bald hier unten bei uns stehen oder sich in irgendeinen Winkel verkriechen. Er kennt ja den Tiger gar nicht. Diese roten Halunken verstehen nur, den Feind feigerweise zu beschleichen und ihn dann nachts und hinterrücks mit Übermacht zu überfallen. Aber einer Gefahr offen und frei in das Auge zu schauen, dazu fehlt ihnen nicht weniger als alles.«

Winnetou verstand vielleicht jedes dieser Worte, doch die Züge seines scharfgeschnittenen Gesichtes blieben unbeweglich, und nach wie vor fuhr er fort, die Waldpartien, welche am rechten Ufer des Flusses bis heran an das Wasser traten, aufmerksam zu mustern. Für das, was in seiner Nähe vorging und gesprochen wurde, schien er nicht die mindeste Beachtung übrig zu haben.

»Ihr irrt Euch in dem Indianer ebenso wie in mir«, sagte Forster, »wer die Völker der Prärien so kennengelernt hat wie ich, der hat eine weniger verächtliche Vorstellung von ihren Fähigkeiten und Eigenschaften. Ich bin ein Weißer, aber ich habe gar manchen Roten gesehen, der selbst dem besten Kentuckyman zu raten aufgegeben hätte.«

»Macht Euch nicht lächerlich mit dieser ehrenwerten Gesellschaft, Master! Laßt nur das erste beste Eurer kleineren Tiere, meinetwegen dort das Stachelschwein, heraus, und ich bin überzeugt, daß der Indianer, sobald er es in Freiheit sieht, vor lauter Angst und Bangigkeit sofort in den Fluß springen wird. Diese Kanaillen sind ebenso feig, wie sie grausam zu sein verstehen. Ich kenne sie besser als Ihr. Man kann wohl aus einem guten Trapper zwanzig Indsmen, nie aber aus tausend Indsmen einen einzigen Trapper schneiden. Sie haben weder Geist noch Gefühl, weder Verstand noch Gemüt, sie sind eben Indsmen, sie sind keine Menschen. Aber wir kommen von unserer Wette ab.«

»Ich halte sie. Käpt'n, Ihr seid Zeuge!«

»Das bin ich«, antwortete der Käpt'n, »aber ich darf kaum erlauben, daß Ihr in der festgesetzten Weise zu dem Tiger geht, denn ich habe die Verantwortung für alles zu tragen, was bei mir an Bord passiert.«

»Das kann Euch niemand bestreiten, doch werdet Ihr keinem freien Bürger der Vereinigten Staaten verbieten können, mit seinem Eigentum zu tun, was ihm beliebt. Das Tier gehört mir, und ich kann den Käfig betreten, jetzt oder später, heute oder morgen, bewaffnet oder unbewaffnet, zur Dressur oder infolge einer Wette, eben ganz nach meinem eigenen Ermessen und Wohlgefallen. Oder seid Ihr etwa anderer Meinung? Und was den Unfall betrifft, so könnte er doch nur mir allein begegnen, und da bin ich doch wohl Mannes genug, die Verantwortung selbst zu tragen. Ist es so oder nicht?«

Der Kapitän war selbst Yankee genug, um das lebhafteste Interesse an einer so seltenen Wette zu hegen, und da er mit der ausgesprochenen Warnung seiner Pflicht genügt zu haben glaubte, so meinte er zustimmend: »Wenn Ihr die Folgen auf Euch nehmt, so kann ich nichts dagegen haben. Tut also, was Ihr wollt.«

»Well, Sir! Tretet zurück, Ihr Leute!« befahl Forster und übergab dem Colonel die mit dem Totschläger versehene Peitsche. Dann näherte er sich mit festen, sicheren Schritten dem Käfig und schob, das Auge groß und voll auf das Tier gerichtet, den Riegel zurück.

Die Tigerin hatte sich in dem Hintergrund des engen Raumes niedergeduckt und lag, den breiten, kurzen Kopf auf den ausgestreckten Vorderpranken mit an der Wand emporstrebendem Schwanz und blinzelnden Augen am Boden.

Als der Bändiger sich der Tür näherte, riß sie die Lider weit auf und richtete die rollenden Lichter mit unheimlichem und drohendem Blick auf ihn hin. Die blutgierige Bewohnerin des indischen Dschungels war durch die Gegenwart so vieler Menschen aus ihrem Traum von der fernen Heimat aufgeschreckt und an ihre Gefangenschaft erinnert worden.

Die ins Grüne flimmernden Pupillen verengten sich mehr und mehr; die Tatzen wurden gekrümmt und an den Körper gezogen. Der hintere Teil des Raubtieres erhob sich leise und fast unmerklich. In dem Augenblick, in welchem der Riegel klirrte, flog ein kurzes Zittern über das weiche, schöngezeichnete Fell, und in dem nächsten Moment donnerte ein entsetzenerregender Laut zwischen den Eisenstäben hervor. Die Tigerin war mit unwiderstehlicher Wucht gegen die Tür gesprungen und schnellte, während Forster durch den Stoß, den er erhalten hatte, weit fortgeschleudert wurde, in mächtigen Sätzen über das Deck dahin.

Ein allgemeiner Angstschrei erfüllte die Luft, und jeder suchte sich so schnell wie möglich zu retten. Es war eine Minute der fürchterlichsten Bestürzung und Verwirrung. Sämtliche Tiere der Menagerie erhoben ihre heulenden, brüllenden, kreischenden und tobenden Stimmen. Die Menschen stürzten den Luken, Winkeln, Masten und Strickleitern zu. Man rief um Hilfe, suchte nach allen möglichen Waffen und vollführte dabei einen solchen Lärm, daß sogar das Stampfen und Keuchen der Maschine übertönt wurde.

Ich war wieder auf die Ballen gesprungen, die ich vorhin verlassen hatte, um Forster zu begrüßen, und blieb da oben vor Grausen unbeweglich stehen; denn da vorne, genau vor mir, sah ich das arme Mädchen unrettbar verloren noch an der Reling stehen. Das entsprungene Tier hatte seinen Weg gerade in ihre Richtung gewählt und duckte sich, kaum noch acht oder neun Schritte von ihr entfernt, zum verderblichen Sprung nieder. Das Gesicht des armen Kindes war todesbleich und starr wie das einer Leiche. Mit wie nach Hilfe ausgestreckten Armen stand sie da, keiner Bewegung fähig, und wenn nicht fast Unmögliches geschah, so mußte sie in der nächsten Sekunde zerfleischt am Boden liegen.

Da sprang mit katzenhafter Behendigkeit eine Gestalt an mir vorbei von dem Ballen hinunter, schnellte in weiten raubtierartigen Sprüngen über den in der Mitte des Schiffes liegenden freien Raum hinweg an der Tigerin vorüber, packte das Mädchen mit der Linken, stützte sich mit der Rechten auf den oberen Pfosten der Reling und war einen Augenblick später in den tiefen schmutziggelben Fluten des Mississippi verschwunden. Es war Winnetou.

Ein einziger Ruf, der aus allen Kehlen kam, erscholl. War es ein Ruf der Freude oder neuen Schreckens? Es war schwer zu beantworten, denn gleich nach den beiden war auch die Tigerin über die Deckumfassung geschnellt. Alles eilte zur Brüstung des Schiffes, um hinabzusehen, und mit schallender Stimme kommandierte der Kapitän: »Mann am Steuer, beidrehen! Stopp, stopp, Maschinist!«

Eine geraume Zeit, während der man kaum zu atmen wagte, verging. Das Raubtier lag, die vier Pranken von sich gestreckt, auf dem Wasser und bewachte mit glühenden Augen jede Bewegung der Wellen. Da, kaum einige Manneslängen von ihm entfernt, tauchte plötzlich die Gestalt des Indianers mit raschem Stoß in die Höhe, so daß er fast mit dem halben Körper über die Oberfläche des Stromes emporschoß und man deutlich bemerken konnte, daß sich das jetzt ohnmächtige Mädchen mit beiden Armen krampfhaft fest an seinen Hals geklammert hatte.

Kaum aber hatte er Zeit gehabt, Atem zu holen, so schoß

die Tigerin auf ihn zu. Er fuhr wieder in die Tiefe, tauchte eine Strecke entfernt von neuem zum Atmen empor, wurde von dem Tier sofort wieder verfolgt und hinuntergetrieben. So dauerte die fürchterliche Jagd eine ganze Weile.

Man hatte inzwischen eine Menge Taue ausgeworfen und das Fallreep niedergelassen. Aber der kluge Indianer wußte recht wohl, daß ihm diese Vorkehrungen nichts nützen konnten, denn noch ehe er mit ihrer Hilfe einige Fuß hoch emporgekommen wäre, hätte die Tigerin ihn erreicht. Es gab nur ein Mittel, sich zu retten: Er mußte unter dem Fahrzeug hinwegtauchen, und das war nicht unmöglich, da die Maschine stand. Hätte er um das Fahrzeug herumschwimmen wollen, so hätte das verfolgende Tier seine Absicht bemerkt, und das Emporklimmen wäre ihm dann backbords ebenso unmöglich gewesen wie jetzt steuerbords. Er versuchte daher so lange wie möglich an der Oberfläche des Wassers zu bleiben, um die nötige Luft zu schöpfen. Eine Handbewegung deutete seine Absicht an, dann verschwand er wieder.

»Taue über Backbord!« befahl der Kapitän.

Alles eilte zur angegebenen Seite, und wirklich währte es nicht lange, so erschien Winnetou über den Fluten und schwamm auf das nächste Seil zu.

»Cheer up, cheer up, come on!« – »Munter, munter, vorwärts!« mahnte der Kapitän, und in seiner Stimme klang so deutlich die größte Angst, daß sich alle besorgt und mit fragendem Blick zu ihm umwandten.

Ohne ein weiteres Wort zu verlieren, deutete er mit ausgestreckter Hand hinaus auf die gelben Wogen. Aller Augen folgten der Richtung seines Armes, und aller Lippen riefen auch sofort die zur Eile treibenden Worte nach, welche er ausgesprochen hatte. In nicht gar weiter Entfernung waren drei Furchen zu bemerken, die sich mit rasender Schnelligkeit dem Schiff näherten.

»Um Gottes willen, rasch, rasch, die Krokodile kommen!« rief es die ganze Seite des Schiffes entlang.

»Mein Kind, mein armes Kind!« schrie der Vater des Mädchens.

Er hatte schon an Rettung geglaubt und sah sowohl die Tochter als auch ihren mutigen Beschützer jetzt einer neuen und größeren Gefahr ausgesetzt. Mit aufgerissenen Augen und angstverzerrten Zügen legte er sich weit über die Brüstung hinaus und streckte die zitternden Arme hinab, als müsse er beide erfassen, noch ehe sie von den Alligatoren erreicht werden konnten.

Winnetou hatte den warnenden Ruf vernommen. Ein einziger, rückwärts gerichteter Blick belehrte ihn über die neue Gefahr. Er ergriff das Tau, und mit Anspannung aller Kräfte kletterte er nicht, nein, schnellte er sich sprungweise mit beiden Händen zugleich an demselben in die Höhe. Da er das Mädchen nicht halten konnte, war es ein Glück, daß die Ohnmacht ihr die Arme fest um seinen Nacken hielt, und noch hatte er kaum ein Drittel der Deckhöhe erklommen, so vernahm er unter sich einen dumpfen Laut, als ob zwei Balken zusammengeklappt würden: Das erste der Krokodile hatte die Seite des Schiffes erreicht und vergeblich nach ihm geschnappt. Er war gerettet. Mit ruhigeren Griffen turnte er sich nun vollends empor und stieg über die Reling auf das Deck.

Sämtliche Anwesenden wollten auf ihn zueilen, wurden aber von einem lauten Ruf davon abgehalten: »Die Tigerin! Schaut Leute, die Tigerin kommt!«

Es war so. Sie hatte den Verschwundenen gesucht und kam jetzt um das Hinterteil des Schiffes herüber nach Backbord geschwommen. Schnell eilten alle wieder an die Brüstung, und nur der Vater blieb bei der bewußtlosen Tochter zurück.

Die ruhigen und sicheren Bewegungen des schönen, kraftvollen Tieres boten einen wirklich prächtigen Anblick. Leicht und spielend ruderte es über die Wogen dahin und ließ die mächtige Muskulatur des geschmeidigen Körpers jetzt mehr als sonst vorher in die Augen fallen. Da richtete es den Blick zu der Stelle, an der Winnetou emporgeklettert war, und in demselben Moment noch hatte es eine Wendung gemacht, um zu fliehen. Aber schon war es zu spät: Drei Furchen zogen sich blitzschnell zu dem Punkt hin, an dem die Tigerin sich befand. Es erfolgte ein Brüllen, so schrecklich und entsetzlich, daß sich den Hörern die Haare sträubten. Das Wasser wurde zu Schaum und Gischt gepeitscht und in hochfliegenden Flocken umhergespritzt. Es erklang ein tiefes, dumpfes Gurgeln und Röcheln. Eine kreiselnde, trichterförmige Öffnung bildete sich im Wasser, dessen gelbe Farbe sich in Blutrot verwandelte, dann wurde es still: Die Alligatoren hatten die Tigerin in die Tiefe gezogen.

Mit einem allgemeinen »Ah« der Erleichterung machten sich die Herzen der Zuschauer frei von der Beklemmung, die bisher auf ihnen gelegen hatte, und dann suchten die Augen nach den zwei Leuten, die eng verschlungen in der Nähe des Maschinendachs standen.

»Sie lebt noch, sie ist schon wieder zu sich gekommen!« rief es von allen Seiten, und der Kapitän trat hinzu, um dem erschöpften Mädchen und ihrem von der Angst nicht weniger angegriffenen Vater seine Kajüte zur Verfügung zu stellen.

Das Schiff nahm seine Fahrt wieder auf. Forster blickte betrübt zu der Stelle zurück, an der ihm das schönste seiner Tiere verlorengegangen war, und die übrigen fragten nun auch nach Winnetou. Die Büchse wieder über der Schulter und das Regentuch am Arm, hing er hoch droben in den Wantensprossen und bohrte das scharfe Auge in das düstere Walddickicht am jenseitigen Ufer. Kein Zuruf brachte ihn herab. Selbst auf die Bitten des wieder nach oben gekommenen Colonels hatte er keine Antwort. Es war augenscheinlich, daß er da drüben etwas suchte.

Da, nach langer Zeit, als die allgemeine Aufmerksamkeit sich schon wieder von ihm gewendet hatte, gab er mit dem in der Luft geschwungenen Tuch ein weithin sichtbares Signal. Vom Schilfgewirr des Ufers hatte sich ein Kanu abgelöst, in dem sich zwei Indianer befanden, die mit kräftigen Ruderschlägen dem Dampfer zustrebten. Sie kamen, ihren Häuptling abzuholen. Der Sohn der Wildnis kennt keine Station: Er nimmt Abschied von der Zivilisation da, wo es ihm paßt und er die Seinen erwartet. Er stieg herab und gab mit einer kurzen Handbewegung dem Kapitän das Zeichen, daß er scheiden wolle.

Da legte sich eine Hand auf seine Schulter, und eine zitternde Stimme sprach: »Du darfst nicht gehen. Du hast mir meine Tochter gerettet, und ich will dir dankbar sein!«

Der Colonel war es. Im Augenblick hatte sich um die beiden ein Kreis gebildet. Der Indianer drehte sich langsam um und maß den Sprecher mit ernstem Blick vom Kopf bis zu den Füßen hinab. Seine Gestalt reckte sich in die Höhe, seine Augen blitzten leuchtend über die Umstehenden, und seine Stimme klang scharf und hell, als er die ersten Worte sprach: »Der weiße Mann irrt. Die roten Männer haben keinen Mut und kein Herz. Sie sind keine Menschen. Winnetou hat nicht die junge Squaw retten wollen, sondern er ist nur deshalb in die Fluten des heiligen Vaters der Ströme gesprungen, weil er sich fürchtete vor dem Stachelschwein, das die Bleichgesichter losgelassen haben. Howgh!«

Mit stolzem Neigen des Hauptes wandte er sich um, warf das Tuch über die Achsel, stieg das niedergelassene Fallreep hinab und fuhr mit seinen beiden Leuten davon. Er hatte zu den vielen kühnen Taten, die über ihn von Mund zu Mund gingen, eine neue gefügt.

Noch lange sah man sein reiches, mähnenartiges Haar im Wind wehen. Noch länger lag der Klang seiner Stimme den Hörern im Ohr, am längsten aber dachte man an den Edelmut, mit dem er dem Colonel Böses mit Gutem vergolten hatte. Ich ahnte damals nicht, daß ich ihn bald wiedersehen würde, und doch habe ich später an seiner Seite die Prärie in ihrer ganzen Länge und Breite durchstrichen, bin ihm mein Leben mehr als zehnmal schuldig, habe von zahlreichen Abenteuern zu berichten, bei denen ich ohne ihn verloren gewesen wäre, nenne ihn den besten, treuesten und edelsten meiner Freunde, und wenn von einem Menschenkind die Rede ist, das den Namen eines Helden verdient, so kann ich nicht anders, ich muß dabei immer denken an Winnetou, den Häuptling der Apachen.

Tödliches Feuer

Einer nicht ganz leichten Verwundung wegen hatte ich in Fort Cass, drei Meilen unterhalb des Zusammenflusses von Bighorn und Yellowstone River, einige Wochen lang das Lager gehütet; das war eine recht trübselige Zeit gewesen. Nicht daß es mir an Mitteln gefehlt hätte, die Zeit meines erzwungenen Aufenthalts mir so angenehm wie möglich zu machen; ich hatte vier volle Maultierladungen Felle mitgebracht und ein schönes Sümmchen dafür erlöst; aber die hier angebotenen Genüsse gipfelten in Tabakrauchen und Brandytrinken.

Der Tabak roch erbärmlich, und der Brandy schien verdünnte Schwefelsäure zu sein. Außerdem gab es drei oder vier Spiele Karten, deren Bilder kaum mehr zu erkennen waren, und eine Bibliothek von drei Bänden, nämlich: Shakespeares Heinrich VIII., bestehend aus Deckel und Titelblatt; die anderen Blätter waren bereits zu Pfropfen verwendet worden! Voltaires Karl XII; das Buch war einmal in den Feldkessel gefallen, und die Blätter klebten infolgedessen fest zusammen. Der vierte Band der Chronik des Œil de Bœuf; das Werk hatte im Zuckerkasten des Majors gelegen und war von den Ameisen halb aufgefressen worden.

Ausflüge konnte ich der Wunde wegen nicht mitmachen,

und Besuche erhielt ich fast gar nicht, da ich überhaupt kein besonderes gesellschaftliches Talent besitze und übrigens an den Herren Militärs kein großes Wohlgefallen fand.

Die Soldaten waren aus allen möglichen problematischen Elementen zusammengeworfen, und die Herren Offiziere konnten mir auch nicht sympathischer sein, da ich über die Erfüllung ihrer Pflichten ganz anders dachte als sie. So hatte ich mich während der Zeit meines Krankenlagers recht einsam gefühlt, und als der Arzt mir endlich den ersten Ausflug gestattete, beschloß ich, von dieser Erlaubnis gleich einen etwas umfänglicheren Gebrauch zu machen, als er es wohl beabsichtigt hatte.

Ich nahm mir daher ein gutes indianisches Rindenkanu, legte meine Waffen hinein und ruderte den Bighorn River hinauf: Ich wollte mir etwas Gutes tun und wieder einmal eine ganze Nacht im Urwald verbringen.

Proviant hatte ich nicht mitgenommen; zum Trinken gab es Wasser genug, und den Braten sollte mir meine Büchse liefern. So hatte ich mich seit dem frühen Morgen mit einigen kurzen Unterbrechungen den Fluß hinauf gearbeitet und machte am Abend an einer Stelle halt, die vielleicht fünfzehn englische Meilen vom Fort entfernt sein konnte.

Es war ein stiller, einsamer Ort, so ganz nach meinem Geschmack. Der Fluß bildete hier eine seeartige Erweiterung mit mehreren tiefen, schmalen Buchten. An einer davon landete ich und befestigte das Kanu. Es wollte bereits dunkel werden; ich entzündete mir ein Feuer und briet mir einige Fische, die ich während der Fahrt geangelt hatte. Als ich diese einfache Mahlzeit beendet hatte, legte ich noch mehr Holz in die Flamme, wickelte mich in meine Decke und legte mich nieder. Doch vom Einschlafen war noch keine Rede. Ich hatte so lange Zeit auf meinen alten, treuen Freund, den Urwald, verzichten müssen, und deshalb genoß ich es, jetzt seinen ernsten, tiefen, schwermütigen Stimmen zu lauschen.

Diese Stimmen sind von dem großen Meister der Schöpfung alle in Moll gesetzt, wie ja auch die einfachen Gesänge der Naturvölker stets in Moll komponiert sind. Ich lauschte der Abendhymne des Waldes, jenem leisen, aber sonoren Sausen, das von tief gestimmten Äolsharfensaiten zu kommen scheint. Es umgibt und umklingt einen von allen Seiten; es kommt aus allen Richtungen, und doch kann man nicht sagen, wo es beginnt und wo seine Noten geschrieben stehen. Dazu erklang in leichtem Rhythmus das kosende Plätschern und Glucksen der Wellen.

Ein Eichkätzchen kam am Stamm einer Rüster herab, betrachtete mich mit seinen kleinen, neugierigen Äuglein und kehrte dann beruhigt in seinen Kober zurück. Zuweilen sprang in dem Schein, den das Feuer über das Wasser warf, ein Fisch empor und fiel mit lautem Klatschen wieder in sein Element zurück. Die brennenden Zweige prasselten in der Glut; eine Copperhead – wie die Mokassin-Schlange hier genannt wird – raschelte davon; sie hatte vielleicht ihr Sommerlogis gerade in der Nähe des Feuers gehabt und machte sich jetzt aus dem Staub. Ein aus dem ersten Schlaf geweckter Käfer arbeitete sich mit leisem Rascheln durch das abgefallene Laub; eine kleine Moskitoschar tanzte um den aufsteigenden Rauch einen sehr bewegten Reigen und ließ dabei ein feines, silbernes Klingen hören, das plötzlich durch das unstete, heftige Summen eines großen, dicken Nachtfalters unterbrochen wurde, der mit tölpelhafter Rücksichtslosigkeit mitten zwischen sie hineinschoß, aber auch sofort seine Strafe erlitt: Er versengte sich die Flügel und fiel in die Flammen. Auf der anderen Seite der schmalen Bucht, etwa hundert Schritte von meinem Ufer entfernt, erhob ein Frosch seine Stimme; es mußte ein riesenhafter Kerl sein, denn sein Quaken war förmlich ein Brüllen zu nennen. Er schien sich über meine Gegenwart höchst beleidigt zu fühlen, denn er ließ nicht jenes kurze, tief befriedigte »Quak!« oder jenes langgezogene, glückselige »Qu– aaaak!« hören, mit dem ein normal gestimmter Froschbariton sein breites Maul aus dem Wasser schiebt, sondern es war ein ärgerliches Belfern, ein beleidigendes, aller Rücksicht und Hochachtung bares Schimpfen, und – doch halt, was war das?

Der Frosch brach plötzlich ab, und ich hörte, daß er in das Wasser zurückfuhr. Er war gestört worden; aber wodurch?

Von wem?

Wer sich jahrelang und unter tausend Gefahren im Wilden Westen aufgehalten hat, der weiß jeden, auch den kleinsten Laut der Natur zu beurteilen. Ein Zweig knickte drüben, ein dürrer, dünner Zweig, der auf dem Boden gelegen hatte; ich hörte es deutlich, und so leise dieser Ton gewesen war, sagte er mir doch, daß er von dem Fuß eines Menschen verursacht worden sei. Zerbricht ein Ästchen, ein Zweig in der Höhe, so hat dies wenig zu bedeuten, denn es ist vom Wind oder von einem Tier geschehen, knickt das Holz aber am Boden, so besteht die Möglichkeit, daß ein Mensch in der Nähe ist. Und ein alter Waldläufer weiß an dem Geräusch sehr genau zu entscheiden, ob der Zweig von dem elastischen Fuß eines schleichenden Tieres oder dem weniger biegsamen eines Menschen zerbrochen wurde. Er weiß sogar durch langjährige Übung zu bestimmen, ob das Geräusch durch den hartsohligen Stiefel eines Weißen oder den weichen, nachgiebigen Mokassin eines Indianers hervorgebracht ist.

Ich wäre in diesem Augenblick jede Wette eingegangen, daß sich ein Indianer da drüben jenseits der Bucht befand, und dies konnte nach dem gegenwärtigen Stand der Dinge keineswegs ein beruhigender Gedanke für mich sein. Während meines erzwungenen Aufenthaltes in Fort Cass war nämlich eine Soldatenabteilung nach Westen beordert worden, um »Fleisch zu machen«. Sie hatte eine Schar Sioux vom Stamm der Teton* angetroffen, die bereits mit der Büffeljagd beschäftigt war. Nun gilt es als Savannengesetz, daß die Jagd dem gehört, der sie zuerst unternommen hat; anstatt aber weiterzuziehen, hatten die Dragoner sofort Anspruch auf die Beute erhoben; es war zu einem Kampf gekommen, und die Indianer hatten unter Zurücklassung zahlreicher Gefallener den überlegenen Waffen der Feinde weichen müssen. Die Offiziere hatten sich mir gegenüber dieses Sieges mitten im Frieden und auf einem vollständig freien, neutralen Gebiet mit überheblichen Worten gerühmt, und es war mir nicht gelungen, ihnen eine andere, gerechtere Anschauung beizubringen.

Es stand mit Gewißheit zu erwarten, daß die Sioux diesen Friedensbruch rächen würden, und darum hatte ich jetzt, als

* Teton: Karl May verwendete im Erstabdruck die Schreibweise Tetongs.

ich in meiner Nähe das Knicken eines Zweiges vernahm, alle Veranlassung, auf der Hut zu sein.

Ich hielt die Augen scheinbar geschlossen, blickte aber unter den gesenkten Lidern scharf hinüber, wo das Geräusch sich hatte hören lassen. Die Bucht war hier höchstens zwanzig Fuß breit, und der jenseitige Rand des Gesträuchs wurde von meinem Feuer hell erleuchtet. Man muß sehr scharfe, geübte Sinne besitzen, um in einer solchen Lage das Richtige zu treffen; oft aber tut der einfache Instinkt mehr als alle Schärfe der Wahrnehmungsorgane.

Ich bemerkte, daß drüben, auf der anderen Seite der Bucht, einige Zweige langsam beiseite geschoben wurden; zwei dunkelglühende Augen erschienen, schlossen sich aber sofort wieder. Der Mann dort war ein alter, erfahrener Krieger; er wußte, daß man des Abends das Leuchten zweier Indianeraugen recht gut bemerken kann, und ließ die seinigen also nur für einen Moment aufblitzen. Ich sah ihren Glanz fünf- oder sechsmal, dann erhielten die zur Seite geschobenen Zweige ihre ursprüngliche Lage wieder: Der Mann hatte sich davon überzeugt, daß ich allein war.

Ich hatte nur die Augen, nicht aber das Gesicht gesehen, ich wußte also nicht, ob er sich mit den Kriegsfarben bemalt hatte, ob er sich in friedlicher oder feindlicher Absicht hier befand. Jedenfalls war es geraten, das Schlimmere anzunehmen. War er allein? Befand er sich als Spion hier am Fluß? Oder befand sich eine Indianerschar in der Nähe, die mein Feuer bemerkt und ihn geschickt hatte, um zu sehen, wer an demselben lagere? Ich hatte allen Grund anzunehmen, daß er allein sei. Zur Erkundung schicken die Indsmen gewöhnlich junge Leute aus, die sich üben sollen; dieser Mann aber war alt und erfahren.

Ich war überzeugt, daß er sich um die Bucht herumschleichen würde, um unbemerkt in meine Nähe zu kommen. Dann trat einer von zwei Fällen ein: Kam er im Frieden, so trat er plötzlich zwischen den Bäumen hervor, um mit stolzem Gruß an meiner Seite Platz zu nehmen und mir zu sagen, daß ich doch vorsichtiger sein möge; kam er aber als Feind, so mußte ich befürchten, hinterrücks getötet zu werden. In beiden Fällen galt es, ihm zu beweisen, daß ich wenigstens ein ebenso guter Westmann war wie er.

Ich wartete eine Weile, dann schlug ich meine Decke auseinander, die ich um mich gelegt hatte, und rollte sie, ohne das geringste Geräusch zu verursachen, so am Boden zusammen, daß es von weitem den Anschein hatte, als ob ich noch darunter liege; dann nahm ich meine Büchse und kroch in das Dunkel der Bäume.

Er mußte von links kommen; ich fand unter einigen eng beisammenstehenden wilden Kirschensträuchern ein ausgezeichnetes Versteck. Vorhin hatte ich beim Schein der kurzen Dämmerung gesehen, daß man die kleine Bucht recht gut in fünf Minuten umgehen hätte können; bei dem jetzt herrschenden Dunkel aber und bei der Vorsicht, die er beachten mußte, konnte er vor einer Viertelstunde nicht bei meinem Feuer sein.

Diese Zeit verging. Ich hielt die Augen geschlossen, er hätte ja ihren phosphoreszierenden Glanz bemerken können. Vielmehr verließ ich mich allein auf mein gutes Gehör. Es hatte mich noch nie im Stich gelassen und blieb mir auch jetzt treu.

Ein ganz leises, fast unmerkliches Wehen sagte mir, daß er kam. Es war kein Geräusch, es war nur der Luftzug, den seine Bewegung hervorbrachte. Und da, da trat auch mein Geruchssinn in Tätigkeit: Es näherte sich mir ein eigentümlicher, unangenehmer Geruch, den ich kannte; der Mann hatte ein Opossum – eine nordamerikanische Beutelratte – erlegt, ausgeweidet und gegessen. Dieses Beuteltier hat einen schlechten Geruch und wird von den Indianern nur dann gegessen, wenn es nichts anderes gibt. Dieser Geruch haftete ihm noch an, und daß er einen solchen Braten nicht verschmäht hatte, war mir der sicherste Beweis, daß er ein Kundschafter war. Er hatte, um Zeit, Mühe und Umwege zu sparen und das Geräusch verräterischer Schüsse zu vermeiden, das erste beste Opossum aus seinem Baumloch hervorgeholt und an diesem Fleisch seinen Hunger gestillt.

Jetzt war er da, so nahe bei mir, daß ich ihn fast mit der Hand erreichen konnte. Er kroch an mir vorüber, langsam und lautlos, mit dem Leib am Boden wie eine Schlange. Wer dieses Anschleichen nicht selbst versucht hat, glaubt gar nicht, welch eiserne Muskeln und stählerne Nerven dazu gehören, sich mit langgestrecktem Körper nur auf den Spitzen der Füße und Finger über die Erde hinzuschieben. Würde man dabei die Sohlen der Füße die Teller der Hände oder gar das Knie benutzen, so wären Geräusche ganz unvermeidlich. Als vorher der Zweig knackte, waren jedenfalls die Muskeln des Indianers ermüdet gewesen, und er hatte infolgedessen den Boden für einen Augenblick mit dem Knie berührt.

Die Stelle, auf die man die Finger setzen will, wird vorher

mit den Fingerspitzen sorgfältig untersucht, ob da nichts Zerbrechliches vorhanden ist. Genau auf dieselbe Stelle kommen dann im Weiterschleichen die Fußspitzen zu ruhen. Mancher ganz gute Schütze und ganz brave Westmann bleibt während seines Lebens doch ein schlechter Anschleicher. »La-ya-tishi« – »Mit den Fingern sehen« – nennen die Navaho sehr bezeichnend diese für den Feind so gefährliche Fertigkeit.

Jetzt war er an mir vorüber, und nun mußte ich handeln. Ich ließ die hinderliche Büchse unter den Büschen liegen und kroch ihm nach; ich erreichte ihn und schnellte mich auf seinen langgestreckten Körper. Mit der Linken sein Genick umspannend, schlug ich ihm die geballte Hand auf den Hinterkopf – er brach besinnungslos nieder. Nun nahm ich mein Lasso vom Gürtel und fesselte ihm Arme und Beine so, daß er sich nicht mehr bewegen konnte. Dann trug ich ihn, nachdem ich zuvor meine Büchse geholt hatte, zu dem Feuer. Hier legte ich ihn nieder und fachte die Glut von neuem an, um sein Erwachen genau beobachten zu können.

Es dauerte lange, bis er die Augen aufschlug, aber trotz der gefährlichen Situation, in der er sich befand, verriet kein einziger Zug seines ehernen Gesichts eine Spur von Überraschung oder Schreck. Er schloß die Augen wieder und blieb wie leblos liegen, aber ich bemerkte doch, wie sich leise und heimlich seine Muskeln spannten, um die Festigkeit der Fesseln zu prüfen.

Er trug den bloßen Haarschopf eines gewöhnlichen Indianers und war nur mit Hemd, Hose und Mokassins bekleidet, alles aus Leder gearbeitet. In seinem Gürtel sah ich ein

Messer und einen Tomahawk, den Medizinsack und einen Kugelbeutel. Dieser bewies mir, daß er sein Gewehr, vielleicht auch sein Pferd in der Nähe versteckt hatte, um sich ungehindert anschleichen zu können. Ich wußte, daß er auf keinen Fall das Gespräch beginnen werde, und fragte daher in jenem Gemisch von Englisch und verschiedenen Indianerdialekten, das längs der Indianergrenze im Gebrauch ist: »Was wollte der rote Mann bei meinem Feuer?«

»Tcha-tlo!« antwortete er knirschend.

Dieses Wort stammt aus dem Navaho-Dialekt und bedeutet Frosch, Großmaul, Quaker, unnützer Redner, Feigling, der sofort sich verbirgt; es enthielt also eine Beleidigung, die ich aber überhörte. Warum sprach dieser Mann Navaho? Er sah mir mehr wie ein Sioux aus.

»Du hast recht, dich über diesen Frosch zu ärgern«, antwortete ich, »er hat dich verraten. Hättest du ihn nicht gestört, so wärst du nicht mein Gefangener. Was denkst du wohl, was ich nun mit dir tun werde?«

»Ni niskhi tstesetsokhiskhan shi!« – »Töte und skalpiere mich!« –, antwortete er.

»Nein, das tue ich nicht«, sagte ich. »Ich bin nicht dein Feind; ich bin ein Freund aller roten Männer. Ich nahm dich nur gefangen, um mich vor Schaden zu bewahren. Zu welchem Volk gehörst du?«

»Shi tenuai!«

Das Wort tenuai heißt »Männer«; so nennen sich die Navaho; er meinte also: »Ich bin ein Navaho«; ich aber antwortete: »Warum sagst du mir die Unwahrheit? Ich kenne die Sprache der Tenuai; du sprichst sie nicht gut. Ich höre an deiner Aussprache, daß du ein Mann der Teton bist. Rede deine eigene Sprache oder die Sprache der Weißen. Ich liebe die Wahrheit und werde dir auch die Wahrheit sagen!«

Da richtete er zum ersten Male das Auge voll und forschend auf mich und sagte: »Die Bleichgesichter sind über das große Wasser herübergekommen. Dort gibt es Lichthaarige, die Engländer, und Dunkelhaarige, die Spanier. Zu welchen gehörst du?«

»Zu diesen nicht und zu jenen auch nicht!« antwortete ich.

»Das ist gut! Sie sind Lügner mit lichtem Skalp und Lügner mit dunklem Skalp. Aber zu welchem Stamm gehörst du sonst?«

»Ich gehöre zu dem großen Volk der Germans, die Freunde der roten Männer sind und noch niemals ihre Wigwams angegriffen haben.«

»Uff!« sagte er überrascht. »Die Germans sind gut. Sie haben nur einen Gott, nur eine Zunge und nur ein Herz.«

»Kennst du sie?« fragte ich, nun meinerseits überrascht.

»Nein«, antwortete er. »Aber ich habe von einem großen weißen Jäger gehört, der ein Krieger der Germans ist. Er tötet den Grizzly mit dem Messer; er wirft jeden Feind mit einem Schlage seiner Faust zu Boden; seine Kugel geht nie fehl, und er redet die Sprachen aller roten Männer. Er ist ihr Freund und darf mitten unter allen weilen, denn keiner wird ihm ein Leid tun.«

»Wie heißt er?«

»Die roten Männer nennen ihn ›Tave-shala‹ – ›Tödliche Hand‹ –, die weißen Jäger aber rufen ihn ›Old Shatterhand‹. Er kennt alle Tiere der Ebene und des Gebirges, denn

Winnetou, der große Häuptling der Apachen, ist sein Lehrer gewesen.«

»Würdest du das Kalumet mit ihm rauchen?«

»Er ist ein großer Häuptling; ich müßte warten, bis er selbst mir die Pfeife des Friedens anböte.«

»Er wird sie mit dir rauchen. Sage mir deinen Namen!«

»Man nennt mich ›Pokai-po‹, das ›Tödliche Feuer‹.«

»Uff! So bist du der zweite Häuptling der Sioux vom Stamme der Teton!«

»Ich bin es«, antwortete er mit stolzer Einfachheit.

»Ich habe von dir gehört. Ein Häuptling der Sioux soll nicht gefesselt vor mir liegen. Du bist frei!«

Ich nahm ihm das Lasso von den Gliedern. Er richtete sich empor, blickte mich ganz erstaunt an und sagte: »Warum gibst du mich frei? Warum tötest du nicht den größten Feind der Bleichgesichter?«

»Weil du ein tapferer und gerechter Krieger bist. Du bist der Feind der Bleichgesichter nur deshalb geworden, weil sie selbst ihre Freundschaft mit euch gebrochen haben. Aber es gibt sehr viele große und mächtige Völker der Bleichgesichter, und darunter sind viele, die Freunde der roten Männer sind. Du darfst nicht alle weißen Männer hassen, weil einige falsch und untreu waren. Du wolltest mich überfallen, ich aber nahm dich gefangen; dein Skalp gehörte mir, ich aber gab dich frei. Laß uns die Pfeife des Friedens rauchen und dann als Brüder voneinander scheiden!«

Ich griff zur Pfeife, die ich nach Trapperart am Hals hängen hatte, und stopfte sie. Er war sicher froh, mit heiler Haut zu entkommen, dennoch fragte er sich im stillen, ob es sich mit seiner Häuptlingsehre vertrage, von einem unbekannten Weißen die Pfeife angeboten zu bekommen. Darum fragte er: »Bist du denn ein Häuptling der Weißen, und wie lautet dein Name?«

»Das Tödliche Feuer braucht sich nicht zu schämen, das Kalumet mit mir zu rauchen«, antwortete ich. »Ich bin Old Shatterhand, der Bruder aller roten Männer.«

Die Indianer sind gewohnt, selbst die überraschendste Nachricht mit der größten äußerlichen Ruhe aufzunehmen, aber kaum hatte ich den Namen genannt, der mir von irgendeinem müßigen Trapper gegeben worden war und sich dann von Mund zu Mund fortgesprochen hatte, so sprang der Häuptling in die Höhe und rief: »Old Shatterhand? Redest du die Wahrheit?«

»Kann Pokai-po von einem gewöhnlichen Jäger überlistet und besiegt werden? Habe ich dich nicht vorhin mit einem einzigen Schlag meiner Hand niedergestreckt?«

»Aber wo ist Winnetou, der große Häuptling der Apachen?«

Winnetou und ich waren als unzertrennlich bekannt; daher diese Frage.

»Er ist an den Quellen des Tongue River, wo er mich erwartet. Ich mußte nach Fort Cass, um eine Wunde zu heilen. Pokai-po mag neben mir Platz nehmen; oder soll Feindschaft zwischen uns beiden sein?«

»Wir wollen Brüder sein«, sagte er im feierlichen Ton. »Deine Feinde sind meine Feinde, und meine Brüder sind deine Brüder. Du sollst willkommen sein in allen Zelten der Sioux, und unser Leben ist wie ein einziges; einer soll für den anderen sterben!«

Von diesem Augenblick an konnte ich sicher sein, einen neuen Freund gewonnen zu haben, der jederzeit bereit war, sein Leben für mich hinzugeben. Ich rauchte die Pfeife an, blies den Rauch in die vorgeschriebenen Richtungen und reichte sie ihm dann hin. Er wiederholte die Zeremonie und rauchte den Inhalt des Kopfes schweigend zu Ende. Die Pfeife war ein Geschenk Winnetous. Der Ton zu dem Kopf stammte aus den heiligen Brüchen des Nordens, und jede ausgestoßene Rauchwolke galt als ein unverbrüchlicher Schwur zum großen Geist, die geschlossene Freundschaft bis zum Tod treu zu halten. Die Freundschaft der »Bleichgesichter« wird oft auch bei Tabaksqualm und Spiritusduft geschlossen, aber was ist sie wert? Sie hört auf, sobald der Qualm sich verzogen hat und der Spiritus verflogen ist.

Jetzt gab es keine Geheimnisse mehr zwischen uns, und ich erfuhr nun, was ihn an den Bighorn River geführt hatte: Er war als Kundschafter da, und ohne mein Zusammentreffen mit ihm wären die Besatzung des Forts und die übrige Bewohnerschaft desselben höchstwahrscheinlich verloren gewesen.

»Die Krieger der Teton kamen an die Pässe des Gebirges, um den Büffel zu jagen, der dort vorüberkommt«, sagte der Häuptling. »Sie hatten eine gute Jagd, denn der Büffel kam mit seinen Frauen und Kindern in einer großen Herde, wie man sie seit vielen Sommern nicht gesehen hatte. Die Söhne der Teton sind stark und tapfer, darum lagen die Büffel und die Kühe in großen Scharen tot am Boden. Da aber kamen die Bleichgesichter, welche bunte Kleider tragen, und verlangten, daß man die Büffel ihnen überlasse. Sie hatten mehr

Feuergewehre als die roten Männer. Diese wehrten sich, mußten aber weichen und ließen dreimal fünf und noch drei Tote zurück. Waren die Bleichgesichter in ihrem Recht?«

»Nein«, mußte ich leider antworten.

»Das denken die roten Männer auch. Darum haben sie den Medizinmann gefragt und einen großen Rat gehalten. Der Große Geist hat ihnen einen Sieg verheißen, wenn sie die verräterischen Bleichgesichter angreifen. Nun sind sie ausgezogen, um den Feind zu bestrafen. Sie liegen im Wald und haben Pokai-po ausgesandt, nach Fort Cass zu gehen, um zu sehen, wie viele Feinde sich dort befinden und was man tun muß, um die festen Wohnungen der Bleichgesichter zu erobern.«

Das hatte ich kommen sehen! Dieser Sioux sah mich heute zum erstenmal; er wußte, daß ich jetzt zu den Bewohnern des Forts gehörte, und dennoch vertraute er mir das alles an. Ist es zu verwundern, daß ich ihn für meiner Freundschaft würdiger hielt als diejenigen, die seine Rache so – gelinde gesagt – unbesonnen herausgefordert hatten? Aber durfte ich ruhig zusehen, daß das Fort überfallen wurde? Nein! Und gerade aus diesem Grund befand ich mich gegenwärtig in einer gar nicht beneidenswerten Lage.

»Wird mein Bruder Old Shatterhand mit mir zu den Kriegern der Teton kommen, um das Fort zu überfallen?« fragte er, als ich längere Zeit sinnend schwieg.

»Nein«, antwortete ich aufrichtig.

»Warum nicht? Du hast mit mir ja das Kalumet geraucht!«

»Ich bin dein Freund, aber auch alle Bleichgesichter sind meine Brüder.«

Ich gestehe offen, daß es mir nicht leicht wurde, diese Worte auszusprechen, und ich bekam die Folgen denn auch sofort zu hören: »Du sagtest selbst, daß sie unrecht gehandelt haben, und dennoch willst du der Bruder dieser Verräter und Lügner sein! Ich freute mich, als ich vernahm, daß du Old Shatterhand bist, aber ich sehe doch, daß es schwer ist, der Freund eines Bleichgesichtes zu werden!«

Was sollte ich antworten? Ich konnte leichter mit einer ganzen Herde wilder Büffel anbinden, als diesem einfachen »Wilden« beweisen, daß es jetzt meine Pflicht war, sein Vorhaben an seine Feinde zu verraten.

»Ihr wollt die Bleichgesichter töten, weil Manitou es euch befohlen hat?« fragte ich.

»Ja.«

»Nun wohl! Auch ich muß meinem Manitou gehorchen, und er sagt, daß er allein der Rächer sei.«

»Warum hat denn dieser Manitou nicht bereits längst seine roten Kinder gerächt? Oder ist dein Manitou ein anderer als der meinige? Pokai-po ist in den Städten der Bleichgesichter gewesen und hat die Reden ihrer Priester vernommen. Kennt Old Shatterhand diese Reden? Wer Menschenblut vergießt, der soll auch sterben, sagt euer Buch; deshalb sollen auch die Bleichgesichter im Fort sterben!

Einer soll den andern lieben, sagt euer Buch. Warum wurden dreimal fünf und noch drei Krieger der Teton getötet, die doch nichts Böses getan hatten? Ihr sollt gehorchen euren Häuptlingen, sagt euer Buch. Wenn ein roter Mann zu euch kommt und einen tötet, so wird auch er getötet, denn eure Häuptlinge sagen, daß sie das Recht dazu haben. Wenn aber ihr zu uns kommt und tötet zehnmal zehn Männer von uns, so dürfen wir euch nicht töten, denn unsere Häuptlinge haben kein Recht dazu, sagen die eurigen. Sind denn die roten Männer Hunde und Kojoten? Es mag Bleichgesichter geben, die uns nicht für Kojoten halten, und du gehörst zu ihnen. Ich weiß, daß du mir recht gibst, daß dir aber dein Glaube gebietet, die bösen Bleichgesichter des Forts zu warnen. Gehe hin und tue es!«

Er erhob sich und schaute halb trotzig und halb traurig in das Feuer. Auch ich stand auf und fragte: »Wo stehen die Krieger der Teton?«

»Flußaufwärts.«

»Wie groß ist ihre Zahl?«

»Zehn mal zehn, dreimal genommen und noch fünfmal zehn dazu.«

Ein Weißer hätte mir diese beiden Fragen jetzt nicht mehr beantwortet.

Ich sagte: »Ich werde die Bleichgesichter nicht warnen, sondern du selbst sollst es tun.«

»Pokai-po soll seine Feinde warnen?« fragte er ganz erstaunt.

»Ja«, antwortete ich. »Du setzt dich mit in mein Kanu und fährst mit mir zum Fort. Dort verlangst du Genugtuung für deine erschlagenen Krieger. Erhältst du sie nicht, so habe ich meine Schuldigkeit getan, und du kannst den Ort überfallen, ohne daß ich ein Wort sage.«

Er blickte sinnend vor sich nieder und sagte: »Sie werden Pokai-po ergreifen und festhalten.«

»Du bist mein Bruder; ich verspreche dir, daß du gehen kannst, sobald du willst.«

»Sie sind treulos; sie werden es dir versprechen, aber nicht Wort halten. Kannst du dann Pokai-po in Schutz nehmen?«

»Glaubst du, daß sich Old Shatterhand vor diesen Bleichgesichtern fürchtet? Wenn sie mir nicht Wort halten, so werde ich mit der Büchse und dem Tomahawk mit ihnen reden.«

»Ich glaube dir und werde kommen, ganz allein, aber nicht in deinem Kanu, sondern auf dem Roß, wie es einem Häuptling der Sioux geziemt. Enokh e-i anash – Lebe wohl!«

Im nächsten Augenblick war er im Dunkel des Waldes verschwunden. Dies lag ganz und gar in der indianischen Art und Weise, obwohl ein Europäer der Ansicht gewesen wäre, daß wir noch gar vieles miteinander zu besprechen gehabt hätten. Der »Wilde« redet weniger und handelt desto mehr.

An Schlaf durfte ich jetzt freilich nicht denken, denn es galt, zur rechten Zeit im Fort zu sein. Es war anzunehmen, daß der Häuptling sehr bald aufbrechen würde.

Ich löschte das Feuer, band das Kanu los und begann die Rückfahrt, den Fluß abwärts. Das ging bedeutend schneller als die Bergfahrt, und der Morgen war noch nicht zwei Stunden alt, da sah ich das Fort am Zusammenfluß der beiden Wasser vor mir liegen. Als ich das Kanu angebunden hatte und die Höhe langsam emporstieg, bemerkte ich eine Art von Lager, das vor den Palisaden des Forts errichtet war. Es bestand aus einfachen Zweighütten und schien eine Schar von Trappern zu Bewohnern zu haben, denn es lagen eine Menge Fallen und andere zur Pelztierjagd erforderliche Instrumente da herum. Diese Leute waren während meiner Abwesenheit hier angekommen und machten allesamt einen nicht eben günstigen Eindruck auf mich.

Acht bis zehn von ihnen standen beisammen und übten sich im Schießen. Sie hatten ein kleines Brett an den Stamm eines Nußbaumes genagelt und mit Kreide ein Zentrum gemalt, auf welches sie zielten. Ich wollte vorübergehen, nachdem ich ihnen einen guten Morgen geboten hatte, doch schien ich mich da verrechnet zu haben.

Der eine stellte sich mir geradezu in den Weg. Er duftete trotz der frühen Morgenstunde bereits gewaltig nach Brandy und brüllte mich mit einer Stimme an, als ob ich eine englische Meile von ihm entfernt stehe: »Hollah, Master, hier geht man nicht vorbei. Wir haben einen Schießstand errichtet, wo gewettet wird. Der schlechteste Schuß gibt einen Drink, jedem ein volles Glas, und ein jeder, der sich außerhalb der Palisaden befindet, muß mitmachen.«

Dieser Kerl war mir außerordentlich zuwider. Wo hatte ich seine Physiognomie nur schon einmal gesehen? Getroffen hatte ich diesen Mann bereits irgendwo, aber wann und an welchem Ort? Er mußte sich einmal in einem schlimmen Kampf befunden haben, denn er hatte einen Hieb erhalten, der ihm die rechte Seite des Gesichtes vollständig abrasiert hatte. Er war schauderhaft anzusehen mit seiner bärtigen linken und der rohfleischfarbenen rechten Hälfte des Gesichts.

»Man muß mitmachen? Wer hat das bestimmt, Sir?« fragte ich.

»Ich, Master«, antwortete er. »Ihr müßt nämlich wissen, daß ich der Anführer dieser ehrenwerten Gentlemen bin. Wir sind nach Fort Cass gekommen, um neue Munition zu kaufen, und werden dann wieder ein wenig Biber fangen.«

»So wünsche ich Euch viel Glück im Geschäft, Sir. Goodbye!« Ich wollte gehen, er aber hielt mich am Arm fest.

»Zounds! Wollt Ihr wohl stehenbleiben und einen Drink mit uns schießen! Ich habe Euch gesagt, daß ein jeder muß!« meinte er.

»Pshaw! Und ich sage Euch, daß ich nicht will!«

Ich schüttelte seinen Arm ab und ging.

»Ah, ein Gentleman, der zwar ein Schießzeug trägt, aber nicht schießen kann!« lachte er höhnisch, und die anderen stimmten in sein Gelächter ein. »Seht ihn an! Er hat gewichste Stiefel wie ein Tanzmeister und eine Haltung wie ein Herrschaftskutscher. Wir werden ihn schon noch zwingen, uns zu zeigen, was er mit seiner Sonntagsbüchse zu leisten vermag!«

Ich beachtete dieses Geschwätz natürlich gar nicht und trat durch das geöffnete Tor in das Fort, wo ich mich sofort zum Major begab. Dieser hatte sich soeben von seiner Nachtruhe erhoben und empfing mich mürrisch.

»Wo haben Sie gesteckt, Sir?« fragte er mich. »Man hat sich Sorgen um Sie gemacht. Ein Bewohner des Forts soll nicht über Nacht fortbleiben. Sie wissen, daß ich für jedes Unglück verantwortlich gemacht werde!«

Das war ja geradezu ein Verweis, den ich erhielt! Ich hatte im Fort nur meinen dort ja bisher unbekannten Namen angegeben; daß ich der so oft genannte Old Shatterhand war, wußte niemand, sonst hätte der Major sich wohl eines solchen Tones nicht bedient.

»Oh, bitte, Sir«, sagte ich daher, »es ist mir nicht bekannt, daß ich bei meiner Ankunft in Fort Cass meine Selbständigkeit aufgegeben hätte. Ich als Zivilist betrachte diesen Ort als gut geeignet, mir neue Kleider, Patronen und so weiter zu kaufen und mir einige Ruhe zu gönnen, mich aber einer Disziplin zu unterwerfen, ist ganz und gar nicht meine Absicht gewesen. Übrigens habe ich während meiner Abwesenheit für das Wohl der Ihrigen vielleicht nicht weniger gesorgt als Sie selbst.«

»Was soll das heißen?« fragte er kurz.

»Fort Cass sollte überfallen werden.«

»Ah!« rief er erbleichend. »Von wem?«

»Von dem Häuptling der Teton. Er steht mit dreihundertfünfzig Indianern hier in der Nähe. Er ist zufälligerweise mein Freund und hat mir versprochen, aus Rücksicht auf unsere Freundschaft vorläufig von jeder Feindseligkeit abzusehen. Wird ihm die Genugtuung jedoch verweigert, so stehe ich für nichts!«

»Oh, Sie haben ja übrigens auch sonst für gar nichts zu stehen«, antwortete der Major. Er hatte sich von der ersten Überraschung erholt und fügte hinzu: »Ihr Ton kommt mir recht eigentümlich vor!«

»Ich gehe auf denselben Ton ein, den Sie selbst anschlugen. Ich traf den Häuptling im Wald und habe mich beeilt, Sie zu benachrichtigen.«

»Sie trafen ihn im Wald, Sir? Wie kommen Sie dazu, der Freund eines Häuptlings der Teton zu sein? Ich hielt Sie für einen verirrten Sommerfrischler, der sich zu weit vorgewagt hätte und für dieses Mal mit einer kleinen Schußwunde davongekommen war. Sie hatten zwar schrecklich viele Waffen an sich herumhängen, als sie kamen, aber einen Schuß hat Sie noch niemand tun sehen.«

»Jeder nach seinem Gusto; ich kaufe mir die Munition nicht, um sie zwecklos zu verpuffen.«

»Mag sein«, sagte er ungläubig. »Wo und wann trafen Sie den Häuptling?«

»Ich bin nicht gewillt, Ihnen genaue Auskunft zu geben. Es ist den Indianern Unrecht geschehen, und ich bin der Freund ihres Häuptlings; ich habe für das Fort getan, was ich tun konnte, aber einen Verrat an dem Freund werde ich nicht begehen.«

»Ah, Sie wollen nicht sagen, wo die Rothäute stehen?« fragte er.

»Nein.«

»Ich werde Sie zwingen!«

»Pshaw! Es ist mir nicht angst! Ich kenne die Situation so genau, daß ich sogar dem Häuptling freies Geleit versprochen habe.«

Das war dem Offizier dann doch zuviel. »Sind Sie bei Sinnen, Sir!« rief er. »Ich werde den Häuptling ganz im Gegenteil festhalten; er wird als Geisel hierbleiben.«

»So werde ich ihm entgegenreiten, um ihm zu sagen, daß er nicht kommen soll!«

»Ich werde Sie daran zu hindern wissen!« drohte er.

»Versuchen Sie das!« antwortete ich ruhig. »Zunächst werde ich jeden niederschießen, der es wagt, seine Hand an mich zu legen, und sodann werde ich einen wahrheitsgetreuen Bericht über diese Angelegenheit nach Washington senden. Man wird dort einsehen, daß man sich nicht stets zu wundern braucht, wenn die Indsmen zu den Waffen greifen.«

Er starrte mich ganz erschrocken an, und als ich Miene

machte zu gehen, rief er: »Halt, Sir! Ich kann in dieser Sache erst dann etwas unternehmen, wenn ich mich mit dem Offizierskorps beraten habe.«

»Gut, tun Sie das, und geben Sie mir dann Nachricht, ob der Häuptling freies Geleit haben soll oder nicht!«

Ich verließ ihn und ging zu dem Store, wo ich mir einen kleinen Raum gemietet hatte. Im Stall dort stand mein Mustang. Er hatte lange ausgeruht und wieherte freudig auf, als ich ihn in den Hof zog, um ihn zu satteln. Ich tat dies, weil ich auf alles gefaßt sein wollte. Ich füllte die Satteltaschen mit meinen Habseligkeiten und tat ganz so, als ob ich für immer abreisen wolle; dann begab ich mich in meine Kammer zurück, um das Kommende abzuwarten.

Nach einiger Zeit sandte man mir einen Unteroffizier mit der Botschaft, daß man beschlossen habe, dem Häuptling freies Geleit zu bewilligen, doch war dies nicht geeignet, mich vollständig zu beruhigen.

Der Raum, in dem ich mich befand, lag dicht an der Stube, in der die Gäste und Käufer verkehrten; es herrschte heute dort ganz ungewöhnlicher Lärm, und ich vernahm bald, daß er von den fremden Fallenstellern verursacht wurde. Einmal waren zwei von ihnen in den Hof hinausgetreten und unterhielten sich mit gedämpften Stimmen. Sie standen der einfachen Bretterwand meines Raumes nicht nahe, und so hörte ich nur einige abgebrochene Sätze von ihrer Unterhaltung.

»Prachtvoller Mustang ... mehr wert als alle unsere Klepper.«

»Wem mag er gehören?« fragte der andere.

»Jedenfalls einem der Offiziere.«

»Da dürften wir uns nicht daran wagen ... armseliges Leben nun ... Goldstaub und Nuggets alle ... verspielt ... wird es wohl glücken ... Ölprinz ... hat Millionen liegen.«

»Ist es wirklich der Schwager von ...?«

»Sicher! ... kennt ihn ganz genau ... seit zwei Jahren am Cheyenne-See ... genau erkundigt ... bloß Flowing-wells,* baut aber jetzt auch große Pumping-wells** mit Dampfbetrieb.«

»Wird ein feines Geschäft ... keiner überleben, sonst ... daß die Sache an den Tag kommt.«

Jetzt erhob sich in der Schenk- und Ladenstube abermals ein greulicher Lärm, so daß ich kein weiteres Wort verstehen konnte, und dann verließen die beiden den Hof. Worüber hatten sie sich unterhalten? Je mehr ich über das Gehörte nachdachte, desto verdächtiger kam es mir vor. Es sollte etwas nicht an den Tag kommen, und darum sollte keiner am Leben bleiben. Hatte man es etwa auf einen Ölprinzen abgesehen; also auf einen der Männer, die mit Ölbohrungen Millionen machen? Wessen Schwager war dieser Ölprinz? Was hatte es für eine Bewandtnis mit dem Goldstaub und den Nuggets? Hatte ich es mit einer Bande Pferdedieben zu tun? Oder waren diese als Fallensteller maskierten Leute etwa gar das Handwerk des Bushheaders***, die besonders gern einsame Farmen oder Reisende überfallen, die mit Goldsand aus Kalifornien über die Berge herüberkommen?

---

* Flowing-wells: Ölquellen.

** Pumping-wells: Pumpwerke.

*** Bushheaders: Strauchdiebe.

Während ich mir Mühe gab, über das Belauschte ins klare zu kommen, hörte ich draußen auf dem Platz ein lautes Rufen: »Ein Roter, ein Roter, ein Häuptling kommt!«

Dieser Ruf wurde auch im Store vernommen, und alle dort Anwesenden eilten hinaus, um den Indianer zu sehen. Ich tat dasselbe und sah wirklich Pokai-po bereits die Anhöhe heraufkommen. Er war ganz allein, draußen aber, wohl eine englische Meile entfernt, hielten drei Reiter mitten auf einer lichten Stelle, von welcher aus man das Fort im Auge haben konnte.

Der Häuptling sah heute ganz anders aus. Sein prächtig aufgezäumter Rappe trug eine langwallende Mähne und schleifte den Schweif fast an der Erde hin. Der Reiter hatte sein Haar zu einem helmartigen Schopf gewunden, in dem drei Adlerfedern, die Zeichen der Häuptlingswürde, steckten. Die Nähte seiner Leggings und seines Jagdhemdes waren ganz mit dem Haar erlegter Feinde befranst; an seinem Gürtel hingen nicht weniger als dreizehn in Zöpfe geflochtene Skalpe schuppenartig nebeneinander, und sein Mantel bestand ganz aus dem köstlichen Fell der gelben Ratte, die jetzt fast ausgestorben ist. Bewaffnet war er mit Messer, Tomahawk, doppelläufiger Büchse neben Bogen und Köcher.

Als er durch das Tor einritt, eilte ihm alles entgegen. Er trug zwar nicht die Kriegsfarben im Gesicht, aber das Kommen eines Sioux-Häuptlings war jetzt unter allen Umständen bedeutungsvoll. Ich trat an sein Pferd heran und streckte ihm die Hand entgegen.

»Hos takh-shon enokh!« – »Guten Morgen!« grüßte er. »Ich komme allein. Erhält Pokai-po freies Geleit?«

»Ja«, antwortete ich. »Man hat es mir versprochen.«

»Mein Bruder, glaube nicht alles, was man sagt! Der Häuptling der Teton wird seine Waffen nicht ablegen.«

Da trat derselbe Unteroffizier herbei, der mich benachrichtigt hatte, und sagte dem Häuptling, daß er im Beratungssaal erwartet werde, vorher aber die Waffen abzulegen habe. Der Häuptling würdigte ihn keines Blickes, sondern wendete sich an mich: »Wo ist dieser Ort?«

»Ich werde dich führen«, antwortete ich ihm.

»Halt!« gebot der Unteroffizier. »Der Zutritt ist jedem andern außer dem Häuptling verboten.«

Auch ich sagte kein Wort, sondern nahm den Rappen beim Zügel und führte ihn zum Beratungssaal. Dieser war nichts anderes als die Turnhalle der Mannschaft, in die man jetzt einige Stühle gestellt hatte. Der Häuptling sprang vom Pferd und trat ein; der Unteroffizier aber meinte zu mir: »Ich habe Befehl, das Pferd des Roten fortzubringen!«

»Es gehört mir!« antwortete ich und führte das Tier zum Store, wo ich es an einen Haken band.

Nun holte ich meine Gewehre aus meiner bisherigen Wohnung und hängte sie über. Jetzt war ich auf alles vorbereitet und wartete.

Eine Wache von vier Mann hielt am Eingang zur Halle Wache, und an der anderen Seite des Platzes hielten sich noch sechs Mann bereit, auf einen Wink zu Hilfe zu eilen. Man plante offensichtlich einen Verrat, aber ich war entschlossen, den Häuptling zu verteidigen. Ich hatte ein Messer, zwei sechsschüssige Revolver, eine geladene Doppelbüchse und einen fünfundzwanzigschüssigen Henrystutzen;

wenn es mir gelang, den Saal abzusperren, so war ich meines Sieges gewiß.

So wartete ich wohl eine halbe Stunde, da erscholl im Saal ein Pfiff; die vier Mann Wache traten sofort ein, und die sechs anderen setzten sich auch von fern her in Bewegung. Alle Neugierigen, die sich bisher in ehrerbietiger Entfernung gehalten hatten, drängten sich herbei.

Schnell stieg ich auf meinen Mustang, ergriff den Rappen Pokai-pos beim Zügel und ritt auf die Halle zu. Ich war eher dort als die sechs Dragoner.

»Get you gone!« – »Packt euch! Fort!« rief ich und drängte die Pferde zwischen die Menge hinein.

Sobald ich die Tür erreicht hatte, sprang ich ab, trat ein und zog auch die Tiere nach, die nun mit dem hinteren Teil ihrer Leiber den Eingang so ausfüllten, daß kein Mensch passieren konnte. Ein Blick in das Innere der Halle zeigte mir den Stand der Angelegenheit. Der Pfiff hatte die vier Dragoner gerufen, um den Häuptling zu entwaffnen und gefangenzunehmen; die sechs anderen sollten nachkommen, konnten aber nun nicht eintreten.

Pokai-po stand mit erhobenem Tomahawk in der Ecke, bereit, denjenigen zu töten, der Hand an ihn legte, doch aller Augen waren jetzt auf mich gerichtet. Die Offiziere waren bewaffnet, die Dragoner ebenso, doch davor hatte ich keinen Respekt.

»Was ist das! Was wollen Sie, Sir?« rief mir der Major entgegen.

»Sie an Ihr Wort erinnern«, antwortete ich. »Sie versprachen mir freies Geleit für den Häuptling der Teton!«

»Das hat er erhalten; er hat frei hereingedurft!«

»Ah! Aber er darf nicht frei hinaus?«

»Nein, denn soviel habe ich nicht versprochen.«

»Gut, Sir! Pokai-po bite ta-ata!« – »Komm her zu mir!«

Der Häuptling wollte sich in Bewegung setzen, da aber zog der Major den Revolver und richtete ihn auf mich.

»Hinaus, sonst schieße ich!« gebot er.

»Pshaw!« antwortete ich, indem ich nun direkt auf ihn zuschritt. »Pokai-po, sag diesen Bleichgesichtern, wer ich bin.«

»Old Shatterhand!« rief der Indianer.

»Old Shatterhand!« wiederholten die Offiziere.

Ihre verblüfften Mienen waren ein wahres Gaudium für mich. Der bloße Name tut oft mehr, als sein Träger jemals fertigbringen kann.

»Ja, Old Shatterhand bin ich, Mesch'schurs«, sagte ich. »Wollen Sie es glauben, oder soll ich es Ihnen beweisen? Ich habe meinem roten Freund freies Geleit versprochen, und ich werde es ihm geben. Vorher aber erlauben Sie mir, an Ihrer Beratung mit teilzunehmen. Pokai-po spricht nicht gut Englisch, und Sie verstehen die Sprache der Sioux nicht genug; ein Dolmetscher ist notwendig. Beginnen wir also! Ob mit Waffen oder friedlicher Unterhandlung, das steht in Ihrem Ermessen!«

Mancher wird in meinem Verhalten ein großes Wagnis erblicken, aber es war keines. Ich kannte meine Leute. Ein deutscher Major hätte mich ganz einfach ad acta heften lassen. Die guten Yankees aber hatten vor meinem Trappernamen einen solchen Respekt, daß die Unterhandlung von neuem begonnen wurde, und dank der Mühe, die ich mir gab, verzichtete der Häuptling auf die Sühne, die er vor meiner Ankunft verlangt hatte; er hatte das Leben von achtzehn Weißen beansprucht, ein Weißer für jeden gefallenen Teton-Krieger; ich brachte es dahin, daß er achtzehn Karabiner verlangte, und sie wurden ihm – ganz gegen das Gesetz – bewilligt.

Nun gab ich auch den Eingang wieder frei. Es hatte kein Mensch eintreten können, weil die beiden Pferde ihre Position mit den Hinterhufen verteidigten.

Als wir die Halle verließen, ertönte aus der vorderen Reihe der Neugierigen eine Stimme: »Warum schlägt man diese Rothaut nicht tot? Was will sie hier unter Gentlemen? Teert und federt sie!« Der Sprecher war kein anderer als der Fallensteller, der mich zum Schießen hatte zwingen wollen.

»Ja, teeren, federn!« brüllten seine Gesellen.

Handelten diese Leute in irgendeinem Auftrag, oder wollten sie aus eigenem Antrieb einen Skandal anstiften, um dabei im trüben fischen zu können, ich weiß es nicht. Aber es streckten sich sofort zehn und zwanzig Arme nach dem Indianer aus. Wie auf Verabredung drängte sich ein breiter Keil von Menschen im Nu zwischen uns beide, so daß ich von ihm getrennt wurde.

Ich sah sein Schlachtbeil blitzen, und ein vielstimmiger Schrei der Wut erscholl.

»Major, ich mache Sie verantwortlich!« rief ich dem Offizier zu, der erschrocken in meiner Nähe stand.

Ich ließ den Rappen, den ich noch gefaßt hielt, los und sprang auf meinen Mustang. Es fielen bereits Revolverschüsse. Ich nahm das Pferd hoch und gab ihm beide Sporen; es schnellte mit einem weiten Satz mitten in den Menschenknäuel hinein. Nun gebrauchte ich den Kolben meiner Büchse ebenso kräftig wie die Hufe meines braven Tieres.

Der Indianer hatte sich verteidigt, war aber von der Menge in seinen Bewegungen gehemmt, gedrückt und niedergerissen worden. Er wehrte sich noch am Boden mit aller Kaltblütigkeit eines Indsman. Meine Hiebe machten ihm Luft. Er schnellte empor, die Büchse wieder in der Hand, die ihm entfallen war; ihr Kolben krachte auf die Köpfe der Angreifer nieder. Alles schrie und brüllte durcheinander; Messerklingen blitzten, Revolverschüsse knatterten; ich blieb unversehrt und rief dem Häuptling zu: »To-ok kava!« – »Spring aufs Pferd!«

Er verstand mich trotz des Geheuls rings umher und flog zu seinem Rappen, der, scheu geworden, mit allen vieren um sich schlug. Mit einem Satz schwang er sich auf.

»Usta nai!« – »Komm, mir nach!«

Mit diesen Worten trieb ich mein Pferd zum Sprung an; er tat dasselbe durch den einfachen Schenkeldruck, da er die herabhängenden Zügel noch nicht hatte fassen können. Er stieß den gellenden Triumphschrei der Sioux aus, und dann schossen wir davon, über den Platz hinweg und auf das Tor zu. Es war verschlossen, aber seitwärts waren die Planken niedriger.

»Hi – ho – hi!« rief er und flog hinüber, ich ihm nach.

Ein vielstimmiger Schrei des Erstaunens erscholl, dann rasten unsere Tiere die Anhöhe hinab und in die Ebene hinein. Niemand folgte uns, und so ließen wir die Pferde bald langsamer gehen, obgleich es keine Schande ist, unter solchen Umständen lieber die Flucht zu ergreifen als sich niederschießen zu lassen.

Wir wurden nicht verfolgt und stießen bald auf die drei Krieger der Teton, die Häuptling Pokai-po weit außerhalb des Forts zurückgelassen hatte. Mit ihnen ritten wir zum Lager des Teton-Stammes, wo die Krieger ihren Häuptling schon mit Ungeduld erwarteten.

Es wurde sofort eine Beratung gehalten. Pokai-po erzählte, was ihm geschehen war, und alle waren ergrimmt und bereit, diese neue Treulosigkeit zu rächen.

»Ja, sie soll gerächt werden«, sagte Pokai-po, »aber meine Brüder werden erkennen, daß die Bleichgesichter, die bunte Kleider tragen, jetzt gewarnt sind und uns erwarten. Wir werden daher eine Zeit vergehen lassen, bis sie vergessen haben, aufmerksam zu sein. Aber unsere Tomahawks müssen trotzdem aus dem Gürtel gezogen werden. Der Mann mit dem halben Gesicht hat gesagt, man solle den Häuptling der Sioux mit Teer und Federn beschmieren; er hat mich ergriffen und geschlagen; er und seine Männer, sie sollen die Hand der roten Krieger fühlen.«

Es wurde nun beschlossen, durch einige geschickte Kundschafter das Fort bewachen zu lassen, um zu sehen, wann die Fallensteller es verlassen würden; dann wollte man ihnen nach, um sie zu züchtigen.

Ich selbst war bei dieser Beratung nicht anwesend; der Häuptling teilte mir das Resultat mit. Es lag nicht in meiner Macht, den Beschluß der Indianer zu ändern. Da ich wenig

Lust hatte, ihrem Angriff auf die Weißen beizuwohnen, blieb ich nur einen Tag bei ihnen und brach dann auf, um Winnetou aufzusuchen.

Ich hatte die Gegend von Fort Cass verlassen, war den Bighorn River aufwärts geritten und befand mich jetzt an seinem östlichen Oberlauf. Von hier aus wollte ich die Dark Hills überqueren und zum Tongue River reiten, wo ich mich mit Winnetou, dem Häuptling der Apachen, verabredet hatte.

Bei Einbruch der Dämmerung schlug ich mein Lager auf. Nachdem ich meine Abendmahlzeit gehalten hatte, ließ ich, da es nicht kühl war und ich hier von Mücken nicht belästigt wurde, mein Feuer ausgehen. Mein Pferd weidete ganz in der Nähe. Es ist immer eine Beruhigung, ein gutes Tier bei sich zu haben, da dieses oft schärfere Sinne hat als selbst der geübteste Jäger.

Ich war müde und eben im Begriff einzuschlafen, als mein Pferd auf jene Weise schnaubte, die die Anwesenheit von etwas Verdächtigem melden soll. Ich lauschte, konnte aber nichts bemerken, obwohl der Mustang das Schnauben wiederholte.

Ich erhob mich also und trat zu ihm. Er rieb den schön gebauten Kopf an meiner Schulter, öffnete die Nüstern und sog die Luft ein, die leise von Süden herunterstrich. Ich folgte dieser stillen Aufforderung – wirklich, die Luft roch brenzlig, sie führte Rauch mit sich. Stammte dieser Geruch noch von meinem bereits verloschenen Feuer, oder gab es da südwärts einen zweiten Lagerplatz?

Ich mußte mich überzeugen und schlich in der angegebenen Richtung vorwärts. Meines Pferdes, das ich zurückließ, war ich natürlich sicher. Es war angehobbelt* und hätte auch, ohne gefesselt zu sein, den Platz nicht eher verlassen, als bis ich zu ihm zurückkehrte.

Je weiter ich vorwärtskam, desto stärker wurde der Geruch; der Rauch wurde dichter, und endlich sah ich den hellen Schein des Feuers zwischen den Bäumen leuchten. Ich verdoppelte die Vorsicht und sah nun, hinter einer mächtigen Eiche stehend, vier Männer um das Feuer liegen. Es waren Weiße. Sie trugen die dauerhafte Kleidung der Fallensteller. Jeder hatte die Waffen bei der Hand liegen, doch zeigten sie alle kein gefährliches Aussehen. Ich schob mich unhörbar noch weiter vor, stand dann auf und war nach drei raschen Schritten neben ihnen.

»Good evening, Mesch'schurs!« grüßte ich. »Habt Ihr nicht noch einen Platz bei Euch am Feuer?«

Sie hatten bei meinem Erscheinen sofort die Waffen ergriffen, waren aufgesprungen und umringten mich jetzt, die Büchsen schußfertig im Anschlag.

»Wer seid Ihr?« fragte der eine.

»Nichts, weiter nichts als ein einsamer Westläufer, der sich freut, Kameraden gefunden zu haben.«

»Oho! Ihr seht nicht aus wie ein Westläufer, mein Junge! An Euch ist ja alles so sauber und blitzeblank, daß Ihr von Westen gar noch nicht viel gesehen haben könnt. Woher kommt Ihr, he?«

---

* Angehobbelt: Trapperausdruck für angebunden (KM).

»Von Fort Cass.«

»Ah! Und wohin wollt Ihr?«

»Hinüber zum Tongue River, um einen Freund zu treffen, der mich dort erwartet.«

»Wer ist dieser Freund?«

»Winnetou, der Apache.«

»Good luck! Ist's wahr?«

»Ich habe es ja deutlich genug gesagt!«

»Ihr kennt Winnetou? Wirklich? Ah, das müßt Ihr uns erklären! Setzt Euch zu uns; sagt uns aber vorher, in welcher Gesellschaft Ihr Euch befindet!«

»Ich bin allein.«

»Allein? Ich will gejagt sein, wenn das wahr ist! Ihr seht mir ganz und gar nicht aus wie ein Mann, der das Herz hat, sich so allein im Wald umherzutreiben!«

»Danke, Master! Ihr haltet mich also für ein Greenhorn?«

»So ähnlich. Also, was für Leute sind bei Euch?«

»Kein Mensch. Ich nehme es Euch nicht übel, daß Ihr vorsichtig seid, aber dieses Mal seid Ihr im Irrtum. Ich bin ein Deutscher, und es sollte mir leid tun, wenn ich das Aussehen eines Outlaw hätte.«

»Na, das nun eben nicht! Also ein Deutscher seid Ihr? Ja, einem Deutschen ist es zuzutrauen, daß er im Festtagsstaat im Wald herumläuft, um von irgendeinem Indsman gefälligst skalpiert zu werden. Wo habt Ihr Euer Pferd?«

»Ganz in der Nähe am Fluß.«

»So holt es! Ich gehe mit, und wehe Euch, wenn ich finde, daß Ihr uns belogen habt!«

Ich ging, und er schritt hinter mir her. Als wir meinen

Lagerplatz erreichten, wo ich die zurückgelassene Büchse und meine Decke vom Boden aufhob, meinte er: »Wahrhaftig, es ist so! Ihr seid allein. Aber Mensch, wer wagt sich denn so einzeln in diese Gegend, die jetzt von Sioux wimmelt?«

»Pshaw! Die Sioux tun mir nichts!«

»Nichts? Warum denn grad Euch nichts?«

»Oh, wir sind dicke Freunde«, lachte ich.

»Egat, Ihr seid ein sonderbares Menschenkind. Nehmt Euer Pferd und kommt mit zum Feuer. Wir können uns einiges erzählen, ehe wir schlafen.«

Als wir zurückkehrten, sahen die andern drei ihn mit fragenden Augen an.

»Es ist so«, sagte er, mit dem Kopf nickend. »Dieser Master ist ganz allein hier im Wald, und er behauptet sogar, daß die Sioux seine dicksten Freunde sind.«

Sie betrachteten mich mit sehr ungläubigen Blicken. Es war zu sehen, daß sie sich über mich nicht klarwerden konnten. Der Westmann gibt nicht das Mindeste auf sein Äußeres; je heruntergekommener er aussieht, desto mehr hat er durchgemacht; ich aber hielt meine Waffen stets blank und hatte in Fort Cass ja auch Zeit gehabt, meine Kleidung in Ordnung zu bringen, so daß ich ihnen allerdings wie ein Neuling erscheinen konnte. Ich nannte ihnen meinen Namen.

»Habe ihn noch nicht gehört«, sagte der eine. »Ihr könnt noch nicht sehr lange in dieser Gegend sein. Aber wie kommt Ihr zur Freundschaft mit dem berühmten Winnetou und dann mit den Sioux, die doch seine Feinde sind?«

»Das werdet Ihr erfahren, vorher aber sagt mir auch ein wenig von Euch!«

Sie nannten mir ihre Namen, und dann fuhr derjenige, der bisher gesprochen hatte, fort: »Ihr dürft es uns nicht übelnehmen, Sir, daß wir sehr vorsichtig sind, denn wir haben infolge einer Unvorsichtigkeit großen Schaden erlitten. Wir sind Fallensteller. Wir hatten vom Frühjahr an gearbeitet und einen hübschen Vorrat von Pelzen zusammengebracht; es waren sechs ganze Gruben voll; da schloß sich uns ein fünfter an, dem wir vertrauten. Während einer Nacht, da er die Wache hatte, kamen seine Spießgesellen; am Morgen war er verschwunden und mit ihm unsere sämtlichen Felle. Sogar die Pferde waren weg.«

»O weh! Wo und wann ist dies geschehen?«

»Vor zwei Wochen droben am Huntsmanfork.«

»Habt Ihr keine Ahnung, wer die Diebe gewesen sind?«

»Genug Ahnung, aber was hilft sie uns! Der Verlust wäre noch zu tragen, aber die Spitzbuben haben uns auch sämtliche Fallen mitgenommen. Wir haben kein Geld, um neue zu kaufen, und müssen uns nun mit armseligen Schlingen behelfen, bis wir etwas fangen und einige Dollar erlösen. Wir haben die Spuren der Diebe verfolgt, aber es half uns nichts. Als sie den Yellowstone River erreichten, haben sie sich ein Floß gebaut und sind mit diesem auf und davon. Wer kann dann folgen!«

»Waren es ihrer viele?«

»Eine ganze Bande, wenigstens dreißig Mann, wie die Spur zeigt.«

»Ah! Die Stelle, an der sie das Floß bauten, befindet sich oberhalb von Fort Cass?«

»Zwei Tagesritte.«

»Warum seid Ihr nicht zum Fort gegangen?« fragte ich, indem mir eine Ahnung kam.

»Was hätte es uns genutzt? Es ist kein anderer als der Rote Olbers mit seiner Schar gewesen. Er hält sich bereits seit einiger Zeit am oberen Missouri auf, und was der einmal in den Händen hat, das kommt nie wieder an den rechten Herrn zurück.«

Ich hatte die Fallen, die im Lager vor dem Fort gelegen hatten, nur flüchtig bemerkt, als ich von meiner Kanufahrt zurückkehrte. Aber der Westmann hat ein scharfes Auge für jede Kleinigkeit, und so hatte ich auch unwillkürlich die Zeichen noch im Gedächtnis, die sich auf zweien der Fallen befunden hatten. Jeder Trapper nämlich versieht seine Fallen mit einem bestimmten Zeichen.

Daher fragte ich: »Hattet Ihr Eure Fallen nicht gekennzeichnet?«

»Oh doch!«

»Ich habe Fallen gesehen mit den Zeichen W. B. und auch mit fünf Sternen, die ein stehendes Kreuz auf dem Bügel bildeten.«

»Behold, das sind unsere Fallen! Wo waren sie, Master?« fragte der Mann sehr schnell.

»Sag mir erst, wer dieser Rote Olbers ist!«

»Niemand weiß, woher er kommt, aber ein Yankee ist er jedenfalls, und zwar einer der unsaubersten. Man hat ihn drüben in Kalifornien gesehen, wo er in den Minen sehr dunkle Geschäfte gemacht haben soll. Er mußte sich aus dem Staub machen und tauchte zuerst bei Fort Benton wieder auf, wo er den Großmogul spielte und mit Nuggets nur so um sich warf; er soll viele Tausende von Dollar an Goldkörnern verspielt und verschleudert haben . . .«

»Wann war das?« unterbrach ich ihn, da eine Erinnerung in mir auftauchte.

»Das war vor vier Jahren um die jetzige Jahreszeit. Später sah man ihn unten in Santa Fé, dann in Bents Fort. Überall, wo er war, geschahen große Räubereien. Jetzt hat er eine ganze Bande beisammen, aber ich hoffe, daß er einmal ergriffen wird; dann ist der Strick sein sicherer Halsschmuck!«

»Habt Ihr ihn gesehen? Könnt Ihr ihn mir beschreiben?«

»Ich weiß nur, daß er ein halbes Gesicht hat; auf der rechten Seite fehlt die Haut mit fast dem ganzen Fleisch. Er muß sich einmal unter einem sehr scharfen Messer befunden haben.«

»Er ist's! Eure Fallen sah ich in Fort Cass!«

»Holla, in Fort Cass! Also doch! Die mit W. B. sind mein; ich heiße ja William Brandes. Wir müssen sie uns wiederholen!«

»Im Fort sind sie jetzt nicht mehr. Ich wohnte bei dem Besitzer eines Stores, und als ich am letzten Tag die Miete bezahlte, erfuhr ich, daß er vom Roten Olbers eine ganze Menge Felle gekauft habe; die Fallen aber wollten sie nicht verkaufen. Die Diebe befinden sich nicht mehr im Fort, wie ich vermutete. Übrigens hatte dort niemand eine Ahnung, daß dieser Mensch der Rote Olbers sei.«

»Wißt Ihr nicht, wohin er sich wenden wird?«

»Vielleicht«, antwortete ich. Es fiel mir das Gespräch ein, das ich im Store belauscht hatte, und so fragte ich: »Seid Ihr vielleicht in der Gegend des Cheyenne-Sees bekannt?«

»Oh, sehr. Wir haben den letzten Winter dort verbracht. Diese Gegend gehört dem reichen Wittler. Er hat vor zwei Jahren dort eine Ölquelle entdeckt und schickt jetzt Hunderte von Fässern den Missouri hinab. Ich glaube gar, daß er jetzt einen Bohrer angelegt hat, um das Geschäft zu vergrößern.«

»Kennen Sie seine Familie?«

»Warum sollte ich nicht, Sir? Er hat Frau und drei Kinder, nämlich zwei Söhne und ein Töchterchen, und außerdem wohnt eine Schwester bei ihm, deren Mann irgendwo elend umgekommen sein muß. Er befand sich in Kalifornien und schrieb den Seinen, daß er mit einer tüchtigen Ladung Gold nach Hause kommen werde, ist aber nie angekommen. Er muß Kalifornien vor vier Jahren verlassen haben.«

»Hieß er vielleicht John Helming?« fragte ich in höchster Spannung.

»Versteht sich, Sir, John Helming hat er geheißen. Habt Ihr ihn etwa gekannt?«

»Nein«, antwortete ich erregt, »aber gesehen habe ich ihn, vielmehr seine Leiche, ermordet und beraubt von diesem elenden Roten Olbers!«

»Mein Gott!« riefen die vier Männer. »Erzählt, erzählt, Sir!«

»Nein, dazu ist keine Zeit jetzt; das können wir unterwegs tun. Wir müssen sofort aufbrechen. Dieser Olbers reitet jetzt nämlich mit seiner Bande zum Cheyenne-See, um die Besitzung Wittlers zu überfallen und auszurauben, wie er bereits den Schwager beraubt und ermordet hat. Die Spitzbuben werden Eure Fallen wohl noch bei sich führen, da sie hier in dieser Abgeschiedenheit großen Wert haben; Ihr kommt also vielleicht wieder zu Eurem Eigentum.«

»Aber, Sir, gebt uns doch wenigstens eine Andeutung!«

»Nun, ich befand mich vor vier Jahren zum zweitenmal in Amerika und stieg mit Winnetou da oben am Hellgate-Paß herum. Dort fanden wir eines Nachmittags die Leichen mehrerer Männer; sie waren noch warm, und die Mordtat war vor kaum einigen Minuten geschehen. Es waren fünf Tote, die gänzlich ausgeraubt worden waren. Nur bei einem fand ich ein altes Notizbuch, auf dem der Name John Helming stand.

Wir bedeckten die Leichen einstweilen, so gut es ging, und verfolgten dann die Spuren der Mörder. Es waren viele. Sie hatten den Toten die beladenen Maultiere abgenommen und kamen also nur langsam vorwärts. Als wir sie einholten, zählte ich vierzehn Mann, und doch machten wir uns über sie her. Sie waren uns überlegen, und ich war fast noch ein Neuling hier im Westen; kurz und gut, wir zogen den kürzeren. Sie verloren einige Männer, und der Anführer verlor einen Teil seiner Gesichtshaut. Er hatte bei einem Streich Winnetous den Kopf noch zur rechten Zeit zur Seite gebogen, und darum wurde ihm nicht der Kopf gespalten, sondern die Schneide des Tomahawks glitt ihm längs der Wange herab und zeichnete ihn so für alle Zeit.

Wir begruben die Toten. Das Notizbuch nahm ich an mich. Ein Regen verwischte die Spuren der Mörder. Ich habe wegen des Notizbuches öfter Annoncen in die Zeitungen gesetzt, aber niemand hat sich gemeldet. Ich habe es irgendwo in meinen Satteltaschen. Als ich mich drüben aufmachte, um zum drittenmal in den Wilden Westen zu reisen, steckte ich es zu mir. Man kann nie wissen, was man erlebt und erfährt.«

Ich erzählte nun in Kürze weiter von meinem Aufenthalt in Fort Cass. Als ich geendet hatte, rief Brandes: »Sir, das ist ganz außerordentlich! Ihr müßt sofort zum Cheyenne-See und wir mit Euch!«

»Ja, auch Ihr, doch nicht mit mir. Ich bin beritten, Ihr aber müßt laufen. Ihr könnt direkt über die Berge, ich aber muß zum Tongue River, um Winnetou zu treffen. Wir trennen uns hier, werden aber wohl zu gleicher Zeit am See eintreffen. Übrigens dürft Ihr nicht vergessen, daß Pokai-po mit seinen Kriegern hinter den Dieben her ist; sie können also weder ihren Raub ausführen noch uns entkommen. Ich bleibe keine Viertelstunde länger und breche sofort auf.«

»Wir auch, wir auch, Sir. Aber, was sollen wir dem Ölprinzen sagen, wenn wir eher kommen als Ihr?«

»Sagt ihm, daß er sich schleunigst gegen den Überfall dieses Olbers rüsten soll. Über seinen Schwager wird er das Weitere erfahren, sobald ich bei ihm bin!«

Es ist nur unter ganz dringenden Umständen geraten, zu Pferd bei Nacht durch eine unbekannte Waldwildnis zu dringen, doch Übung und Ortssinn lassen vieles überwinden. Als der Morgen anbrach, befand ich mich bereits am Fuß der Höhen, und nun konnte ich meine Schnelligkeit verfünffachen. Noch am Vormittag erreichte ich die Wasserscheide, und gegen Mittag hatte ich den oberen Lauf des Tongue River vor mir.

Nun galt es, Winnetou zu finden. Das scheint schwerer zu

sein, als es eigentlich war. Wir hatten uns schon öfters getrennt, uns aber sogar in der felsigsten Einöde, im tiefsten Urwald wiedergefunden. Wir hatten unsere Zeichen, die kein anderer bemerken konnte.

Ich ritt das Wasser entlang und beobachtete die darin liegenden Steine. Bereits nach einer Viertelstunde bemerkte ich zwei nebeneinander im Wasser liegende Kiesel, zwischen denen drei dünne Zweige eingeklemmt waren; zwei waren kahl, und der dritte hatte seine Seitenästchen und Blätter noch. Die Spitze zeigte aufwärts. Das war eines unserer Zeichen. Winnetou hatte es errichtet. Die Spitze des belaubten Zweiges sagte mir, wohin er geritten war, und die beiden anderen Zweige zeigten genau gegen den Punkt des Himmels, wo die Sonne zu der Zeit gestanden hatte, zu der er das Zeichen errichtet hatte. An der Frische der Blätter konnte ich den Tag, ob heute, gestern oder noch eher, erkennen.

Auf diese Weise erfuhr ich, daß der Apachenhäuptling heute vormittag gegen neun Uhr hier gewesen war. Da er es hier nicht für nötig hielt, seine Fährte zu verwischen, fand ich sehr bald die Spur seines Pferdes. Ich folgte ihr und fand den Ort, an dem er in der heißesten Tagesstunde gerastet hatte. Da steckte auch das sichere Zeichen, daß er hierher zurückkehren werde, um sein Nachtlager hier aufzuschlagen. Dieses Zeichen bestand einfach aus einem kleinen, dünnen Pulverholzästchen, das mit dem einen Ende im Boden steckte. Es konnte dazu jede Holzart, Holunder oder ähnliches, benutzt werden, deren Mark sich leicht entfernen läßt.

Das sah so zufällig aus, daß der erfahrenste Trapper, der

scharfsinnigste Indianer nicht auf den Gedanken gekommen wäre, hier vor einer deutlich lesbaren Schrift zu stehen.

Auf solche Weise beherrscht man den öden Llano, die weite Prärie, das wilde Gebirge und den dichten Urwald. Durch solche unscheinbaren Mittel sind Männer wie Winnetou, Old Firehand, der Lange Holbers, der Dicke Walker, Sam Hawkens und andere zu ihrer Berühmtheit gekommen. Ich kannte sie alle und hatte von ihnen viel, ja, alles gelernt. Es ist mit dem Wilden Westen wie mit dem Wasser: Man darf nicht zagen, man muß sich, um schwimmen zu lernen, mutig hineinstürzen; es trägt den Menschen von selber, und die Lehrlingszeit vergeht um so schneller, je eifriger man übt.

Ich hobbelte mein Pferd an, ließ es grasen und legte mich nieder. Wenig später hörte ich in der Ferne den Knall einer Büchse. Das war der scharfe, sonore Ton, den nur Winnetous mit Silbernägeln beschlagenes Gewehr hervorbrachte. Für den Laien ist es fast unbegreiflich, daß zwei Jäger einander am Knall ihres Gewehres erkennen sollen; aber wer jahrelang die Stimme einer Büchse gehört hat, der weiß sie von dem Ton jedes anderen Gewehres zu unterscheiden.

Ich zog sofort meine Büchse hervor und feuerte sie ab; ich war überzeugt, daß Winnetou ihren Knall auch gleich erkennen werde. Ich hatte mich nicht getäuscht, denn bereits nach zehn Minuten hörte ich den nahenden Galopp eines Pferdes, und dann hielt der berühmte Häuptling der Apachen vor mir.

»Ni ti, Schar-lih? Nsho-peniyil! Shi mazakan ni yaltile.« – »Du hier, Schar-lih? Willkommen! Ich hörte deine Büchse sprechen.«

Schar-lih, so sprach er nämlich meinen ins Englische übersetzten Vornamen Charles oder Charly aus. Er sagte seine Worte in einem Ton und mit einer Miene, als ob wir uns erst vor fünf Minuten getrennt hätten und uns an einem Ort befänden, an dem es kein Problem ist, sich wieder zu treffen.

Er sprang aus dem Sattel, ließ sein Pferd frei laufen und stand nun vor mir als das Prachtexemplar eines Indianers. In den Augen eines Westmannes hatte er allerdings den Fehler, der auch an mir so oft getadelt worden war: Er vernachlässigte sein Äußeres nie. Die Wildnis war nie imstande, seinen Anzug so zu beschmutzen und seine Waffen so rostig werden zu lassen, wie es bei anderen geschieht. Seine Schultern waren breit, und seine starke nackte Brust war mit Narben bedeckt. Um die Hüften trug er eine Saltillodecke, über der ein wasserdichter Ledergürtel lag, dessen Inneres zur Aufbewahrung wertvoller Kleinigkeiten diente, in dem aber auch das Skalpmesser, der glänzende Tomahawk und zwei Revolver steckten. Eine Wildlederhose, die sich eng um seine muskulösen Schenkel legte, war an den Seiten mit den Skalplocken getöteter Feinde geschmückt. Das vorn offene Jagdhemd, aus dem feinsten Rehleder gearbeitet, trug denselben Schmuck. Leggins, deren Zeug aus den Haaren der von ihm Erlegten geflochten war, bedeckten seine Unterschenkel, und an den Füßen saßen ein Paar Mokassins, an denen eine fleißige indianische Squaw sicherlich monatelang gearbeitet hatte. Von den Schultern hing ein aus dem schweren Fell eines grauen Bären gefertigter Mantel herab. Um den Hals hing an einer aus Bärenzähnen bestehenden Kette das Kalumet. Sein Kopf war unbedeckt. Das Haar war zu einer helmartigen Frisur geordnet, in der die drei Häuptlingsfedern steckten. Um seine Hüften hing das unzerreißbare Lasso, und in der Faust hielt er seine kostbare, silberbeschlagene Büchse, aus der, von seiner Hand geschossen, noch niemals eine Kugel fehlgegangen war. Seine Stirn war hoch, seine Nase fast römisch zu nennen, und die fast unmerklich hervortretenden Backenknochen vermochten nicht, den männlich schönen, ernsten und dabei doch wohlwollenden Ausdruck seines Gesichtes zu beeinträchtigen.

Das war Winnetou, der berühmteste Häuptling der roten Männer, der aber dennoch niemals einen Stamm befehligte, sondern einsam oder nur mit einem Freund die Savannen und Gebirge durchritt, um zu zeigen, daß auch ein Indianer ein Held und Mensch sein kann.

Er nahm an meiner Seite Platz. Ich bot ihm eine der Zigarren an, die ich mir im Fort gekauft hatte. Kein Pariser Bonvivant hätte diese mit größerer Eleganz zum Mund führen und anrauchen können.

»Mein Bruder Schar-lih ist wieder gesund?« fragte er.

»Ja, gesund und reich. Ich habe für die Felle über zweihundert silberne Dollar erhalten; sie befinden sich in meinem Gürtel.«

»Sie sind dein! Winnetou braucht keine Dollar. Er weiß, wo das Gold und Silber in der Erde wachsen. In welcher Richtung will nun mein Bruder jagen?«

»Zum Cheyenne-See, ich will einen Dieb und Mörder jagen. Geht mein Bruder Winnetou mit?«

»Winnetou ist da, wo sein Bruder Schar-lih ist. Wer ist der Mörder?«

»Es ist der Mörder der fünf Männer, die wir vor vier Wintern am Hellgate-Paß begruben.«

Das war sicher auch für ihn eine überraschende Kunde, aber seine Züge blieben unbeweglich; er war ein Indianer durch und durch.

»Mein Bruder Schar-lih, erzähle!« sagte er.

Auch ich war gewohnt, ihm gegenüber schweigsam zu sein; vielleicht hatte gerade dies mir seine so ungewöhnliche Zuneigung erworben. Ich berichtete also in kurzen Worten nur das Notwendigste. Er hörte wortlos und ohne eine Miene zu verziehen zu und rauchte dann höchst gemächlich seine Zigarre zu Ende.

»Hat mein Bruder Patronen mitgebracht?« fragte er endlich.

»Genug«, antwortete ich.

Da erhob er sich, warf die Büchse am Riemen über die Schulter und bestieg sein Pferd. Ich tat ganz dasselbe. Er lenkte direkt in das Wasser, und nun erst bemerkte ich, daß hier eine Furt vorhanden war. Hinter seinem Sattel war ein runder, von abrasiertem Hirschleder umgebener Pack aufgeschnallt; er enthielt das Fleisch, das der Apache vorhin geschossen hatte.

So waren wir mit allem Nötigen versorgt.

Wir verstanden einander, ohne ein Wort zu sprechen. Winnetou war eben jetzt zum Cheyenne-See aufgebrochen. Das war seine Antwort auf meine Erzählung. Auf ihn konnte ich mich verlassen; er kannte das ganze Gebirge, von Mexiko an bis hinauf zum Frazer-Fluß.

Wir ritten der Grenze von Wyoming und South Dakota

entgegen. Es war ein böser Weg, quer über die Black Hills hinüber, besonders als es dunkel wurde und der Apache noch immer keine Neigung zeigte, zur Nachtruhe anzuhalten.

Mein Mustang war ermüdet, aber er hielt gut aus, bis endlich Winnetou spät am Abend vom Pferd stieg und selbst das Feuer entzündete, um das Fleisch nach seiner indianischen Weise zuzubereiten. Da er eine Nachtwache mit keinem Wort erwähnte, glaubte ich, daß er die Gegend für sicher halte, und legte mich, als er wortlos zur Ruhe ging, neben ihm zum Schlaf nieder.

Am anderen Morgen wurde der Weg fortgesetzt, immer durch unwirtliche Gegenden. Ich merkte, daß der Apache die einsamsten Striche aufsuchte, damit ja kein Mensch von unserer Wanderung zum Cheyenne-See etwas bemerke. Es mußte ihn doch brennend interessieren, den Menschen in die Hände zu bekommen, der uns damals entgangen war, weil uns seine Truppe an Zahl so unverhältnismäßig überlegen gewesen war.

Auch dieser Tag verging. Wir machten heute früher halt zum Nachtlager als gestern. Die Vorsicht, die der Apache dabei entwickelte, ließ mich vermuten, daß wir in der Nähe unseres Zieles angekommen waren. Hier mußte wegen der mutmaßlichen Anwesenheit der Buschklepper jetzt sorgfältiger verfahren werden als bisher.

Bereits am nächsten Morgen erreichten wir einen ansehnlichen Wasserlauf, der tief und breit genug war, größere Boote zu tragen.

»Der Cheyenne-River!« sagte Winnetou.

Er ritt so zuversichtlich vorwärts, daß ich überzeugt war,

die Gegend sei ihm von früher her wohlbekannt. Der Fluß verbreiterte und vertiefte sich immer mehr, doch waren die Ufer von Urwald bestanden. Plötzlich bog Winnetou vom Ufer ab und in den Wald hinein, der so hochstämmig war, daß wir zwischen den Bäumen genug Raum zum Reiten fanden Das Gelände stieg an; wir hatten eine ansehnliche Höhe zu überwinden und gelangten schließlich auf eine Art von Hochebene, auf der der Urwald in niederes, von grasigen Stellen unterbrochenes Buschwerk überging.

Da trieb mir die Luft einen Geruch entgegen, den ich von früher her kannte – Petroleumduft. Wir näherten uns dem Cheyenne-See. Dies bemerkte ich auch an der Aufmerksamkeit, mit der der Apache den Boden nach etwaigen Fußspuren untersuchte. Jetzt machte er eine plötzliche Schwenkung, galoppierte mir eine kurze Strecke voraus, streckte dann den Arm aus und sagte: »Tu-indchule shayan.« – »Der Cheyenne-See.«

Der Petroleumgeruch war bei jedem Schritt der Pferde stärker geworden. Ich hatte daher vermutet, sehr bald auf das Wasser des Sees zu stoßen. Als ich nun neben dem Apachen hielt, sah ich, daß wir noch immer eine ziemliche Strecke zu reiten hatten, um an das wirkliche Ufer zu kommen. Wir hielten nämlich am Rand eines tiefen, eirunden Beckens, dessen Wände von steil aufsteigenden Felsen gebildet wurden. Es hatte ganz das Aussehen, als sei diese große Einsenkung der ausgebrannte Krater eines feuerspeienden Berges.

Mehrere hundert Fuß tief unter uns lag auf dem Boden dieses Kraters der See, der einen Durchmesser von sicherlich einer guten Wegstunde hatte. Zwischen seinem Ufer und den östlichen Felswänden des Beckens sah ich zwischen größeren und kleineren Gebäuden ein sehr reges, geschäftiges Treiben. Dort stand ein zur Gänze aus rohen Steinen gebautes Haus, in dessen Nähe mehrere hölzerne Hütten errichtet waren. Überall lagen Dauben, Reifen, Faßböden sowie ganze Fässer, die teils leer, teils mit Petroleum gefüllt waren. Eine Dampfsäge zerschnitt große Stämme zu Dauben. Überall sah man Anlagen, wie sie zur Gewinnung des Petroleums erforderlich sind. Dort aus dem Felsen floß das leuchtende, aber so übelriechende Öl. Man sah, daß es früher in den See gelaufen war, jetzt aber wurde es in mehreren großen Reservoirs aufgefangen, so daß kein Tropfen verlorengehen konnte. Und weiter links arbeitete eine zweite Dampfmaschine, um einen Erdbohrer zu bewegen, der in den Tiefen des Erdinnern weitere Ölvorräte erschließen sollte.

Der See hatte keinen sichtbaren Zufluß, sicherlich aber befanden sich mehrere Quellen auf seinem Boden.

Er hatte nämlich einen ziemlich bedeutenden Abfluß, der an der Nordostseite des Beckens die Felsen durchbrach und sich, wie ich später sah, in den nahen Cheyenne ergoß. Dieser Abfluß geschah durch einen Felsenspalt, der eine Breite von höchstens zwölf Fuß hatte und die einzige Gelegenheit bot, ohne besondere Schwierigkeit von außen her an den See, also in das Innere des einstigen Kraters, zu gelangen.

Vom Rand der Felsen herabzuklettern schien nur auf der westlichen Seite nicht ganz ungefährlich zu sein. Aus dem steilen Gestein schossen einzelne Tannen schlank und hoch empor, und die gefährlichen Risse, Spalten, Löcher, Ecken und Kanten wurden von üppigen Ranken- und Dornengewächsen trügerisch ausgeglichen. An der östlichen Seite aber fielen die scharfen Kanten des Kessels fast senkrecht in die Tiefe nieder. Es gab zwar hie und da einen Vorsprung, einen schmalen Absatz oder eine sonstige Unebenheit, die ein kühner Alpenjäger zum Auf-, vielleicht auch zum Abstieg hätte benutzen können. Um dies zu unternehmen, mußte man aber geradezu Todesverachtung besitzen.

Wir ritten jetzt am Rand des Kraters hin und dann auf seiner Außenseite wieder hinab, bis wir zu dem erwähnten Abfluß gelangten. Hier in dieser Felsenspalte gab es nur für einen einzelnen Reiter Raum, da der übrige Teil der Sohle von dem Abfluß des Sees eingenommen wurde. Dieser floß gleich einem Bach dahin und führte dunkles, fettes, ölhaltiges Wasser.

Als sich vor uns der Krater öffnete, erblickten wir einige schmale, lange und sehr flache Kähne, die jedenfalls dazu dienten, die gefüllten Petroleumfässer zum Cheyenne-River zu bringen, wo sie dann auf größere Boote verladen wurden, um den Missouri hinab verschifft zu werden.

Uns nach links wendend, kamen wir zu den oben beschriebenen Anlagen, wo wir von den da beschäftigten Arbeitern mit Staunen betrachtet wurden. Ein Indianerhäuptling war hier am See wohl noch nie gesehen worden, wenigstens nicht, solange die Ölkolonie bestand. Ich fragte nach Mr. Wittler und erfuhr, daß das massive Steingebäude sein Wohnhaus und zugleich Kontor sei. Wir ritten darauf zu, längs des Ufers hin.

Der See schien sehr tief zu sein und in seinem öligen Wasser kein lebendes Wesen zu beherbergen. So ziemlich in seiner Mitte ragte eine Insel hervor, auf der sich, von allerlei Gebüsch umgeben, ein zwar nur aus rohen Balken erbauter, aber recht hübscher Pavillon erhob. Daß dieses Häuschen fleißig besucht oder benutzt wurde, bewiesen drei Kähne, die am Ufer lagen.

Die Zahl der Arbeiter, die hier angestellt waren, schien nicht sehr beträchtlich zu sein, aber es waren lauter halbwilde, kräftige Gestalten, die schon zupacken konnten. Man sah uns vom Haus aus kommen. Unter der Tür trat uns ein Mann entgegen, in dessen Gesicht mehr Gutmütigkeit und Offenheit lag, als es sonst bei den Yankees der Fall zu sein pflegt.

»Ist Mr. Wittler zu sprechen, Sir?« fragte ich.

»Ja, ich bin es selbst«, antwortete er. »Ihr seid Jäger und sucht ein Obdach? Tretet ein und seid mir willkommen!«

»Danke, Sir«, sagte ich, vom Pferd steigend. »Doch Ihr irrt Euch. Wir sind zwar Jäger, aber dem Westmann ist's in der Stube und Kammer zu eng; er braucht kein Obdach. Wir kommen vielmehr in einer für Euch wichtigen Angelegenheit.«

»Ah, eine Geschäftssache, Sir? Und dieser Indsman ist Euer Führer zu mir gewesen?«

»Nein, auch das nicht. Wir sind lediglich gekommen, um Euch vor einem großen Unglück zu warnen, das Euch bedroht.«

»Heigh-ho! Ist's wahr? Ein Unglück? Bitte, tretet ein, Mesch'schurs; ich stehe Euch sogleich zu Diensten!«

Ich folgte seiner Einladung, Winnetou aber, der im Sattel geblieben war, hatte sich den Ölprinzen scheinbar gar nicht angesehen, er ritt jetzt weiter, immer am Ufer hin.

»Warum reitet Euer Begleiter fort, Sir?« fragte Wittler. »Will er nicht mit hereinkommen?«

»Laßt ihn, Sir! Er will sich den See und seine Ufer ansehen und hat eine sehr dringende Veranlassung dazu, von der Ihr sogleich hören werdet. Die Absicht, die er hegt, ist zu Eurem Nutzen.«

Er führte mich in die Abteilung des Hauses, die als Kontor diente, und lud mich ein, Platz zu nehmen. Ich tat es; er setzte sich mir gegenüber und sagte: »Verzeiht, daß ich mich nicht sofort gastlich zeige! Aber Ihr redet von einem Unglück, und das muß ich erst hören, ehe ich Euch den Meinigen vorstelle.«

»Ihr habt ganz recht, Sir«, antwortete ich, indem ich den Gürtel öffnete und das früher erwähnte Notizbuch hervorzog. »Sind nicht schon vier Fallensteller eingetroffen, die vorigen Winter bei Euch blieben?« fragte ich.

»Ah, Brandes mit seinen Kameraden! Nein. Wollen sie zu mir? Was ist's mit ihnen?«

»Auch Sioux vom Stamm der Teton haben sich noch nicht sehen lassen?«

»Nein. Mein Gott! Sollen wir von den Sioux überfallen werden?«

»Nicht von ihnen, sondern von dem Roten Olbers, Sir.«

Er erbleichte und sprang auf. Er schien ein braver Mann, aber kein Held zu sein. »Überfallen! Vom Roten Olbers!« rief er. »Was tue ich, was beginne ich?«

»Beruhigt Euch, Sir«, sagte ich mit möglichstem Phlegma, »es ist noch nicht soweit. Sagt mir zunächst, ob Ihr vielleicht dieses Notizbuch kennt!«

Er nahm es in die Hände und öffnete es. Ich sah, daß ein freudiger Schreck über sein Gesicht flog. Er holte tief Atem und rief: »Gott sei Dank, endlich, endlich eine Nachricht! Das Buch gehört meinem Schwager. Warum schickt er es mir? Warum kommt er nicht selbst?«

»Weil er nicht kann; er ist tot.«

Ich hielt es für überflüssig, ihn auf diese Nachricht erst vorzubereiten, wie ich es bei einer Dame getan hätte; er war ja ein Mann. Aber dennoch traten ihm sofort die Tränen in die Augen.

»Tot!« sagte er. »Also doch!«

»Ja. Setzt Euch wieder nieder, Sir, und hört mir zu! Ich und der Indianer, der jetzt mit mir gekommen ist, wir haben ihn begraben, ihn und seine unglücklichen Gefährten.«

Ich erzählte ihm jenes Ereignis am Hellgate-Paß und lenkte dann gleich, um alle Klagen abzuschneiden, seine Aufmerksamkeit auf die Gegenwart, indem ich ihm sagte, daß ich in Fort Cass mit dem Mörder zusammengetroffen sei, und ihm dann das Weitere auseinandersetzte. Er vergaß auch wirklich die Trauer über den Tod des Schwagers und dachte nur an die Gefahr, die ihm drohte.

»Also dieser Olbers kommt wirklich?« fragte er entsetzt.

»Ich bezweifle es gar nicht. Die geraubten Nuggets sind verpraßt; seine späteren Schandtaten haben ihm nichts eingebracht, und nun will er Euch besuchen, da er Reichtümer bei Euch vermutet.«

»So muß ich sofort alles verstecken, alles hinunter in den Keller; der ist sogar feuerfest!«

»Zunächst müßt Ihr wohl daran denken, Vorbereitungen

zu treffen, den erwarteten Angriff abzuschlagen. Haben Eure Arbeiter Waffen?«

»Alle!«

»Nun, so ist ja gar nicht viel zu befürchten! Ihr seid gewarnt und könnt diese Verbrecher also gehörig heimschicken.«

»Oh, davon verstehe ich nichts. Nur keinen Kampf! Können wir sie denn nicht mit List von uns abhalten, Sir?«

Ich zuckte die Achseln. »Dazu reicht meine List nicht aus, Mr. Wittler. Ihr werdet kämpfen müssen, und ich bin bereit, Euch beizustehen. Mein Begleiter ist der berühmte Apachenhäuptling Winnetou. Er nimmt zehn solcher Buschklepper auf sich, zumal bei einem nächtlichen Kampf, wie er ja zu erwarten ist; ich habe auch gelernt, mich meiner Haut zu wehren, wenn es not tut; rechnet Ihr dazu Eure Arbeiter, die ja gar nicht wie Memmen aussehen, so bleibt für Euch nichts übrig als das bloße Zusehen oder Abwarten.«

»Ich bin Euch dankbar, Sir, sehr dankbar!« sagte er im Ton der Erleichterung. »Ich ersuche Euch, den Oberbefehl über meine Leute zu übernehmen. Sie werden Euch gern gehorchen.«

Das war ja für mich sehr ehrenvoll! Ich, der Unbekannte, sogleich General en chef!

»Es handelt sich hier wohl weniger um einen Oberbefehl als um ein energisches Zusammenwirken. Wir werden noch darüber sprechen; jetzt aber bitte ich Sie, mich Ihrer Familie vorzustellen, obgleich ich leider keinen Frack anlegen kann.«

Ich fand in Mrs. Wittler und Mrs. Helming zwei Damen, die mehr Energie zu besitzen schienen als der Ölprinz, von dem es mich übrigens wunderte, daß er es bei seiner Abscheu vor einem Kampf gewagt hatte, sich hier am Cheyenne-See niederzulassen. Die Kinder, zwei Knaben und ein Mädchen, freuten sich königlich, einmal einen Fremden zu sehen, und ich hatte ihnen hundert Fragen zu beantworten, entzog mich aber dann ihrer Wißbegierde, um Winnetou aufzusuchen und zugleich Wittler Gelegenheit zu geben, den Damen mitzuteilen, was er von mir erfahren hatte.

Ich hatte mich doch weit über eine Stunde mit der Familie beschäftigt, und der Apache hatte Zeit gefunden, um den See zu galoppieren. Ich sah ihn eben über ein hohes Felsstück, das im Weg lag, springen; er hielt es gar nicht für der Mühe wert, es zu umreiten.

Als wir zusammentrafen, meinte er: »Alle müssen sterben! Man besetzt den Ausgang, sobald die diebischen Bleichgesichter hereingekommen sind. Sie können in der Nacht nicht an den Felsen empor und werden von unseren Kugeln gefressen werden. Howgh!«

Dieses Wort pflegte er dann auszusprechen, wenn er eine Meinung bekräftigen wollte. Ich stimmte ganz seiner Ansicht bei, wollte aber nichts verabsäumen und machte also dieselbe Tour um den See wie er. Ich wurde dadurch nur in der Ansicht bestärkt, daß die Buschklepper verloren seien, wenn sie den Angriff wagten.

Jetzt begab sich auch Winnetou mit in das Wohnhaus. Man hatte uns ein Mahl bereitet, wobei uns aber nur die Kinder Gesellschaft leisteten. Wittler und die Damen entschuldigten sich damit, daß sie zu beschäftigt wären. Sie schafften alles Wertvolle in den Keller. Jetzt lächelte ich über den Eifer, später aber sah ich ein, daß er von großem Nutzen gewesen war.

Während des Mahles saß Winnetou so, daß er durch das Fenster blicken konnte. Er sprang plötzlich auf.

»Uff!« rief er erstaunt und deutete mit der Hand hinaus.

Ich drehte mich um, warf einen Blick hinaus und erkannte – den Roten Olbers, der vom Abfluß des Sees her langsam auf das Haus zugeritten kam. Er schien sich jede Einzelheit des Geländes genau betrachten zu wollen. Ich eilte zur Tür, riß sie auf und rief Wittler. Er kam herbeigeeilt; er hatte meiner Stimme angehört, daß es etwas Ungewöhnliches gebe.

»Der Rote Olbers kommt!« sagte ich.

»Mein Gott!« rief er, vor Schreck zurückfahrend.

»Keine Angst! Er kommt nur, um zu spionieren. Wir könnten ihn fortlassen, um ihn dann mit den Seinen desto sicherer zu haben; aber wir halten ihn fest, die anderen entgehen uns nicht. Schnell, schnell, empfangt ihn im Kontor, tut, als ob Ihr nichts ahnt, und laßt ihn ruhig sprechen. Ich bin neugierig, womit er seine Anwesenheit begründen wird. Ich warte mit Winnetou, bis er wieder heraustritt, und nehme ihn fest.«

»Aber, Sir, dieser Mörder ...«

»Schnell!« unterbrach ich ihn. »Er steigt bereits vom Pferd!«

Ich mußte den Mann förmlich fortschieben, so voller Angst war er. Wir hörten Olbers auf den Flur treten und nach Mr. Wittler fragen; dieser ging mit ihm in das Kontor. Nach einigen Minuten postierten wir uns leise vor der Tür.

Ich malte mir bereits aus, welch ein Gesicht er machen werde, wenn er heraustreten und mich da erblicken werde. Ich horchte. Ich vernahm einige laute Worte und einen darauffolgenden wilden Fluch. Es schlug etwas gegen die Tür. Ich ahnte, daß dies nichts Gutes bedeute, und öffnete. Da stand Wittler, schreckensbleich und mit offenem Munde. Olbers war nicht zu sehen.

»Wo ist er?« fragte ich dringend.

Der Mann deutete wortlos zum Fenster.

»Fort?«

»Ja«, antwortete er. »Ich hatte viel Mut; ich sagte ihm, daß er der Mörder meines Schwagers sei und daß ich Gäste habe, die ihn fangen wollen. Da warf er mich gegen die Tür und sprang durch das Fenster.«

Ich hatte keine Zeit zu antworten und meinem Ärger Luft zu machen. Dieser feige Mann hatte doch nur vor lauter Angst Olbers einschüchtern wollen. Draußen erscholl der Hufschlag eines Pferdes. Ich sprang vor das Haus, Winnetou mit. Olbers raste in gestrecktem Galopp dem Ausgang des Sees zu. Selbst wenn ich den Arbeitern hätte zurufen wollen, ihn festzuhalten, wäre es vergeblich gewesen.

Winnetou überschaute die Situation mit seiner gewöhnlichen Kaltblütigkeit.

»Ich verfolge ihn«, sagte er. »Mein Bruder Schar-lih mag diesem Weib sagen, was es zu tun hat, und mir dann nacheilen; er wird meine Fährte leicht finden.«

Sein Pferd weidete in ziemlicher Entfernung, kam aber auf seinen Pfiff sogleich herbei. Er sprang auf und jagte davon. Als vorsichtiger Mann hatte er, als wir vom Tisch aufstanden, seine Büchse ergriffen und brauchte also gar nicht erst in das Haus zurückkehren. Mit dem Wort »Weib« hatte er Wittler gemeint.

»Ihr glaubt nicht, was Ihr für einen unverzeihlichen Fehler begangen habt«, sagte ich zu diesem. »Nun werden uns diese Spitzbuben vielleicht gar entgehen.«

»Sollen sie nur«, antwortete er. »Sie werden nun jedenfalls nicht mehr daran denken, uns zu überfallen.«

»Das weiß man nicht. Ich folge jetzt dem Apachen. Stellt Posten auf und laßt sie die Augen offenhalten. Wir beabsichtigen, erst die Bande in das Tal zu lassen und dann unschädlich zu machen. Wenn wir aber fort sind, werdet Ihr gut daran tun, jeden niederzuschießen, der den Eingang erzwingen will. Ob wir wiederkommen, weiß ich nicht, zeitig, spät, heut, morgen oder auch gar nicht. Fare well, Sir!«

Während dieser Rede hatte ich meine Gewehre ergriffen, mein Pferd herbeigepfiffen, stieg auf und folgte Winnetou. Die Arbeiter blickten mich verwundert an, war ich doch nun der dritte Reiter, der in rasender Eile das Tal verließ.

Seit der Flucht Olbers' waren höchstens zwei Minuten vergangen. Ich erreichte die Durchbruchsspalte, sauste hindurch und am Wasser hinab. Ich sah deutlich die Stapfen von Winnetous Pferd. Er hatte, wie ich jetzt bemerkte, zum Überfluß den Tomahawk ergriffen und längs des Verfolgungswegs jeden erreichbaren Ast abgehauen. So konnte ich ihm schneller folgen als er dem Fliehenden.

Es ging über Stock und Stein, zwischen Büschen und Felsen hindurch. Mein Mustang griff aus wie selten. Nach kurzer Zeit hatte ich Winnetou erreicht. Er saß nicht auf seinem Pferd, sondern er hing an demselben, das eine Bein über dem Sattel, das andere unter dem Bauch und den Arm im Halsriemen des Tieres. Sein Ohr horchte auf den Hufschlag vor uns, und sein Auge war scharf auf den Boden gerichtet. Auch ich ließ die Bügel fahren, schob den Arm in den Riemen und nahm also dieselbe Stellung ein wie Winnetou, nur er auf der rechten und ich auf der linken Seite unserer Pferde. Auf diese Weise konnte uns keine Spur entgehen.

So jagten wir fort, bis mir plötzlich auf meiner Seite ein Abdruck im moosigen Boden auffiel. Ich riß mein Pferd zur Seite.

»Ni sisi!« – »Halt an!« rief ich und brachte mein Pferd zum Stehen.

Im Nu hatte auch Winnetou angehalten, sprang herab und stand an meiner Seite. »Ti teshi ni utsage?« – »Was siehst du hier?« fragte er.

Ich warf einen forschenden Blick zwischen die links von uns stehenden Sträucher und war mir sofort im klaren.

»Sieh hier die tiefen Eindrücke zweier Absätze!« sagte ich. »Er ist mitten im Galopp vom Pferd gesprungen. Er hat das Tier aufgegeben, um sich zu retten. Er hat geglaubt, daß wir diesem folgen werden und nicht ihm. Hier ist er in das Gesträuch hinein. Er wird sich in Richtung Bach wenden, um im Wasser seine Spur unsichtbar zu machen und dann, sobald er sich sicher fühlt, das Ufer wieder zu betreten.«

Der Apache bückte sich nieder, untersuchte die Spur, sagte sein halblautes, zustimmendes »Howgh!«, bestieg dann sein Pferd wieder und ritt nach links hinüber und grad auf das

Wasser zu. Ich folgte ihm, und wir ritten in die dunkle Flut hinein, die uns noch nicht bis an die Steigbügel ging.

»Shi ti ni, akayia!« – »Ich hier, du dort!« sagte Winnetou.

Er wollte das rechte und ich sollte das linke Ufer im Auge behalten. So wateten wir den Bach hinab. Unserem Auge durfte kein Zweig, kein Grashalm, kein Sandkorn entgehen. Wie sich nach ungefähr zehn Minuten zeigte, ritt ich auf der Seite, auf der unsere Aufmerksamkeit belohnt wurde: Ungefähr zwei Schritte vom Ufer entfernt war ein Zweig geknickt, der noch am Ast hing; infolgedessen waren seine Blätter welk, aber trotzdem naß.

»Halt, hier!« sagte ich, indem ich an das Ufer sprang, aus Vorsicht aber das Pferd noch im Wasser ließ. Ich betrachtete den Boden und fand, daß das Gras niedergetreten, aber mit der Hand künstlich wieder aufgerichtet worden war.

»Hier ist er ans Ufer gegangen. Er hat das Wasser von der Lederhose geschüttelt, und dabei sind diese Blätter naß geworden. Seine Fußspur hat er auszuwischen versucht.« Winnetou fand, daß ich recht hatte; er schritt wieder voran. Seinem scharfen, geübten Auge konnte die Fährte nicht entgehen, obgleich sie möglichst unkenntlich gemacht worden war. Aus diesem Grund mußten wir, um die Spur nicht zu verlieren, die Pferde führen. Das war höchst beschwerlich und zeitraubend. Olbers hatte sich immer die Stellen herausgesucht, an denen eine Spur nicht haftete. So kamen wir nur ganz langsam vorwärts, während er wenigstens fünfmal so schnell gegangen war.

Die Eindrücke seiner Füße führten uns in einem weiten Halbkreis um den See herum, zu seiner östlichen Seite. Wir kamen wieder auf die Höhe, wo das Buschwerk bedeutend lichter stand. Hier hatte er gemeint, weniger vorsichtig sein zu dürfen, und so stiegen wir wieder zu Pferd; seine Spur war deutlich zu sehen.

Dadurch konnten wir das Versäumte einigermaßen aufholen. Es mochten seit unserem Aufbruch aus dem Öltal drei Stunden vergangen sein, als wir uns höchstens zwei englische Meilen von diesem entfernt befanden.

Da lief die Fährte, der wir folgten, in einen ziemlich großen, freien Grasplatz aus, der ganz von Pferdehufen zertreten war. Hier hatten seine Leute auf ihn gewartet. Eine kurze Untersuchung der Spuren verriet uns, daß sie in östlicher Richtung davongeritten waren. Sollten sie ihr Vorhaben aufgegeben haben und nicht mehr an den Überfall denken? Wir mußten uns überzeugen. In diesem Fall kehrten auch wir nicht zum See zurück, wenigstens nicht, bevor wir Olbers ergriffen hatten; das verstand sich ganz von selbst.

So verging der Nachmittag, und der Abend dunkelte bereits herein. Da bog die Fährte plötzlich nach Norden ab und führte nach fünf Minuten gar wieder nach Westen zurück. Ich erschrak. Die tiefen Hufeindrücke bewiesen, daß die Gauner von jetzt an ein rascheres Tempo eingeschlagen hatten.

»Uff!« rief Winnetou. »Was denkt mein Bruder Schar-lih jetzt?«

»Sie haben sich anders besonnen und sind wieder umgekehrt. Die werden das Tal doch noch überfallen!«

»Howgh!«

Er sprach nur dies eine Wort, aber er setzte sein Pferd in

Galopp, der Spur nicht die mindeste Aufmerksamkeit mehr schenkend. Jetzt galt es nur, den See so schnell wie möglich zu erreichen.

Es wurde dunkel, und die Sterne gingen auf. Mir lag es auf der Seele wie ein bevorstehendes großes Unglück. Wir trieben die Pferde zur größten Eile an, aber das Dunkel und die vielen Hindernisse hielten uns auf.

Doch endlich nahten wir uns dem See wieder; schon drang uns der Petroleumgeruch entgegen. Da hörten wir tief unten Schüsse fallen, und ein Unglück verkündendes Geschrei scholl uns entgegen. Wir erreichten den Rand des Tales und blickten hinab.

Wir sahen unten schwarzglühende Flammen hoch emporlodern. Dicker Rauch wallte in die Höhe. Schüsse krachten, Schreie erschollen!

»Sie sind bereits unten«, rief ich, »sie haben die Reservoirs entzündet; das Petroleum brennt. Hinab schnell, schnell!«

Wir jagten am Rand des Kessels hin und dann hinab, dem Eingang zu. Daß wir da lebendig hinabgekommen sind, kann ich heute noch nicht begreifen. Aber noch lag die schwierigste Partie vor uns, ein Trümmergewirr, das wir am Tage passiert hatten. Aber jetzt bei Nacht?

»Tkli ti sisi!« – »Die Pferde hier lassen!« rief Winnetou.

Wir sprangen ab, banden die Pferde an die Bäume und eilten dann weiter. Stolpernd, stürzend, uns immer wieder aufraffend erreichten wir endlich die Abflußspalte. Ich war voran und drang in die enge Spalte ein.

»Halt! Niemand darf hindurch!« rief uns eine Stimme entgegen. Das konnte nur einer der Feinde sein, den der Rote

Olbers hier als Wache zurückgelassen hatte. Ich hielt seinetwegen keinen Augenblick im Laufen inne. Ich konnte ihn zwar in der Dunkelheit nicht sehen, aber ich hielt den Kolben meiner Büchse vor und rammte ihn damit nieder. Ich hörte ihn ins Wasser stürzen.

Jenseits des Eingangs sahen wir im Licht der hochlodernden Flammen eine Menge Pferde stehen; es waren die der Mordbrenner. Wir erkannten die Angreifenden.

Sie hatten bereits die hölzernen Hütten geplündert und angebrannt und bemühten sich jetzt, in das Wohngebäude einzudringen, aus dessen Fenstern Schüsse fielen. Eine andere Abteilung machte eben jetzt eines der Boote los, um zur Insel zu rudern, auf der sie Schätze vermuten mochten. Wir rannten vorwärts, dem Wohnhaus zu, über Steine, Holzhaufen und hohe Fässer springend. Jetzt kamen wir an dem Erdbohrer vorüber. Ich hörte die Maschine arbeiten.

Wir eilten weiter, bis wir in Schußweite kamen. Da blieb der Apache stehen, legte an, zielte und drückte ab – ein Feind fiel. Auch ich erhob das Gewehr, aber ich kam nicht dazu, einem dieser Menschen das Leben zu nehmen; hinter uns krachte es nämlich, als sei die Erde auseinandergeborsten; der Boden unter meinen Füßen wankte, so daß ich fast niedergestürzt wäre; es folgte ein Brausen, ein wahrhaft höllisches Zischen, Ächzen und Stöhnen, und dann – o Herrgott, hilf!

Ein allgemeiner, fürchterlicher Schrei erscholl. Ich wandte mich um. Dort, wo der Erdbohrer in Tätigkeit gewesen war, stieg jetzt das Petroleum wenigstens fünfzig Fuß hoch empor, und zwar in einem Strahl von der Dicke eines Menschen. Der Bohrer war auf Öl gestoßen, und die leichteren, zuerst emporgetriebenen Gase hatten sich an den flammenden Feuern entzündet. Nun war die ganze Luft ein einziges großes Feuermeer. Der Ölstrahl brannte auch bereits und bildete eine riesige Feuergarbe, die oben weit auseinanderstäubte und dann in glühenden Fäden niedersank.

Die Masse des herausquellenden Öls floß über und bildete einen breiten, brennenden Strom, der sich mit ungeheurer Schnelligkeit weiterwälzte. Der Kampf stand still; kein Mensch dachte mehr an Angriff und Verteidigung. Ich erkannte, daß es Rettung nur durch die Boote geben konnte, denn zu Fuß konnten wir nicht an der Feuergarbe vorüber. Ich faßte Winnetou und riß ihn mit mir fort.

Eben als wir in das Boot sprangen, rief vom Wohnhaus her eine Stimme: »Oh, meine Frau, meine Schwester, meine Kinder!« Es war der Ölprinz, den der Schreck vor die Tür getrieben hatte. Er stand im Begriff, uns nachzuspringen.

»Wo sind die Frauen und die Kinder?« rief ich zurück.

»Im Pavillon auf der Insel!«

»Gut! Versteckt Euch im Keller, Sir, und laßt keinen Feind hinein!«

Er trat zurück und verschloß die Tür; aber sofort stürzten sich die Feinde auf das Haus; das Wort Keller hatte ihnen gesagt, wo sie Rettung vor der brennenden Luft finden könnten. Einige eilten an das Ufer, um sich des dritten Bootes zu bemächtigen.

»Sie dürfen es nicht haben, denn wir brauchen es für die Frauen und Kinder, Winnetou!« sagte ich.

Er sprang hinüber und stieß vom Ufer ab. Ein Schrei der Wut scholl hinter uns her.

»Die Munition und Gewehre ins Wasser!« warnte ich den Indianer.

Ich legte meinen Gürtel, die Patronentasche, die Revolver und die beiden Gewehre in das Bilgewasser* des Bootes, denn ich wußte, was kommen würde. Winnetou tat das gleiche, dann legten wir uns in die Ruder.

In solchen Augenblicken scheint der Mensch zehnfache Stärke zu besitzen. Unsere beiden Boote schossen wie Pfeile durch die Flut. Wir kamen an dem ersten Boot vorüber. Im Augenblick der Detonation waren dessen Insassen so erschrocken gewesen, daß sie die Ruder falsch gehandhabt hatten; das Fahrzeug war gekentert, und die Gauner schwammen im Wasser.

Am Ufer krachte, zischte, schoß, donnerte und prasselte es; wir achteten nicht darauf. Je weiter wir kamen, desto reiner wurde die Luft, aber die Glut folgte uns nach. Der brennende Ölstrom erreichte die vollen Ölfässer. Sie zerbarsten mit dem Krachen eines Armstronggeschützes und ergossen ihren in Brand geratenen Inhalt in den kochenden Strom, der jetzt das Wasser erreicht hatte und sich nun mit rasender Geschwindigkeit ausbreitete.

»Schnell, schnell, um Gottes willen, Winnetou, sonst packt uns das Feuer!« rief ich. Ich ruderte, daß ich glaubte, die Muskeln würden zerspringen.

Dem Bohrloch entströmten immer neue Gase, die uns einholten; aber wir hielten aus und erreichten die Insel. Dort lagen die beiden Frauen und die drei Kinder halb tot vor

---

* Bilgewasser: Leckwasser.

Angst am Ufer. Wir rissen sie zu uns herein; ich Mrs. Wittler und Mrs. Helming, Winnetou die Kinder; dann stießen wir wieder ab, um am entgegengesetzten Ufer Rettung zu suchen.

Eben als wir die Insel verließen, sahen wir, daß die Verbrecher ihr Boot wieder aufgerichtet hatten und auf die Insel zuhielten. Es schien ihnen eins der Ruder abhanden gekommen zu sein, darum trieben sie nur langsam weiter.

Die darauffolgende Viertelstunde kann ich nicht beschreiben. Drüben brannte jetzt das ganze Ufer; dort gab es ein einziges Petroleumfeuer, und dieses Feuer floß auf dem Wasser vorwärts, uns immer nach. Oft, wenn die Flamme sich teilte, sah man Menschen, die am Felsen emporzuklettern versuchten. Ihr Entkommen war sehr zweifelhaft.

Die Luft wurde immer fürchterlicher. Ganze Ballen feurigen Öls wirbelten herum und stürzten um uns her in das Wasser, wo sie augenblicklich brennende Kreise bildeten. Es war mir, als ob ich glühendes Eisen atmete; mein Puls raste, mein Kopf glühte, meine Zunge lag wie ein zentnerschweres Stück Fleisch im Mund. Die Sinne wollten mir vergehen; ich begann zu phantasieren: Ich war eine Dampfmaschine und mußte mein Fahrzeug an das Ufer bringen. Das Boot flog vorwärts und das Ufer auf uns zu. Noch einige kräftige Schläge, dann erhob ich mich. Das Boot stieß an, und ich stürzte in das Wasser; das brachte mich wieder zu mir.

Ich faßte die Frauen und riß sie an das Land; auch Winnetou war da. Aber was und wohin nun? Auch wir waren verloren. Das brennende Öl kam immer näher.

»Hi-ho-hi!« erscholl es über uns am Felsen.

Wir blickten empor und sahen viele braune Gestalten, die in einer Zickzacklinie herabgeklettert kamen. War das möglich? Gab es da einen Weg?

»Pokai-po pa-e!« – »Tödliches Feuer kommt!« erscholl es jetzt.

Ja, das tödliche Feuer kam hinter uns, um uns zu verderben, aber das »Tödliche Feuer«, der Häuptling der Teton, kam von oben herab, um uns zu retten. Es war mehr als taghell, und man konnte jeden Schritt sehen, den die Indianer machten.

Mein Auge hing nur an ihnen. Was sonst vorging, das ging mich nichts an. Die beiden Frauen wimmerten, und die Kinder weinten; ich drückte die Kleinen an mich, aber ich wendete den Blick nicht von den »Wilden«.

Endlich hatte der erste von ihnen den Boden erreicht. Es war der Häuptling selbst.

»Pokai-po kommt«, sagte er, »um Old Shatterhand und dem Häuptling der Apachen einen Weg zu zeigen, der auf diesem Felsen aufwärts geht. Der Häuptling der Teton kennt ihn seit langer Zeit, und seine Leute sind gekommen, um die Squaws und die Kinder emporzutragen.«

Es gab keine Zeit zu einer würdigen Vorstellung zwischen den beiden Häuptlingen, denn der Tod war hinter uns. Die Insel stand schon längst in Flammen. Der letzte der Krieger war herabgestiegen, und nun begann der Aufstieg.

Pokai-po stieg voran; dann folgten ich und Winnetou; nach uns kamen die übrigen mit den Frauen und Kindern. Wie ich hinaufgekommen bin, das weiß ich heute nicht mehr; ich weiß nur, daß mich Flammen umzuckten und daß mein Kopf größer war als der allergrößte Luftballon. Sicher weiß ich nur, daß ich lange und fest geschlafen habe.

Als ich erwachte, war es bereits Abend des nächsten Tages; ich lag im Zelt des Siouxhäuptlings, und neben mir lag Winnetou, der noch schlief. Meine Hände schmerzten mich; ich betrachtete sie beim Schein des Zeltfeuers: Ich hatte mir das Fleisch von den Händen gerudert. Aber dieser Schmerz verschwand sofort, als ich meine sämtlichen Waffen neben mir liegen sah.

Die braven Teton-Krieger hatten sie aus dem Boot genommen. Hätte ich sie nicht in das Bilgewasser gelegt, so wären sämtliche Patronen explodiert.

Ich versuchte aufzustehen, und es ging, aber die giftigen Gase schienen alle meine Eingeweide zerfressen zu haben. Die Kleider hingen mir wie Zunder auf dem Leib; Bart, Kopfhaar, Brauen und Wimpern, alles war verschwunden, und so war es auch bei Winnetou.

Draußen vor dem Zelt wurde ich mit Jubel von den dort lagernden »Wilden« empfangen. Nun sah ich, daß das Zelt ganz am Rand des Kraters stand. Unten stieg der Strahl des brennenden Petroleums noch hoch empor, aber fast zweihundert Sioux waren beschäftigt, den verderblichen Strom nach und nach einzudämmen. Der Krater sah aus wie eine Hölle, und die Indianer erschienen wie Teufel, die um die riesige Flammenfontäne tanzten.

Es stand noch ein zweites Zelt da, das die Frauen und Kinder beherbergte, die zwar ebenso versengt waren wie ich, aber doch noch lebten. Die Stelle, auf der das Wohnhaus gestanden hatte, war jetzt ein rußiger Steinhaufen, unter dem die Sioux den Besitzer mit einigen seiner Leute, die sich mit ihm in den Keller gerettet hatten, besinnungslos hervorgezogen und dann nach langer Mühe zum Bewußtsein gebracht hatten. Von der Truppe des Roten Olbers war kein einziger entkommen, wie es schien; sogar der Posten, den ich mit dem Kolben in das Wasser gestoßen hatte, war außerhalb des Abflusses gefunden worden; ertrunken in den Wellen, von denen er, der Betäubte, fortgerissen worden war.

Daß die Sioux vom Stamm der Teton erschienen waren, und zwar grad noch zur rechten Zeit für uns, läßt sich sehr leicht erklären. Sie waren ja der Bande des Roten Olbers gefolgt, um die Beleidigung, die ihrem Häuptling widerfahren war, zu rächen. Ich fand in ihnen ernste, wahre Freunde, bei denen ich mich in Gesellschaft Winnetous von den Folgen des Ölbrandes erholte, die doch schlimmer waren, als ich zuerst geglaubt hatte.

Vom Tode erstanden

Es war im Hafen von Sakramento, in dem sich ein Bild von lebhaften Farbtönen entwickelte. Die Menschenmenge, die sich geschäftig über den Kai ergoß oder lungernd umhertrieb, schien nicht aus den Bewohnern eines besonderen Distrikts oder gar einer einzelnen Stadt zu bestehen, sondern glich eher einer Karnevalsgesellschaft, die aus den Repräsentanten aller Zonen und Nationen zusammengewürfelt war.

Hier stand eine Gruppe hagerer Yankees in ihren unvermeidlichen schwarzen Fracks, die hohen Zylinderhüte weit nach hinten auf die Köpfe gedrückt, die Hände in den Taschen. Ihre goldenen Uhrketten, Tuchnadeln und Hemdknöpfchen glitzerten. Dazwischen drängten sich Chinesen in blauen Kattunjacken und weiten, weißen Hosen herum, die langen Zöpfe wohl gepflegt und geflochten. Südsee-Insulaner waren da, die scheu, verlegen und verwundert auf dem fremden Boden einhergingen. Wenn ihnen etwas nach ihren Begriffen gar zu Absonderliches in die Augen sprang, steckten sie die Köpfe leise flüsternd zusammen. Mexikaner stolzierten umher mit ihren an der Seite bis oben hin aufgeschlitzten und mit silbernen Knöpfen besetzten Samthosen und den kurzen, ebenso verzierten Jacken, den breitrandigen Wachstuchhüten auf den Köpfen. Kalifornier standen herum mit ihren langen, in den prachtvollsten Farben gewebten Ponchos, die ihnen fast bis an die Knöchel herabreichten; schwarze Ladys und Gentlemen waren überall, nach tausend Wohlgerüchen duftend und in dem überzeugendsten Putz steckend. Gemütliche Deutsche waren zu sehen, Engländer mit Kotelettenbärten und riesigen Zwickern auf der Nase, bewegliche, kleine Franzosen, zankend, erzählend, rufend und auf das lebhafteste gestikulierend, rothaarige Iren, nach Aquardiente (Schnaps) duftend; Chilenen in kurzen Ponchos; Trapper, Squatter*, Backwoodsmen** in ledernen Jagdhemden, die lange Büchse noch auf der Schulter, wie sie gerade über die Felsengebirge gekommen waren; Mestizen und Mulatten in allen Farbstufen und Schattierungen und dazwischen die aus den Minen oft mit schweren Beuteln von Gold zurückgekehrten Goldwäscher in den phantastischsten Kostümen, die man sich nur denken kann. Die Kleidung war auf das entsetzlichste abgerissen, die Hosen, Röcke, Westen und Jacken waren geflickt, mit zerrissenen Stiefeln, aus denen die nackten, strumpflosen Zehen hervorblickten, und mit Hüten, die monatelang am Tag der Sonne und dem Regen getrotzt und dann des Nachts als Kopfkissen gedient hatten.

In kleinen Gruppen standen dabei die Eingeborenen des Landes, die Indianer, die eigentlichen, rechtmäßigen Herren des Bodens und doch vielleicht die einzigen vollständig Besitzlosen in der ganzen Masse, die ihr Leben jetzt durch Tagelohn kärglich fristen mußten.

---

* Squatter: Ansiedler.

** Backwoodsmen: Hinterwäldler.

Dieser bunten Völkermischung schlossen sich allerlei respektgebietende, glänzende Gestalten an: amerikanische und englische Seeleute mit breiten Schultern, riesigen Fäusten und herausforderndem Blick, und eine Anzahl spanischer Marine-Offiziere, die in ihren blitzenden, goldgestickten Uniformen von San Franzisko herbeigekommen waren, um sich das geschäftige Treiben in der Nähe der Golddistrikte einmal anzusehen. Fast hätte man sagen können: »Wer zählt die Völker, nennt die Namen!«

Und wer hatte all die Bestandteile dieser vielgestaltigen, anthropologischen Mixtur herbeigetrieben? Nichts anderes als – das Gold!

Die Ansiedelung von Oberkalifornien, die im Jahr 1768 von Mexiko aus geschah, hatte das Land unter die weltlich-geistliche Herrschaft der Missionare gebracht. Die Jesuiten waren treffliche Ökonomen und errichteten an vielen geeigneten Orten Klöster und Missionen.

Als die Herrschaft der Priester durch die mexikanische Zentralregierung im Jahr 1823 gestürzt wurde, weigerten sich die Missionare zum großen Teil, diese Regierung anzuerkennen, und verließen das Land. Die wenigen, die blieben, hatten ihren Einfluß verloren, fristeten ein kümmerliches Leben und verschwanden nach und nach.

Nicht weit von Sakramento liegt ein mehrere Stockwerke hohes, mächtiges Gebäude, das einen großen, geräumigen Hof umschließt, dessen der Stadt zugelegene Seite von der altertümlich aus ungebrannten Backsteinen ausgeführten Kirche begrenzt wird. Das Gebäude war die Mission »Santa Barbara«, deren sämtliche Räumlichkeiten in der letzten Zeit nur von drei Personen bewohnt worden waren: einem alten Geistlichen, seiner noch älteren Haushälterin und einem Deutschen, der eigentlich Karl Werner hieß. Von denen, die mit ihm verkehrten, wurde er nach seinem Vornamen nicht anders als Señor Carlos genannt. Er war das Faktotum des Pfarrers.

Als die Goldfelder Kaliforniens entdeckt wurden, rief die Nachricht von den in den Bergen liegenden fabelhaften Schätzen eine Einwanderungswelle hervor, die zunächst aus dem benachbarten Mexiko und den Vereinigten Staaten ihre Scharen herüberbrachte, bald aber mit den Menschen aller Weltteile das Land überschwemmte. Den zunächst herbeieilenden Abkömmlingen der alten spanischen Konquistadoren folgten Sandwich-Insulaner, dann Australier und Europäer, und selbst chinesische Kulis schwärmten herüber, um ihren Teil von dem Gold zu holen und reiche Leute zu werden.

Hauptsammelpunkt der Fremden war San Franzisko, von wo aus sie weiter nach Norden oder in das Innere des Landes gingen. Sakramento war einer der hervorragendsten Nebenpunkte.

Natürlich führte nicht jeder ein Zelt oder eine sonstige Wohnung mit sich. Die Zahl der Menschen wuchs von Tag zu Tag, und da die einsetzenden Regenfälle ein Lagern im Freien nicht gestatteten, so wurde alles, was zur Herberge dienen konnte, in Anspruch genommen.

Auch die alte Mission »Santa Barbara« erlitt ein derartiges Schicksal, das mit ihrer ursprünglichen Bestimmung wenig Ähnlichkeit hatte.

Ein Franzose aus dem Elsaß errichtete unten in einem der Flügel eine Brauerei, mauerte einen riesigen Kessel ein und fing an, ein Getränk zu kochen, das Bier zu nennen er die Verwegenheit hatte.

In der vorderen Flanke, gerade neben der Kirche, setzte sich ein Amerikaner fest und errichtete ein Restaurant, wobei er es für außerordentlich zweckmäßig fand, einen Teil des Kirchenschiffes in einen Tanzsalon umzuwandeln, wo allwöchentlich einige lärmende Feste abgehalten werden konnten. Dadurch wurde ein unternehmender Irishman auf die Idee gebracht, auf der anderen Seite der Kirche eine Branntweinkneipe zu eröffnen.

Von dem unteren Teil des anderen Seitenflügels nahm ein Engländer Besitz, der sich mit einem schlauen New-Hampshire-Mann vereinigte, um Chinesen als Arbeitskräfte herbeizuschaffen. Diese Form von modernem Menschenhandel erwies sich als ein Geschäft, bei dem die beiden Gentlemen, wie sich bald zeigte, sehr gut verdienten. So ging es fort, und es dauerte nicht lange, so war die alte Mission mit Ausnahme des obersten Bodenraums des einen Flügels vollständig ihrer früheren Bestimmung zweckentfremdet.

Der alte Pfarrer konnte nichts dagegen tun. Da er nicht imstande war, Gewalt anzuwenden, hatte er anfangs eine Reihe Prozesse angestrengt, um die Lästigen von dem frommen Haus fernzuhalten. Aber nur zu bald sollte er auch dabei übers Ohr gehauen werden, denn er fiel einer ganzen Schar von Anwaltsgeiern in die Hände, die alle Zahlungen von ihm wollten, ohne daß sie aber das geringste für ihn ausgerichtet hätten.

Dadurch wurde ihm die Mission »Santa Barbara« verleidet, und eines schönen Morgens war er mitsamt seiner Haushälterin spurlos verschwunden. Es hatte auch niemand Lust, nach ihnen zu forschen, und so blieb von den ursprünglichen Bewohnern nur Señor Carlos zurück, der mit seiner Frau und Anita, seiner hübschen Tochter, ein paar kleine Stuben des Erdgeschosses neben der Brauerei bewohnte.

Auch der noch nicht benützte Bodenraum sollte einen Besitzer finden: Von Buenos Aires war ein Mann nach Sakramento gekommen, der aus Cincinnati stammte und sich Doktor Haffley titulierte; ob er in Wirklichkeit Arzt war, wurde er von niemandem gefragt. Er wollte in Sakramento ein Hospital gründen, fand aber keinen geeigneten Platz dazu und kam nun zur Mission geritten. Da er keinen Menschen fand, bei dem er die Dachräume mieten konnte, belegte er sie einfach mit Beschlag. Er war ein praktischer Mann, der recht gut wußte, daß in diesem Land das Recht des gegenwärtig Besitzenden nur sehr schwer anzutasten war.

Schon am nächsten Tag traf eine Anzahl von Maultieren mit wollenen Decken und Matratzen ein, hinter denen eine Schar von Mexikanern die nötigen eisernen Bettstellen herbeitrug. Noch vor Abend standen zwanzig Betten dort oben unter dem alten, defekten Ziegeldach auf dem offenen Boden, durch den der oft stürmische Wind nach allen Richtungen hin seinen Durchzug hatte und auf dem es zur Regenzeit eine ganz heillose Dauerüberschwemmung gab. Das war nun das Hospital, das seiner unglücklichen Patienten harrte.

Diese stellten sich auch nur zu bald ein.

So gesund das Klima in Kalifornien an und für sich auch ist, in den Minen gibt es doch stets mehr als genug Kranke. Die wilde, unregelmäßige Lebensart trägt ebenso wie die schwere, für Tausende ungewohnte Arbeit und die vielen Regengüsse dazu bei, besonders hitzige Fieber zum Ausbruch zu bringen, die für den Betroffenen aus Mangel an Pflege und ärztlicher Behandlung nur zu oft einen tödlichen Ausgang nehmen.

Da waren diejenigen noch glücklich zu preisen, die die Krankheit nicht allein und in der Wildnis traf, sondern die Freunde fanden, die sie aus den Bergen und Schluchten wieder hinaus in den Bereich der Zivilisation und ordentlicher Pflege brachten. Die meisten freilich fanden bei den Minen nichts als sechs Fuß Erde und einen Ring von Steinen um das enge Grab. Viele starben unterwegs oder lebten gerade lange genug, um mit dem letzten brechenden Blick eine menschliche Niederlassung zu erfassen, und nur wenigen gelang es, wiederhergestellt zu werden, um mit gekräftigtem Körper ihre Arbeit aufs neue beginnen zu können.

Eines aber büßte jeder Kranke sicher ein: das mitgebrachte Gold.

In der damaligen Zeit wurde Arznei geradezu mit Gold aufgewogen, und ein tüchtiger Arzt hatte seine einträglichste Mine in den Krankheiten seiner Patienten. Und wie viele Quacksalber gab es, die dies zu benutzen verstanden und bei denen vielleicht gar mancher Kranke nur deshalb starb, weil er Gold besaß, das er im Fall der Genesung wieder mitgenommen hätte!

Eines Tages schritt ein kräftig gebauter Jüngling auf die Mission zu. Seine lichten Haare, regelmäßigen Gesichtszüge und die von der Gesundheit roten Wangen verrieten die deutsche Abstammung, obwohl er die bequeme mexikanische Kleidung trug.

An den Mezquitebüschen, die die Mission umzogen, blieb er stehen und wandte sich nach Westen. Der Abend nahte, und die Sonne tauchte ihre funkelnde Glut in die strahlenden Fluten; vor ihm lag die Stadt, von goldenem Licht übergossen, und die Fenster des alten Gemäuers warfen blitzende Reflexe in die Ferne hinaus.

Er ließ sich auf dem weichen Rasen nieder und versank so tief in den Anblick, daß er die leichten Schritte nicht vernahm, die sich ihm von der Seite näherten.

Ein kleines weißes Händchen legte sich auf seine Schulter und ein liebliches Köpfchen bog sich zu ihm herab.

»Willkommen auf der Mission, Señor! Warum seid Ihr so lange Zeit nicht hier bei uns gewesen?«

»Ich war in San Franzisko, Señorita, wo ich allerlei Geschäfte hatte.«

»Dort habt Ihr Señor Carlos wohl mitsamt seiner armen, kleinen Anita vollständig vergessen?«

»Vergessen? Per dios, nein und tausendmal nein! Anita, wie könnte ich Euch jemals vergessen?«

Sie ließ sich ohne Ziererei an seiner Seite nieder. »Habt Ihr wirklich an mich gedacht, Edorado?«

»Bitte, Anita, sprecht meinen Namen deutsch aus, ich höre ihn dann so gerne aus Eurem Mund! Und fragt nicht erst, ob ich an Euch denke! Wer außer Eurem Vater hat sich meiner angenommen, als ich, durch böse Menschen um Hab und Gut gebracht, hier ankam? Und wer hat mich denn, als mich Entbehrung und erlittene Strapazen auf das Krankenlager warfen, wie einen Sohn oder einen Bruder gepflegt. Ihr und Eure Mutter! Und wen habe ich hier im fremden Land, zu dem ich gehen und mir Rat holen kann, als Euch? Anita, ich werde Euch nie vergessen!«

»Ist das wahr, Eduard?«

»Ja«, antwortete er einfach, indem er ihre Hand ergriff und ihr voll und offen in die Augen blickte.

»Auch dann nicht, wenn Ihr wieder in die Heimat kommt?«

»Auch dann nicht!«

»Aber wenn Ihr dann – dann eine findet, die – die Ihr lieben könnt, dann wird Anita doch vergessen sein!«

»Eine andere? Ich werde keine finden, sondern einsam durch das Leben gehen.«

»Warum bleibt Ihr da nicht lieber hier bei uns? Hier werdet Ihr nicht einsam sein!«

»Oh doch!« antwortete er traurig.

»Warum?«

»Weil ich ohne Euch einsam bin. Ihr habt gewiß, so fürchte ich, einen anderen lieber als mich.«

»Einen andern? Wer ist das? Oder darf ich das nicht wissen?«

»Es ist der Arzt da droben, der Doktor Haffley.«

»Der?« fragte sie gedehnt. »Wer möchte wohl die Sonne dieses dürren Master Chinarindo sein! Wenigstens meinetwegen könnte er im Dunkeln bleiben, solange es ihm gefällt!«

»Anita, ist das wahr?« rief der junge Mann.

»Warum wollt Ihr meinen Worten keinen Glauben schenken?«

»Weil ich weiß, daß er Euch nachgeht auf Schritt und Tritt und bei Euren Eltern gern gesehen ist.«

»Daß er mir nachgeht, kann ich nicht leugnen, aber daß ich ihm ausweiche, so viel wie nur möglich, ist ebenso sicher. Auch das ist wahr, daß ihm Vater nicht gram ist. Er hat ihm viel von einem großen Vermögen vorgeschwatzt und will mit uns hinüber in die Heimat, nach Deutschland gehen, wenn er genug erworben hat.«

»Nach Deutschland? Will denn Euer Vater nicht hier in Kalifornien bleiben?«

»Nein. Seit die Mission zur Kaserne für jedermann geworden ist, gefällt es ihm nicht mehr. Aber wir sind arm, und Vater ist zu alt, um noch so viel zu erwerben, daß wir fort könnten, und da ...«

»Und da ...?«

»Und da denkt er, daß ein wohlhabender Schwiegersohn ihm diesen Wunsch erfüllen könne.«

Eduard schwieg eine Weile. Dann fragte er: »Und Euer Vater würde Eure Hand dem Doktor geben?«

»Ja. Doch ich mag ihn nicht leiden, und die Mutter auch nicht.«

»So gibt es wohl überhaupt keinen, den Ihr leiden mögt, Anita?«

Sie hielt die Antwort zurück.

Er ergriff auch ihre andere Hand und bat mit eindringlichem Ton: »Sagt es mir, Anita, verschweigt es mir nicht, ich bitte Euch!«

»Es gibt einen«, flüsterte sie.

»Wer ist es?«

Sie errötete, aber er fühlte den leisen Gegendruck ihrer Hände.

»Bin ich es, Anita?«

»Warum fragt Ihr so, Eduard?«

»Weil ich Euch lieb habe wie mein Leben, nein, noch lieber, noch tausendmal lieber als mein Leben, und ohne Euch nicht leben kann. Anita, sag, bin ich es, den du leiden kannst?«

»Ja«, hauchte sie, noch tiefer erglühend.

»Der liebe Gott segne dich für dieses Wort! Willst du mein Weib sein, und darf ich mit Vater und Mutter sprechen?«

»Ja!«

»Jetzt gleich?«

»Jetzt gleich!«

»So komm!«

Er erhob sich, und sie folgte ihm. Sie gingen miteinander durch das Portal und schritten über den Hofweg der Tür zu, die zur Wohnung Werners führte. Im Flur vernahmen sie eine harte, spitze Stimme, die in der Wohnstube in eindringlichem Ton sprach.

»Der Doktor ist drin!« meinte Anita.

»Komm, wir gehen in die Küche und warten, bis er sich entfernt hat!«

Sie taten es und vernahmen nun jedes Wort des zwischen Haffley und den Eltern geführten Gesprächs.

»Damn it, Master Carlos, meint Ihr etwa, daß ich den Beutel nicht offen zu halten verstehe?« fragte Haffley. »Die

Medizin ist mehr wert als das beste Placergrundstück mit Schürfrecht, droben in den Minen, und sobald ich genug habe, gehen wir fort von hier nach New York oder Philadelphia und von da noch weiter, wohin Ihr wollt! Ist's Euch recht?«

»Hm, recht wär mir's schon, wenn ich nur auch wüßte, daß Ihr Wort haltet!«

»Teufel! Haltet Ihr mich für einen Lügner?«

»Nein. Ihr habt mir noch keine Veranlassung dazu gegeben. Aber das alte Kalifornien ist in neuerer Zeit ganz dazu angetan, unsereinen mißtrauisch oder wenigstens vorsichtig zu machen.«

»So will ich Euch Sicherheit geben! Ich kann ohne Frau mein Geschäft nicht länger mehr fortsetzen, und Eure Tochter hat ein verteufelt einnehmendes Gesicht. Ich glaube, ich bin über alle Maßen verliebt in sie. Gebt sie mir zur Frau, und ich versichere Euch, ich mache sie zu meinem Buchhalter und übergebe ihr sogar die Kasse. Ist Euch das nicht genug?«

»Hm, ja. Aber habt Ihr denn schon mit dem Mädchen gesprochen?«

»Nein, scheint mir auch nicht nötig zu sein. Der Doktor Haffley ist schon der Mann, ein Mädchen zu bekommen, wenn er sie überhaupt haben will, und gegen Euren Willen wird sie auf keinen Fall schwimmen können.«

»Das ist wohl wahr. Aber ich denke, daß sie bei so einer wichtigen Sache ihren Willen ebensogut haben muß wie ich den meinigen. So gern ich ja sage, aber wenn sie dagegen ist, so wird nichts draus. Also sprecht vorher mit ihr, Doktor, und kommt dann wieder!«

»Soll gleich geschehen, habe nicht viel Zeit für solche Sachen übrig, habe einundzwanzig Patienten oben liegen, die mir viel zu schaffen machen. Wo ist sie?«

»Weiß nicht, vielleicht draußen vor dem Tor.«

»Schön! Muß sie finden, werde sie suchen!«

Er wandte sich zur Tür, blieb aber überrascht stehen, denn vor ihm standen Anita und Eduard, die in diesem Augenblick aus der Küche getreten waren.

»Hier ist sie, die Ihr sucht, Doktor«, meinte der junge Mann, »und die Angelegenheit, die Ihr mit ihr besprechen wollt, wird nicht viel Zeit wegnehmen.«

»Wieso, wie meint Ihr das, Master Edward?« fragte Haffley, der seinen Nebenbuhler wohl kannte, da er ihn fast täglich bei den Eltern Anitas getroffen hatte.

»Ich meine, daß Ihr zu spät kommt, da ich soeben mit Anita einig geworden bin. Sie hat keine Lust, Frau Doktorin zu werden, und will es lieber einmal mit mir versuchen!«

»Ist das wahr, Anita?« fragte Werner, sich vor Überraschung erhebend und die brennende Zigarette aus der Hand werfend.

»Ja, Vater. Oder ist es dir nicht recht so?«

»Recht? Oh, recht wäre es mir schon, denn ich habe den Jungen selber lieb. Aber was tut ihr mit der bloßen Liebe in einem Land, wo Weg und Steg mit blanken Dollar bepflastert sind? Eduard ist noch jung, er kann es noch zu etwas bringen, wenn er sich nicht vorzeitig an ein Mädchen hängt. Der Doktor aber weiß schon längst, was er hat. Das ist der Unterschied, Anita. Er will mit nach Deutschland gehen und ...«

»Eduard geht auch mit«, unterbrach ihn das Mädchen, »er will . . .«

»Kann er denn? Es gehört mehr dazu als der gute Wille.«

»Herr Werner«, meinte Eduard jetzt, »es ist jetzt nicht der Augenblick, uns in der richtigen Weise auszusprechen. Aber sagt mir einmal aufrichtig: Würdet Ihr mir Anita geben, wenn ich weniger arm wäre als jetzt?«

»Ja.«

»Und wieviel müßte ich haben?«

»Hm, das ist schwer zu sagen! Je mehr, desto besser; wenigstens aber müßte es dazu langen, um die Heimat erreichen und dort ein Gütchen oder so etwas kaufen zu können.«

»Und werdet Ihr mir Zeit geben, so viel zu erwerben?«

»Zeit? Wie lange meint Ihr denn?«

»Sechs Monate!«

»Hm, das ist nicht übermäßig lang. Was sagt Ihr dazu, Doktor?«

»Damn it, das klingt grad wie ein trockenes, regelrechtes Geschäft. Erlaubt, daß ich mit beitrete!«

»Das sollt Ihr!«

»So will ich Euch einen Vorschlag machen, Master Carlos!«

»Welchen?«

»Ihr wollt doch wohl hinauf zu den Minen, Master Eduard?« fragte er höhnisch, sich zu dem jungen Mann wendend.

»So ist es.«

»Well, Sir. Wir geben Euch sechs Monate Zeit. Kommt Ihr

bis dahin mit dreitausend Dollar zurück, so ist Miß Anita die Eure, und ich sage kein Wort dagegen. Kommt Ihr aber nicht, oder mit weniger, so ist die Miß mein. Seid Ihr einverstanden, Master Carlos?«

»Vollständig, vorausgesetzt, daß Eure Verhältnisse so sind, wie Ihr sie mir beschrieben habt!«

»Sie sind so! Also wir sind einig. Good bye, ich muß zu meinen Fieberkranken.«

Wieder stieg ein junger Mann die Anhöhe zur Mission hinauf und wandte sich am Mezquitegebüsch in Richtung der hinter ihm liegenden Landschaft um. Es war nicht Eduard, obgleich die ausbedungenen sechs Monate bis auf einige Tage vergangen waren, sondern ein anderer.

Nachdem er sein Auge an dem sich ihm bietenden Panorama gesättigt hatte, ging er durch das Portal, über den Hof und traf unter dem Eingang des Seitenflügels mit Anita zusammen. Die ungewöhnliche Schönheit des Mädchens machte einen derartigen Eindruck auf ihn, daß er unwillkürlich stehenblieb. Sich aber schnell fassend, fragte er: »Könnt Ihr mir vielleicht sagen, Señorita, ob hier der Doktor Haffley zu finden ist?«

»Er wohnt hier. Steigt hinauf bis unter das Dach, dann seid Ihr in seinem Hospital, wo Ihr ihn sicher treffen werdet!«

Er folgte der Weisung.

»Alle Wetter, war das ein Mädchen!« murmelte er leise vor sich hin. »Hätte ich die Berta nicht daheim in Monsdorf, so – hm. Verteufelte Treppen sind das, sie können einem ja fast den Hals kosten!«

Er stieg höher und immer höher empor, bis er auf den Bodenraum gelangte, wo er zwei Reihen Betten erblickte, zwischen denen sich die Gestalt des Doktors bewegte. Der Raum war an und für sich nicht sehr hell, und da es draußen bereits zu dunkeln begann, ließen sich die Gegenstände nicht genau unterscheiden.

Haffley bemerkte den Fremden und trat herbei. »Was wollt Ihr, Señor?« fragte er.

Der Fremde horchte bei dem Klang dieser Stimme auf. »Ihr seid Master Haffley, der Doktor, Sir?«

»Ja.«

»Ich bin Pharmazeut, habe mein Glück in Kalifornien aus der Erde graben wollen, aber nichts gefunden, und bin dann zum Vermittlungsbüro gegangen, um mir eine Stelle zu suchen. Dort wurde mir gesagt, daß Ihr einen Krankenwärter braucht, und so bin ich zu Euch heraufgestiegen, um zu sehen, ob die Stelle noch offen ist.«

»Sie ist noch unbesetzt. In welchem Ort und bei wem habt Ihr gearbeitet?«

»Hm«, antwortete der Fremde bedächtig, indem er rasch über die ersten Namen hinwegging, auf den letzten aber eine hörbar absichtliche Betonung legte. »In New York, Pittsburgh, Cincinnati und zuletzt in Norfolk, Nord-Carolina, beim Apotheker Cleveland.«

»In Norfolk beim Apotheker Clev ...«

Er trat rasch näher, um das Gesicht des Fremden besser sehen zu können, und fuhr dann erschrocken zurück: »Bei allen Teufeln, Ihr seid ja Gromann, der Deutsche, der mit mir zu gleicher Zeit dort ... Aber kommt doch mit herunter in meine Wohnung, Sir! Es freut mich wirklich unendlich, daß ich das Vergnügen habe, so unerwartet einen Kollegen zu finden, der mit mir an einem und demselben Platz war!«

Er konnte das sehr zweideutige Lächeln in den Zügen des anderen nicht sehen und stieg eine Treppe tiefer, wo er ein kleines Zimmer betrat und Licht machte. Der kleine Raum war augenscheinlich Wohn- und Schlafzimmer gleichzeitig.

»So, setzt Euch nieder, oder, um das Vergangene festzuhalten, setz dich nieder! Wie ist es in Norfolk gegangen, nachdem ich dort als Apothekergehilfe zu arbeiten aufgehört hatte? Ich hatte einen kleinen Zwist mit dem Prinzipal, weshalb ich im Ärger ohne Kündigung und Abschied fortging. Ich hoffe, es geht dem alten Cleveland gut!«

»Gut? Es hat überhaupt bei ihm aufgehört zu gehen. Als du fort warst, hatte sich unbegreiflicherweise auch die Kasse samt sämtlicher Wertpapiere, die in besonderer Verwahrung lagen, entfernt. Der Mann war dadurch ruiniert und hat sich nicht darüber wegsetzen können. Er ist tot.«

»Ist's möglich? Was du sagst? Hm, der Alte hat niemals so recht fest gestanden und niemand in seine Verhältnisse blicken lassen. Ich glaube daher sehr, daß die Entfernung der Kasse nur ein kleiner Trick von ihm selbst gewesen ist. Daß ich hier als Arzt arbeite, darf dich nicht wundern. Es fragt hier kein Mensch nach dem Diplom, und die Sache ernährt ihren Mann. Außerdem habe ich als Apothekergehilfe einige medizinische Kenntnisse. Also, du kommst, um nach einer Arbeitsstelle zu fragen?«

»Ja. Aber sag mir, Walker, wie du zu den Mitteln kamst, ein

solches Etablissement zu gründen, und warum du nicht deinen richtigen Namen beibehältst!«

»Hm, die Mittel habe ich mir droben in den Minen geholt, und den Namen habe ich umgeändert, weil Haffley gelehrter klingt als Walker. Aber, um wieder auf die Stelle als Krankenwärter zu kommen, so sollst du sie haben, vorausgesetzt, daß du mir keine Veranlassung zur Klage gibst. Arbeitest du dich gut ein, so ist es sogar möglich, daß du mein Assistent wirst und ich dir vielleicht sogar anbiete, mein Kompagnon zu werden.«

»Hast du Wohnung für mich?«

»Es wird sich wohl Rat schaffen lassen. Also, schlägst du ein?«

»Natürlich, topp!«

»Topp!«

»Sollst dich nicht über mich zu beklagen haben. Bin auch genügend herumgeworfen worden, so daß mir nicht viel daran liegt, an die Vergangenheit zu denken.«

Gromann wurde angestellt und nach und nach in die verschiedenen Geheimnisse der Hospitalverwaltung eingeweiht.

Haffley hatte jetzt mehr Muße und benutzte diese zu häufigen Besuchen bei Señor Carlos, in dessen Vertrauen er sich mit schlauer Berechnung einzuarbeiten wußte. Anita war nicht das, was der berechnende Yankee eine gute Partie nennt, aber ihre Schönheit hatte es ihm angetan, und er wußte sich zu allem fähig, was ihn in den Besitz des Mädchens zu bringen vermochte.

Endlich waren die sechs Monate vergangen, ohne daß

Eduard sich sehen ließ. Daß weder eine briefliche Nachricht noch sonst ein Lebenszeichen von ihm gekommen war, hatte Anita wenig beunruhigt. Sie wußte, daß die Postverbindung mit den Minen äußerst unvollkommen war und fast in Privathänden ruhte, so daß man auf den richtigen Empfang eines Briefes nie rechnen konnte. Es kam sogar häufig vor, daß Leute, die die Besorgung von Briefen und Geldsendungen übernommen hatten, entweder unterwegs überfallen, beraubt und totgeschlagen wurden oder auch selber ein Schiff suchten und mit den ihnen anvertrauten Geldern durchgingen.

Heute aber war der letzte Abend, und Eduard kam noch immer nicht. Das Mädchen wurde von einer fürchterlichen Unruhe hin und her getrieben. Auch dem Doktor ging es so. Bis jetzt noch hatte er alle Chancen für sich, aber sein Nebenbuhler konnte jeden Augenblick kommen, und das – das mußte verhütet werden. Er übergab die Patienten dem Assistenten und verließ die Mission.

Die Kranken konnten mit der Anstellung Gromanns sehr zufrieden sein, da er den Hilflosen als ein rettender Engel erschienen war. Dem Doktor gegenüber zeigte er sich vollständig gehorsam und willenlos, handelte aber hinter dessen Rücken ganz nach eigenem Ermessen und hatte die Überzeugung, daß ihm mancher Patient, der von Haffley dem Tode geweiht war, Leben und – Eigentum zu verdanken haben werde.

Er hatte die Stelle nur angenommen, weil er augenblicklich erwerbslos war und um den mit der Kasse durchgebrannten Apothekergehilfen vollständig zu entlarven.

Er war heute noch nicht lange Zeit allein, da hörte er Schritte die Treppe heraufkommen. Es war der Doktor.

»Gromann«, meinte er und winkte diesen zu sich heran, »ist das Bett hier im Verschlag bereit? Es kommt ein neuer Kranker, vielleicht sogar schon Toter.«

»Woher?«

»Ich fand ihn, als ich zur Stadt ging, unten am Weg liegen. Es muß ein Miner sein, der die Krankheit mit aus den Bergen gebracht hat und sich herauf zu uns schleppen wollte. Die Kräfte haben ihn verlassen, und so ist er niedergesunken und liegengeblieben.«

»Das Bett ist in gutem Zustand.«

»So leuchte einmal hinab! Ich traf zum Glück ein paar mexikanische Herumlungerer, die den Mann bringen.«

Die Leute waren trotz der Dunkelheit schon bis an die Tür gelangt, brachten ihre Last jetzt herein und legten sie in das bezeichnete Bett.

»Gib ihnen ihren Lohn«, gebot Haffley und trat an das Lager, um die neue »Nummer« zu untersuchen. »Tot«, lautete seine Diagnose. »Laß ihn ruhig liegen, morgen abend wird er eingescharrt. Er ist arm und fremd, es wird niemand nach ihm fragen.«

Er verließ den Boden, um hinab zu Señor Carlos zu gehen.

Gromann kannte die Bedeutung der beiden Worte »arm und fremd«, trat aber trotzdem hinzu und zog die Decke vom Gesicht des Toten herab. Fast hätte er vor Schreck laut aufgeschrien.

»Eduard – Eduard Horn aus Monsdorf! Herr, mein Heiland, wie kommt der nach Kalifornien und in diese Lage?

Eduard – halt, welcher Gedanke: Anita wartet auf einen Eduard! – mein Gott, wäre es möglich? Sie hat mir alles erzählt. Ich ...«

Er sprach nicht weiter, sondern stürzte sich förmlich auf den so bleich Daliegenden, um seinen Zustand einer genauen Prüfung zu unterwerfen. Es dauerte lange, ehe er mit sich einig war.

»Ein Schlag über den Kopf hat ihn betäubt, dann wurde ihm ein Tuch mit Chloroform auf das Gesicht gelegt und endlich eine Gabe Blausäure oder Strychnin eingeflößt. Es ist kein Zweifel, daß hier eine absichtliche Mordtat vorliegt, doch er hat das Gift nicht verschluckt. Noch ist vielleicht Hilfe möglich. Aber wer ist der Täter gewesen? Ich werde die Apotheke untersuchen!«

Gromann eilte zu dem Schrank, der die Medikamente enthielt. Das Strychnin fehlte.

»Ah, Master Haffley, das ist dein letztes Werk gewesen, darauf kannst du dich verlassen! Nun aber rasch zum Gegengift!«

Der wackere junge Mann tat, was in seinen Kräften stand, und hatte, allerdings erst nach ziemlich langer Zeit, auch die Genugtuung zu bemerken, daß dem Bewußtlosen die Besinnung wiederkehrte.

»Anita!« rief er matt.

»Du wirst sie sehen, Eduard. Kennst du mich?«

Der Gefragte schlug mit Mühe die Augen auf. Sein Blick belebte sich mehr und mehr.

»Gromann – ist – es – möglich!«

»Ja, ich bin's, Eduard. Wie fühlst du dich?«

»Müde.«

»So trink hier, trink nur, das wird dir neue Kräfte geben.«

Eduard trank und fühlte wirklich Kraft und Leben durch seine Adern rinnen.

»Wo bin ich?«

»Im Lazarett auf der Mission Santa Barbara.«

»Bei Doktor Haffley!«

Dieser Name brachte ihn vollständig zu Bewußtsein dessen, was geschehen war. Er fuhr empor.

»Wo ist der Schurke?«

»Wer?«

»Der Doktor.«

»Ich glaube, unten bei Señor Carlos und Anita.«

»So muß ich hinab, jetzt gleich, auf der Stelle!«

»Bleib liegen, Eduard, und erzähle, wenn es dich nicht zu sehr anstrengt! Doch halt, ich höre Schritte auf der Treppe. Haffley ist's. Stell dich tot!«

Er schlug die Decke wieder über ihn und trat dem Kommenden mit unbefangener Miene entgegen.

»Ist etwas vorgefallen?«

»Nein.«

»Hast du dir den dort angesehen?«

»Ja.«

»Nun?«

»Er ist tot, Hilfe nicht mehr möglich. Konntest ihn liegenlassen da unten. Nun haben wir nichts mehr davon als Mühe und Plackerei!«

»Wahr ist's. Man läßt dem Herzen immer noch zu viel Willen. Punkt zwölf habe ich Verlobung. Bist auch eingeladen. Wirst du dich sehen lassen?«

»Verlobung? Ach so, Punkt zwölf ist die Frist abgelaufen, ich komme.«

»Schön!«

Er ging, ohne einen Blick auf das Bett zu werfen. Gromann kehrte zu Horn zurück.

»Wo ist mein Geld?« fragte dieser.

»Dein Geld? Ich weiß von nichts!«

Er ließ sich erwartungsvoll am Rand des Lagers nieder, und nun begann ein leise geführtes Gespräch, das erst kurz vor Mitternacht endete.

Um diese Zeit saß der Doktor mit Señor Carlos unten am Tisch und sprach mit ihm der Flasche eifrig zu. Die beiden freuten sich über die Luftschlösser, die Haffley so geschickt aufzubauen wußte, während Anita mit der Mutter sich in die Ecke zurückgezogen hatte und ihren Trübsinn kaum zu beherrschen wußte. Da klopfte es trotz der späten Stunde noch an die Stubentür.

»Das wird Gromann sein«, meinte Doktor Haffley. »Herein!«

Der Eingang öffnete sich, aber statt des Erwarteten traten mehrere Männer ein, welche polizeiliche Uniformen trugen.

»Good evening, Mesch'schurs und Myladys. Ist der ehrenwerte Master Haffley hier zu finden?« fragte der vorderste von ihnen.

»Ich bin es«, antwortete der Doktor, mit leichenhafter Blässe im Gesicht sich erhebend.

»So! Wollt Ihr mir vielleicht sagen, seit welcher Zeit Ihr diesen hübschen Namen führt?«

»Wie meint Ihr das, Sir?«

»Hm, ich möchte Euch gern wieder zu Euerm richtigen Namen verhelfen, der Euch abhanden gekommen ist, damals in Norfolk bei Master Cleveland. Hieß er nicht Walker, Sir?«

»Ich glaube, Ihr befindet Euch in einem Irrtum . . .«

»Stopp, Master Walker! Die Polizei hat schon längst ein liebevolles Auge für Euer Tun und Treiben hier gehabt und nur gewartet, bis einmal der richtige Augenblick kommt. Der ist nun da, und von einem Irrtum wollen wir da nicht sprechen.«

Er trat zur Tür, die er aufstieß. »Wollt Ihr jetzt hereinkommen, Master Gromann? Ihr seid ja eingeladen und braucht Euch also gar nicht zu genieren.«

Haffley trat einen Schritt zurück und griff nach einem auf dem Tisch liegenden Messer.

»Laßt das Messer da, wo es ist, mein Junge, sonst greifen wir auch zu unserm Eisen! Hollah, Kinder, legt ihm einmal die Handschellen um die Hände und seht, was in seinen Taschen zu finden ist!«

Er wurde trotz seiner Gegenwehr leicht überwältigt und gefesselt. Man fand einige Schlüssel bei ihm und ein kleines Fläschchen, das der Beamte Gromann entgegenreichte.

»Da, seht Euch einmal das Ding an, ob es den Trank enthält, von dem Ihr sprecht!«

»Es ist Strychnin, Sir, die Sache stimmt!«

»Schön! Das Zeug muß für solche Zwecke ganz gut sein, Master Haffley oder Walker, aber Ihr habt es vielleicht nicht in der gehörigen Weise in Anwendung gebracht, wie ich Euch gleich einmal zeigen werde.«

Er schritt wieder zur Tür. »Master Horn, tretet herein, der Doktor sehnt sich nach Eurer Umarmung!«

Der Gerufene erschien, noch immer bleich und matt, unter dem Eingang. Die Wirkung war zweifach. Der Arzt stieß einen Schrei aus und sank wie leblos in den Sessel zurück. Anita aber fuhr mit einem hellen Freudenruf aus ihrer Ecke hervor, auf ihn zu und schlang ihm unter lautem Schluchzen die Arme um den Nacken.

»Eduard – Eduard – da bist du – endlich!«

»Ja, da ist er«, lächelte der Polizist, »und wir wollen Euch jetzt vorderhand nicht stören. Den Master Walker aber nehmt einmal mit hinauf in seine Wohnung. Ich muß mich dort ein wenig umsehen!«

Der Doktor wurde mehr hinaufgetragen als geführt. Er hatte keinerlei Vorsichtsmaßregeln getroffen und wußte, daß er nun verloren war. Man fand außer den unzweideutigen Beweisen, daß er der entflohene Apothekergehilfe aus Norfolk war, noch die Zeugen von einer Menge anderer Verbrechen.

Vor allem einen bedeutenden Vorrat von Goldstaub aus dem Besitz der Fieberkranken, die aus den Minen zu ihm gekommen waren, um sich heilen zu lassen – und die er ins Jenseits befördert hatte.

Bei diesen Vorräten lagen auch der Beutel und die Brieftasche, die er gestern abend Eduard abgenommen hatte. Dieser war in den Minen über alle Erwartung glücklich gewesen und hatte mehr als die ausgehandelte Summe mitgebracht.

Eduard erholte sich bald von der Wirkung des Schlages und des Giftes und wurde der glückliche Bräutigam seiner Anita.

Einige Wochen nach der Hochzeit fuhr er mit den Schwiegereltern um Cap Horn herum nach Rio de Janeiro und von da in die Heimat. Gromann, dem er sein Leben zu verdanken hatte, mußte mit und folgte ihm gern.

Der ehrenwerte Doktor Haffley aber hing schon wenige Tage nach seiner Festnahme an einem guten kalifornischen Strick. In jenen Landen ist das Verfahren sehr praktisch und kurz.

Die Mission »Santa Barbara« steht noch heute. Wer nach Sakramento kommt und hinaufsteigt, um in der Restauration des Amerikaners ein Glas jenes Gebräus zu trinken, das der Elsässer Franzose unter dem stolzen Namen Bier ausschenkt, der kann sich viel erzählen lassen von dem Lazarett des aufgeknüpften Apothekergehilfen aus Norfolk, Staat North Carolina.

Der Bowie-Pater

»Damn! Wenn das so fortgeht, so soll mich der Teufel holen, wenn wir nur die Schwanzhaare eines einzigen Comanchengaules zu sehen bekommen!«

Der Mann, der diese Worte sprach, war eine breite herkulische Gestalt, aus der man, wenn sie von Holz gewesen wäre, mühelos zwei lebensgroße menschliche Figuren hätte schnitzen können. Seine gewaltigen Beine staken in einem Paar langer Wasserstiefel, die er bis über die Knie heraufgezogen hatte. Er trug eine hirschlederne Weste, über der eine aus starker Büffelhaut gefertigte Jacke hing. Den Kopf bedeckte eine hohe Mütze, die von einer ganzen Menge von Klapperschlangenhäuten umwunden war. Sein Gesicht sah ganz so aus wie die Gegend, in der er sich befand: Es war so dicht bewaldet, daß man nur die Nase und die beiden Augen zu unterscheiden vermochte. In der Hand trug er eine doppelläufige Kentuckybüchse, und in dem alten Schal, den er sich um die Hüfte geschlungen hatte, steckte neben einer alten Drehpistole ein Jagdmesser, das mehr einem Hirschfänger als einem Messer glich.

Er wühlte in einem Haufen von Holzasche herum, der den Boden bedeckte und den unumstößlichen Beweis führte, daß hier ein ungewöhnlich großes Feuer gebrannt hatte.

»Sag einmal, Fred«, fuhr er verdrießlich fort, »wie lange es wohl her ist, daß diese Asche heiß gewesen ist?«

»Das Feuer ist gestern früh erloschen«, lautete die schnelle, entschiedene Antwort.

Der Mann, der sie gab, war bedeutend jünger als der andere. Er mochte höchstens fünfundzwanzig Jahre zählen und war ganz in einen jener indianischen Anzüge gekleidet, die die Savannenstutzer zu tragen pflegen und an denen die Näherinnen jahrelang zu arbeiten haben. Trotz dieses sauberen Anzugs aber hatte er nicht das Aussehen eines Sonntagsjägers. Man erkannte an seinem starken Nacken die Narbe eines tiefen Messerschnittes, und über die eine Wange zog sich die Spur eines Hiebes, der jedenfalls von einem Tomahawk herrührte. Seine Waffen bestanden aus einem Henrystutzen, aus dem man, ohne wieder laden zu müssen, fünfundzwanzig Schüsse tun kann, einem Bowiemesser und zwei Revolvern.

»Richtig!« stimmte der Riese bei. »Man sieht, daß du kein Neuling mehr bist wie vor zwei Jahren, als ich dich in die Schule nahm. Aber was hilft uns das jetzt? Die Kameraden sind tot, die Pferde gestohlen und die Nuggets geraubt, die wir uns da drüben in Kalifornien zusammengesucht haben, um auch einmal im Osten den Gentleman spielen zu können. Nun rennen wir hinter diesen verdammten Comanchen her und können sie zu Fuß doch nicht einholen. Aber wehe den Halunken, wenn ich, Bill Holmers, über sie komme!« Er erhob die Faust drohend nach Süden hin.

»Ich denke, wir werden schon noch zu unserem Eigentum kommen«, meinte der, den er Fred genannt hatte.

»Denkst du?«

»Ja.«

»Und wie?«

»Die Spur, die wir verfolgen, führt zum Rio Pecos, der durch die Sierra Blanca führt. Diese ist ja gegenwärtig die Grenze zwischen dem Gebiet der Comanchen und Apachen.«

»Was hat das mit unseren Pferden und Nuggets zu tun?«

»Sehr viel! Die Comanchen, die uns bestohlen haben, können von jetzt an zu jeder Zeit einer Truppe Apachen begegnen und dürfen also nicht mehr ohne Kundschafter vorwärtsgehen. Was folgt daraus, Bill?«

»Hm, daß sie gezwungen sein werden, langsamer zu reiten. Deine Ansicht ist nicht übel! Man sieht es, daß du bei mir in die Schule gegangen bist, und darum will ich es dir nicht übelnehmen, daß du diesen tröstlichen Gedanken eher gehabt hast als ich. Die Apachen fürchtest du also nicht?«

»Nein. Sie sind jetzt den Bleichgesichtern freundlich gesinnt. Sie sind überhaupt edler und tapferer als die Comanchen, und besonders seit die meisten ihrer Stämme dem großen Rimatta* gehorchen, kann sich ein Jäger mit Vertrauen zu ihnen wagen.«

Da raschelte es hinter ihnen. Beide fuhren blitzschnell herum und erhoben ihre Büchsen. Vor ihnen stand ein Indianer,

* Rimatta: Obwohl er einen anderen Namen trägt, ist der Apachenhäuptling unverkennbar eine Winnetougestalt. Karl May hat seinen Haupthelden mehrmals unter verschiedenen Namen auftreten lassen. Siehe Fußnote S. 301.

beinahe so gekleidet wie Fred, nur daß sein eigenes Haar die einzige Kopfbedeckung bildete, welche er trug, und in seinem Gürtel ein Tomahawk von sehr kostbarer Arbeit blitzte. Seine großen dunklen Augen blickten sehr zuversichtlich auf die beiden Jäger, und die Rechte leicht zum Gruß erhebend, sprach er mit freundlicher Stimme: »Die Bleichgesichter mögen ruhig sein; der rote Mann wird sie nicht töten.«

»Oho!« antwortete Bill Holmers, »das wollten wir uns auch verbitten!«

Der Indianer lächelte. »Haben meine weißen Brüder den Schritt des roten Mannes gehört? Seine Büchse hätte sie töten können, ehe sie ihn bemerkten.«

»Das ist wahr!« gestand Holmers.

»Aber der rote Mann hat die Worte seiner weißen Brüder vernommen; sie sind Feinde der Comanchen und Freunde der Kinder der Apachen; er wird sich zu ihnen setzen und die Pfeife des Friedens mit ihnen rauchen.«

Er setzte sich ohne Umstände da, wo er stand, auf den Boden nieder, nahm das mit Federn geschmückte Kalumet von der Halsschnur, stopfte es aus dem Beutel, der an seinem Gürtel hing, und steckte den Tabak mit Hilfe seines Punks* in Brand.

Die beiden Jäger nahmen ihm gegenüber Platz.

Er sog den Rauch seiner Pfeife sechsmal ein, blies ihn in die vier Himmelsrichtungen, dann empor zur Sonne und endlich nieder zur Erde vor sich und gab dann das Kalumet an Holmers.

---

* Punk: Präriefeuerzeug (KM).

»Der große Geist ist mit den Apachen und mit den weißen Männern. Ihre Feinde seien wie die Fliegen, die vor dem Rauch unserer Feuer fliehen!«

Die Jäger wiederholten die Zeremonie, und Holmers antwortete: »Mein roter Bruder ist ein Häuptling der Apachen, ich sehe es an seinem Haar. Wird er uns seinen Namen nennen?«

»Meine Brüder haben vorher gesprochen von Rimatta, dem Sohn der Apachen.«

»Rimatta? Führt mein Bruder wirklich diesen Namen?«

»Der Apache lügt niemals!« lautete seine einfache Antwort.

Das war ein Zusammentreffen, wie sie es sich gar nicht glücklicher wünschen konnten. Darum fragte Bill: »Ist mein Bruder allein in dieser Gegend?«

»Rimatta ist allein; er hat tausend seiner Feinde nicht zu fürchten.«

»Wo hat er sein Pferd?«

»Es steht dort unter den Bäumen. Wo haben meine Brüder ihre Tiere?«

»Wir haben keine.«

Er blickte sie ungläubig an. »Sie haben keine? Der Jäger ohne Pferd ist wie der Arm ohne Hand!«

»Wir hatten sehr gute Tiere; sie sind uns von den Comanchen geraubt worden.«

»Hatten die weißen Männer keine Augen, um zu sehen, und keine Ohren, um zu hören? Warum haben sie die Hunde der Comanchen nicht getötet?«

»Wir waren nicht da, als die Comanchen kamen.«

»Mein Bruder erzähle!«

»Wir waren zwölf Männer und kamen aus Kalifornien über die Savannen und Berge herüber, um nach Osten zu gehen. Wir lagerten an den Ufern des Rio Mala und hatten noch nichts geschossen. Da erhielten wir beide den Auftrag, Fleisch zu machen. Wir gingen fort, und als wir nach einer Stunde zurückkehrten, lagen unsere Gefährten tot und skalpiert auf der Erde, die Pferde waren alle fort und die Nuggets mit ihnen.«

»Hörten meine Brüder das Schießen nicht?«

»Nein. Es ging ein großer Wind, der den Schall von uns trieb.«

»Was taten meine Brüder, als sie zurückgekehrt waren?«

»Wir zählten die Spuren der Comanchen; es waren ihrer hundert und noch ein halbes Hundert. Wir folgten ihnen, um unsere Toten zu rächen und unser Eigentum wieder zu nehmen.«

»Und meine Brüder waren zwei und die Comanchen so viele.«

»Ja.«

»Meine Brüder sind wackere Krieger; die Comanchen aber wie die Kojoten*, die keinen Verstand haben. Sie mußten sehen, daß zwei Bleichgesichter fehlten und meine Brüder erwarten und töten. Woher werden die Bleichgesichter neue Pferde nehmen?«

»Wir werden sie den Comanchen nehmen.«

»Sie sollen eher welche haben, denn sonst können sie die Comanchen gar nicht erreichen. Die Bleichgesichter mögen warten, bis Rimatta zurückkehrt.«

---

* Kojote: Savannenwölfe (KM).

Er erhob sich, hängte sich das Kalumet wieder um den Hals, ergriff seine Büchse und verschwand zwischen den Bäumen.

Die beiden Jäger blickten einander mit eigentümlichen Blicken an.

»Was meinst du, Fred?« fragte Bill.

»Was meinst du, Bill?« antwortete Fred.

»Hm, ein netter Kerl!«

»Sehr!«

»Konnte uns wegputzen ohne alle Gefahr!«

»Sehr!«

»Bin dem Kerl gut!«

»Sehr!«

»Gehe zum Teufel mit deinem ›Sehr‹. Ich will von dir wissen, was wir jetzt zu tun haben!«

»Bestimme du es. Du bist der Ältere.«

»Well! Ich hätte Lust zu bleiben.«

»Ich auch. Er sieht mir ganz so aus, als ob er Wort halten würde.«

»Er ist beritten und wird uns Pferde fangen.«

»Wird schwer gehen!«

»Ist alles möglich. Ein verteufelt günstiges Zusammentreffen mit diesem Apachen! Das kann zu unserem Glück sein.«

»Denke es auch. Aber, hm, es möchte mir nachträglich beinahe noch angst werden.«

»Warum?«

»Wir hatten von ihm gesprochen.«

»Ja, ja. Das Sprechen in der Prärie oder im Wald ist

eigentlich eine sehr große Dummheit. Man kann sich dadurch ganz gründlich verraten.«

»Hätten wir nicht so gut von ihm gesprochen, so wette ich hundert zu eins, daß wir von ihm weggeblasen worden wären.«

»Ganz sicher. Wollen wenigstens jetzt das Maul halten und uns einen Platz suchen, an dem wir auf ihn warten können, ohne von anderen bemerkt zu werden.«

Sie verließen den offenen Platz und verschwanden unter den Büschen.

Es mochten etwas über zwei Stunden vergangen sein, da stand, ohne daß das allergeringste Geräusch zu vernehmen gewesen wäre, der Apache wieder an derselben Stelle, an der die Friedenspfeife geraucht worden war.

»Uff!«

Auf diesen halblauten Ruf kamen die Jäger aus ihren Verstecken hervor.

»Meine Brüder mögen Rimatta folgen!«

Er drehte sich um und schritt davon, ohne sich scheinbar darum zu bekümmern, ob die beiden auch wirklich hinter ihm dreinkämen. Er führte sie durch den weiten, hochstämmigen Urwald, bis sie eine helle Einbuchtung der Prärie erreichten. Dort lag ein Mustang, an allen vieren mit jenen unzerreißbaren Riemen gefesselt, die man zur Anfertigung der Lassos und Reserveleinen verwendet. Der Schweiß perlte von dem Tier herab, und große dicke Schaumflocken lagen weit umher, so hatte es sich abgearbeitet, um loszukommen.

»Können meine Brüder einen wilden Mustang reiten?«

Statt aller Antwort warf Fred die Büchse über den Rücken,

stellte sich mit weitgespreizten Beinen über das Pferd und löste mit zwei raschen Messerschnitten die Fesseln, welche es hielten. Im Nu sprang es auf. Der Reiter saß oben, ohne Sattel und Zaum, frank und frei auf dem bloßen Rücken des Tieres. Es stutzte und wieherte erschrocken, ging bald vorn und bald hinten in die Höhe, bockte zur Seite und flog dann, als es den Reiter nicht loswerden konnte, in gewaltigen Sätzen in die Prärie hinaus.

»Mein junger Bruder ist ein guter Reiter!« meinte der Indianer beifällig; dann schritt er weiter.

Ein großes Stück draußen in der Savanne lag ein zweites Pferd, ganz in derselben Weise gefesselt wie das vorige.

»Mein Bruder nehme es und kehre dann zurück!«

Er schritt einem Gebüsch zu, in dem er sein eigenes Pferd angehobbelt hatte. Bill Holmers dagegen trat zu dem Mustang, tat das gleiche wie vorhin Fred und flog bereits nach einer Minute auf seinem wilden, unbändigen Tier in die Prärie hinaus. Erst nach Verlauf einer vollen Stunde ließen sich ganz draußen am Horizont ein dunkler Punkt und dann ein zweiter erkennen. Sie näherten sich schnell. Es waren die beiden Jäger, die auf ihren Pferden zurückkehrten. Als sie die kleine Savannenbucht erreichten, trat Rimatta zwischen den Sträuchern hervor und führte sein Pferd am Zügel nach.

»Meine weißen Brüder haben nun Tiere, um ihre Feinde zu erreichen, und können sich die Sättel holen und alles, was sie brauchen.«

Der Ort, an dem sie hielten, war von vielfältigen Hufspuren gezeichnet. Hier hatte der Indianer die wilden Pferde angeschlichen und überfallen. Wie es ihm möglich gewesen war, zwei davon zu fangen, darüber verlor er kein Wort.

»Wohin wird unser roter Bruder gehen?« fragte Bill Holmers.

»Er wird den Spuren der Comanchen folgen, um zu sehen, wohin sie gehen.«

»Will Rimatta nicht mit uns gehen?«

»Der Apache ist der Bruder der weißen Männer, er wird an ihrer Seite bleiben, wenn sie ihm ihr Vertrauen schenken wollen.«

»Wir vertrauen dir!«

»Ugh!«

Auf diese kurze einfache Weise war das Bündnis geschlossen, das nach dem Brauch der Savanne jeden verpflichtet, gegebenenfalls selbst das Leben für die Sicherheit und das Wohlergehen der anderen zu lassen.

Die beiden Weißen lösten die Lassos, die sie um ihre Hüften geschlungen trugen, ab und banden sie den Pferden so um Kopf und Maul, daß eine Art Zügel entstand, mit dessen Hilfe man die Tiere besser lenken konnte als mit dem bloßen Schenkeldruck.

»Jetzt wieder zurück an den Lagerplatz?« fragte Bill Holmers.

»Meine weißen Brüder werden nicht wieder zurückkehren, sondern mir folgen.«

»Weiß Rimatta einen besseren Weg, die Räuber zu ereilen?«

»Die Hunde der Comanchen werden dem Tal des Rio Pecos folgen, weil sie sonst nicht genug Wasser haben für so viele Pferde. Dieser Fluß aber läuft in einem großen Bogen, der beinahe ein Kreis ist, und wenn meine Brüder mir folgen wollen, so sollen sie bei den Comanchen viel eher sein, als sie es denken.«

»Einverstanden«, erklärte Holmers.

Hierauf setzten sich die drei Reiter in Bewegung. Die beiden neuen Pferde machten den Ritt anfangs etwas schwierig; nach und nach aber richteten sie sich ein, und als der Abend hereinbrach und man an ein Nachtlager denken mußte, konnten sie angehobbelt werden, ohne alle Besorgnis, daß man sie verlieren würde. Hat das Pferd die Macht des Menschen einmal erkannt, so bleibt es ihm auch weiterhin ein treuer und gehorsamer Begleiter.

Am anderen Morgen wurde der Ritt sehr früh schon fortgesetzt. Während des Vormittags kamen sie an den Lauf eines kleinen Flüßchens, das sein Wasser in die Fluten des Rio Pecos schickte. Sein Ufer bildete einen schmalen Savannenstreifen.

Da, wo die Gebiete von Texas, Arizona und Neumexiko zusammenstoßen, also an den Zuflüssen des Rio Grande del Norte, erheben sich die Berge der Sierren de los Organos, Blanca und Guadelupe und bilden ein Gebiet von wilden, wirr durcheinanderlaufenden Höhenzügen. Diese Züge zeigen sich bald als riesige nackte Bastionen, bald sind sie von dichtem dunklem Urwald bestanden und werden bald durch tiefe, fast senkrecht abfallende Cañons, bald durch sanft absteigende Talrinnen getrennt, die seit ihrer Entstehung von der Außenwelt abgesondert zu sein scheinen. Und dennoch trägt der Wind Blütenstaub und Samen über die hohen

Zinnen und Grate, so daß sich eine Vegetation entwickeln kann; dennoch klimmen der schwarze und der graue Bär an dem Felsen empor, um in die jenseits herrschende Einsamkeit hinabzusteigen; dennoch finden die wilden Bisons hier einzelne Pässe, durch die sie auf ihren Herbst- und Frühjahrswanderungen in Herden zu Tausenden von Exemplaren sich zu drängen vermögen; dennoch tauchen hier bald weiße, bald kupferfarbige Gestalten auf, so wild wie die Gegend selbst, und wenn sie wieder abgezogen und verschwunden sind, weiß niemand, was geschehen ist, denn die schroffen Steinriesen sind stumm, der Urwald schweigt, und noch kein Mensch hat die Sprache der Tiere zu verstehen gelernt.

Hierherauf kommt der kühne Jäger, nur allein auf sich und seine Büchse angewiesen; hierherauf steigt der Flüchtling, der mit der Zivilisation zerfallen ist, hierherauf schleicht sich der Indsman, der aller Welt den Krieg erklärt, weil alle Welt ihn vernichten will. Da taucht bald die Pelzmütze eines kräftigen Trappers, bald der breitrandige Sombrero* eines Mexikaners, bald der Haarschopf eines »Wilden« zwischen den Zweigen auf. Was wollen sie hier? Was treibt sie herauf in diese abgeschlossenen Höhen? Es gibt nur eine Antwort: die Feindschaft gegen Mensch und Tier, der Kampf um ein Dasein, das dieses Kampfes nicht immer wert ist.

Drunten auf der Ebene stoßen die Jagdgründe der Apachen mit denen der Comanchen zusammen. An diesen Grenzen geschehen Heldentaten, von denen keine Geschichte etwas meldet. Durch die Zusammenstöße dieser kriegeri-

* Sombrero: Hut, Schattenmacher (KM).

schen Völkerschaften wird mancher einzelne oder mancher versprengte Trupp hinaufgedrängt in die Berge und hat dort Fußbreit um Fußbreit mit dem Tod oder mit Gewalten zu kämpfen, deren Überwindung durch Menschenkraft unmöglich zu sein scheint.

Der Rio Pecos entspringt auf der Sierra Jumanes, hält erst eine südöstliche Richtung ein und wendet sich dann, in die Sierra Blanca tretend, gerade nach Süden. Nahe am Austritt aus derselben schlägt er nach Westen einen gewaltigen Bogen, den rechts und links Berge einfassen. Diese weichen zu beiden Seiten seiner Ufer jedoch so weit zurück, daß hüben und drüben ein bald schmaler, bald breiterer Präriestreifen Platz findet, der eine üppig grüne Grasvegetation zeigt, die sich in dem von den Höhen bis zum Fuß des Gebirges niedersteigenden Urwald verliert. Ähnlich verhält es sich auch bei den meisten seiner Nebenflüsse. Das ist ein höchst gefährliches Gebiet. Die Berge sind langgestreckt, so daß es nur selten eine Spalte oder eine Schlucht gibt, die zur Seite führt. Wer hier einem Feind begegnet, der vermag nicht auszuweichen, wenn er nicht sein Pferd im Stich lassen will, ohne das er vielleicht doch auch verloren wäre.

Auch das Flußtal, in das die drei einritten, war von der geschilderten Beschaffenheit: zu beiden Seiten des Wassers ein Präriestreifen, an den der dichte, dunkle Urwald grenzte.

Rimatta eilte voran. Kaum war er in das Tal eingebogen, so stutzte er.

»Uff!« Er sprang zur Erde und untersuchte das Gras. Auch sein kluges Tier senkte den Kopf zu Boden, als wolle es die Spuren betrachten, die sein Herr bemerkt hatte. Natürlich stiegen auch die beiden Weißen sofort ab und betrachteten die breite Fährte, die längs des Flusses herabkam und in der Richtung zum Rio Pecos weiterführte.

»Zwölf Reiter!« meinte Bill Holmers.

»Bleichgesichter!« fügte der Indianer hinzu.

»Kommt uns gelegen! Wohl eine Gesellschaft von Trappern oder Büffeljägern?«

»Mein Bruder irrt!«

»Ah! Wer sollte es sonst sein? Spazieren reitet niemand in der Sierra Blanca.«

»Mein Bruder sehe diese Spur an!«

Holmers bückte sich zur Erde und betrachtete den Fußeindruck eines Pferdes. »Was ist damit?« fragte er.

»Dieses Pferd hatte einst einen kranken Fuß.«

»Das sieht man.«

»Der Huf hat geschwärt und sich zu dieser Seite krumm gezogen.«

»Das kann vorkommen.«

»Der Häuptling der Apachen kennt dieses Tier.«

»Ah! Wem gehört es?«

»Dem größten Feind der roten Männer. Seine weißen Brüder nennen ihn Bowie-Pater, obwohl er kein Pater, also kein Geistlicher ist. Im Gegenteil. Seine Gefangenen pflegt er nie zu schonen, sondern mit dem Bowie-Messer zu töten. Bowie-Pater nennt man ihn hierzulande, weil er stets – wie ein Pater – mit schwarzem Anzug und schwarzem Hut bekleidet ist, höchst ungewöhnlich in der Wildnis.«

»Alle Teufel, der Bowie-Pater hier! Ist es wirklich sein Pferd?« sagte Holmers.

»Rimatta irrt sich nie«, antwortete der Indianer in stolzem Ton.

»So weiß man allerdings nicht, ob man Freude oder Sorge haben soll. Der Bowie-Pater ist ein Satan, der sich niemals beurteilen und berechnen läßt.«

»Was denkt unser roter Bruder?« fragte Fred.

»Rimatta fürchtet den Indianermörder nicht.«

»Wir fürchten ihn auch nicht. Ist er auch ein Feind der Apachen?«

»Er ist ein Feind aller roten Männer.«

»Muß ein fürchterlicher Kerl sein, dieser Mensch«, brummte Bill. »Also elf Leute hat er bei sich? Wenn wir ihnen nicht willkommen sind, wird es einen Kampf geben. Vorwärts, ihnen nach!«

Eine Strecke weiter unten war der Bowie-Pater mit seinen Leuten über das Flüßchen geritten. Der Indianer tat mit den beiden Weißen das gleiche.

Da, wo das Tal in dasjenige des Rio Pecos mündete, wartete eine neue Überraschung. Längs des Pecos führte eine Fährte, die vom linken zum rechten Ufer des Zuflusses übersprang und sichtlich von einer sehr zahlreichen Reiterschar herrührte. Die drei Männer stiegen abermals von den Pferden, um die Spuren genau betrachten zu können. Der Indianer war am schnellsten damit fertig.

»Comanchen!« meinte er.

»Das sind die, die wir suchen. Wann sind sie hier vorübergekommen?« fragte Bill Holmers.

»Vor kaum einer halben Stunde«, antwortete Fred.

»Mein junger Bruder hat recht«, stimmte der Apache bei.

»Die Halme, die sie niedertraten, haben sich noch nicht wieder emporgerichtet.«

»Diese Leute reiten auf der Fährte des Bowie-Paters. Sie werden ihn einholen und überfallen.«

»Sie werden so reiten, daß sie des Nachts bei ihm sind«, sprach der Apache.

»Das ist richtig; denn die roten Krieger pflegen einen Überfall lieber des Nachts als am Tag vorzunehmen, selbst wenn sie eine bedeutende Überzahl haben.«

»Der Bowie-Pater«, meinte Fred, »ist ihnen um einige Stunden voraus.«

»Sie werden ihn dennoch ereilen, denn die weißen Männer sind langsam geritten, während die Comanchen ihre Tiere schnell gehen lassen werden. Meine Brüder mögen hierhersehen. Hier haben die Comanchen Beratung gehalten, und von da an sind sie im Galopp geritten.«

Man sah an den Spuren, daß die »Wilden« einen Kreis gebildet hatten. Dann war die Erde von den Hufen der Pferde in einer Weise aufgerissen worden, daß sehr leicht zu schließen war, daß sie den Weißen im vollen Lauf gefolgt waren.

»Was tun wir?« fragte Bill Holmers. »Es scheint unmöglich, ihnen zuvorzukommen, um die Weißen zu warnen. Was sagt mein roter Bruder dazu?«

Der Indianer blickte finster vor sich nieder. »Das Bleichgesicht, das sich Bowie-Pater nennt, ist ein Feind aller roten Männer, auch der Apachen, denn viele von ihnen sind von seiner Hand gefallen.«

»Aber heute ist der Bowie-Pater ein Freund, ein Verbündeter der Apachen, denn er wird mit ihren größten Feinden, den Comanchen, zu kämpfen haben.«

»Mein Bruder sagt die Wahrheit, und darum möchte Rimatta ihn warnen.«

»Aber wie? Gibt es keinen Weg, zwischen ihn und die Comanchen zu kommen?«

»Hier nicht. Aber weiter unten geht ein Paß rechts in die Berge hinein. Wenn wir ihm folgen und im Galopp reiten, so ist es möglich, dann wieder links zum Fluß einzulenken und den Hunden der Comanchen zuvorzukommen.«

»Wie weit haben wir von hier bis hinunter zu dem Paß?«

»Wenn wir schnell reiten, eine Zeit, die die Bleichgesichter zwei Stunden nennen.«

»Dann vorwärts. Unsere Pferde sollen ausgreifen!«

Die drei Pferde fegten jetzt über den weichen Boden dahin, daß die aufgerissene Erde hinter ihnen emporflog. In der angegebenen Zeit erreichte man wirklich eine Stelle, an der sich die Berge öffneten und eine Schlucht nach rechts hineinführte.

Rimatta hielt an und betrachtete die Spuren. »Wir sind den Comanchen sehr nahe gekommen.«

»Sie sind vor kaum zehn Minuten an dieser Stelle gewesen«, meinte Fred.

»Meine Brüder mögen mir jetzt in die Schlucht folgen!« Er wollte ihnen voran in die Schlucht einbiegen, hielt aber ganz erstaunt inne.

»Uff!«

Bei diesem Wort der Überraschung riß er die Büchse empor und drängte zu gleicher Zeit sein Pferd hinter den Felsen zurück, der die Ecke der Schlucht bildete.

»Was gibt es?« fragte Bill, ebenfalls sofort nach seiner Büchse greifend.

»Bleichgesichter!«

»Ah! Wie viele?«

»Zwölf. An ihrer Spitze der Bowie-Pater.«

»Alle Teufel! Wie kommen die hierher in die Schlucht? Aber das werden sie uns ja sagen müssen, wenn wir sie jetzt danach fragen.«

Er ritt mit Fred vor, und der Apache folgte ihnen, doch mit der Büchse in der Hand.

Die zwölf Weißen hielten in der Schlucht; es war ihnen anzusehen, daß sie durch das Erscheinen des Indianers in Überraschung und Besorgnis versetzt worden waren.

»Good day, Ihr Männer!« grüßte Bill. »Holla, was tut Ihr hier?«

»Good day, Master! Wollt Ihr uns nicht vorher sagen, was Ihr hier tut?«

Diese Worte sprach ein mit schwarzem Anzug und schwarzem Hut bekleideter, ungewöhnlich kleiner und schmächtiger Mann, dessen von Sturm und Wetter gebräuntes Gesicht nicht die mindeste Spur von Bart zeigte, gewiß eine ganz außerordentliche Erscheinung hier in der Wildnis, wo es zum Rasieren weder Werkzeug noch Gelegenheit gab.

»Was wir hier tun? Hm, wir suchen Euch!«

»Uns?« fragte der andere erstaunt.

»Ja, wenn ihr nämlich der seid, für den ich Euch halte.«

»Nun, für wen haltet Ihr mich?«

»Für den, den man den Bowie-Pater zu nennen pflegt.«

Der Kleine lachte selbstgefällig, und zwar mit einer so

hohen Stimme, daß sie eher einem Weib als einem Mann zu gehören schien. »Da seid Ihr ganz auf der richtigen Fährte, Mann. Aber, warum sucht Ihr mich?«

»Um Euch zu warnen.«

»Ah! Vor wem oder was?«

»Vor den Comanchen, die hinter Euch her sind.«

»Hinter uns her? Mann, seht Ihr denn nicht, daß es gerade umgekehrt ist: Wir sind hinter ihnen her.«

»Well, ich begreife das schon: Ihr seid einen Kreis geritten, um hinter sie zu kommen. Aber so habt Ihr also gewußt, daß sie Euch folgten?«

»Haltet Ihr den Bowie-Pater für so dumm, daß er nicht sieht, wen er vor sich oder hinter sich hat?«

»Die Comanchen werden in kurzer Zeit Eure List erkennen und Euch zwischen zwei Feuer nehmen.«

»Was Ihr doch klug seid! Inwiefern denn zwischen zwei Feuer?«

»Sie werden sich teilen. Die eine Hälfte wird Euch durch die Berge folgen und die andere Hälfte wird am Fluß umkehren, um Euch zu erwarten.«

»Habt nicht so ganz unrecht, Mann! Habe das, was Ihr mir sagt, aber ebenso gewußt und gerade mit Vorbedacht so gehandelt. Seht Ihr denn nicht ein, daß man mit siebzig Rothäuten eher fertig wird als mit hundertfünfzig?«

»Ah! Ihr wollt wirklich mit ihnen kämpfen?«

»Was sonst?«

»Zwölf gegen siebzig!«

»Ihr scheint zu den schmackhaften Kreaturen zu gehören, die man Hasen nennt.«

»Möglich! Könnte Euch aber das Gegenteil beweisen! Ich habe mich schon sehr oft meiner Haut zu wehren gehabt, aber einen Angriff unternehme ich nur dann, wenn ich Gründe dafür und auch die Überzeugung habe, daß ich nicht unterliege.«

»Ist bei mir ebenso, und gerade heute habe ich die Überzeugung, daß ich siege.«

»Zwölf gegen zwei mal siebzig?«

»Zwölf Doppelbüchsen geben vierundzwanzig Tote, wenn man die Kerls überrascht; dann die Messer, Pistolen und Revolver, so werden von den roten Halunken nicht viele übrigbleiben.«

»Was haben sie Euch getan, daß Ihr solche Liebe zu ihnen hegt?«

»Was hat Euch der Floh getan, daß Ihr ihn nicht leiden mögt? Ungeziefer! Aber Ihr wolltet uns ja warnen! Ihr habt also von uns gewußt?«

»Eure Fährte war ja deutlich genug!«

»Aber wie erfuhrt Ihr, daß ich es war?«

»Hier, dieser rote Master kennt die Spuren Eures Pferdes.«

»Glaube es! Kennen uns überhaupt ein wenig, er und ich. Ist der einzige Indianer, den man achten möchte! Seid Ihr zufällig hinter den Comanchen her?«

»Nein. Wir folgen ihnen, um ein Wörtchen mit ihnen zu reden.«

»Heimlich oder laut?«

»Wie es kommt.«

»Alle Teufel, drei gegen hundertfünfzig! Und vorhin hattet Ihr Angst um mich! Dann seid Ihr ein sehr mutiger Hase. Wie ist Euer Name?«

»Meine Freunde nennen mich Bill Holmers.«

»Bill Holmers, der Kentuckyman?«

»Ja, wenn es Euch recht ist.«

»Das ist eine Überraschung! Habe viel von Euch gehört und lange gewünscht, einmal mit Euch zusammenzutreffen. Ihr sollt einen Begleiter haben, den die Indianer ›Feuertod‹, nennen?«

»Dieser ist es.«

Er deutete auf Fred, welcher schon während der ganzen Unterhaltung bemerkt hatte, daß ihn der Kleine mit außerordentlich forschenden Blicken betrachtete.

»Dann seid beide willkommen, und auch du, Rimatta! Heute soll Waffenstillstand sein zwischen mir und dir.« Er reichte allen dreien die Hand entgegen, die auch von ihnen angenommen wurde.

»Was habt Ihr mit den Comanchen zu reden?« fragte er dann weiter.

»Wir gehörten zu einer Truppe von Jägern und Goldsuchern, die von ihnen überfallen und fast vollständig vernichtet wurde. Wir beide allein entkamen, weil wir fortgegangen waren, um Fleisch zu machen. Nun wollen wir uns die Nuggets wiederholen, die sie uns abgenommen haben.«

»Dann passen wir zusammen. Wollt Ihr Euch uns anschließen?«

»Gern.«

»Und wer soll der Führer sein?«

»Du, denn deine Truppe ist größer als die unsrige.«

»Gut. Was aber sagt Rimatta dazu?«

Der Indianer lächelte stolz, als er antwortete: »Rimatta ist der Häuptling der Apachen, er gehorcht nur sich selbst. Aber er wird tun, was seine weißen Brüder planen, wenn es gut und löblich ist.«

»So sind wir also nun fünfzehn Mann, das heißt, einer gegen zehn. Ihr werdet alles wiederbekommen, was Euch die roten Halunken abgenommen haben.«

Rimatta schüttelte mit dem Kopf. »Mein Bruder rechnet nicht richtig, und meine weißen Freunde werden nicht wiederbekommen, was sie verloren haben.«

»Wieso?« fragte der Bowie-Pater, sichtlich überrascht, daß ihm widersprochen wurde.

»Es sind nicht hundert und noch fünfzig Comanchen; es sind nur so viele Pferde. Es sind die Tiere dabei, die meinen Brüdern gestohlen wurden und die also keinen Reiter tragen.«

»Das ist richtig, also besser für uns. Weshalb also sollten wir ihnen den Raub nicht abnehmen können?« fragte der Bowie-Pater.

»Überlege doch«, sagte der Apache, »wie sich die Comanchen verhalten werden: Der eine Teil von ihnen wird dir durch die Berge folgen und der andere Teil wird dich am Fluß erwarten. Das Gold aber und der ganze Raub ist ihnen beim Kampf hinderlich und kann dabei in Gefahr kommen; sie werden also diese Sachen einigen Leuten geben, die alles, ohne sich aufzuhalten, zu den Dörfern der Comanchen schaffen werden.«

»Fast scheint es, als ob diese Vermutung ihre Richtigkeit habe, aber es ist nun nichts mehr zu ändern. Dennoch halte ich noch nichts für verloren. Wenn Eure Sachen auch wirklich in Sicherheit geschafft werden sollten, so wird es uns doch später möglich sein, die Fährte aufzufinden und denen zu folgen, die den Raub mit sich führen.«

»Und was beschließt du für jetzt?«

»Ich bin bis hierher vorgedrungen, um zu sehen, ob die Comanchen bereits vorüber sind. Jetzt kehren wir zurück.«

»Auf deiner eigenen Spur?«

»Fällt mir nicht ein! Wir schlagen uns hier seitwärts in die Felsen. Der Ritt wird anstrengend sein, aber das müssen wir uns gefallen lassen. Ich habe mir bereits eine Stelle ausgewählt, die gar nicht besser zu einem Angriff passen kann.«

Er drehte sein Pferd um. Die andern folgten ihm.

Der Weg führte auf scharfem Gestein oder losem Geröll auf und ab; die Pferde konnten ihn kaum überwinden. Sie mochten beinahe eine Stunde geritten sein, als der Bowie-Pater stehen blieb und mit der Hand vorwärts deutete.

»Hier ist es. Wenn sie in diese Falle gehen, kann keiner entkommen.«

Sie hielten an einer hohen steilen Felswand, der eine zweite gleich hohe gegenüberlag. Zwischen beiden Wänden zog sich eine tiefe Talschlucht dahin, an deren Ein- und Ausgang die Felsen so nahe zusammentraten, daß sie kaum zwei Reiter nebeneinander zu passieren vermochten.

Zu Pferd waren die Wände nicht zu ersteigen. Das Tal bildete wirklich eine Falle, die es wenigen Männern möglich machte, eine ganze Truppe zu vernichten.

Der Pater las mit Genugtuung die Anerkennung seines Scharfsinns aus den Blicken Freds und Bills; nur der Apache musterte das Terrain mit sehr gleichgültiger Miene.

»Ausgezeichnet!« rief Holmers. »Hier kann wirklich keiner entkommen.«

»So wollen wir unsere Vorbereitungen schleunigst treffen, denn wir können die Ankunft der Roten nun bald erwarten«, bemerkte der Bowie-Pater.

»Wie verteilen wir uns?«

»Zunächst werden die Pferde angehobbelt, aber fest und so eng wie möglich. Dann gehen drei nach links zum Eingang und drei nach rechts zum Ausgang der Schlucht. Die anderen neun postieren sich in gewissen Zwischenräumen hier in der Mitte, und es müßte mit dem Teufel zugehen, wenn wir sie nicht alle bekämen.«

»Wann wird geschossen?«

»Sobald sie in der Falle stecken. Ich werde den ersten Schuß tun.«

Er wandte sich jetzt ausschließlich an Bill und Fred: »Wollt Ihr Euch über dem Ausgang dort postieren? Ich gebe Euch noch einen dritten mit. Es ist der schwierigste Posten.«

»Pah«, antwortete Bill. »Spart eure Leute. Wir zwei genügen. Ich gebe Euch mein Wort, daß wir keinen durchlassen werden.«

»Aber es wird sich alles in Eure Richtung drängen. Ihr könnt unmöglich so schnell laden, wie es nötig ist.«

»Seht euch meinen Stutzen an«, meinte Fred. »Kennt Ihr diese Sorte?«

»Ah, ein Henrystutzen! Gut, das genügt! Wohin will sich Rimatta stellen?«

»Rimatta wird weit über den Ausgang der Schlucht hinausgehen.«

»Ah! Warum? Will der Apache nicht mitkämpfen?«

»Er wird kämpfen. Der Bowie-Pater ist klug; die Söhne der Comanchen aber sind auch klug und weise.«

»Was will mein roter Bruder damit sagen?«

»Der Indianertöter hat gesehen, daß diese Schlucht eine gute Falle ist. Werden dies die Comanchen nicht auch bemerken?«

»Das wäre verdammt unbequem!«

»Sie werden am Eingang stehen bleiben und einige tapfere und mutige Männer vorschicken, um zu sehen, ob Gefahr vorhanden ist.«

»So müssen wir diese passieren und entkommen lassen!«

»Sie sollen nicht entkommen, denn deshalb wird der Häuptling der Apachen weit über die Schlucht hinaus reiten, um sie zu empfangen. Er wird sie angreifen, sobald der Bowie-Pater den ersten Schuß tut.«

Ohne eine Antwort abzuwarten, wandte er sein Pferd und sprengte davon.

Bill und Fred begaben sich an ihren Posten. Sie hobbelten ihre Tiere in der Nähe an und setzten sich dann so zu Boden, daß sie die ganze Schlucht überblicken konnten, ohne von unten gesehen zu werden. Sie mochten vielleicht eine Viertelstunde gewartet haben, als plötzlich ein ferner Ton zu hören war.

»Horch!« sagte Bill. »War das nicht ein Wiehern?«

»Es schien so.«

»So kommen sie jedenfalls.«

In demselben Augenblick zeigte sich die Gestalt eines Indianers am Eingang der Schlucht. Es war ein Häuptling, wie man an den in seinen Schopf eingeflochtenen Adlerfedern erkennen konnte. Sein Auge durchmaß in einem einzigen Moment das Terrain, und sofort hielt er sein Tier an.

Die verborgenen Beobachter sahen, daß er einen Wink nach rückwärts gab, worauf zwei alte, jedenfalls erfahrene Krieger an seiner Seite erschienen. Mit ihnen hielt er einen kurzen Rat, dann kehrten sie zurück. Eine Minute verging, während er noch immer allein da hielt, dann erschienen drei junge Männer. Er richtete einige kurze Worte an sie, worauf sie im Galopp vorwärtsritten, die Schlucht durcheilten und am Ausgang verschwanden. Bald kehrte einer von ihnen zurück und gab ein aufmunterndes Zeichen mit der Hand, worauf nun erst der Häuptling sich wieder in Bewegung setzte, hinter ihm ein Trupp von zweiundsechzig Comanchen, wie Fred halblaut zählte.

Als sie sich inmitten der Schlucht befanden, zog der platt am Boden liegende Bowie-Pater die Büchse an die Wange; ein Schuß erscholl und noch einer – der Häuptling stürzte mit dem ihm Nächstfolgenden vom Pferd. Zu gleicher Zeit krachten die dreizehn Schüsse der anderen, noch dreizehn, und nun gab es da unten unter gellendem Heulen und Schreien ein Chaos von Toten, Verwundeten und noch Lebenden, das ganz entsetzlich war. Die letzteren suchten sich der Verwirrung zu entreißen und ergriffen in zwei verschiedenen Abteilungen die Flucht. Die kleinere wandte sich zum Eingang zurück, wurde aber teils unterwegs, teils von den drei dort postierten Jägern niedergeschossen, die größere sprengte dem Ausgang zu. Hier war es, wo Freds Stutzen seine Trefflichkeit bewährte. Ohne laden zu müssen, hielt der junge Mann immer auf den vordersten Indianer, jagte Kugel um Kugel hinab, von denen eine jede ihren Mann vom Pferd warf, und eben stürzte der letzte zu Boden, als unten der Apache erschien, drei rauchende Skalpe am Gürtel und den blutigen Tomahawk in der Faust. Vor sich her jagte er die drei Pferde der von ihm getöteten Feinde. Er kam in die Schlucht galoppiert, um die Feinde mit der Hand zu erlegen, fand aber keinen Lebenden mehr vor.

Er hielt am Ausgang und winkte. Man verstand ihn hinten am Eingang, und die drei dort oben postierten Jäger stiegen eiligst hinab, um diesen zu besetzen, damit keines der Pferde entkommen konnte.

Das alles war so schnell geschehen, daß seit dem Erscheinen der Comanchen bis jetzt höchstens drei Minuten vergangen waren. Der so fürchterlich überraschte Feind hatte nicht die mindeste Zeit gehabt, an eine Gegenwehr zu denken.

Auch die andern stiegen jetzt hinab, und nun war es grausig zu sehen, wie der Bowie-Pater jedem, in dem er noch Leben verspürte, sein Messer ins Herz stieß, um ihn vollends zu töten. Es war über den kleinen Mann eine Art wildes Fieber gekommen. Seine Augen funkelten wie diejenigen eines Panthers, seine Zähne knirschten, und bei jedem Stoß murmelte er eine Zahl, aus der seine Gefährten ersahen, daß er sich genau merkte, wie viele Indianer er in die ewigen Jagdgründe geschickt habe.

»Zweihundertundzwölf!« war die letzte Zahl, welche man hörte; dann gab er den Befehl, die Beute zusammenzubringen. Sie bestand nur aus Pferden und Waffen, von denen sich jeder aussuchen konnte, was er brauchte. Bill und Fred nahmen sich jeder ein prächtiges Pferd; die übrigen Waffen wurden fortgeworfen, die Pferde aber laufengelassen.

»Das war ein Sieg, ohne daß uns nur die Haut geritzt worden wäre!« meinte der Pater. »Nun gilt es, uns den anderen zuzuwenden.«

»Wie greifen wir sie an?« fragte Bill.

»Das muß sich aus den Umständen ergeben. Zunächst kehren wir an den Rio Pecos zurück, bis dahin, wo ich Euch getroffen habe. Vorwärts!«

Jetzt ritten sie auf einem besseren Weg als vorhin zurück. Daher erreichten sie den angegebenen Ort in kürzerer Zeit, als sie zu dem Herweg gebraucht hatten.

Nun wurde ein Rat gehalten, der aber zu keinem Ziel führen wollte, da jeder seine eigene Meinung hatte. Nur der Apache verhielt sich schweigsam.

»Was sagt Rimatta?« fragte endlich der Bowie-Pater.

»Wenn meine weißen Brüder offen am Pecos hinreiten, um die Comanchen zu suchen, die sich dort versteckt haben, so werden sie vernichtet. Sie mögen langsam folgen. Der Häuptling der Apachen wird ihnen sein Pferd übergeben und ihnen vorangehen, um zu sehen, wo die Hunde der Comanchen stecken.«

Er stieg ab, warf die Zügel seines Pferdes einem der Jäger zu und verschwand zwischen den Bäumen, die das Tal des Pecos einsäumten.

»Eine schwere und gefährliche Aufgabe, die er sich stellt!« meinte Fred.

»Er ist aber der Mann dazu, sie zu lösen«, antwortete der

Bowie-Pater, »er ist der tapferste und klügste Indianer, der mir vorgekommen ist.«

Dann lenkte er sein Pferd aus dem Paß, in dem sie noch gehalten hatten, hinaus in das offene Tal des Rio Pecos, dessen Lauf sie nun im langsamen Schritt folgten.

Sie mochten wohl drei Viertelstunden geritten sein, als Rimatta plötzlich zwischen den Bäumen hervortrat und ihnen schon von weitem ein Zeichen gab, zu halten.

»Nun?« fragte ihn der Bowie-Pater, als er herangekommen war.

»Der Häuptling der Apachen hat die Hunde der Comanchen gesehen.«

»Wo sind sie?«

»Dort hinter der Ecke des Waldes liegen sie unter den Bäumen und lauern, daß die weißen Männer kommen.«

»Ah, so haben wir sie! Wir lassen unsere Pferde hier zurück, dringen hier in den Wald ein und fallen sie von hinten an. Steigt ab. Rimatta wird uns führen.«

»Rimatta wird die weißen Männer nicht führen«, antwortete der Apache.

»Warum?«

»Weil er die Comanchen führen wird.«

»Ah! Wohin?«

»Vor die Büchsen der weißen Männer, die sich hier im Wald verstecken mögen, bis es Zeit ist, über die Feinde herzufallen.«

Ohne sich weiter zu erklären, nahm er die Zügel seines Pferdes zurück, stieg auf und ritt davon.

»Halt! Wohin?« fragte der Pater.

Der Apache hielt diese Frage keiner Antwort wert; er drehte sich nicht einmal um.

Allerdings schien eine solche Frage sehr gerechtfertigt. Rimatta wollte nämlich die Comanchen herbeibringen und ritt doch stromaufwärts statt abwärts, wo sie sich befanden. Das mußte jeden befremden, der seinen Plan nicht kannte.

»Was hat er wohl vor?« fragte Fred.

»Laßt ihn!« meinte Bill. »Er weiß jedenfalls ganz genau, was er will. Wir werden es zur rechten Zeit schon noch erfahren. Macht, daß ihr unter die Bäume kommt, sonst könnten wir vielleicht gar noch entdeckt werden!«

Sie stiegen ab und führten ihre Pferde in den Waldessaum, wo sie sich so lagerten, daß sie den Apachen gut beobachten konnten. Dieser ritt eine ziemliche Strecke aufwärts und trieb sein Pferd dann in das Wasser des Flusses, über den er trotz dessen Breite glücklich setzte.

»Alle Teufel«, meinte der Bowie-Pater, »jetzt errate ich ihn. Das nenne ich klug gehandelt, und nun glaube ich selbst, daß er uns die Roten vor die Büchsen bringt!«

»Er will tun, als ob er aus dem jenseitigen Gebirge kommt?«

»Ja, und sie aus ihrem Versteck locken. Es ist ganz sicher, daß sie den berühmtesten Häuptling ihrer Todfeinde erkennen. Daher werden sie hinter ihm her sein wie die Hunde hinter dem Hasen.«

»Ist aber gefährlich für ihn. Er darf sich ihnen nicht auf Schußweite nähern.«

»Meint Ihr?«

»Ja.«

»Ich denke anders«, sprach Fred. »Einen solchen Mann

schießt man nicht tot, sondern man sucht ihn lebendig zu fangen, was sehr leicht erscheint, wenn siebzig gegen nur einen sind.«

»Das ist auch meine Ansicht«, stimmte der Bowie-Pater bei. »Das weiß der Apache auch sehr genau, sonst würde er sich wohl hüten, sich ihnen so nahe an das Messer zu liefern. Seht, jetzt ist er drüben am andern Ufer!«

»Und hält auf den Wald zu.«

»Er wird dort oben verschwinden, zwischen den Bäumen abwärts reiten und dann da unten vor den Augen der Comanchen erscheinen und wieder übersetzen. Sie werden bei seinem Anblick jubeln, sich versteckt halten, bis er das Ufer erreicht, und dann auf ihn hereinbrechen.«

Diese Vermutung zeigte sich als ganz richtig. Rimatta war im Wald verschwunden. Lange blickten die Jäger in gespannter Erwartung zur untersten Stelle, die ihr Auge zu erreichen vermochte, bis er endlich wieder erschien.

Er kam im langsamen Schritt zwischen den Bäumen hervorgeritten und hielt dort sein Pferd an wie einer, der sich vergewissern will, daß keine Gefahr vorhanden sei. Dann stieg er ab, nahm aus der Satteltasche ein Stück Dörrfleisch hervor, setzte sich und verzehrte es in aller Gemütsruhe, während sein Pferd im Gras weidete. Nach vielleicht zehn Minuten stieg er wieder auf und ritt dem Ufer des Flusses zu, das er untersuchte. Seine Blicke schienen das gegenüberliegende Ufer und den Gang der Strömung zu beobachten, so daß sich sehr leicht erraten ließ, daß er übersetzen wolle.

Dann ritt er in das Wasser. Die Büchse und den Pulver- und Kugelbeutel hoch emporhaltend, überwand er auf seinem Pferd spielend die Strömung und erreichte das Ufer. So weit konnten ihn aber die Jäger nicht beobachten, da dieser Teil des auf ihrer Seite liegenden Ufers ihren Augen durch die Waldspitze verdeckt wurde.

»Jetzt jeder neben sein Pferd und die Büchse zur Hand!« gebot der Bowie-Pater. »Es wird gleich Zeit sein.«

»Vor allen Dingen zunächst auf die vordersten und hintersten gezielt!« meinte Bill Holmers. »Und lieber noch einmal geladen als vorschnell hinaus.«

Kaum waren diese Worte gesprochen, so erhob sich unten hinter der Ecke ein Jubelgeheul, als seien tausend Teufel losgelassen. Im nächsten Augenblick kam Rimatta zum Vorschein; fast auf dem Rücken des Pferdes liegend, jagte er in rasendem Galopp herbei. Hinter ihm her galoppierten die Comanchen. Es war keine Zeit, sie zu zählen. Keiner von ihnen hatte zur Büchse gegriffen. Sie wollten den Feind lebendig fangen, daher schwangen sie nur die Lassos über ihren Köpfen. Jetzt war Rimatta bereits über die Stelle hinweg, an der sich die Jäger befanden. Diese standen hinter den Bäumen, die Büchsen zum Schuß bereit.

»Feuer!« rief da die gellende Stimme des Bowie-Paters.

Vierzehn Büchsen krachten zweimal hintereinander, und das Jubelgeschrei der Comanchen verwandelte sich auf einmal in ein Wutgeheul. Einige Augenblicke lang blitzte es nur aus Freds Henrystutzen fort, dann ertönten die Büchsen der anderen von neuem.

»Drauf!« erscholl jetzt das Kommando des Bowie-Paters.

Im Nu saßen die Jäger auf ihren Pferden und fuhren mitten unter die noch lebenden Feinde hinein. Jeder einzelne hatte nun soviel zu tun, daß er das Ganze des Kampfes unmöglich beobachten konnte.

Gleich bei den ersten Schüssen hatte Rimatta sein Pferd herumgerissen. Es stand wie eine Mauer, bis er seine beiden Kugeln abgeschickt hatte. Dann warf er die Büchse fort, ergriff den Tomahawk und griff den Feind mit dieser fürchterlichen Waffe an. Der Riese Bill wütete mit dem Kolben seiner Büchse, und als die Comanchen sich zur Flucht zu wenden begannen, faßte er einen von ihnen, einen noch jungen Krieger, beim Leib und zog ihn zu sich herüber.

»Komm, mein Junge! Es wäre jammerschade, dich zu töten, aber laufenlassen kann ich dich auch nicht. Du bleibst bei mir!«

Fred war nicht mit auf sein Pferd gestiegen. Er stand noch an derselben Stelle wie zu Anfang des Kampfes und gab einen Schuß nach dem andern ab. Da stürzte eines der Comanchenpferde, der Reiter sprang behend zur Erde und versuchte sein Heil in der Flucht. Er sprang gerade auf den Baum zu, hinter dem der Schütze stand. Dieser ließ seinen Stutzen sinken, drehte ihn um und versetzte dem Flüchtling einen Hieb über den Kopf, daß er niederstürzte.

Auch dieser Kampf dauerte nicht so lange, wie man braucht, um ihn zu erzählen. Wem die Flucht nicht geglückt war, der lag tot am Boden, denn die Verwundeten wurden vom Bowie-Pater erstochen.

Nur zwei waren diesem Schicksal entgangen, der Gefangene Bills und der, den Fred niedergeschlagen hatte, der aber nur bewußtlos geworden war. Beide lagen gefesselt nebeneinander auf der Erde.

Die Sieger verbanden die Wunden, die der eine oder der andere erhalten hatte, sammelten die Beute und traten dann zu einer Beratung zusammen.

»Das war ein Tag!« meinte der Bowie-Pater, der bei dem letzten Stich, den er abgegeben hatte, zweihunderteinundzwanzig gezählt hatte. »Nun fragt es sich vor allen Dingen, ob diese Krieger hier Euer Gold bei sich hatten.«

»Sie hatten es nicht«, erklärte der Apache. »Rimatta hätte es gesehen.«

»So ist es also doch vorausgeschickt worden, und wir müssen trachten, diejenigen einzuholen, die es transportieren. Suchen wir vorher die Gegend nach den Flüchtlingen ab?«

»Ich denke nicht«, meinte Bill. »Es geht dabei viel Zeit verloren, und es fragt sich sehr, ob wir einen davon finden.«

»Was tun wir mit diesen beiden?«

»Was meint Ihr dazu?«

Statt aller Antwort trat der Bowie-Pater näher zu den Gefesselten heran, um sie zu töten. Er zog sein Bowie-Messer und erhob die Hand zum Stoß, da aber ergriff Bill seinen Arm.

»Was soll's?«

»Wollt Ihr mir einmal sagen, wer diese beiden zu Gefangenen gemacht hat?« fragte Bill.

»Ihr und ›Feuertod‹.«

»Schön, wem gehören sie also?«

»Euch!«

»Vortrefflich! So tut also auch Euer Bowie-Knife weg!«

»Wie? Ich bin Euer Anführer!«

»Richtig, aber hier in dieser Sache nicht. Ich weiß einen

Roten im ehrlichen Kampf zu töten, das werdet Ihr mir glauben, aber einen Gefangenen, der kein Glied rühren kann, um sich zu verteidigen, den ermorde ich nicht.«

»Das sollt Ihr ja nicht!«

»Und auch kein anderer, solange ich dabeistehe. Was meinst du, Fred?«

»Die Indsmen sind unser!«

»Hört Ihr es, Bowie-Pater?«

»Was aber soll denn mit diesen Hunden geschehen?«

»Das beraten wir, und dann hat jeder eine Stimme dabei. Sollen sie getötet werden, so meinetwegen, doch dann wenigstens durch eine ehrliche Kugel; ich aber werde den Henker nicht machen. Es sind zwei junge Kerls, die sicherlich erst vor ganz kurzem flügge geworden sind und noch keinem Weißen ein Leid getan haben!«

Der Bowie-Pater mußte sich fügen.

»So macht die Sache kurz«, meinte er zornig. »Ich stimme für den Tod durch die Kugel.«

»Ich nicht«, meinte Bill.

»Ich auch nicht«, erklärte Fred. »Welche Ansicht hat der Häuptling der Apachen?«

Rimatta machte eine sehr nachdenkliche Miene. »Sehen die weißen Männer die Figuren auf den Armen der Gefangenen?«

»Ja. Was bedeuten sie?«

»So darf der Medizinmann nur die Söhne eines großen Häuptlings tätowieren. Diese Comanchen sind Brüder.«

Der Bowie-Pater steckte sein Messer ein. »Wer ist euer Vater?« fragte er. Sie antworteten ihm nicht.

»Du wirst kein Wort von ihrer Lippe vernehmen«, bemerkte Rimatta.

»Warum?«

»Sie sind gefangen, und du hast sie Hunde genannt. Es ist nicht tapfer, weise und großmütig, Wehrlose zu beschimpfen. Soll ich mit ihnen reden?«

»Tu es.«

Rimatta bückte sich nieder und löste die Fesseln ihrer Hände. »Werden mir die Söhne der Comanchen antworten, wenn ich sie frage?«

»Ja«, antwortete der eine.

»Weißt du, wer ich bin?«

»Du bist Rimatta, der größte Krieger der Apachen. Du bist tapfer und gerecht, du beleidigst nicht den Gefesselten; wir werden mit dir reden.«

»Wie ist der Name eures Vaters?«

»Falke.«

»Der Falke! Er ist der tapferste Häuptling der Comanchen. Was wird er sagen, wenn er hört, daß seine Söhne gefangen sind?«

»Er wird sie nicht verdammen, sondern sie loskaufen, denn sie wurden im Kampf gefangen und haben sich wacker gewehrt.«

»Ihr werdet bei uns bleiben und nicht fliehen, wenn ich eure Fesseln wegnehme?«

»Wir fliehen nicht.«

»Auch wenn wir von den Euern angegriffen werden sollten?«

»Wir bleiben bei euch, bis ihr uns freigebt!«

»Der Häuptling der Apachen glaubt euern Worten.«

Er löste ihnen nun auch die Bande an den Füßen. Sie erhoben sich, und Rimatta wandte sich an Bill und Fred: »Ihr wollt das wiederhaben, was euch geraubt wurde?«

»Ja.«

»Ihr werdet es erhalten, wenn ihr diese Männer schont. Sie sind unsere Gefangenen und werden bei uns bleiben, bis wir sie entlassen. Ist dies auch eure Meinung?«

Alle stimmten bei, nur der Bowie-Pater machte ein sehr verdrießliches Gesicht.

Der Apache drehte sich jetzt wieder zu den Comanchen. »Ihr habt eine Schar von Bleichgesichtern überfallen und Ihnen Gold und anderes abgenommen?«

»Ja.«

»Wo ist das Gold?«

»Auf dem Weg zu den Hütten der Comanchen.«

»Wie viele Männer sind dabei?«

»Acht.«

»Wo liegen die Hütten der Comanchen?«

»Vier Tagreisen von hier dem Mittag entgegen.«

»Die Bleichgesichter werden den acht Comanchen nachreiten. Wollt ihr ihnen das Gold zurückgeben, wenn sie euch dann die Freiheit schenken?«

»Die Beute gehört nicht uns allein. Was du fragst, das muß beraten werden.«

»In den Hütten der Comanchen?«

»Ja.«

»Und wie sollen wir erfahren, was geschehen soll?«

»Auch dort.«

»Ugh!« rief der Apache. »So sollen wir zu den Comanchen gehen?«

»Ihr sollt mitgehen und zurückkehren dürfen, ohne daß euch ein Leid geschieht.«

»Der Häuptling der Apachen glaubt euren Worten, denn er kennt die Gebräuche der roten Männer. Aber er kann das Gold holen, auch ohne daß er zu den Jagdgründen der Comanchen geht. Er wird die acht Krieger ereilen, ehe sie die Ihren erreicht haben.«

»Tu, was du willst!«

Der Bowie-Pater war dieser Unterhaltung sehr aufmerksam gefolgt. Sie schien für ihn von allergrößtem Interesse zu sein. Jetzt nahm er das Wort: »Glaubt Rimatta wirklich, daß wir unter den Comanchen sicher wären?«

»Er glaubt es.«

»Obwohl wir ihre größten Feinde sind und noch erst heute so viele von ihnen getötet haben?«

»Wir kommen zu ihnen, um zu verhandeln. Sie werden erst dann wieder unsere Feinde sein, wenn sie uns entlassen haben.«

»So ist meine Meinung, daß wir den acht nachjagen. Ereilen wir sie wirklich, so zwingen wir sie, den Raub herauszugeben, ereilen wir sie aber nicht, so reiten wir bis zum Falken, mit dem ich übrigens ein Wort zu reden habe.«

»Worüber?«

»Über etwas, was ich Euch heute am Lagerfeuer erzählen werde.«

So abenteuerlich und gefährlich dieser Plan klang, er wurde doch von allen angenommen. Kurze Zeit darauf setzte sich der Trupp in Bewegung. Die beiden Comanchen ritten frei und ohne Fesseln. Sie hatten ihr Wort gegeben, und so konnte man sicher sein, daß sie keinen Fluchtversuch unternehmen würden.

Der Ritt ging immer am Fluß entlang, wo man nach einiger Zeit die Stelle traf, an der sich die Comanchen geteilt hatten. Die eine Abteilung war stromaufwärts zurückgekehrt, und die andere hatte, den Bowie-Pater verfolgend, in Richtung Schlucht eingelenkt, die für sie so außerordentlich verhängnisvoll geworden war. Eine dritte Spur führte in gerader Richtung am Fluß weiter fort.

Man sah die Fährte von zwölf Tieren. Die acht Reiter, von denen der eine Comanche berichtet hatte, führten also vier Saumpferde mit sich. Man sah es den Hufeindrücken an, daß sie sich der größten Eile befleißigt hatten. Leider konnte man heute der Fährte nicht sehr weit folgen, da der Nachmittag bereits vergangen war und der Abend hereinzubrechen begann.

Es wurde eine passende Stelle zum Lagern gesucht und ein Feuer angebrannt, dessen Schein durch die umstehenden Büsche verhindert wurde, weit in die Ferne zu dringen.

Die ausgestellten, einander stündlich abwechselnden Wachen sorgten für die Sicherheit der Gesellschaft, die von den Strapazen des heutigen Tages ausruhte. Die in der Umgebung weidenden Pferde waren beinahe ebenso sichere Wächter wie die menschlichen Posten, da die Mustangs sich des Nachts über vollständig lautlos zu verhalten und nur bei Annäherung eines feindlichen Wesens zu schnauben pflegen.

Mitten in der allgemeinen Unterhaltung hatte der Bowie-

Pater sein frugales Mahl sehr schweigsam verzehrt und dabei den Jäger Fred mit eigentümlichen Blicken beobachtet. Dieser bemerkte es sehr wohl, bekümmerte sich aber nicht um diese Aufmerksamkeit, der er keinen sichtbaren Grund beizulegen vermochte.

Endlich nahm der Pater das Wort: »Ihr nennt Euch Fred. Jedenfalls habt Ihr noch einen anderen Namen?«

»Denke es!«

»Darf man ihn wissen?«

»Würde keinen Nutzen haben. Nennt mich Fred; das genügt ja vollständig.«

»Ihr seid verdammt kurz angebunden! Habt wohl Gründe, den Namen zu verschweigen?«

»Gründe oder nicht. Wenn Ihr Fred ruft, so wissen alle, wer gemeint ist.«

»Und wenn ich Euch nun bitte, mir den Namen zu nennen?«

»Die Bitte versteht sich ganz von selbst, denn befehlen dürfte es mir niemand.«

»Ihr seid Amerikaner?«

»Nicht ganz.«

»Sprecht aber ein sehr echtes Amerikanisch.«

»Möglich!«

»Seid Ihr schon lange in diesem Lande?«

»Einige Jahre nur.«

»Und von woher kommt Ihr herüber?«

»Aus Süderland, wenn Ihr es nun einmal wissen müßt.«

»Aus Süderland? Alle Teufel, das stimmt!«

»Was?«

»Ihr habt eine außerordentliche Ähnlichkeit mit einem

Mann, den ich sehr genau kannte und der auch aus Süderland stammte.«

»Möglich!«

Fred schien sich zugeknöpft verhalten zu wollen, der Bowie-Pater aber fuhr fort: »Dieser Mann hieß Walmy, war vielleicht gar von Adel gewesen.«

»Walmy?« Jetzt war es Fred, der Leben bekam; er richtete sich so schnell empor, daß man sah, daß dieser Name für ihn von großem Interesse sein müsse.

»Ja«, antwortete der Bowie-Pater kalt.

»Wo habt Ihr ihn getroffen?«

»Hier und da.«

»Lebt er noch?«

»Hm, weiß nicht! Vielleicht, vielleicht auch nicht.«

»Mensch, heraus mit der Sprache! Dieser Mann ist mein Bruder!«

»Aha, jetzt endlich erfährt man den Namen, welcher nicht genannt werden sollte!«

»Ja, ich heiße Walmy, Friedrich von Walmy.«

»Und Euer Bruder war Theodor von Walmy, der um etliche Jahre älter gewesen sein muß als Ihr?«

»So ist es.«

»Bitte, erzählt mir doch einmal, wie er nach Amerika gekommen ist.«

»Ich weiß es nicht, ob er wirklich nach Amerika gekommen ist. Das ist eine Begebenheit, über die heute noch das tiefste Dunkel schwebt.«

»Ihr wißt nur, daß er plötzlich verschwunden war?«

»Weiter nichts.«

»Erzählt!«

»Glaubt Ihr denn, daß es einem so wohltut, dergleichen Familiensachen zu veröffentlichen? Ihr scheint von ihm zu wissen. Erzählt Ihr zuvor, dann werde ich sehen, was ich zufügen muß.«

»Das geht nicht. Das, was ich zu sagen habe, ist derart, daß ich zuvor Euch hören muß.«

»Ihr seid ein Amerikaner?«

»Nein.«

»Was sonst?«

»Auch ein Süderländer. Ihr könnt getrost reden, denn die Prärie und der Urwald sind schweigsam, und was Ihr erzählt, bleibt in der Wildnis vergraben.«

»Ja, erzählt!« baten auch die anderen, in der Erwartung, eine Geschichte zu hören, die ihnen die Zeit am Lagerfeuer verkürzen werde.

»Ich tue es nicht gern.«

»So will ich Euch noch etwas sagen«, meinte der Bowie-Pater. »Ich sagte heute am Nachmittag, daß ich mit dem ›Falken‹ zu sprechen hätte ...«

»Über etwas, was Ihr uns am Lagerfeuer erzählen wolltet.«

»So ist es. Und das, was ich den Häuptling der Comanchen zu fragen habe, betrifft Euren Bruder.«

»Unmöglich!«

»Wirklich! Die Schicksale des Menschen sind wunderbar. Aber wenn ich überhaupt von dieser Sache reden soll, so müßt Ihr mir vorher alles erzählen, was Ihr wißt.«

»Nun gut! Wenn Ihr ein Süderländer seid, so kennt Ihr auch meine Familie?«

»Die Familie der Walmy ist eine der ältesten und reinsten im ganzen Land.«

Das Wort »reinsten« war mit einer Betonung gesprochen, welche Fred unwillkürlich aufblicken ließ.

»Was meint Ihr damit?« fragte er.

»Sie hat stets großen Wert darauf gelegt, daß ihr Blut nicht mit niedrigem vermischt wurde.«

»Richtig! Ich war noch ein Knabe, als mein Bruder bereits seine Karriere begonnen hatte. Es war ihm die diplomatische Laufbahn vorgeschrieben worden. Er besaß Talent, erwarb sich das Vertrauen seiner Vorgesetzten, und es stand zu erwarten, daß er von Stufe zu Stufe mit größerer Schnelligkeit steigen werde, als es sonst zu geschehen pflegt. Später noch hörte ich, daß er ein sehr schöner Mann gewesen sei.«

»Das war er!«

»Ihr habt ihn damals gekannt?«

»Ich hörte es.«

»Da er alle Eigenschaften besaß, die dazu nötig waren, hatte der Vater keine große Mühe aufzuwenden, eine glänzende Partie für ihn zustande zu bringen. Er wurde mit der Tochter eines seiner Vorgesetzten verlobt.«

»Und auch vermählt?«

»Nein.«

»Ah!«

»Es kam ein Zirkus in die Hauptstadt, dessen Mitglieder Dinge leisteten, die man bisher für unmöglich gehalten hatte. Besonders war es eine Reiterin, die sich durch ihre Darbietungen so hervortat, daß ihr Auftreten stets den Glanzpunkt der Vorstellung bildete.«

»Wie hieß sie?« fragte der Bowie-Pater.

»Man nannte sie Miß Ella, ihren eigentlichen Namen habe ich nie erfahren.«

»Auch woher sie stammte, wißt Ihr nicht?«

»Nein, doch vermutete man, daß sie ein echtes Künstlerkind sei. Sie war im Ballett und auf dem Seil ebenso erfahren und fertig wie auf dem Pferd und sprach eine Menge Sprachen in der Weise, daß man annehmen mußte, sie sei seit ihrer frühesten Jugend auf Kunstreisen stets unterwegs gewesen.«

»So war sie wohl nicht mehr jung?«

»O nein. Zwar ist die Schätzung des Alters bei einer Künstlerin, die doch in die Geheimnisse der Kosmetik eingeweiht sein muß, stets eine unsichere Sache, aber man nahm an, daß sie nicht über dreiundzwanzig Jahre zählen könne.«

»Sie war dreißig.«

»Ah, Ihr wißt das? Woher?«

»Man sprach davon!«

»Sie hatte Temperament, ja, eine körperliche und geistige Beweglichkeit, die zwar beinahe wild genannt werden mußte, aber das Publikum hinriß und wohl auch mit ein Grund war, daß sie jünger erschien, als sie eigentlich war. Dazu besaß sie eine Schönheit, die zur Bewunderung aufforderte, und es läßt sich leicht denken, daß ein solches Wesen der Männerwelt nicht nur interessant erscheinen, sondern ihr auch gefährlich werden mußte.«

»Wohl auch Eurem Bruder, wie sich nun leicht ahnen läßt?«

»Auch ihm, und zwar vorzugsweise ihm.«

»War er denn ein Typ, der sich für eine Kunstreiterin so leicht begeistern konnte?«

»Wohl eigentlich nicht. Er war kühl und berechnend, sprach wenig, aber gut, und hatte niemals die leiseste Schwärmerei an sich beobachten lassen. Aber er war ein passionierter couragierter Reiter und ein Pferdeliebhaber, comme il faut.«

»Da läßt sich sehr leicht denken, daß er den Zirkus fleißig besuchte.«

»Zuerst nur spärlich, dann mehr und mehr und endlich täglich. Ein solcher Besucher wird natürlich dem Künstlerpersonal bekannt. Er kam mit verschiedenen hervorragenden Mitgliedern des Zirkus in Berührung. Da Miß Ella zu diesen gehörte, sah und sprach er sie öfter, als es den Eltern lieb war und sich für seine Stellung und seine Verhältnisse eigentlich schickte. Man sprach sogar sehr bald von einer so intimen Beziehung zwischen ihm und ihr, daß Vater sich veranlaßt sah, ihn zur Rede zu stellen.«

»Mit welchem Erfolg?«

»Mit einem sehr negativen. Theodor lachte und gab keine Antwort. Aber seine Beziehungen zu ihr vertieften sich bald in der Weise, daß er sich sogar öffentlich mit ihr sehen ließ. Er ritt und fuhr mit ihr spazieren und gestattete ihr im Theater sogar einmal Zutritt in unsere Familienloge.«

»Wie schrecklich für eine so hohe, so alte und so exklusive Familie!«

Diese Worte des Paters waren in einem Ton gesprochen, welcher für ein aufmerksames Ohr etwas Schadenfrohes, vielleicht sogar Triumphierendes an sich hatte.

Aber dies entging dem erzählenden Jäger. Er fuhr fort: »Damit war die Angelegenheit allerdings in ein Stadium getreten, das zum energischen Einschreiten veranlaßte. Der Bruder mußte vor dem versammelten Familienrat erscheinen und erklärte hier endlich unverhohlen, daß er die Kunstreiterin heiraten werde.«

»Worauf der ganze versammelte Familienrat teils in Aufruhr geriet, teils sogar in Ohnmacht fiel«, warf der Bowie-Pater ein. Seine Bemerkung war ganz in dem vorhergehenden Ton gesprochen. Fred achtete nicht darauf.

»Die Mutter bat ihn mit Tränen in den Augen, von diesem unglückseligen Vorhaben abzusehen; der Vater drohte ihm mit Verstoßung und Enterbung – vergeblich.«

»Diese Miß Ella muß doch ein höchst bezauberndes Weib gewesen sein, da es ihr gelingen konnte, einen so kalten, berechnenden Diplomaten in Flammen zu versetzen«, meinte der Bowie-Pater. »Was habt denn Ihr als Bruder dazu gesagt?«

»Ich war zu jung, als daß ich ein Verständnis für das alles gehabt hätte. Überdies liebte ich meinen Bruder so herzlich, daß ich sehr geneigt war, ihn mehr zu bedauern als ihm zu zürnen.«

»Und was würdet Ihr heute sagen, wenn Ihr in diesem Familienrat stündet?«

»Ich würde schweigen. Theodor war alt genug, um zu wissen, was er tat, und heute weiß ich sehr genau, welche Macht eine wahre Liebe auf die Entschließungen eines Menschen auszuüben vermag.«

»Ah! Auch Ihr habt dies erfahren? Interessant!«

»Ich spreche jetzt nicht von mir, sondern von meinem Bruder. Es spaltete sich eine tiefe Kluft zwischen ihm und seiner Familie. Seine Braut trat in einer Weise auf, die uns in Affront bringen mußte. Seine Vorgesetzten nahmen eine so reservierte Haltung an, daß man erkennen mußte, es sei um seine Karriere, ja, vielleicht sogar um seine Stellung überhaupt geschehen.«

»Das mußte ihm natürlich die Augen öffnen!«

»Im Gegenteil! Es erbitterte ihn. Er gab seine Stellung freiwillig auf. Er konnte dies, weil er durch den auf ihn entfallenen Teil der Erbschaft von einer jüngst verstorbenen Tante die Mittel in den Händen hatte, wenn auch nicht eben luxuriös, aber doch auskömmlich leben zu können. Man sprach bereits von der bevorstehenden Vermählung zwischen ihm und dem Mädchen, als ein Ereignis eintrat, das man unmöglich hatte vorhersehen können.«

»Ah!«

»Er hatte einen Nebenbuhler ...«

»Nur einen?«

»Wohl mehrere, aber unter ihnen befand sich einer, der beinahe ebenso begünstigt wurde wie Theodor selbst.«

»Alle Teufel, jetzt wird die Sache interessant!«

»Diese Begünstigung war jedenfalls weniger eine Folge seiner persönlichen Vorzüge als vielmehr seiner hohen Stellung.«

»Er stand noch höher als die alte, angesehene Familie der Walmy?«

»Bedeutend höher: Es war ein königlicher Prinz, der Sohn des Knigs selbst.«

»Der Kronprinz etwa?«

»Nein, sondern sein Bruder Hugo.«

»Was? Der Tolle Prinz! Das ist allerdings ein Nebenbuhler, den man nicht übersehen kann. Und er wurde bevorzugt?«

»Ja, und zwar in einer solchen Weise, daß es zu einem öffentlichen Auftritt kam, der zwischen gleichgestellten Kavalieren nur durch die Waffen gesühnt werden konnte. Hier aber handelte es sich um einen einfachen Edelmann gegenüber einem königlichen Prinzen. Theodor befand sich sichtlich in großer Gefahr. Die einen meinten, der Prinz werde sich zu einer Forderung verstehen, und dann war es sehr fraglich, ob mein Bruder dem tollen, in allen Waffen geübten Königssohn gewachsen sei. Die anderen behaupteten, die Bestrafung einer solchen einem Glied des Herrscherhauses zugefügten Beleidigung werde sicher der König selbst in die Hand nehmen, und von einem Duell könne also gar keine Rede sein.«

»Wer hatte recht?«

»Ich kann dies nicht entscheiden. Theodor verreiste und – kehrte nicht zurück. Am Abend seiner Abreise sollte Miß Ella auftreten – auch sie war verschwunden.«

»Und der Tolle Prinz?«

»Hatte sich offiziell auf eines seiner Schlösser zurückgezogen.«

»Wußte man auf welches?«

»Man nannte Burg Himmelstein, das noch heute sein Lieblingsaufenthalt ist, wenn er sich bei Hof befindet. Nach längerer Zeit erhielten wir einen Brief des Bruders aus den Vereinigten Staaten. Er schrieb uns, daß er seine Existenz in Süderland unhaltbar gefunden habe und nach Amerika gegangen sei. Er werde niemals zurückkehren, sondern seinen Namen ändern und kein Lebenszeichen von sich geben.«

»Hat er dies gehalten?«

»Ja.«

»War der Brief von seiner Hand geschrieben?«

»Ja.«

»Wißt Ihr dies gewiß?«

»Warum sollte er ihn von einem andern schreiben lassen?«

»Hm, er könnte ja eine kranke Hand gehabt haben!«

»Es ist seine Hand. Als ich die Heimat verließ, habe ich das Schreiben mitgenommen. Das Schicksal hat oft sonderbare Grillen, und es war doch vielleicht möglich, eine Spur von dem Verschollenen zu entdecken. Dann konnte mir der Brief einmal von Nutzen sein.«

»So habt Ihr das Schreiben bei Euch?«

»Ja.«

»Kann man es einmal zu sehen bekommen?«

»Warum?«

»Ich habe Euch ja gesagt, daß ich mich für Euren Bruder interessiere, und werde Euch nachher auch noch weitere Mitteilungen machen. Zeigt mir den Brief!«

Fred öffnete sein Jagdhemd und zog ein Kuvert von gegerbtem Hirschleder hervor, das er auf der Brust getragen hatte. Es enthielt ein Papier, das er auseinanderschlug.

»Hier ist er.«

Der Bowie-Pater nahm das Schreiben in die Hand, hielt es möglichst nahe an die Flamme des Feuers und betrachtete die Schriftzüge lange, sehr lange Zeit mit der allergrößten Aufmerksamkeit. Es war wohl nur die Anstrengung des Lesens bei einer so flackernden Flamme schuld, daß ihm ein glänzender Tropfen im Auge stand, als er den Brief seinem Besitzer zurückgab.

»Nun?« fragte dieser.

»Dieser Brief ist gefälscht!«

»Oho!«

»Ganz sicher!«

»Wie wolltet Ihr das beweisen? Oder hättet Ihr zufälligerweise Theodors Hand einmal gesehen?«

»Das ist gar nicht nötig. Schreibt ein Sohn und Bruder einen so kurzen, kalten Abschied für die ganze Lebenszeit an die Seinigen?«

»Er war erzürnt und verbittert.«

»Er hätte eher gar nicht als in dieser Weise geschrieben! Und seht Euch diese Handschrift an! Sie ist nicht fließend; sie ist gemalt, mit aller Mühe und Sorgfalt auf das Papier gebracht. Man sieht es jedem einzelnen Buchstaben an, daß er eingeübt und dann mit einer besonderen Überlegung hergeschrieben wurde.«

Fred prüfte jetzt die Schrift darauf hin, und seine Miene nahm einen Ausdruck an, dem man es ansah, daß die Worte des Paters ihre Wirkung taten.

»Nun, was meint Ihr?« fragte der Pater.

»Hm! Ihr habt sehr scharfe Augen, und Eure Ansicht scheint nicht ganz des Grundes zu entbehren. Allerdings fürchterlich wäre es, wenn dieses Schreiben gefälscht wäre!«

»Es ist gefälscht, darauf könnt Ihr Euch verlassen. Ich will doch einmal sehen, ob Eure Augen ebenso scharf sind wie die meinigen.«

Er langte in seinen Kugelbeutel und zog ein zusammengerolltes, sehr gut eingehülltes Papier hervor, das er öffnete und Fred entgegenhielt.

»Da, nehmt einmal, um das hier zu lesen und zu prüfen!« Fred näherte das Papier dem Feuer und las:

»Allerdurchlauchtigster Prinz!
Ich melde Ihnen meine Ankunft hier, und daß ich bereits den besprochenen Brief an die Familie Walmy abgesandt habe. Er ist genau mit der Handschrift Theodors geschrieben, die ich ja prächtig nachahmen kann. Nun bitte ich aber auch, mir die zweite Hälfte der vereinbarten Summe nachzusenden. Meine Adresse ist: Lingston, Missouri, Wallstreet 23.

Georg.«

Fred ließ das Blatt mit der Hand, die es gehalten hatte, niedersinken. »Georg?« fragte er. »Wer ist dieser Georg?«

»Lest zunächst auch diesen zweiten Brief«, antwortete der Bowie-Pater.

Er hielt ihm ein anderes Blatt entgegen, das mit dem ersten in der gleichen Verpackung gesteckt hatte. Fred ergriff es. Sein Inhalt lautete:

»Gnädigster Prinz.
Haben Sie Dank für die mir überwiesene Summe! Meine Aufgabe ist erfüllt, und ich werde wohl niemals wieder nach Süderland zurückkehren. Es gefällt mir hier so gut, daß ich

dies gar nicht bedauere. Daher breche ich mit der Heimat vollständig und werde von hier nach Kuba oder Mexiko gehen. Sie dürfen also keine Sorge tragen, daß Ihr Geheimnis jemals verraten werde. Theodor von Walmy ist gut aufgehoben, und daß auch Miß Ella niemals sprechen kann, dafür werden Sie wohl Sorge tragen. Das letzte Lebewohl von

Georg Sander.«

Fred machte eine höchst erstaunte und überraschte Miene. »Georg Sander«, rief er, »das war der Reitknecht meines Bruders!«

»Richtig!« nickte der Bowie-Pater.

»Er verschwand zu derselben Zeit, als wir den Bruder vermißten!«

»Stimmt, stimmt sehr!«

»Wir haben niemals wieder von ihm gehört!«

»Leicht erklärlich, da er ja mit der Heimat vollständig abgeschlossen hatte!«

»Und Ihr meint, daß er den Brief geschrieben hat, den wir von Theodor zu erhalten vermeinten?«

»So ist es! Vergleicht einmal diese Schriften! Obwohl in der ersten die Hand Eures Bruders nachgeahmt ist, läßt sich ihre Ähnlichkeit mit den andern Briefen gar nicht verkennen.«

Fred verglich und meinte endlich: »Ihr habt recht! Aber wie kommt Ihr zu diesen Zeilen?«

»Das sollt Ihr hören! Wer ich bin oder vielmehr, wer ich war, das kann Euch sehr gleichgültig sein; doch das muß ich sagen, daß ich Euern Bruder kannte und aus gewissen

Gründen, die ich hier nicht zu erörtern brauche, sehr große Stücke auf ihn hielt.«

»Ihr habt ihn also wirklich gekannt?« fragte Fred bewegt.

»Ja. Er verschwand, und es hieß, er sei nach Amerika gegangen, weil er sich unmöglich gemacht habe. Ich bin imstande, diesem Gerücht noch einiges hinzuzufügen.«

»Ist's möglich? Oh, tut es, tut es gleich!«

»Der Tolle Prinz war ein Nebenbuhler Eures Bruders?«

»Wie ich bereits erzählte.«

»Euer Bruder beleidigte ihn – öffentlich und tödlich!«

»So ist es.«

»Und Ihr glaubt, daß der König ein daraus hervorzugehendes Duell verhindert habe?«

»Das war unsere Ansicht.«

»Sie ist falsch. Euer Bruder schlug sich mit dem Prinzen ...«

»Ach!«

»Auf Burg Himmelstein.«

»Wirklich? Warum dort?«

»Weil der Prinz es so wollte.«

»Wer siegte?«

»Ich weiß es nicht.«

»Und dann?«

»Verschwand Euer Bruder.«

»Nach Amerika?«

»Wie es allen Anschein hat.«

»Mit seiner ... mit Miß Ella?«

Der Bowie-Pater senkte den Kopf, so daß man das Spiel seiner Mienen nicht bemerken konnte, und erst nach einer

Pause antwortete er mit einer hörbar belegten Stimme: »Nein.«

»Nicht? Aber sie verschwand ja doch zu gleicher Zeit mit ihm.«

»Das ist richtig. Sie liebte die Person Eures Bruders und die glänzende Stellung des Prinzen zu gleicher Zeit. Sobald Euer Bruder infolge des Ausgangs des Duells zur Flucht gezwungen war und dadurch alles verlor, was seine Zukunft gesichert hätte, wußte sie, daß sie für ihn verloren sei. Sie besaß nicht die Opferwilligkeit, ihm in die Ferne, in die Armut zu folgen, sie blieb auf Burg Himmelstein bei dem Prinzen zurück ...«

»Ah!« machte Fred verwundert. »Weiter, weiter!«

»Sie verlebte Tage, Wochen und Monate eines Rausches, der allerdings endlich einmal verfliegen mußte und durch eine Enttäuschung ersetzt wurde, die nicht größer und schlimmer sein konnte.«

Diese Worte wurden in einem Ton ausgesprochen, der die Zuhörer aufhorchen ließ. Der Bowie-Pater legte das Gesicht in die beiden Hände und erhob es erst nach einer längeren Weile wieder. Es hatte jetzt ein erdfahles Aussehen, und seine Augen funkelten in einer wilden, unheimlichen Glut.

»Ihr habt sie gekannt?« fragte Fred.

»Ja, ich lernte sie kennen, als sie sich von dem Prinzen trennte. Sie war damals sehr traurig und verbittert. Sie trug Schwarz wie eine trauernde Witwe. Unheimlich war der Haß, den sie allen Menschen gegenüber hatte. Sie war außerdem zu der Erkenntnis gekommen, daß sie unrecht gehandelt habe an Eurem Bruder. Sie forschte nach ihm und bekam zufälligerweise die Briefe in die Hand, die sein Diener von Amerika aus an den Prinzen geschrieben hatte. Sie versah mich mit den nötigen Mitteln und sandte mich herüber, um nach ihm zu forschen.«

Fred machte eine Bewegung der Überraschung und richtete sich in halbe Lage empor.

»Ah! Habt Ihr eine Spur entdeckt?«

»Von Eurem Bruder noch nicht, aber von Georg Sander.«

»Wo?«

»Zunächst ging ich natürlich nach Lingston in Missouri. Dort hörte ich, daß er nach New Orleans gegangen sei. Hier hatte er den zweiten Brief geschrieben. Ich folgte seiner Spur hinüber nach Havanna. Von da war er nach Mexiko gegangen. Ich blieb immer auf seiner Fährte, die mich nach Texas und von da in die Prärien am Red River führte.«

»Habt Ihr ihn da gefunden?«

»Nein. Ich war immer hinter ihm her, jahrelang, aber gesehen habe ich ihn nicht, bis ich endlich erst kürzlich zu der Überzeugung gekommen bin, daß er bei den Indianern Aufnahme gefunden haben müsse. Ich werde ihn treffen, das schwöre ich Euch, und dann wird er mir auch sagen müssen, wo Euer Bruder zu finden ist.«

Fred erhob sich und sagte: »Ich werde mit Euch gehen, so weit, wie die Erde reicht. Wollt Ihr mich als Begleiter haben?«

Der Bowie-Pater blickte ihm mit funkelnden Augen entgegen, meinte dann aber ernst und langsam: »Ich möchte wohl gern, aber ich bin kein Begleiter für Euch.«

»Warum?«

»Weil, weil ... pah, hier meine Hand! Schlagt ein. Ihr sollt mit mir gehen dürfen, doch nur unter einer Bedingung.«

»Welche ist es?«

»Ihr dürft niemals nach meiner Vergangenheit und nach meinen persönlichen Verhältnissen fragen.«

»Well, das verspreche ich Euch!«

»Abgemacht also! Geht Bill auch mit?«

»Natürlich!« antwortete dieser sofort. »Wo Fred ist, da bin ich auch, denn wo die Büchse des ›Feuertods‹ blitzt, da muß auch Bill Holmers Flinte knallen.«

»Und Rimatta?«

Alle blickten den Häuptling an. Dieser ließ seine Augen langsam im Kreis herumschweifen und meinte dann: »Der Häuptling der Apachen wird mit den Bleichgesichtern gehen, bis ihn seine roten Brüder rufen. Er kennt alle Tiere und alle Männer des Waldes und der Prärie, er kennt vielleicht auch den Diener, den sie suchen.«

»Wirklich?« fragte der Bowie-Pater und erhob sich vor Überraschung.

»Rimatta hat nicht gesagt daß es bestimmt dieser Mann ist, aber Rimatta kennt ein Bleichgesicht, das schon lange Zeit bei den Hunden der Comanchen wohnt und mit ihnen die Apachen tötet und bestiehlt.«

»Wo ist er? Im Lager oder im Dorf der Comanchen?«

»In ihrem Dorf.«

»Und wo kam er her?«

»Aus dem Land, das der weiße Jäger vorher genannt hat.«

»Wie sieht er aus?«

»Er hat die Augen des Himmels und das Haar des Feuers.«

»Blaue Augen und rotes Haar? Das stimmt. Weiter! Hat

Rimatta kein besonderes, kein auffälliges Kennzeichen an ihm bemerkt?«

»Das Bleichgesicht hat eine kleine Wunde an seiner Lippe.«

»Auch dies ist richtig; sie stammt von einer gut operierten Hasenscharte. Er ist es, und nun soll mich nichts abhalten, zu den Comanchen zu gehen. Weiß Rimatta, wo sich ihr festes Dorf befindet?«

»Er weiß es und wird seine weißen Brüder dorthin führen. Sie mögen doch einmal diese Gefangenen fragen, ob sie wissen, wer das Bleichgesicht ist, das sich bei den Comanchen befindet.«

Der Bowie-Pater folgte diesem Rat und wandte sich an die beiden Indianer, konnte aber nichts erfahren, da sie nicht zu bewegen waren, die erwünschte Mitteilung zu machen. Dadurch geriet das Gespräch ins Stocken, bis es endlich ganz verstummte.

Die Nacht verging. Als der Tag sich zu lichten begann, erhob man sich, um die Spuren der Comanchen zu verfolgen. Diese führten immer an der rechten Seite des Rio Pecos hin bis an die Stelle, wo der Fluß zwischen die Berge der oberen Sierra Guadelupe tritt. Hier stiegen sie rechts in das Gebirge empor, dessen gegenüberliegenden Abhang man erst am andern Nachmittag erreichte. Am Abend war die Truppe bis zur offenen Prärie herabgestiegen, in deren Gras die Spur nun wieder leichter zu verfolgen war. Dies wurde jedoch bis zum nächsten Morgen aufgehoben. Die Transporteure der geraubten Nuggets hatten einen zu bedeutenden Vorsprung, als daß es hätte gelingen können, sie noch unterwegs zu erreichen. Es blieb also nichts übrig, als sich kühn mitten in das Dorf der Comanchen zu wagen. Im Besitz der beiden Gefangenen, welche ja ihr Versprechen gegeben hatten, war die Gefahr dieses Wagnisses jedenfalls nicht so groß, wie es den Anschein hatte. Während des weiteren Rittes wurde wenig gesprochen; es hatte jeder mit seinen eigenen Gedanken zu tun, die auf die nächste Zukunft gerichtet waren.

Um Mittag wurde eine kurze Rast gemacht, und gegen Abend tauchten am Horizont mehrere dunkle Linien auf, die bei genauerer Betrachtung als Zeltreihen zu erkennen waren. Dies war das große Zeltdorf der Comanchen, das man hier zum Zweck der Büffeljagd errichtet hatte.

Rimatta war immer vorangeritten. Er parierte jetzt sein Pferd. »Wollen meine weißen Brüder wirklich noch die Comanchen besuchen?« fragte er. »Noch ist es Zeit zum Umkehren.«

»Wir kehren nicht um«, entschied der Bowie-Pater. »Fürchtet sich der Häuptling der Apachen, weil er eine solche Frage ausspricht?«

Das Auge des Apachen blitzte ihn zornig an: »Hat der Indianertöter jemals vernommen, daß Rimatta sich gefürchtet hat? Die Söhne der Apachen haben das Kriegsbeil ausgegraben gegen die Hunde der Comanchen, jeder Apache, der in die Hände der Comanchen fällt, ist verloren, dennoch aber wird Rimatta nicht umkehren, sondern seine weißen Brüder begleiten.«

Dies war allerdings ein stolzes Wort und ein ebenso kühner Entschluß, da er unter allen Umständen bei den Todfeinden seines Volkes weniger Rücksicht und Erbarmen finden mußte als die Jäger. Doch ist die wahre Kühnheit stets mit vorsichtiger Klugheit gepaart: Rimatta griff im Reiten das Kalumet, brannte es an und reichte es, nachdem er einige Züge getan hatte, den beiden Comanchen.

»Wollt ihr nicht sterben, so trinkt mit mir den Rauch des Friedens!« gebot er ihnen.

Sie folgten seinem Befehl, dann fügte er hinzu: »Reitet hin zu den Eurigen, kündet ihnen unsere Gegenwart an und sagt ihnen, daß wir eure Gäste sind!«

Sie sprengten davon, auf das Lager zu; die Jäger aber saßen ab und nahmen auf dem Boden Platz.

Sie brauchten gar nicht lange auf den Erfolg dieser Anmeldung zu warten, denn sehr bald kam ein zahlreicher Reitertrupp auf sie zu, der sich auflöste und einen Kreis bildete, in den sie eingeschlossen wurden. Dieser Kreis wurde dann plötzlich verengt, indem die Comanchen im Galopp und unter Heulen und Waffenschwenken auf sie von allen Seiten zukamen, so daß es schien, als ob sie niedergeritten werden sollten. Eine Gruppe von vier Häuptlingen sprengte wirklich in gestrecktem Galopp auf sie zu und setzte über sie hinweg. Die Jäger blieben dabei ruhig sitzen und bewegten den Kopf um nicht einmal eine Haaresbreite nach rechts oder links.

Jetzt stiegen die vier Häuptlinge ab, traten herzu, und der Älteste von ihnen nahm das Wort: »Warum erheben sich die weißen Männer nicht, wenn die Häuptlinge der Comanchen zu ihnen treten?«

Der Bowie-Pater übernahm es, die Antwort zu erteilen: »Wir wollen euch damit sagen, daß ihr uns willkommen seid und hier an unserer Seite Platz nehmen sollt.«

»Die Häuptlinge der Comanchen setzen sich nur an die Seite von Häuptlingen. Wer ist euer Anführer und wo sind eure Wigwams und eure Krieger?«

»Die weißen Männer haben keine Wigwams, sondern große steinerne Städte, in denen viele Tausende von Kriegern wohnen. Meine roten Brüder können sich ohne Sorge zu uns setzen, denn jeder von uns ist ein Häuptling.«

»Wie sind die Namen dieser Häuptlinge?«

Der Frager kannte die Namen bereits, denn die beiden Comanchen hatten sie ihm jedenfalls schon gesagt. Es war kein gutes Zeichen für die Jäger, daß er sich verstellte. Besonders auffallen mußten die finsteren Blicke, die von den »Wilden« auf Rimatta und den Bowie-Pater geworfen wurden.

»Ich werde euch unsere Namen sagen«, antwortete der Gefragte. »Dieser große Mann heißt Bill Holmers ...«

»Holmers?« unterbrach ihn der Comanche, ganz gegen die sonstige Gewohnheit der Indianer. »Ich kenne diesen Namen. Der weiße Mann ist ein Feind der Indianer, aber er ist kein böser Mensch.«

»Dieser junge Mann wird von den roten Kriegern ›Feuertod‹ genannt.«

»Auch seinen Namen kenne ich. Er ist unser Feind, aber er tötet die roten Männer nur dann, wenn er dazu gezwungen ist.«

»Auch meinen Namen kennst du. Man nennt mich Bowie-Pater, den Indianertöter.«

»So nennt man dich, aber du wirst keinen roten Mann mehr töten.«

»Ah? Inwiefern?«

»Du wirst selbst sterben.«

»Ah! Weißt du das so sicher?«

»Du wirst sterben von der Hand der Comanchen. Wer ist dieser rote Mann?«

»Es ist Rimatta, der Häuptling der Apachen.«

»Er ist ein Hund, der bald verenden wird. Der Geier wird ihm die Augen aushacken, und sein Fleisch soll von den Wölfen wie Aas gefressen werden.«

»Auch das weißt du so genau?«

»Ihr werdet heute noch sterben am Marterpfahl.«

»Wir? Die Gäste der Comanchen?«

»Ihr seid nicht unsere Gäste!«

»Wir sind es. Wir haben eure jungen Häuptlinge nicht getötet, sondern ihnen das Leben gelassen, und sie haben uns ihr Wort gegeben, daß wir friedlich einkehren dürfen in die Hütten der Comanchen.«

»Sie werden euch ihr Wort halten; aber es wäre besser für sie gewesen, wenn ihr sie getötet hättet. Ein tapferer Krieger stirbt lieber, als daß er sich von seinem Feind das Leben schenken läßt. Ihr seid ihre Gäste und steht unter ihrem Schutz. Wir andern aber haben euch nichts versprochen, und darum werden wir euch eure Skalpe nehmen. Erhebt euch und kommt in die Zelte eurer Beschützer!«

Die Weißen sahen einander fragend an, Rimatta aber erhob sich ohne Zögern. Er hatte recht, sie waren von einer solchen Menge von Comanchen umgeben, daß es kein Entrinnen gab. Sie hatten sich in die Höhle des Löwen gewagt und mußten nun das Weitere abwarten. Man stieg zu

Pferd; die Gefangenen wurden von den »Wilden« in die Mitte genommen, und fort ging es in sausendem Galopp auf das Lager zu und zwischen die Zeltreihen hinein, bis vor einem Zelt angehalten wurde.

Die Indianer stiegen ab, und der alte Häuptling gebot: »Die weißen Männer mögen hier eintreten!«

»Wem gehört diese Wohnung?« fragte der Pater.

»Sie gehört denen, die euch zu schützen haben. Gebt eure Waffen ab!«

»Ein weißer Jäger trennt sich von seinen Waffen erst dann, wenn er gestorben ist.«

»Wissen die weißen Männer nicht, daß ein Gefangener keine Waffen haben darf?«

»Wir sind Gäste, aber keine Gefangenen.«

»Ihr seid beides. Gebt die Waffen her!«

Da erhob Rimatta die Hand zum Zeichen, daß er sprechen wolle. Es war das erste Mal, daß er seit der Begegnung mit den Indianern den Mund öffnete.

»Die Söhne der Comanchen verlangen unsere Waffen, weil sie sich vor uns fürchten. Ihr Herz ist feig, und ihr Mut ist wie der des Präriehuhns, das flieht vor jedem Ton, der sich hören läßt!«

Das war ebenso stolz wie schlau gesprochen, denn der Erfolg zeigte sich sofort. Der alte Häuptling maß ihn mit zornigem Auge und antwortete: »Der Pimo* ist häßlich wie die Kröte des Sumpfes. Seine Zunge spricht die Lüge, und von seiner Lippe fließt die trübe Pfütze der Falschheit. Es gibt

* Pimo: Spitzname für Apache (KM).

weder Mensch noch Tier, das der Comanche fürchten müßte. Tretet ein in dieses Zelt und behaltet eure Waffen!«

Jetzt erst stiegen die Jäger ab, banden ihre Pferde an und traten ein.

Das Zelt war ganz von der Art, wie man sie auch bei den nördlicher wohnenden Indianern findet. Die Arbeit des Zeltbaus wird nur von den Frauen besorgt, wie denn der Indianer keine andere Beschäftigung kennt als den Krieg, die Jagd und den Fischfang. Alles übrige bleibt den Schultern der Frauen aufgebürdet. Das Zelt war vollständig leer; es hatte Platz für die ganze Gesellschaft.

»Da sind wir!« meinte Holmers. »Wie wir aber fortkommen, das ist eine andere Frage.«

»Werden wohl sehen!« antwortete der Bowie-Pater einsilbig. »Es kommt darauf an, ob man uns als Gäste oder als Gefangene betrachtet. Im letzteren Fall ist es um uns geschehen.«

»Wir werden Gefangene sein«, meinte Rimatta.

»Ist dies die feste Ansicht meines Bruders?«

»Sie ist es.«

»Und warum denkt er so?«

»Weil der Bowie-Pater und Rimatta zugegen sind. Wären es nur meine anderen Brüder, so würden sie vielleicht Gäste sein, diese beiden aber werden die Comanchen niemals gehen lassen wollen.«

»Glaubt Rimatta, daß wir verloren sind?«

»Der Häuptling der Apachen ist noch niemals verloren gewesen.«

»Was müssen wir tun, um uns zu retten?«

»Meine Brüder mögen ganz dasselbe tun, was Rimatta tun wird.«

»Was?«

»Mit den Comanchen das Kalumet rauchen.«

»Ah! Sie werden es aber nicht tun.«

»Sie werden es!«

»Ich glaube nicht, daß sie uns die Pfeife des Friedens geben werden.«

»Sie werden sie uns nicht geben.«

»Und dennoch sagst du, daß wir sie mit ihnen rauchen werden.«

»Ich sage es. Wenn sie uns die Pfeife des Friedens nicht geben wollen, so werden wir sie uns nehmen.«

»Ah!« rief der Bowie-Pater erstaunt. »Ein köstlicher Gedanke! Aber wird dann das Rauchen auch Geltung haben?«

»Es wird gelten. Rimatta wird die Pfeife rauben, und meine Brüder müssen dann sehr schnell jeder einen Zug tun, ehe sie uns wieder entrissen werden kann.«

»Werden wir auch den Weißen sehen, den wir suchen?«

»Wenn er zugegen ist, werden wir ihn sehen. Rimatta wird es so einrichten, daß er sich nicht verbergen kann.«

Damit war die Unterredung zu Ende. Die Jäger schwiegen. Ihr Zelt war von Wächtern umgeben, und es war ja möglich, daß sie belauscht wurden. Nach einiger Zeit öffnete sich der Eingang, und es erschien einer der beiden Häuptlingssöhne.

»Meine Brüder sind in großer Gefahr«, begann er.

»Wie können wir in Gefahr sein, wenn wir uns unter deinem Schutz befinden?« fragte der Bowie-Pater.

»Das Leben meiner Brüder ist sicher, solange sie sich in

meinem Zelt befinden. Sobald sie es aber verlassen, ist meine Bürgschaft zu Ende.«

»Was hat man mit uns vor?«

»Man wird die weißen Männer und den Häuptling der Apachen töten, nachdem sie am Marterpfahl gestanden haben.«

»Gibt es kein Mittel, uns zu retten?«

»Es gibt eines.«

»Welches?«

»Meine Brüder müssen Comanchen werden und sich jeder eine Tochter der Comanchen zum Weib nehmen.«

»Den Teufel werde ich!« antwortete Holmers. »Habe kein weißes Weib leiden mögen, viel weniger eine Kupferhaut. Damit erkaufe ich mir weder meine Freiheit noch mein Leben.«

»So sind meine Brüder verloren!«

»Ist das Bleichgesicht, von dem wir bereits gesprochen haben, unter den Comanchen zu finden?« fragte Fred.

»Es ist da.«

»Werden wir mit ihm sprechen können?«

»Ich weiß es nicht. Aber sehen werden sie ihn.«

»Wo?«

»Das Bleichgesicht gehört mit zu den Häuptlingen der Comanchen; es wird mit den andern in dem Kreis der Beratung sitzen, wenn über das Schicksal meiner Brüder gesprochen wird. Also, die Bleichgesichter sind nicht bereit, in den Stamm der Comanchen einzutreten, um sich das Leben zu retten?«

»Nein.«

»So ist alles für sie verloren, und ich kann nichts weiter für sie tun.«

Er entfernte sich wieder. Nach Verlauf von vielleicht einer Stunde trat ein finster blickender Indianer ein. »Die weißen Männer und der Apache mögen mir folgen!« befahl er.

Sie nahmen ihre Waffen zu sich und schritten hinter ihm her die Zeltgasse entlang bis vor das Lager. Dort hatten sich alle Krieger versammelt. Sie bildeten einen großen Kreis, in dessen Mittelpunkt die Häuptlinge Platz genommen hatten. Das Beratungsfeuer brannte, und das reich mit Perlen und Federn verzierte Kalumet lag zum Gebrauch bereit. Seitwärts von der Gruppe waren mehrere Pfähle in die Erde getrieben, ein sicheres Zeichen, daß die Gesinnung der Comanchen für die Jäger nichts Gutes erwarten ließ.

Zwischen den Häuptlingen saß ein Mann, dessen helle Farbe ihn von seiner Umgebung unterschied: ein Weißer! Er war aber wie ein Indianer gekleidet. Sogar einen langen, mit Adlerfedern durchflochtenen Haarschopf hatte er sich stehen lassen, um dadurch zu beweisen, daß er nicht mehr unter die gewöhnlichen Krieger gerechnet werden dürfe.

Als die Gefangenen nahten, ergriff der alte Häuptling die Pfeife, steckte sie in Brand und führte das Rohr zum Mund. Er machte sechs Züge, blies den Dampf nach Nord, Süd, Ost und West, dann gerade empor zum Himmel und abwärts zur Erde, und gab sie dann seinem Nebenmann, der nur einen einzigen Zug zu tun hatte. Von diesem ging die Pfeife weiter. Der vierte wollte sie eben dem fünften geben, als Rimatta mit einem raschen Schritt hinzutrat und sie ihm entriß.

Das war eine Tat, die niemand für möglich gehalten hatte und die auch noch nie vorgekommen war. Die Indianer saßen starr vor Erstaunen und gerieten erst dann in Bewegung, als es bereits zu spät geworden war. Rimatta hatte sofort die Pfeife weitergegeben; sie war unter den Weißen herumgegangen und befand sich schon wieder in der Hand des Apachen, als der alte Häuptling sich wütend erhob.

»Hund, was hast du getan!« schnaubte er Rimatta entgegen.

Dieser tat ruhig einen Zug aus dem Kalumet und antwortete: »Seit wann ist es unter den roten Männern Sitte, ihre Freunde und Brüder Hunde zu nennen? Oder bedeutet dieses Wort bei den Söhnen der Comanchen eine Höflichkeit?«

»Bist du unser Freund und Bruder?«

»Wir sind eure Brüder und eure Gäste, denn wir haben mit euch aus dem Kalumet geraucht, das aus heiligem Ton gefertigt wurde.«

»Ihr habt uns das Kalumet entrissen.«

»Das ist wahr. Rimatta sagt niemals eine Lüge. Aber es bleibt dennoch wahr, daß wir mit euch die Pfeife des Friedens geraucht haben.«

»Dies gilt nichts, denn wir haben sie euch nicht angeboten.«

»Wenn Rimatta jetzt seinen Tomahawk nimmt, um mit dir zu kämpfen, so bist du tapfer und läßt den Kampf gelten, obwohl du mir denselben nicht angeboten hast. Ihr habt uns eure Gastfreundschaft nicht angeboten, wir haben sie uns geraubt; aber wir besitzen sie ebenso sicher, als wenn wir sie freiwillig erhalten hätten. Der Große Geist sieht alles und hört alles; er wird sehen, ob die Krieger der Comanchen den Mut haben, sich an den Gesetzen der Pfeife des Friedens zu versündigen. Ich habe gesprochen!«

Der Comanche hatte der Beweisführung mit ganz verblüffter Miene zugehört. Er schwieg noch eine ganze Weile, dann meinte er, sich setzend: »Die Häuptlinge der Comanchen werden über diesen Fall beraten. Tretet auf die Seite; wir werden euch unsern Entschluß mitteilen!«

Die Weißen folgten diesem Gebot. Sie sahen, daß die Beratung ziemlich stürmisch war, wie die lebhaften Gestikulationen der Comanchen bewiesen. Es verging wohl eine halbe Stunde, ehe sie zu Ende war. Dann winkte ihnen der Häuptling, näherzutreten. Er erhob sich und gab das Zeichen, daß er reden werde.

»Die weißen Männer und der Apache mögen hören, denn die Häuptlinge der Comanchen werden sprechen.«

Nach dieser einleitenden Aufforderung begann er seine Rede: »Es sind nun viele Sonnen her, da wohnten die roten Männer ganz allein auf der Erde zwischen den beiden großen Wassern. Sie bauten Städte, sie pflanzten Bäume, sie jagten das Elen, den Bären und den Bison. Ihnen gehörte der Sonnenschein und der Regen; ihnen gehörten die Flüsse und die Seen; ihnen gehörte der Wald, das Gebirge, die Täler und alle Savannen des weiten Landes. Sie hatten ihre Brüder und Söhne, ihre Frauen und Töchter und waren glücklich. Da kamen die Bleichgesichter, deren Farbe ist wie der Schnee des Winters, deren Herz aber ist wie der Ruß, der aus dem Rauch fliegt. Es waren ihrer nur wenige, und die roten Männer nahmen sie auf in ihre Wigwams. Doch sie brachten mit die Feuerwaffe und das Feuerwasser; sie brachten andere Götter mit und andere Priester; sie brachten mit die Lüge und den Verrat, viele Krankheiten und den Tod. Es kamen immer mehr von ihnen über das große Wasser herüber; ihre Zungen waren falsch und ihre Messer spitz. Die roten Männer waren gut, sie glaubten ihnen und wurden betrogen. Sie mußten das Land hergeben, in dem die Gräber ihrer Väter lagen. Sie wurden mit List und mit Gewalt verdrängt aus ihren Wigwams und ihren Jagdgebieten. Wenn sie sich wehrten, so tötete man sie. Um sie leichter zu besiegen, säten die Bleichgesichter Zwietracht unter sie. Die roten Stämme wurden entzweit, sie begannen sich nun auch untereinander zu bekämpfen; sie müssen nun sterben wie die Kojoten in der Wüste. Fluch den Weißen; Fluch ihnen, soviel Sterne am Himmel sind und Blätter auf den Bäumen des Waldes!«

Er holte jetzt Atem und fuhr dann fort: »Heute sind Bleichgesichter in die Wigwams der Comanchen gekommen. Sie haben die Farbe der Lügner und die Sprache der Verräter. Sie haben einen roten Mann betört, mit ihnen zu gehen und ihr Bruder zu sein, den Häuptling der Apachen; er hat den Tod verdient, er und sie mit ihm. Wir hätten sie langsam am Marterpfahl getötet, um uns an ihren Qualen zu weiden und über das Geschrei ihrer Schmerzen zu lachen. Es ist ihnen aber gelungen, den Rauch unseres Kalumets zu trinken, und so haben die Häuptlinge der Comanchen beschlossen, die Pfeife des Friedens zu ehren und ihnen Platz am Lagerfeuer zu geben, bis ihr Schicksal sich weiter entschieden hat. Ich habe gesprochen. Meine Brüder mögen auch sprechen!«

Er setzte sich. Eigentlich wäre es hiermit genug gewesen; aber so schweigsam der Indianer sonst ist, die Gelegenheit, eine Rede zu halten, läßt er sich sicher nicht entgehen.

Es gibt unter den Indianern Häuptlinge, die wegen ihres Rednertalents weithin berühmt sind und ganz mit derselben rhetorischen Geschicklichkeit zu Werke gehen wie die großen Redner der zivilisierten Staaten alter und neuer Zeit. Ihre blumen- und bilderreiche Sprache erinnert sehr an die Ausdrucksweise des Orients.

Nach ihm erhoben sich die anderen Häuptlinge, einer nach dem andern, um in ihren Reden ganz dasselbe zu sagen, was bereits er gesagt hatte. Als der letzte geendet hatte, nahm der Bowie-Pater das Wort: »Seit ich über das große Wasser herübergekommen bin, haben mir viele rote Männer nach dem Leben getrachtet, und ich mußte mich verteidigen. Auf diese Weise bin ich der Indianertöter geworden. Aber ich kämpfe Auge in Auge mit meinen Feinden, ich habe niemals einen roten Mann hinterrücks getötet, und ich würde stets ein Freund der Comanchen gewesen sein, wenn sie sich nicht selbst zu meinen Todfeinden gemacht hätten.«

Er hielt inne und blickte den Häuptling an. Dieser fragte: »Was haben sie getan, daß sie deine Todfeinde geworden sind?«

»Das will ich dir und ihnen sagen. Da drüben über dem großen Wasser wohnte ein Mann, dessen Mund giftiger war als der Mund der Schlange. Er war ein Lügner und Betrüger, ein Mörder; er mußte fliehen und ging über das Wasser herüber in dieses Land. Ich ging ihm nach, um ihn zu fassen, und hörte, daß die Söhne der Comanchen ihn bei sich aufgenommen hatten. Mußte ich nicht ein Feind der Comanchen werden?«

»Wer ist dieser Mann? Wir haben keinen weißen Lügner bei uns aufgenommen.«

»Sehe ich nicht ein Bleichgesicht in eurer Mitte?«

»Dieses Bleichgesicht ist nicht über das Wasser herübergekommen.«

»Aus welchem Land stammt dieser bleiche Häuptling?«

»Aus dem Land, das gegen Mittag liegt. Er stieg von dem Gebirge herab, um den Comanchen viele gute Dinge zu zeigen.«

»Er hat euch belogen!«

Der Betreffende fuhr mit der Hand nach seinem Tomahawk, sprach aber, da der Alte die Unterredung führte, kein Wort.

»So meinst du, daß es der ist, den du suchst?«

»Er ist es!«

»Du irrst!«

»Ich irre nicht. Erlaube, daß ich mit ihm selber rede!«

»Ich erlaube es.«

Jetzt wandte sich der Bowie-Pater direkt an den Weißen. »Wie ist dein Name unter diesen Leuten?«

»Mußt du ihn wissen?«

»Muß man nicht den Namen wissen, wenn man mit einem Mann reden will?«

»Ich heiße Rikarroh.«

»Und wie nannte man dich früher, ehe du zu den Comanchen kamst?«

»Diese Frage ist sehr überflüssig.«

»Sie ist nicht überflüssig, sondern sie gehört ganz und gar zur Sache.«

»Ich bin zu den Kriegern der Comanchen gegangen, um die Welt zu vergessen. Mein Name lebt nicht mehr, er ist verschwunden; ich sage ihn nicht.«

»Weder du bist vergessen noch dein Name. Verschwunden? Ja, verschwunden warst du, aber ich habe dich wiedergefunden. Und wenn es dir gefällt, deinen Namen zu verschweigen, so werde ich ihn dir nennen.«

Der Mann verfärbte sich. »Sage ihn!«

»Du heißt Georg, Georg Sander!«

Das Auge des jetzigen Indianers blitzte erschrocken auf. Er antwortete: »Georg Sander? Ich habe einen ähnlichen Namen nie gehört.«

»Nie?« lachte der Pater. »Hast du auch nie den Namen Walmy gehört?«

»Nein.«

»Theodor von Walmy?«

»Nein.«

»Auch nicht den Namen des Tollen Prinzen? Des Prinzen von Süderland?«

»Nein!«

»Hast du auch nie gehört von einer Miß Ella, einer Dame, die in einem Zirkus arbeitete und dann spurlos verschwunden ist?«

»Nie.«

»Hm! Rikarroh, du bist ein großer Lügner; du hast sie alle gekannt.«

Der Beschuldigte erhob sich, griff zum Tomahawk und sagte: »Mann, nenne mich nicht zum zweiten Mal einen Lügner, wenn du nicht willst, daß ich dir augenblicklich den Schädel zerschmettere. Wie kannst du es wagen, in dieser Weise mit einem tapferen Häuptling der Comanchen zu reden, dem noch kein Mensch ein solches Wort in das Gesicht gesagt hat?«

»Wagen? Pah! Ich bin der Bowie-Pater, und den kennt ihr alle. Dein Tomahawk tut mir nicht mehr als der Stachel einer Mücke. Damit du siehst, daß ich mich nicht fürchte, nenne ich dich nochmals einen Lügner!«

»Hund!«

»Lügner! Du bist Georg Sander! Wir kennen dich. Sieh dir einmal diesen Jäger an und sage, ob seine Züge dir nicht bekannt vorkommen.«

Der Indianer machte eine Bewegung der Geringschätzung und meinte: »Er ist ein Jäger wie so viele andere, ich kenne ihn nicht, ich habe ihn niemals gesehen.«

»Und dennoch kennst du ihn, dennoch hast du ihn sehr oft gesehen, denn es ist Friedrich von Walmy, der Bruder deines früheren Herren.«

Wieder flog ein Blitz des Erschreckens über das Angesicht des Indianers. »Du lügst!«

»Mensch, sage mir dies noch einmal, so schieße ich dich nieder wie einen Hund. Du mußt dieses Wort anhören, ich aber leide es nicht, denn ich lüge nicht!«

Jetzt trat Fred hart an den jetzigen »Wilden« heran. »Kennst du diesen Brief?«

Er hielt ihm jenes Schreiben vor das Gesicht, das er am Abend nach dem Kampf mit den Comanchen dem Bowie-Pater gezeigt hatte. Der Mann warf einen Blick darauf, schüttelte seinen Kopf und antwortete: »Ich kenne es nicht. Das hat ja ein gewisser Theodor von Walmy geschrieben, wie aus der Unterschrift zu sehen ist. Laßt mich in Ruhe!«

»Du kennst es, denn du hast es geschrieben, du hast es gefälscht, Schurke!«

Nun trat auch der Bowie-Pater noch näher. »Vielleicht kennst du aber diese beiden Briefe, die mit Georg Sander unterschrieben sind. Willst du sie einmal ansehen?«

Er hielt sie ihm entgegen. Der Mann wollte danach greifen, sofort aber zog sie der Bowie-Pater zurück und hielt sie außer Reichweite seiner Arme in die Höhe, so daß er sie zwar lesen, aber nicht ergreifen konnte.

»Nein, nicht wegnehmen, sondern nur lesen sollst du sie. Du hast sie an den Tollen Prinzen geschrieben, an den du vorher deinen Herrn verkauftest.«

»Ich weiß nichts davon, ich weiß von gar nichts. Ihr seid wahnsinnig!«

Im nächsten Augenblick stand der Bowie-Pater hart vor ihm. »Wahnsinnig? Das wagst du, Mensch!«

Er holte aus und schlug ihm die Faust vor die Stirn, daß er erst wankte und dann niederstürzte. Er raffte sich aber sofort wieder in die Höhe, riß das Messer heraus und wollte sich auf seinen Gegner stürzen. Sofort flogen die Büchsen sämtlicher Jäger an die Wangen, und auch Rimatta riß den Tomahawk aus seinem Gürtel. Auch die anderen waren aufgesprungen.

Der alte Häuptling streckte seine Hand abwehrend aus und gebot: »Laßt die Waffen ruhen! Ihr habt in einer Sprache geredet, die wir nicht verstehen. Was habt ihr mit unserem weißen Bruder?«

»Er ist es, den wir suchen, aber er will es nicht gestehen.«

»So ist er es nicht. Die weißen Männer irren sich.«

»Wir irren uns nicht.«

»Er hat euch beleidigt, als er noch ein Weißer war?«

»Ja, und mehr, noch viel mehr als das!«

»Er ist kein Weißer mehr. Er ist ein roter Mann geworden, er ist ein ganz anderer, er hat recht. Laßt ab von ihm, ich gebiete es euch!«

»So werden wir ihn nicht anklagen, aber wir werden ihn töten!« meinte der kleine Bowie-Pater in höchstem Zorn.

»Wagt es!«

»Ich tue es, und zwar sofort!«

Er nahm die Büchse empor. Da zeigte der Häuptling im Kreis herum. »Siehst du, daß Hunderte von Kriegern um euch stehen? Wenn du schießt, so seid ihr alle verloren!«

»Das fragt sich noch. Unsere Kugeln werden die Hälfte von euch fressen!«

Da ertönte lauter Hufschlag die Reihe der Zelte herauf. Ein Reiter kam im Galopp herbei, parierte seinen Mustang vor dem Kreis der Häuptlinge und sprang ab. Sie erhoben sich alle, und einer der Krieger eilte herbei, um das Pferd zu halten.

»Was ist hier los?« fragte der Ankömmling in stolzem Ton und blickte im Kreis umher. Als er Rimatta und den Bowie-Pater sah, verfinsterte sich sein Antlitz.

Der alte Häuptling erhob sich. »Es ist viel geschehen, seit du nicht hier warst.«

»Sag es!«

»Du hattest den Zug gegen die weißen Jäger anbefohlen.«

»So ist es.«

»Er gelang.«

»Ich wußte es vorher.«

»Sie wurden getötet, und alles, was sie bei sich führten, kam in unsere Hand.«

»Sind unsere Krieger zurück?«

»Nur vier von ihnen, deine beiden Söhne und noch zwei andere, o Häuptling.«

»Wo sind die übrigen?«

»Diese hier haben sie getötet.«

Da wandte der Falke, denn dieser war es, seine hohe stolze Gestalt zu dem Apachen.

»Du bist Rimatta, der Häuptling der Apachen?« fragte er.

»Ich bin es.«

»Und du? Ich habe dich noch nicht gesehen, aber ich kenne dich an deiner Gestalt und an deiner Kleidung. Du bist der Bowie-Pater, der Indianertöter?«

»Du hast richtig geraten.«

Der Falke wandte sich wieder zu den Seinigen zurück: »Ich war weit oben im Norden, um den heiligen Ton zu unseren Pfeifen zu holen. Frieden sollte die heilige rote Erde bringen, aber nun da ich zu meinem Wigwam zurückgekehrt bin, ist Blut geflossen, und vielleicht wird noch weiter Blut fließen. Wo sind meine Söhne?«

»In ihrer Hütte.«

»Warum sind sie nicht hier?«

»Sie haben diesen Männern das Gastrecht gegeben und können also nicht mit urteilen über sie.«

»Wenn die Söhne des Falken ihrem Feind die Hände reichen, so haben sie ihren Grund dazu. Man möge sie holen. Ihr aber sollt erzählen!«

Der alte Häuptling begann seinen Bericht, während der Falke sich zu ihm niedersetzte. Dieser war der Typus eines echten Indianers, nicht hoch, aber breit und kräftig gebaut, und alles an ihm war Sehne, Muskel und Kraft.

Der Bericht über das Blutbad am Rio Pecos trug nicht dazu bei, Sympathien für Rimatta und seine Begleiter zu wecken. Während des Vortrages erschienen die beiden Söhne des Falken. Ihr Vater hatte eine sehr lange und außerordentlich gefährliche Reise hinter sich. Er war soeben erst eingetroffen, und sie erblickten ihn zum ersten Mal, aber es gab keine Szene des Wiedersehens, der Rührung und der Freude, denn dies verbot die strenge indianische Sitte. Er wandte sich zu ihnen, als der Häuptling geendet hatte, und sprach: »Diese Weißen haben eure Brüder und Mitkrieger getötet?«

Sie neigten ihre Häupter zum Zeichen der Bejahung.

»Ihr habt ihnen die Hände der Gastfreundschaft geboten?«

Es erfolgte dieselbe Antwort. Sein Auge richtete sich auf den einen von ihnen.

»Erzähle!«

Der junge Mann stattete in kurzen, wahrheitsgetreuen Worten seinen Bericht ab. Sein Vater hörte ihm aufmerksam zu und entschied sodann: »Der Häuptling der Comanchen, den seine Freunde und Feinde Falke nennen, freute sich in seinem Herzen, als er seine Wigwams wieder erblickte, nun aber wird diese Freude in Schmerz verwandelt, denn seine Söhne haben, um nicht sterben zu müssen, Freundschaft geschlossen mit den Feinden ihres Volkes. Ihr hättet den Tod vorziehen sollen, und ich hätte mit Wehmut, aber mit Stolz für eure Seelen den Schlachtgesang der Toten angestimmt, denn drüben in den ewigen Jagdgründen hätte ich euch wiedergesehen als Helden, denen die Geister der Bleichgesichter dienen müssen. Wäre ich nicht euer Vater, so hätte ich euch jetzt begnadigt, denn ihr habt dennoch nichts Böses getan, sondern nur gehandelt wie junge Männer handeln, die das Leben liebhaben. Damit man aber im Land und bei dem Volk der Comanchen sich nicht erzähle, daß der große Falke weich gegen seine Söhne gewesen sei, werde ich euch eure Strafe geben: Ihr verlaßt noch in diesem Augenblick, ohne zu essen oder zu trinken, das Dorf der Euren und kommt nicht eher zurück, als bis jeder von euch fünf Skalpe unserer Feinde bringt! Habt ihr noch zu reden?«

»Was wird mit diesen Männern, für deren Sicherheit wir unser Wort gegeben haben?« fragte der eine, indem er auf die gefangenen Jäger deutete.

»Der Falke wird euer Wort lösen, sie stehen unter seinem Schutz.«

»Wir gehen!«

Sie traten ab. Ihre Mienen waren kalt, denn die Sitte verbot ihnen, die Gefühle, welche sie bei diesem strengen Urteil bewegten, merken zu lassen.

Jetzt winkte der Falke Rimatta zu: »Sprich!«

Der Angeredete bewegte stolz das Haupt. »Rimatta, der Häuptling der Apachen, ist Gast seiner Feinde, der Comanchen. Er wird nicht sprechen, denn seine Rede ist unnötig.«

»Du hast recht. Draußen vor den Wigwams würde ich mit dir kämpfen, um dich zu töten, hier aber bist du so sicher wie im Schoß der Mutter. Aber die weißen Männer mögen reden, denn ich habe erfahren, daß sie eine Klage vorzubringen haben gegen einer der Krieger der Comanchen!«

Da nahm Fred das Wort: »Wirst du meine Klage hören?«

»Ich höre sie. Wer bist du?«

»Du kennst meinen Namen. Man nennt mich ›Feuertod‹, soweit die Prärie reicht.«

»Du bist ein tapferer Krieger, der noch keinen von uns getötet hat.«

»Ich hatte einen Bruder, den ich liebte. Wir beide waren Häuptlinge im Volk der Bleichgesichter, und dieser Mann, der jetzt einer der eurigen ist, tat uns die Dienste, die bei euch die Weiber verrichten.«

»Ist dies wahr?«

»Ich beschwöre es. Es gab einen Häuptling, der noch größer war als wir und der meinen Bruder haßte; an ihn verkaufte und verriet dieser Mann den Bruder, so daß wir ihn nie wiedersahen. Dann entfloh der Verräter nach Amerika. Von hier aus schrieb er Briefe zurück, die voller Trug und Lüge waren. Wir folgten ihm nach und haben ihn nun gefunden. Er soll uns sagen, wo unser Bruder ist, sonst töten wir ihn.«

»Ihr habt gehandelt, wie tapfere Männer handeln müssen. Hat er es eingestanden?«

»Nein, er leugnet.«

Da drehte sich der Falke zu Sander um. »Bist du der Mann, den diese suchen?«

»Nein, sie lügen.«

»Ihr hört es!«

»Er lügt, weil er die Strafe fürchtet.«

Der Häuptling sann einen Augenblick lang nach, dann meinte er lächelnd: »Der Falke wird sogleich erfahren, wer die Unwahrheit redet, er oder ihr. Der Häuptling der Comanchen läßt sich von niemandem betören.«

Er wandte sich wieder an Sander. »Wo hast du deinen Medizinbeutel?«

»In meinem Wigwam.«

»Ich kenne ihn, ich habe sehr oft gesehen, daß du auch solche Dinge in ihm hast, welche die Bleichgesichter Briefe nennen. Wo befindet er sich?«

»Hinter dem Lager.«

Während dieser Antwort war es ihm anzusehen, daß er sich in einer außerordentlichen Verlegenheit befand. Sein Geheimnis war ernstlich in Gefahr.

»Ich werde ihn holen, ich selbst und kein anderer.«

Mit diesen Worten erhob sich der Falke.

»Ich werde ihn dir bringen«, rief Sander. »Du würdest ihn nicht finden.«

»Bleib, ich finde ihn!«

Da sprang Sander empor. »Und dennoch werde nur ich ihn holen! Er gehört mir, und das Wigwam ist mein, es darf kein anderer ohne Erlaubnis eintreten!«

»Auch ich nicht, der Falke, der oberste Häuptling seines Volkes?«

»Auch du nicht!«

»Wurm! Doch du hast recht, du kannst es jedem einzelnen, also auch mir verbieten, die Stelle deines Feuers zu betreten. Aber deine Weigerung ist ein Beweis, daß du der Lügner bist und daß dieses Bleichgesicht die Wahrheit gesprochen hat. Du bist ein Feigling, du wirst aus unserem Volk gestoßen! Morgen mag die Versammlung über dich entscheiden!«

»Ich bin nicht feig!«

»Du bist es, sonst würdest du nicht lügen, sondern deinen Namen bekennen und dann nach Sitte der Comanchen mit diesen Männern kämpfen.«

»Ich werde dir zeigen, daß ich kein Feigling bin!«

»Womit?«

»Ich werde mit ihnen kämpfen.«

»So bist du der, welchen sie suchen?«

»Ja.«

»Du hast bei ihnen die Arbeit der Weiber verrichtet?«

»Ich war ihr Diener.«

»Willst du ihnen die Briefe zeigen, von denen ich vorhin gesprochen habe?«

»Nein.«

»Wirst du ihnen sagen, was sie von dir wissen wollen?«

»Nein.«

»Auch mir, deinem Häuptling, nicht?«

»Nein. Ich bin in dieser Sache niemandem Rechenschaft schuldig als nur mir selbst.«

»Es kann dich niemand zwingen. Aber du wirst mit diesen Bleichgesichtern kämpfen, nachdem wir hier die Stunde des Kampfes bestimmt haben. Geh!«

Sander erhob sich. Man sah es ihm an, daß er sich erleichtert fühlte.

»Halt!« rief da der Pater.

»Was willst du?« fragte der Falke.

»Dieser Mann darf nicht allein in sein Wigwam gehen!«

»Warum.«

»Er darf den Medizinbeutel nicht behalten.«

»Warum?«

»Der Beutel enthält Briefe, die für uns ganz außerordentlich wichtig sind.«

»Sie sind sein Eigentum.«

»Nein, sie gehören uns!«

»Er hat sie empfangen, sie sind sein.«

»Das Papier gehört ihm, der Inhalt aber ist nicht sein, sondern unser Eigentum, denn er enthält das, was wir von ihm wissen wollen!«

»Das Papier ist sein, und die Schrift ist euer? Ihr werdet morgen mit ihm kämpfen, und der Medizinbeutel wird nach dem Kampf dem Sieger gehören.«

»Aber wenn du ihn jetzt gehen läßt, so wird er die Briefe vernichten.«

»Ich werde ihm zwei Männer mitgeben, denen er den Beutel geben soll.«

»Ich gebe ihn nicht her«, meinte Sander, »er ist mein Eigentum.«

»Er wird dir nicht genommen, er soll nur aufgehoben werden bis nach dem Kampf. Wenn du tapfer bist, so erhältst du ihn wieder zurück.«

»Gut, ich werde ihn dir anvertrauen!«

Er ging, und auf einen Wink des Falken schlossen sich ihm zwei Krieger an.

Dies konnte den Jägern allerdings nicht lieb sein, aber sie waren gezwungen, sich darein zu fügen. Sie wurden zu ihrem Zelt geführt, wo man sie bewachte.

Der Tag verging, ohne daß sich etwas Nennenswertes begeben hätte, und ebenso ging auch die Nacht zu Ende. Am anderen Vormittag öffnete sich ihr Zelt, und es erschien ein

Indianer, der ihnen befahl, ihm an den Beratungsplatz zu folgen. Dort waren die Häuptlinge und Angesehensten des Stammes wieder versammelt. Man wies ihnen ihre Plätze an, und sie setzten sich voller Erwartung nieder.

Der Falke begann: »Der Große Geist zürnt den Kriegern der Comanchen, daß sie die Pfeife des Friedens geraucht haben mit den Bleichgesichtern, die eine weiße Farbe haben.«

Er hielt inne und blickte einen nach dem andern an, als ob er eine Antwort erwarte. Als aber keiner von ihnen das Schweigen brach, fuhr er fort: »Es ist den Söhnen der Comanchen ein großes Unglück widerfahren.«

»Welches?« fragte der Bowie-Pater.

»Auch den Bleichgesichtern wird dies Unglück nicht gefallen.«

»So erzähle es!«

»Die Bleichgesichter wollen kämpfen mit Rikarroh ...«

»Wir werden mit ihm kämpfen!«

»Sie können ihn nicht besiegen!«

»Warum?«

»Weil er sich nicht mehr im Lager der Comanchen befindet. Er ist fort.«

Die Weißen sprangen zornig auf.

»Du lügst!« rief der Bowie-Pater.

»Wie dürfen die Weißen es wagen, den Häuptling der Comanchen einen Lügner zu nennen. Sie mögen dieses Wort bereuen und es wieder zurücknehmen.«

»Ich nehme es nicht zurück!«

»Ich habe die Wahrheit gesprochen!«

»Entweder lügst du jetzt und verbirgst ihn, um ihn zu

retten, oder du hast gestern gelogen, als du versprachst, daß wir mit ihm kämpfen sollten!«

»Der Falke hat gestern die Wahrheit geredet, und er spricht sie auch heute.«

»Wo sind die Briefe, die dir der Verräter gestern geben sollte?«

Er langte in sein Jagdgewand und zog einen alten Medizinbeutel hervor. »Hier ist der Medizinsack. Öffnet ihn und nehmt die Papiere heraus!«

Fred griff zu und öffnete den Beutel. Er fand zwei Briefe, die er auseinanderschlug, um ihren Inhalt schnell zu überfliegen, dann rief er: »Betrogen! Diese Briefe sind nicht die, die wir suchen!«

»Der Beutel enthielt keine anderen«, antwortete ruhig der Häuptling.

»Ist das wahr?«

»Falke lügt nie!«

»Ruf die beiden Männer, denen er den Beutel übergeben sollte.«

Der Häuptling winkte, und einer der Comanchen erhob sich, um die Verlangten herbeizuholen. Sie kamen, und der Bowie-Pater verhörte sie sofort: »Ihr seid gestern mit dem, den ihr Rikarroh nanntet, in sein Zelt gegangen?«

»Ja.«

»Und euch hat er diesen Medizinbeutel übergeben?«

»Ja.«

»Hat er ihn geöffnet, ehe er ihn in eure Hände legte?«

»Wir wissen es nicht.«

»Ihr müßt es wissen! Ihr seid ja dabeigewesen!«

»Er hatte ihn in der Ecke des Zeltes stecken. Er kniete

lange dort, ehe er sich erhob, und wandte uns seinen Rücken zu. Wir sahen nicht, was er tat.«

»Aber ich weiß es, was er tat: Er öffnete den Beutel, um die Briefe heraus und an sich zu nehmen, die wir von ihm verlangt hatten. Wo ist er?«

»Wissen wir es?« fragte der Häuptling.

»Ihr müßt es wissen!«

»Als die Sonne sich erhob, bemerkten die Söhne der Comanchen, daß er das Lager verlassen hatte.«

»Allein?«

»Es fehlen noch vier Krieger. Vielleicht haben sie ihn begleitet!«

»In welcher Richtung?«

»Ihre Spuren führen nach Westen.«

In diesem Augenblick nahte ein Comanche. Er trat zu dem Falken und erhob stumm die Hand zum Munde, zum Zeichen, daß er sprechen wolle.

»Was will der junge Krieger seinen Vätern sagen?« fragte ihn der Häuptling.

Der Krieger antwortete: »Alle Männer der Comanchen wissen, daß den Bleichgesichtern von unseren Kriegern viele Lederbeutel abgenommen wurden, die mit Gold gefüllt waren.«

»Wir wissen es.«

»Dieses Gold wurde aufbewahrt in der Erde jenseits unseres Lagers.«

»Da liegt es.«

»Da liegt es nicht mehr. Es ist verschwunden.«

Der Falke fuhr mit der Faust an sein Messer.

»Wer hat es genommen?«

»Ich weiß es nicht.«

»Wer hat entdeckt, daß es fort ist?«

»Ich.«

»Erzähle!«

»Ich ging, um mir aus der Herde ein Pferd zu holen. Der Weg führte mich an dem Ort vorüber, an dem das Gold vergraben liegt. Ich sah, daß man das Versteck geöffnet und nicht wieder gut verschlossen hatte. Das Gold ist fort.«

»Der Falke wird selbst nachsehen. Ich kenne den Ort noch nicht. Führe mich.«

Er erhob sich und verschwand mit ihm hinter den Zelten. Nach einiger Zeit kehrte er allein zurück. Er nahm an seiner vorigen Stelle wieder Platz und berichtete: »Das Gold ist fort. Rikarroh hat es mitgenommen. Die Söhne der Comanchen wissen viele Orte, wo Gold zu finden ist, aber sie verachten es. Sie bedauern es nicht, daß dieses Metall verschwunden ist!«

Da nahm Bill Holmers das Wort: »Aber wir bedauern es. Wir haben gegraben im Schweiße unseres Angesichtes, um es zu finden, und als wir es hatten, wurde es uns von den Kriegern der Comanchen geraubt. Wir kamen zu ihnen, um es uns wiederzuholen, und nun ist es wieder verschwunden. Wir werden Rikarroh verfolgen, um es ihm abzunehmen!«

»Können die Bleichgesichter fort von hier?«

»Wer will uns halten?«

»Sie sind unsere Gefangenen!«

»Wir? Wir haben die Pfeife des Friedens mit euch geraucht, wir sind nicht die Gefangenen der Comanchen, sondern wir sind die Freunde und Gefährten derselben.«

»Ihr habt unsere Krieger getötet.«

»Sie wollten uns angreifen und töten. Wir haben uns nur gewehrt gegen sie!«

»Es ist Blut geflossen, und dies kann nur durch Blut wieder abgewaschen werden.«

»Wir sind freiwillig zu den Hütten der Comanchen gekommen, wir haben die Söhne des Falken verschont, und diese haben uns eure Gastfreundschaft versprochen.«

»Kann mir das meine verlorenen Krieger wiedergeben? Die Kinder der Comanchen haben die Pfeife nicht freiwillig mit euch geraucht. Ihr habt sie gestohlen!«

»Und du hast uns dann gesagt, daß wir nun Gäste von euch geworden sind.«

»Ihr seid unsere Gäste, aber nur so lange, wie ihr euch in unsern Hütten befindet.«

»Und dann?«

»Dann seid ihr wieder unsere Feinde, und wir werden euch töten.«

»Und wir werden uns wehren!« meinte der Bowie-Pater.

Rimatta erhob sich und sagte: »Die Söhne der Comanchen haben Gift im Mund und Lüge in ihren Herzen. Sie entweihen die heiligen Gebräuche der roten Männer. Rimatta verachtet sie!«

Er drehte sich um und ging fort, die andern folgten ihm in ihr Zelt.

Nach Verlauf einer Stunde trat der Falke ein. »Rimatta, der Häuptling der Apachen, hat uns beleidigt«, meinte er, »aber wir werden ihm zeigen, daß wir die heiligen Gebräuche nicht entweihen.«

»Willst du uns dies zeigen?« fragte der Bowie-Pater mit gespannter Miene.

»Die Häuptlinge der Comanchen haben sich beraten, sie werden die Bleichgesichter und den Apachen freilassen.«

»Wann?«

»Heute.«

»Mit allem, was wir bei uns haben?«

»Mit allem.«

»Auch unsere Pferde bekommen wir?«

»Auch die Pferde. Die weißen Jäger werden den vierten Teil eines Tages Zeit erhalten, dann jagen ihnen die Comanchen nach, um sie zu töten.«

»Ich danke dir, Häuptling. Ihr werdet uns nicht töten. Wann dürfen wir fort?«

»Wann es den weißen Jägern beliebt. Sie dürfen es nur ihrer Wache sagen.«

Er ging. Die Zurückgebliebenen atmeten auf.

»Also eine Hetzjagd wie gewöhnlich!« meinte Fred.

»Die uns keinen Schaden macht«, setzte der Bowie-Pater hinzu.

»Aber sie haben ausgezeichnete Pferde, sie werden uns vielleicht einholen!«

»Der vierte Teil eines Tages, also sechs Stunden Vorsprung, das ist genug!«

Bill Holmers lachte. »Sechs Stunden? Es kommt nur auf uns an, daraus zwölf Stunden zu machen!«

»Wieso?«

»Jetzt ist es kurz vor Mittag. Warten wir noch drei oder vier Stunden!«

»Aha!«

»Ja. Sie werden sehr streng Wort halten und genau sechs Stunden warten; dann aber brechen sie mit der Sekunde auf. Wenn wir nun um vier Uhr aufbrechen, so läuft die Frist um zehn ab, also wenn es dunkel ist. Dann aber sind sie, wenn sie unsere Fährte erkennen wollen, gezwungen, bis morgen früh zu warten, wenn es wieder hell geworden ist.«

»Ganz recht, so wird es gemacht. Und wohin wenden wir uns?«

»Natürlich nach Westen, um diesen Rikarroh zu verfolgen.«

»Wohin wird er sein?«

»Laßt uns überlegen! Bei den Comanchen darf er sich nicht wieder sehen lassen, weil er sie bestohlen hat.«

»Zu den Apachen kann er auch nicht, denn sie sind seine Feinde, besonders da er Comanchen bei sich hat.«

»Es bleibt dann allerdings nichts übrig, als daß er zu den Navaho geht.«

»Wo lagern deren Stämme jetzt?«

»Jenseits des Rio Colorado.«

»Dann müssen sie vorher durch das Gebiet der Paiute. Vielleicht suchen sie bei diesen Schutz.«

Rimatta schüttelte den Kopf.

»Die Paiute sind jetzt Freunde der Apachen, sie werden weder einen Comanchen noch ein Bleichgesicht bei sich behalten, sondern sie würden beide töten.«

»Aber wir?«

»Meine weißen Brüder haben von ihnen nichts zu befürchten, da ich bei ihnen bin. Die Krieger der Paiute kennen Rimatta, den Häuptling der Apachen.«

»Die Hauptsache ist, wenn wir das Lager hier verlassen, daß wir Lebensmittel mitnehmen. Aber wie wollen wir diese bekommen?«

»Meine Brüder mögen keine Sorge haben. Die Herden der Comanchen weiden draußen vor dem Lager. Wenn wir gehen, werden wir ein Rind töten. Jeder schneidet sich ein Stück davon ab. Das wird höchstens so viel Zeit erfordern, wie die Weißen den vierten Teil einer Stunde nennen.«

»Haben die Comanchen zahme Rinder?«

»Sie haben einige gebändigte Kühe, um Milch trinken zu können.«

Dann sorgten die Jäger dafür, daß ihre Kleider und Waffen sich in gehörigem Zustand befanden. Als es ungefähr vier Uhr nachmittags war, ritten sie zum Lager hinaus. Kein Mensch begleitete sie, und kein Mensch folgte ihnen nach.

Unangefochten erreichten sie einen Paß, der über einen Höhenzug nördlich der Kordilleren führte. Dort schlugen Rimatta und seine Freunde ihr Lager auf. Einer der Jäger stand auf einem hohen Felsen, von dem aus er sowohl den vor- als auch den rückwärts liegenden Teil des Weges überblicken konnte.

Er hatte die Aufgabe, für die Sicherheit seiner Gefährten zu sorgen, und eben jetzt schien er etwas Überraschendes bemerkt zu haben, denn er duckte sich nieder, blickte aufmerksam in das Tal hinunter und stieg dann eiligst zu seinen Gefährten herab.

»Hallo!«

»Was gibt es?«

»Rote Männer. Auf dem Weg vor uns.«

»Wie viele?«

»Fünf.«

»Beritten?«

»Ja.«

»Von welchem Stamm?«

»Konnte es nicht erkennen, sie tragen rote und blaue Erde im Gesicht.«

»Dann befinden sie sich auf dem Kriegspfad. Welche Richtung haben sie?«

»Zu uns herauf.«

»Ah, dann gibt es vielleicht einen Kampf! Wie weit sind sie noch entfernt?«

»Sie werden in einer Viertelstunde hier oben anlangen.«

»Schön, werden sie gut empfangen! Schafft die Pferde fort. Wollen die Roten einmal ein wenig zum Narren halten. Ich bleibe mit Rimatta hier, die andern aber teilen sich, um den Platz vorn und hinten abzusperren. Laßt sie herein, aber nicht wieder hinaus, und schießt nicht eher, als bis ihr seht, daß es notwendig ist. Freue mich auf ihre Gesichter.«

Diesen Worten des Bowie-Paters wurde sofort Folge geleistet. Die Höhe des Passes, auf der sie sich befanden, bildete ein rings von kurzen Felsenkegeln und Steinspitzen umgebenes kleines Plateau, wo es für die Jäger genug Verstecke gab, um von den Ankommenden nicht bemerkt zu werden. In zwei Minuten war dieses Plateau vollständig einsam und leer, und nur Rimatta und der Bowie-Pater lagen scheinbar schlafend unter einem Felsen, die Büchsen neben sich angelehnt.

Als die Viertelstunde vergangen war, ertönte Pferdegetrappel, und die fünf »Wilden« erschienen. Sie stutzten beim Anblick der beiden Schläfer, die keine Bewegung machten, aber die Ankommenden unter ihren nur leicht geschlossenen Lidern hervor sehr scharf beobachteten.

»Uff!« hörten sie den leisen Ruf des einen der Indianer. Dieser winkte seinen Gefährten, welche nach den Waffen gegriffen hatten. Dann stieg er vom Pferd und kam lautlos herbeigeschlichen. Er nahm die beiden Büchsen fort und gab den anderen dann das Zeichen, herbeizukommen.

»Uff!« rief er dann mit lauter Stimme.

Die beiden taten, als ob sie jetzt erwachten, und richteten sich empor.

»Wer sind diese beiden Männer?« fragte der »Wilde«.

»Kennst du uns nicht?« fragte der Pater.

»Diesen kenne ich. Er ist der größte Feind der Comanchen, er soll sterben. Dich aber kenne ich nicht. Du bist ein weißer Jäger, sage mir den Namen, den du trägst.«

»Du hast ihn wohl schon öfters gehört. Man nennt mich Bowie-Pater, den Indianertöter.«

»Ugh!« rief der Wilde erstaunt. »Du bist ein noch größerer Feind von uns als dieser da. Die Geier werden dein Fleisch verzehren und deine Knochen zerreißen.«

»Möglich, aber jetzt noch nicht! Wo sind unsere Gewehre? Gib sie her!«

»Du wirst sie niemals wieder erhalten. Der Große Geist

hat deinen Tod beschlossen, und seine roten Kinder werden seinem Willen Gehorsam leisten.«

Er nahm das Lasso von seinen Hüften. Der Bowie-Pater aber erhob lachend seine Hand.

»Der Große Geist hat nicht meinen, sondern euren Tod beschlossen, und so soll euch geschehen, was ihr an uns tun wolltet. Erhebt eure Augen und schaut um euch!«

Bei diesen Worten traten die anderen aus ihren Verstecken hervor und legten ihre Büchsen auf die »Wilden« an. Ein Zeichen des Bowie-Paters hätte genügt, sie alle zu töten.

»Uff!« rief der Anführer. »Mein weißer Bruder hat uns in seiner Hand.«

»Siehst du wohl? Steigt von den Pferden und legt eure Waffen von euch.«

Die Indianer sahen, daß eine Gegenwehr erfolglos wäre. Sie gehorchten seinem Befehl.

»Töten wir sie?« fragte der Bowie-Pater die anderen.

»Nein«, antwortete Bill Holmers.

»Aber es sind Comanchen, und sie befinden sich auf dem Kriegspfad!«

»Welchen Nutzen kann uns ihr Tod bringen?«

»Aber schaden können sie uns, wenn wir so unvorsichtig sind, sie am Leben zu lassen.«

»Das können wir umgehen. Fragen wir, welche Meinung der Apache hat!«

Rimatta blickte die Feinde finster an, dann meinte er: »Die Krieger der Comanchen wollten uns töten, aber sie haben es nicht getan. Wenn sie dem Häuptling der Apachen seine Fragen beantworten, so sollen sie am Leben bleiben, damit sie ihren Brüdern erzählen, daß wir entkommen sind.«

»Meinetwegen!« meinte der Bowie-Pater, und dann wandte er sich an die Comanchen: »Werdet ihr uns antworten, wenn wir euch ruhig ziehen lassen?«

»Fragt uns!« antwortete der Anführer.

»Die Söhne der Comanchen sind auf dem Kriegspfad. Wo waren sie?« fragte Rimatta.

»Wir haben die Söhne der Acoma bekämpft.«

»Was taten sie euch?«

»Sie sind stets unsere Feinde gewesen. Dann schlichen wir uns durch die Jagdgebiete der Apachen, um zurückzukehren zu unseren Vätern und Brüdern.«

»Habt ihr Krieger der Apachen getötet?«

»Nein.«

»Sprecht ihr die Wahrheit? Der Mund der Comanchen ist oft voller Lüge!«

»Hätten wir sie getötet, so würdest du ihre Skalpe bei uns sehen.«

»Da habt ihr recht geredet. Sind euch auf diesem Weg fünf Reiter begegnet?«

»Warum spricht der Häuptling der Apachen diese Frage zu uns?«

»Weil er eine Antwort haben will.«

»Wir brauchen nicht zu antworten, sein Auge ist hell genug, um zu sehen.«

»Ich kenne die Spuren derer, die ich suche. Sie sind Feinde der Comanchen.«

»Dann sind wir ihnen nicht begegnet, die wir trafen, sind unsere Brüder.«

»Sie sind nicht eure Brüder. Sie haben das Lager ihrer Freunde beraubt und sind dann entflohen.«

»Woher weißt du das?«

»Rimatta und diese Männer kommen vom Lager der Comanchen.«

»So redet Rimatta jetzt selbst die Lüge. Die Comanchen hätten ihn getötet!«

»Der Mund des Apachen sagt niemals die Falschheit, er wird euch erzählen.«

Und nun erzählte er ihnen nach Art und Weise der Indianer in kurzen Worten die letzten Abenteuer der Jäger. Die Comanchen hörten aufmerksam zu, und zum Schluß sagte einer von ihnen: »Rikarroh ist ein Bleichgesicht, seine Farbe ist weiß, sein Herz aber ist schwarz.«

»Ihr seid ihm begegnet?«

»Wir haben ihn gesehen.«

»Und auch mit ihm gesprochen?«

»Wir haben an seinem Feuer gesessen, und er hat viel mit uns geredet.«

»Welchen Grund hat er gesagt, daß er das Lager der Comanchen verlassen hat?«

»Er sagt, der Falke habe ihn ausgesandt, die Apachen auszukundschaften.«

»Er hat gelogen. Habt ihr die Nuggets gesehen, die er bei sich führte?«

»Nein.«

»Wo hat er sie versteckt?«

»Er war in einer Hütte, die aus Zweigen bestand. Darin wird das Gold gewesen sein. Aber gesehen haben es die Krieger der Comanchen nicht.«

»Wo ist der Ort, an dem er sich befand?«

»Reite einen Tag lang nach Westen bis an den Fluß, den die Apachen Tom-scho nennen; dieser hat einen Wasserfall, dort war das Lager des Diebes.«

»Die Krieger der Comanchen haben gut gesprochen. Sie sind frei!«

Eine so schnelle Erlösung hatten sie nicht erwartet, sie stiegen daher sehr eilig auf und ritten davon, um den Jägern keine Zeit zu geben, auf andere Gedanken zu kommen. Diese aber ritten in entgegengesetzter Richtung davon.

Die Stadt San Franzisko liegt auf einer Landzunge, hat das große Weltmeer im Westen, die herrliche Bai im Osten und den Eingang zu dieser Bai im Norden. In ihren Straßen erblickt man die blasse, schmächtige ebenso wie die elegante Amerikanerin, die stolze schwarzäugige Spanierin, die blonde Deutsche, die farbige kraushaarige Dame. Der reiche Kavalier mit Frack, Zylinder und Handschuhen trägt in der einen Hand einen Schinken und in der andern einen Gemüsekorb, der Ranchero schwingt ein Netz mit Fischen über die Schulter, um damit einen Festtag zu feiern, ein Milizoffizier hält einen gemästeten Kapaun gefangen, ein Quäker hat einige mächtige Hummer in die gleich einer Schürze aufgerafften Schöße seines langen Rockes verpackt – und das alles bewegt sich neben-, vor-, hinter- und durcheinander, ohne sich gegenseitig zu stören.

Durch dieses Gewimmel der Metropole des Goldlandes drängte sich eine Schar von Reitern und hielt endlich in der Sutterstreet vor dem Hotel Valladolid. Dies war ein Hotel in kalifornischem Stil und bestand aus einem langen und tiefen einstöckigen Brettergebäude, ganz ähnlich den Eintagstrinkbuden, die man auf unseren Schützenfesten findet.

Dort stiegen sie ab und übergaben ihre Pferde dem Horsekeeper, der sie in einen Schuppen brachte. Die Gaststube war trotz ihrer ungeheuren Größe voller Gäste, so daß die Neuangekommenen nur noch einen Tisch fanden, an dem sie Platz nehmen konnten. Eine Kellnerin kam herbei und holte das Porterbier, das sie sich bestellten.

Dann fragte der eine: »Ist die Señora zu sprechen, mein Kind?«

»Ja. Soll ich sie holen?«

»Ich bitte darum!«

Das Mädchen entfernte sich, und bald darauf erschien die Wirtin. Der vorige Sprecher erhob sich. »Gestatten Sie mir, mich Ihnen vorzustellen, Señora! Mein Name ist Friedrich von Walmy; ich bin ein Deutscher, und dies sind meine Gefährten.«

Sie machte einen Knicks und blickte ihn erwartungsvoll an.

»Wir sind an Sie gewiesen, Señora.«

»Ah! Darf ich fragen, von wem?«

»Zwei Tagesreisen von hier gibt es einen Rancho, dessen Herrin Eudoria Mafero heißt.«

»Ich kenne sie.«

»Diese Herrin ist Ihre Schwester?«

»Ja.«

»Sie hat uns Ihr Hotel empfohlen und dabei gesagt, daß wir hier jemand finden werden, den wir notwendig sprechen müssen. Können wir bei Ihnen logieren?«

»Alle?«

»Alle.«

»Es wird Raum vorhanden sein. Wen suchen Sie, mein Herr?«

»Ist nicht ein Weißer in Begleitung von vier Indianern hier abgestiegen?«

»Allerdings.«

»Wann?«

»Vorgestern.«

»Er logiert hier?«

»Er allein!«

»Und die Indianer?«

»Diese sind in Richtung Berge geritten, vielleicht in die Minen.«

»Wie hat sich der Herr genannt?«

»Gar nicht. Man fragt hier erst spät nach den Namen der Gäste.«

»Ist er zu sprechen?«

»Lassen Sie mich nachsehen!«

Sie blickte in dem weiten Raum von Tisch zu Tisch umher, schien aber den Gegenstand ihres Suchens nicht zu bemerken. »Ich sehe ihn nicht, Señor!«

»Er befindet sich vielleicht auf seinem Zimmer?«

»Oh nein, denn wir haben hier keine Einzelzimmer. Die Gäste schlafen vielmehr alle in dem großen Raum unter dem Dach. Er wird ausgegangen sein.«

»Hatte er Gepäck mit?«

»Ja, zwei große aus Hirschfell gefertigte Säcke, die von den Pferden kaum geschleppt werden konnten. Dann aber hat er sich sogleich einen Koffer gekauft. Er will die Stadt verlassen und fragte nach einem Schiff, das möglichst bald in See sticht.«

»Ich danke Ihnen! Wollen Sie mir eine Bitte erfüllen?«

»Welche?«

»Sagen Sie ihm nicht, daß nach ihm gefragt worden ist, es soll eine Überraschung werden.«

»Wie Sie wünschen. Eine gute Wirtin darf ja überhaupt nicht plauderhaft sein.«

Die Männer warteten eine halbe Stunde, da trat die Wirtin wieder an ihren Tisch. »Der Mann, mit dem Sie sprechen wollen, ist soeben zurückgekehrt«, sagte sie.

»Wo befindet er sich?«

»Er ist in den Schlafraum gegangen; ich war gerade dort, als er kam.«

»Wie kommt man hinauf?«

»Die Treppe führt vom Hof empor.«

»Sind andere oben?«

»Nein.«

»Danke!«

Sie entfernte sich.

Fred wandte sich an seine Begleiter. »Kommt! Wir vier sind mehr als genug, mit ihm fertig zu werden.«

Sie erhoben sich, gingen zum Hof und stiegen dort die Treppe empor. Sie kamen in einen langen niedrigen Dachraum, der die ganze Breite des Gebäudes einnahm. Er war mit zahlreichen Bettstellen besetzt. Neben einer davon kniete ein Mann, der ihnen den Rücken zukehrte und sich mit einem geöffneten Koffer beschäftigte. Fred schlich sich mit unhörbaren Schritten zu ihm hin und blickte über seine Schultern. Der große Koffer war ganz mit Nuggets gefüllt.

»Sander!« rief er laut.

Der Angeredete fuhr herum und empor. Er starrte den Jäger an wie ein Gespenst.

»Kennst du mich, Bursche?«

Die andern waren wieder hinter die Tür zurückgetreten, so daß der Überraschte sie nicht sehen konnte. Er glaubte sich mit Fred allein und faßte sich daher.

»Was wollen Sie?« fragte er, indem er die Hand an das Messer legte.

»Dich fragen, ob du mich noch kennst!«

»Sie kennen? Pah. Was liegt daran, ob ich Sie kenne oder nicht kenne?«

»Allerdings. Du hast recht, es genügt ja, daß ich dich kenne.«

»Master, ich habe Ihnen nicht die Erlaubnis gegeben, mich du zu nennen.«

»Dieser Erlaubnis bedarf es wohl nicht. Ich habe dich als Knabe schon so genannt.«

»Mich? Das ist eine verdammte Täuschung. Was wollen Sie also von mir?«

»Zunächst nichts weiter als diese Nuggets.«

»Ah! Erlauben Sie mir gefälligst anzunehmen, daß Sie verrückt sind.«

»Ich erlaube es dir. Auch ein Verrückter kann Geld und Nuggets gebrauchen.«

»Aber, zum Teufel, ich kenne Sie ja gar nicht.«

»Hm, ich dachte, wir hätten uns bereits bei den Comanchen gesehen! Ist's nicht so?«

»Bin in meinem ganzen Leben nicht mit einem von diesen Leuten zusammengekommen!«

»Schau, wie man sich irren kann! So haben wir uns also früher gekannt, nicht?«

»Möchte sehr wissen, wo!«

»Wohl in Süderland. Du kennst dort doch wohl die Familie von Walmy.«

»Kenne sie nicht.«

»Auch nicht den Namen einer Kunstreiterin, die Miß Ella hieß?«

»Auch nicht.«

»Auch nicht jenen Königssohn, der nur der Tolle Prinz, genannt wurde?«

»Nein.«

»Auch nicht einen Diener der Familie Walmy, der Georg Sander hieß?«

»Nein.«

»Du hast ein sehr kurzes Gedächtnis. Warum bist du jetzt so erschrocken, als ich dich bei diesem Namen nannte?«

»Weil ich mich allein geglaubt hatte, über den Namen aber bin ich nicht erschrocken.«

»Pah«, fuhr jetzt der Bowie-Pater dazwischen, dem allmählich die Geduld zu vergehen schien, »macht mit diesem Menschen nicht so viel Federlesens! Wir sind im Recht und brauchen weder ein Gericht noch einen Advokaten. Gestehst du, daß du der bist, für den wir dich halten?«

»Nein.«

»Gut. Auch mich hast du gekannt, aber ich will dir glauben, daß du mich in dieser Gestalt nicht wiedererkennst.«

»Wer sind Sie?«

»Wer ich früher war, das ist hier gleichgültig, jetzt aber nennt man mich den Bowie-Pater. Von dem wirst du wohl genug gehört haben, um zu wissen, was dir bevorsteht, wenn du es wagst, ihn zu belügen. Also rede die Wahrheit! Woher stammst du?«

Der Bowie-Pater hatte sein Messer gezogen, die andern die ihrigen ebenso. Der Gefragte sah, daß ihm kein Leugnen mehr helfen konnte. Er stammelte: »Aus Süderland.«

»Gut, mein Junge! Ich sehe, daß du Verstand annimmst. Wie heißt du?«

»Georg Sander.«

»Schön! Du warst der Diener von dem Baron Theodor von Walmy?«

»Ja.«

»Du bist auch der Comanche Rikarroh?«

»Ja.«

»Von wem hast du das Gold hier in deinem Koffer?«

»Ich habe es selbst ausgewaschen.«

»Sehr gut! Bete ein Vaterunser, Elender, mit dir ist's vorbei!«

»Ihr könnt mir nichts tun!«

»Ah! Warum nicht?«

»Man würde euch verhaften und bestrafen.«

»Du bist wirklich ein viel größerer Narr, als ich dachte! Wenn dich mein Messer trifft, und wir fortgehen, wer ist es dann gewesen? Und wenn es an den Tag kommt, meinst du, daß man mir was nachweisen kann? Ich erzähle einfach, daß du mich angegriffen hast und ich gezwungen war, dich in Notwehr zu töten. Aber ich gebe dir eine Chance: Du hast zweierlei Wege vor dir. Der eine ist, daß wir dich dem Richter übergeben und ihm sagen, was wir von dir wissen, dann hängst du in einer Stunde am Laternenpfahl.«

»Und der andere?«

»Du gestehst uns alles und kannst in diesem Fall auf unsere Nachsicht rechnen.«

»Haltet ihr Wort?«

»Wir halten es!«

»So fragen Sie.«

»Von wem hast du dieses Gold?«

»Es ist dasselbe, welches die Comanchen den weißen Jägern raubten.«

»So gehört es diesen beiden Männern, denn sie sind die Bestohlenen. Was hast du in den Taschen bei dir?«

»Nichts.«

»Lüge nicht.«

»Ich rede die Wahrheit.«

»So werden wir dich untersuchen. Faßt ihn an, ich werde einmal nachsehen.«

Er wurde festgehalten, und der Bowie-Pater untersuchte seine Taschen. Es fand sich eine kostbare, vollständig neue Uhr und eine mit Banknoten gespickte Brieftasche vor.

»Wann hast du diese Uhr gekauft?«

»Heute.«

»Von den Nuggets?«

»Ja.«

»So gehört sie nicht dir. Wie kamst du zu dieser Summe in Banknoten?«

»Es sind meine Ersparnisse, ich trage sie bereits seit Jahren bei mir.«

»Ah! Auch unter den Comanchen? Eigentümlich! Ich werde nachsehen.«

Er öffnete das Portefeuille und prüfte die Scheine sehr sorgfältig.

»Hm! Hast du wohl einmal gehört, daß manche Bankiers die Gewohnheit haben, die von ihnen ausgegebenen Noten mit dem Datum oder ihrem Namen zu versehen? Sie tun dies, um für gewisse Fälle gerüstet zu sein.«

»Ich weiß nichts davon.«

»Nun sieh: Auf dieser Hundertpfundnote steht: ›Stirley und Co.‹, und dabei das heutige Datum. Und du willst die Summe jahrelang bei dir getragen haben?«

»Da ist das Datum falsch eingetragen. Es sollte ein älteres hier stehen, Sie sehen jedenfalls eine Drei für eine Fünf an.«

»Pah, ich kann lesen! Dieses Geld ist erst heute für Nuggets umgetauscht worden. Es gehört diesen beiden Männern. Hier habt ihr es!«

Er gab die Brieftasche an Fred.

»Ich protestiere!« rief Sander.

»Das hilft dir nicht das mindeste, mein Bursche. Jetzt kannst du selbst wählen: Entweder du entschließt dich, unter unserer Aufsicht nach Süderland zurückzukehren, oder wir bringen dich zum Sheriff, der über dich entscheiden wird.«

»Ich bin hier ein freier Mann!«

»Ich werde dir das Gegenteil beweisen. Geht, holt einen Policeman herauf!«

Holmers ging. Als er bereits die Tür erreicht hatte, rief ihn Sander zurück: »Halt, gehen Sie nicht! Ich sehe, daß ich mich fügen muß. Aber eins verlange ich.«

»Was?«

»Daß ich weder hier noch in der Heimat vor ein Gericht gestellt werde!«

»Auf diese Bedingung werden wir eingehen, wenn du aufrichtig redest.«

»Was wollt ihr noch wissen?«

Der Bowie-Pater nahm aus dem Kugelbeutel die beiden Briefe, die er am Rio Pecos Fred gezeigt hatte. Er öffnete sie und hielt sie dem einstigen Diener entgegen.

»Kennst du diese Schreiben?«

Sander erschrak. »Die sind an den Tollen Prinzen, geschrieben. Woher haben Sie sie erhalten?«

»Wie sie in meine Hände gelangt sind, das ist Nebensache. Du hast sie geschrieben?«

»Ja«, antwortete er zögernd.

»Wo ist Theodor von Walmy, dein früherer Herr, hingekommen?«

»Ich weiß es nicht!«

»Du lügst!«

»Ich lüge nicht!«

»Du hast ihn ja damals nach Burg Himmelstein begleitet!«

»Das ist richtig. Er sollte sich mit dem Tollen Prinzen, schlagen.«

»Nun?«

»Ich werde aufrichtig erzählen. Mein Herr wurde von dem Prinzen in einer heimlichen Zuschrift veranlaßt, nach Burg Himmelstein zu kommen, um die eingetretene Differenz auszugleichen. Er tat es, und ich begleitete ihn. Wir kamen an, Herr von Walmy wurde von dem Prinzen empfangen und mit in die inneren Gemächer desselben genommen. Ich habe ihn nicht wiedergesehen. Am andern Tag ließ der Prinz mich zu sich kommen und erklärte mir, daß er eines Dienstes von mir bedürfe.«

»Welcher Dienst war dies?«

»Er fragte mich, ob ich die Handschrift meines Herrn kenne und sie vielleicht auch nachzumachen verstehe. Ich bejahte es. Darauf machte er mir den Vorschlag, nach Amerika zu gehen und dort die Briefe zu schreiben, die die Familie Walmy später auch erhalten hat. Er bot mir eine so hohe Summe, daß ich durch den Glanz des Geldes verführt wurde und auf seinen Vorschlag einging.«

»Von deinem Herrn sprach er nicht?«

»Nein.«

»Du hast auch nicht nach ihm gefragt?«

»Doch, aber er gab mir keine Auskunft. Ich mußte noch am selben Tag abreisen. Seit dieser Zeit habe ich nie wieder von Herrn Theodor gehört.«

»Du verschweigst uns nichts?«

»Kein Wort.«

»Diesmal sagtest du die Wahrheit, das sehe ich dir an,

obgleich ich dir sonst keinen Glauben schenke. Glaubst du, daß das Duell wirklich stattgefunden hat?«

»Ich glaube es nicht.«

»Warum nicht?«

»Ehe ich abreiste, saß ich eine Stunde lang bei dem Schloßvogt Geißler ...«

»Ah, das ist ein Halunke!«

»Sie kennen ihn?«

»Sehr gut. Aber fahre jetzt fort.«

»Also, ich saß bei Geißler und fragte ihn nach meinem Herrn und nach dem Ausgang des Duells. Der Schloßvogt lachte höhnisch und meinte, daß der Prinz Mittel besitze, seine Feinde unschädlich zu machen, auch ohne sich mit ihnen zu schlagen.«

»Das genügt. Du kommst jetzt mit uns hinunter in die Wirtsstube, dort werden wir beraten, was weiter mit dir geschehen soll.«

Sie nahmen ihn mit hinab in die Stube. Kaum aber war er eingetreten, so erhob sich von einem entfernten Tisch ein Mann, dessen Anzug den herabgekommenen Goldgräber verriet. Er trat herbei und legte Sander die Hand schwer auf die Schulter. »Ah, Mann, wie ist mir denn? Haben wir uns nicht schon einmal gesehen, he?«

Der Angeredete wurde totenbleich. Er mußte den Goldgräber kennen, das sah man. »Wir uns gesehen?« meinte er. »Könnte mich wirklich nicht erinnern!«

»Nicht? Well, so werde ich deinem Gedächtnis zu Hilfe kommen. He, Will, erhebe dich und betrachte dir einmal diese verteufelte Physiognomie!«

Der Gerufene hatte mit ihm an einem Tisch gesessen. Er trat näher. Es war eine hohe, breitschultrige Gestalt, die große Körperkraft besitzen mußte.

»Kenne den Kerl«, antwortete er.

»Du meinst also, daß er es ist?«

»Natürlich!«

»Schön! Mensch'schurs, wollt ihr einmal so gut sein, auf mich zu hören!«

Auf diese laut ausgesprochene Aufforderung trat allgemeines Schweigen ein.

»Dieser Mann hier«, fuhr der Sprecher in erklärendem Ton fort, »ist ein Outlaw, der dann zu den Comanchen ging, weil es ihm unter den weißen Jägern nicht mehr recht geheuer war. Er hat mir und diesem da einige sehr gute Kameraden weggeschossen. Sagt Gentlemen, was ihm dafür gehört!«

»Eine Kugel! – Der Strick!!« rief es von allen Seiten wirr durcheinander.

»Well, das ist richtig. Aber sagt, soll man einer solchen Lappalie wegen zum Sheriff oder zum Alderman gehen?«

»Nein, macht's hier ab!«

Jetzt, als er die Gefahr erkannte, in welcher er sich befand, ermannte sich Sander. »Ich bin es nicht«, rief er, »dieser Mann verwechselt mich mit einem andern!«

»Oho, mein Junge!« antwortete Will, »wir kennen dich nur zu gut!«

»So fangt mich!«

Mit diesem Wort drehte er sich um und sprang dem Ausgang zu. Will war mit einigen Sätzen hinter ihm, faßte ihn beim Kragen und hielt ihn fest.

»Halt, Mann! Das Fangen verstehen wir besser, als du denkst. Du siehst es.«

»Noch hast du mich nicht!«

Ein Messer blitzte in seiner Hand, er holte mit demselben zum Stoß aus.

»Ach so, du willst an mich, Bursche? So fahre meinetwegen zum Teufel!«

Der Goldgräber zog blitzschnell den Revolver, und ehe Sander den beabsichtigten Stoß auszuführen vermochte, streckte ihn der Schuß auf den Boden nieder.

»Gentlemen, Ihr habt wohl gesehen, daß er das Messer gegen mich zog?«

»Wir sahen es!« ertönte die allgemeine Antwort auf diese Frage des Schützen.

»So könnt ihr mir bezeugen, daß hier kein Mord, sondern Notwehr vorliegt?«

»Wir bezeugen es.«

»Well! So mag der Wirt diesen Toten fortschaffen, wohin es ihm beliebt. Er war ein Räuber und Mörder und hat nur seine wohlverdiente Strafe erhalten!«

Der Erschossene wurde aus dem Zimmer getragen, und der Täter konnte mit der größten Sicherheit darauf rechnen, daß sein Schuß ihm nicht die mindesten üblen Folgen bereiten werde. Der Bowie-Pater hatte sich mit den Seinen nicht im geringsten an diesem Vorgang beteiligt. Jetzt nickte er und meinte: »Gut für uns, denn nun sind wir den Kerl los. Er hätte uns doch nur Unannehmlichkeiten bereitet.«

»Wird uns die Wirtin seinen Koffer übergeben?« fragte Fred.

»Natürlich!«

»Wer wird da erst viel fragen«, sagte Holmers. »Der Koffer gehört uns, und ich will einmal den sehen, der es wagen wollte, ihn uns abzustreiten. Übrigens kommt er uns jetzt sehr gelegen, denn wir haben jetzt die Mittel, unseren herabgekommenen Adam in bessere Kleidung und Wäsche zu bringen.«

Endlich nahte der Tag der Trennung. Bill Holmers, Fred und der Bowie-Pater hatten ein Schiff gefunden, das sie nach Europa bringen sollte. Dort wollten sie nach den Spuren des unglücklichen Theodor von Walmy suchen. Man ging an Bord, wo die Matrosen bereits zum Auslaufen rüsteten. Während der Bowie-Pater noch einmal an Land zurückkehrte, um etwas Vergessenes zu holen, trat Rimatta zu den anderen.

»Meine Brüder gehen nach Westen, und der Häuptling der Apachen wird zurückkehren zu den Hütten seines Volkes. Werden seine Brüder zuweilen an ihn zurückdenken?«

»Wir werden dich niemals vergessen«, antworteten beide herzlich.

»Auch Rimatta wird sich immer ihrer erinnern. Er wird jetzt gehen.«

»Willst du nicht erst vom Bowie-Pater Abschied nehmen?«

»Nein. Der Indianertöter ist ein Feind der roten Männer, und Rimatta ist mit ihm nur deshalb gegangen, weil meine Brüder mit ihm gingen. Der Häuptling der Apachen kann nicht Abschied nehmen von einem Weib.«

»Von einem Weib?« fragte Holmers. »Ich dachte, der

Bowie-Pater wäre so mutig, so tapfer, daß er mit keinem Weib verglichen werden kann?«

»Er hat die Seele des bösen Geistes, den Mut eines Mannes und den Leib eines Weibes. Der Bowie-Pater ist nicht ein Mann, sondern eine Frau.«

»Was?« rief Fred erstaunt. »Ist dies möglich?«

»Es ist wahr«, antwortete Rimatta. »Die Augen des Apachen sind schärfer als die Augen der Bleichgesichter. Er hat den Bowie-Pater belauscht, als er im Fluß badete. Hat der Indianertöter einen Bart?«

»Keine Spur davon, das ist wahr! O Gott, ich ahne es! Es ist Ella, die Geliebte meines Bruders!«

Sie konnten dieses Gespräch nicht fortsetzen, da der Bowie-Pater soeben zurückkehrte. Alle hafenpolizeilichen Formalitäten waren erfüllt, und Rimatta wandte sich zum Gehen. Er sagte: »Möge der Große Geist wachen über meine weißen Brüder, daß sie das Land glücklich erreichen, wo sie die Wigwams ihres Volkes finden. Rimatta wird rauchen viele Pfeifen zu den Geistern, die sie beschützen mögen!«

Mit diesen Worten trennte er sich von ihnen. Das Schiff aber hob den Anker, blähte die Segel und strebte hinaus auf die Reede …

Jemmys Bärenabenteuer

Wie war es denn eegentlich damals, als Sie mit dem Bären geschlafen haben?« fragte der Hobble-Frank den dicken Jemmy. »Wie ist das denn gewesen, und wo hat sich's ereignet?«

»Meinen Sie etwa, daß ich in dem Bett eines Hotelzimmers mit ihm geschlafen habe?« lachte der Dicke.

»Fangen Sie schon wieder an! Ich hab Ihnen schon erklärt, daß ich nich der Mann bin, der sich von Ihnen ungeschtraft foppen läßt. Wenn Sie mich für einen Narren halten wollen, so werde ich Ihnen meinen Sekundaner schicken!«

»Sekundanten, wollen Sie sagen!«

»Fällt mir nich ein! Ich spreche meine feine Umfangssprache nach dem richtigen strategischen System, und Sie können Ihr Kauderwelsch ooch reden, wie es Ihnen beliebt. Die Hauptsache ist, daß Sie es ooch an den Mann bringen, der sich's mit übermenschlicher Geduld gefallen läßt. Übrigens wird an Ihrer sogenannten Bärengeschichte vielleicht gar nich sehr viel sein. Vielleicht hat sich's gar nich in wahrhaftiger Wirklichkeit ereignet.«

»O doch! Ich kann es beeiden«, versicherte der dicke Jemmy.

»Nun, wo denn?«

»In einem Quellfluß des Platte-River.«

»Was? Etwa mitten im Fluß drin?« fragte Hobble-Frank.

»Ja.«

»Da haben Sie die ganze Nacht mit eenem Bären geschlafen?«

»Gewiß!«

»Na, das ist die allergrößte Lüge, die gemacht werden kann! Wenn sich das faktisch begeben hätte, so wären Sie beede, nämlich Sie und der Bär, den Sie uns jetzt offbinden wollen, am frühen Morgen als ertrunkene Leichen ans Ufer geschwommen.«

»Ach so, Sie meinen, ich habe im Wasser geschlafen?«

»Natürlich!«

»Nein. So unvorsichtig bin ich freilich nicht. Ich hatte vielmehr mein Nachtquartier auf einer kleinen Insel aufgeschlagen.«

»Ach so! Off eener Insel! Das will ich mir eher gefallen lassen. Das gibt der Sache freilich eene etwas größere Wahrscheinlichkeit. Übrigens ist im Plattefluß fast stets nur wenig Wasser zu finden.«

»Außer im Frühjahr. Wenn nach einem warmen Regen der Schnee auf den Bergen taut, so kommt es vor, daß der Fluß, dessen Wasser einem kaum bis an die Knie reichte, innerhalb einer Stunde die hohen Ufer füllt. Dann ist es höchst gefährlich, sich den tosenden, schmutziggelben Fluten anzuvertrauen. Der Strom gleicht dann einem wilden Tier, welches plötzlich erwacht ist und nach Opfern brüllt.«

»Das läßt sich denken. Und dabei erinnert man sich sofort an die schönen Dichterworte: ›Gefährlich ist's, den Leim zu wecken, verderblich ist des Tigers Zahn. Und bleibt man im Schlamm stecken, hilft keene Gondel und keen Kahn‹. Das war wohl damals ooch der Fall mit Ihnen und dem Bären?«

»Ja, nur daß es nicht Leim, sondern Leu heißen muß, mein bester Frank.«

»Kommen Sie mir nich schon wieder mit so eener grundlosen Ausstellung. Sie befinden sich da im allergrößten Widerspruch mit den Koriphäern der Dichtkunst und des musikalischen Generalbasses. Begeben Sie sich doch nicht off höhere Gebiete, in denen Sie unbekannt sind, und erzählen Sie lieber in schlichten und bescheidenen Worten die versprochene Geschichte.«

Die anderen lachten; darum fuhr der kleine Gelehrte, zu Old Shatterhand gewendet, fort: »So ist es recht! Lachen Sie den Kerl mal ordentlich aus! Wenn er sieht, daß er sich blamiert, wird er endlich mal offhören, den Dongki-Schottländer zu spielen.«

»Don Quichote heißt es«, warf Jemmy ein.

Jetzt wurde Frank wirklich zornig. Er stand auf und sagte: »Schon wieder! Das wird mir zu bunt. Eener, der sich in Moritzburg so wie ich mit der Leihbibliothek beschäftigt hat, den Band zu drei Pfennigen wöchentlich, der hat wohl ooch den Dongki-Schottländer gelesen, und wenn ich mir meine literarische Bildung hier wieder und wieder verschimpfieren lassen soll, so stehe ich eenfach off und setze mich zu die Indianersch. Die werden's besser zu würdigen wissen, wenn een Mann von meinen Qualitäten sich bei ihnen niederläßt. Ist meine Mühe, den dicken Jemmy zu belehren, eene so vergebliche, so wasche ich meine Hände in Unschuld und trage das mir anvertraute Pfund woandersch hin. Der edle Schwan hat's gar nicht nötig, daß er mit Gänsen und Enten schwimmt. Sein Schicklichkeitsgefühl sträubt sich gegen so eene sozialdemokratische Gesellschaftsstufe. Adjeh, meine Herren!«

Er wollte gehen, ließ sich aber durch das dringende Ersuchen Old Shatterhands bewegen, sich wieder niederzusetzen.

»Nun gut«, sagte Hobble-Frank, »Ihnen zuliebe will ich meinen berechtigten Grimm im schtillen anonym verzehren. Sie haben als Landsmann een gesellschaftliches Recht off meine Person, und das will ich Ihnen doch nich verkümmern. Sie würden sonst vielleicht gar denken, daß ich eene schlechte elterliche Kindererziehung genossen habe. Übrigens bin ich wirklich neugierig off die Bärengeschichte, und wenn der Dicke sie erzählt hat, so werde ooch ich in der Form von Friedrich Gerstäcker berichten, in welcher Weise ich zum erschtenmal mit eenem Bären zusammengetroffen bin.«

»Was?« fragte Jemmy erfreut. »Auch Sie haben ein Bärenabenteuer erlebt?«

»Ooch ich? Wundert Sie das etwa? Ich sage Ihnen, daß ich wohl mehr erlebt und durchgemacht habe, als Ihr Verstand begreifen kann. Aber jetzt fangen Sie nun endlich an! Also im Platte-River war es?«

»Nein«, sagte der dicke Jemmy, »sondern im Medizin-Bow-Fluß, der sich in den Platte ergießt. Es war im April, und ich kam vom Nordpark herab, wo ich eine erbärmlich schlechte Jagd gemacht hatte. Ich war im März von Fort

Laramie aus hinaufgestiegen und kam nun jenseits herunter, um an dem genannten Quellfluß des Platte nach Bibern zu suchen. Es war nicht sehr kalt, und das wenige Wasser des Flusses trug kein Eis. Trotz mehrtägigen Suchens fand ich keine Spur von Dickschwänzen*, und mein Pferd hatte bei schmaler Kost mich und die schweren Fallen umsonst zu tragen. An dem betreffenden Tag hatte sich ein ziemlich lauer Wind erhoben, ein Umstand, welchen ich alter Dummkopf eigentlich hätte beachten sollen. Gegen Abend bemerkte ich mitten im Flußbett eine kleine Insel, welche freilich jetzt keine Insel, sondern eine trockene Erhöhung war, welche eine größere Höhe als die beiden Ufer besaß. Sie bestand aus einem Felsen, an dessen abwärtsgerichteter Seite sich eine lange, spitz zulaufende Sandbank angelegt hatte. Indem ich mir die Insel betrachtete, bemerkte ich auf derselben eine kleine, aus Steinen und Rasen errichtete Hütte, welche jedenfalls von Trappern, die sich hier längere Zeit aufgehalten hatten, errichtet worden war. Das gab einen guten Platz für die Nacht. Ich ritt also durch das hier kaum zwei Fuß hohe Wasser hinüber und machte dabei im Sand der Bank eine Bärenfährte aus, welcher ich am nächsten Morgen folgen wollte. Von dieser Seite war die Insel leicht zugänglich. Ich ritt hinauf, stieg ab, befreite das Pferd von den Fallen und dem Sattel und überließ es ihm, sich nun Futter zu suchen. Ich kannte das Tier genau und wußte, daß es sich nicht weit entfernen würde.«

»Und in der Hütte? War jemand drin?« fragte Frank.

---

* Dickschwänze: Biber (KM).

»Ja«, nickte Jemmy, verdächtig lächelnd.

»Wer, wer?«

»Als ich hineintrat, saß – denkt Euch mein Erstaunen – der Kaiser von China drin und aß Kürbisbrei mit marinierten Heringen!«

Alle lachten, aber Hobble-Frank rief zornig: »Gilt das etwa schon wieder mir?«

»Nein«, antwortete Jemmy ernsthaft.

»So lassen Sie Ihren Kaiser in Pöckling, wo er hingehört.«

»In Peking, wollen Sie sagen. Um der Wahrheit die Ehre zu geben, muß ich gestehen, daß die Hütte leer war, nämlich leer von Geräten und Menschen. Bei näherer Betrachtung aber stieß ich auf Zeichen, die auf die Anwesenheit von Schlangen schließen ließen. Es gab da allerlei Löcher im Boden und in der Rasenwand. Zwar fürchte ich die Klapperschlange nicht besonders, sie ist bei weitem nicht so gefährlich, wie man meint und schreibt, denn sie flieht den Menschen, auch war es ja noch die Zeit des Winterschlafes. Aber es war heute überhaupt nicht kalt, und die von meinem Feuer ausgehende Wärme konnte sehr leicht eins oder einige dieser Tiere aus den Löchern locken, und da eine solche Gesellschaft auf keinen Fall eine angenehme ist, so beschloß ich, außerhalb der Hütte zu bleiben. Es gab angetriebenes Holz genug für ein tüchtiges Feuer, und als ich gehörig nachgelegt hatte, wickelte ich mich in meine Decke und sagte zu mir: ›Gute Nacht, Jemmy!‹«

»Ah, jetzt kommt's!« meinte Frank, indem er sich erwartungsvoll die Hände rieb.

»Ja, es wird bald kommen, nämlich das Wasser. Ich schlief

nicht gleich ein. Der Wind war stärker geworden und blies verdächtig hohl; er trieb mir das Feuer auseinander; ich konnte nichts dagegen tun und gab mir also keine Mühe, es zu erhalten. Es war bald erloschen, und ich schlief endlich ein. Wie lange ich geschlafen hatte, wußte ich nicht, als ich von einem eigenartigen Geräusch geweckt wurde. Der Wind war zum Sturm geworden; er pfiff und stöhnte in allen Tonarten, und wenn er einmal eine Sekunde lang aussetzte, hörte ich ein dumpfes Rauschen, Brausen und Gurgeln, welches nicht in den Lüften war, sondern um meine Insel erklang. Ich erschrak, sprang auf und ging zum Rand meines Eilandes. Es war vollständig vom Wasser umgeben, aus welchem es kaum noch eine Elle hoch emporragte. Der Fluß war plötzlich gestiegen. Der Himmel war unbewölkt, und beim Schein der Sterne sah ich die Fluten mit reißender Schnelligkeit vorüberschießen. Ich war von ihnen eingeschlossen.«

»Also der reene Campe!« sagte Frank.

»Campe?« fragte Jemmy erstaunt. »Wer ist das?«

»Das wissen Sie nich? Schämen Sie sich! Campe* war ja derjenige Berühmte, welcher off eener Insel strandete und sich nachher alles selbst erfinden mußte. Sodann kamen een paar Eingeborene dazu, die er Montag, Dienstag, Mittwoch und Freitag nannte. Haben Sie das schöne Buch denn nich gelesen?«

»Ja, das habe ich freilich gelesen«, antwortete Jemmy unter

* Campe: Johann Heinrich Campe (1746–1818), Autor einer seinerzeit weit verbreiteten Robinson-Bearbeitung für Jugendliche.

allgemeiner Heiterkeit. »Jetzt weiß ich, was Sie meinen, nämlich den Robinson.«

»Robinson? Hm, ja, der war ooch dabei.«

»Natürlich war er auch dabei, er, die Hauptperson!«

»Hauptperson? Hören Sie mal, da irren Sie sich wieder. Die Hauptperson war Campe.«

»Nun, ich will nicht streiten. Strenggenommen ist Campe ja auch eine Hauptperson bei diesem Roman, denn er hat ihn geschrieben.«

»Ja, und wenn er nich mit off der Insel gewest wäre, so hätte er ihn eben nich schreiben können.«

»Gut, aber von einem Montag, Dienstag und Mittwoch habe ich nichts gelesen.«

»Das liegt eben nur wieder an der epidemischen Flüchtigkeit, mit der Sie alles machen. Wie es mir scheint, haben Sie grad die besten Stellen des Buches überblättert. Campe wird doch nich grad die drei allererschten Wochentage ausgelassen haben. So eene chronologische Zeitverschwendung ist dem braven Mann gar nich zuzutrauen. Bei so eenem dreifachen Wochentagsfehler hätte er gar keenen Verleger für das Buch gefunden. Aber fahren Sie nun fort. Wie haben Sie denn damals den Campe weitergespielt?«

»Mit Ergebenheit. Ich konnte meine Lage doch zunächst nicht ändern. Fürs erste hatte ich nichts zu befürchten, meine Insel war höher als die Ufer; überschwemmt konnte sie also nicht werden. Erst beim Anbruch des Morgens war es möglich, die Situation zu überblicken. Bis dahin mußte ich mich gedulden. Natürlich aber versetzte mich der Gedanke an mein Pferd in nicht geringe Sorge. War es vom Wasser überrascht worden, so lebte es nicht mehr, und dann war ich vielleicht verloren. Ihr alle wißt ja, was in einer solchen Lage der Verlust des Pferdes für den Westmann zu bedeuten hat. Ich fand in dem Gedanken an den Instinkt des Tieres einigermaßen Beruhigung und kehrte langsam zu meinem Lager zurück. Dabei war es mir, als hätte ich etwas wie eine Gestalt bemerkt, welche bei meinem Nahen im Inneren der Hütte verschwand. Ich beachtete es nicht und legte mich wieder nieder.«

»Jetzt endlich ist der Bär glücklich angekommen!« fuhr Hobble-Frank dazwischen, »er wird wohl mehrstenteels ooch vom Wasser überrascht worden sein. Wenn er nur Ruhe hält! Am besten ist's, er bleibt schtille in der Hütte liegen; denn wenn er off die Idee kommen sollte, eene Promenade zu machen, so kann's sehr leicht eene ekliche Schlacht bei Leipzig für Sie werden.«

»Glücklicherweise hat er Ruhe gehalten«, setzte Jemmy seine Erzählung fort, »schlafen konnte ich natürlich nun nicht mehr. Ich lag still und glaubte, in den Pausen, während welcher der Wind Atem holte, ein schnaufendes Röcheln zu hören. Kam es aus der Hütte? Hatte ich vorhin recht gesehen? Was für ein Tier war es? Ich hielt es für das beste, mich möglichst weit zu entfernen, nahm die Büchse in die eine und die Decke in die andere Hand und kroch leise zum entgegengesetzten Ende der Insel, wo ich mich so niederlegte, daß ich die Hütte im Auge hatte. Ihr könnt euch denken, daß die Zeit bis zum Tagesanbruch mir wie eine Ewigkeit erschien. Endlich aber wurde es im Osten licht und lichter. Ich konnte erst die Insel, dann die Wasserfläche des Stromes und nachher die Ufer deutlich überblicken. Da bemerkte ich denn zweierlei, etwas sehr Angenehmes, nämlich, mein Pferd weidete drüben am Ufer, von dem ich herübergekommen war, und etwas weniger Erfreuliches – in der Hütte lag ein Bär, mit dem Hinterkörper am Eingang, mit dem Kopf nach innen, so daß er mich nicht sehen konnte. Wie gut, daß ich, als er aus dem Wasser auf die Insel gestiegen war, mich am entfernten Inselstrand befunden hatte! Hätte er mich an der Lagerstelle überrascht, so säß ich jetzt wohl nicht hier, um unserem Hobble-Frank dieses Abenteuer zu erzählen.«

»Ja«, antwortete der Genannte, »höchstens spukte Ihr abgeschiedener Geist als Gespenst in der Savanne herum, zur Strafe dafür, daß das Gymnasium bei Ihnen nichts gefruchtet hat. Wie haben Sie sich denn nun gegen den Bären benommen?«

»Sehr artig. Ich habe erst nach meiner Büchse gesehen, ob die Ladung in Ordnung war, und mich ihm dann höflich vorgestellt. Ich ging leise bis nahe an die Hütte und rief ihn mit einem ›Huzza‹ an. Der Kerl hatte wirklich geschlafen. Er war wohl sehr ermüdet gewesen. Wer weiß, wie lange er, vom Strom fortgerissen, mit demselben gekämpft hatte. Als er meine Stimme hörte, drehte er sich zu mir um. Mich erblickend, richtete er sich im Inneren der Hütte auf und erhielt zwei Kugeln von mir. Es war keine Heldentat, das Tier zu erlegen. Bob hätte das auch gekonnt.«

Bob, der Neger, saß nämlich bei der Gruppe. Er hatte seinem Herrn so oft deutsch sprechen gehört, daß, wenn er auch nicht die einzelnen Worte verstand, er doch dem Sinn folgen konnte. »Oh, oh«, sagte er, »Massa Bob sein ein sehr gut Westmann! Massa Bob sein tapfer. Er sich nicht fürchten vor Bär. Wenn Massa Bob wieder ein Vieh sehen, dann er es gleich fangen mit Händen!«

»Schön!« nickte Jemmy. »Also das erste Tier, welches du siehst, fängst du mit den Händen.«

»Yes, yes, Massa.«

»Auch wenn es ein Bär ist?«

»Grad dann erst recht, wenn es ein Bär sein. Massa Bob ihm drehen den Kopf auf den Rücken.«

Er streckte die langen Arme aus, spreizte die Finger auseinander, rollte die Augen und zeigte die Zähne, um es anschaulich zu machen, wie er sich auf das Tier stürzen werde. Es sah aus, als ob er es mit Haut und Haar verschlingen wolle.

»Vielleicht ist's dann ein wirkliches Opossum, was ihm wohl am allerliebsten sein würde«, bemerkte Old Shatterhand.

»Nun aber sagen Sie, Master Jemmy, auf welche Weise Sie hinüber an das Ufer gelangt sind?« fragte Frank.

»Auf die allereinfachste Weise: Ich bin hinübergelaufen. Bekanntlich verlaufen sich dergleichen Schnellfluten fast ebenso rasch, wie sie gekommen sind. Das Wasser begann, da es kälter wurde, bereits am Nachmittag wieder zu sinken. Ich mußte zwar noch eine Nacht auf der Insel zubringen; aber am anderen Vormittag ging es mir nur noch bis an die Hüften. Ich watete durch und holte mein Pferd herüber, um es wieder mit den Fallen und nun auch mit den Tatzen und dem Fell des Bären zu beladen. Das war freilich eine Last, die mich zwang, nebenher zu laufen. Das dauerte aber nicht lange, denn kurz vor dem Einfluß des Medizin-Bow-River in den Platte fand ich eine so zahlreiche Biberkolonie, daß ich zu längerem Aufenthalt genötigt war und eine ansehnliche Zahl Felle machte, die ich bis auf weiteres cachierte*. Sodann konnte ich ledig weiter reiten. – Das war mein Abenteuer. und wenn es nun unserem Mister Hobble-Frank gefällig ist, kann er das Seinige erzählen. Hoffentlich ist er ebenso glücklich davongekommen wie ich.«

»Das versteht sich ganz von selber!« antwortete Hobble-Frank. »Und zwar habe ich ganz alleene gesiegt, ohne alle Hilfe. Keen Mensch war dabei, nich mal een Hund. Eegentlich sollte man, wenn man sich in der Nähe eenes Bären befindet, stets eenen Hund bei sich haben, der den ersten Anstoß auszuhalten hat. Aber leider werden in Amerika keene solchen Bärenbeißer offgezogen. Ich hab in Moritzburg eenen solchen Kerl gesehen, den sich der Förschter aus Siebenbürgen, wo es viele Bären gibt, hatte kommen lassen. Der Hund war selber beinahe so groß wie een Bär; aber weil's in Moritzburg leider keene Bären gibt, so war es natürlich unmöglich, ihn mal off eenen loszulassen. Ich hab erfahren, daß diese Bärenbeißer off gar keen anderes Wild gehen; off Bären aber soll schon ihre Witterung eene gradezu erstaunliche sein. Sogar off alten Fährten und nach Regenwetter sollen sie untrüglich sein.«

»Pah! das bezweifle ich!« sagte der lange Davy.

»Was? Wollen Sie mich etwa zum Lügner stempeln? Da können Sie mit mir sehr leicht in eenen Konflikt geraten, bei

---

* Cachieren: In einer Erdgrube verstecken (KM).

dem Ihnen die Haare zu Berge stehen werden. Ich dulde so was eemal nich!«

»Auf einer alten, noch dazu vom Regen ausgewaschenen Spur! Hm!«

Davy schüttelte den Kopf. Sein Freund, der dicke Jemmy, warf ihm einen bezeichnenden Blick zu und sagte: »Sei still, Davy; du hast unrecht. Die siebenbürgischen Bärenbeißer haben allerdings eine Nase, deren Leistungen ins Unglaubliche gehen. Ich habe, als ich noch Schüler war, so einen Hund kennengelernt und könnte ein Beispiel erzählen, welches deinen Unglauben sofort kurieren würde.«

»Wirklich?« fragte Frank erfreut. »Es freut mich sehr, daß Sie mich in Ihren Schutz einschließen. Ich erkenne daran, daß Sie eegentlich und heemlich doch een guter Freund von mir sind. Darum soll Ihnen alles vergeben sein, wenn Sie mir den Gefallen tun, das Beispiel sogleich zu erzählen.«

»Sehr gern, mein lieber Frank. Ich war bei einem Freund, dessen Vater Rittergutsbesitzer war und ein bedeutendes Jagdrevier besaß, auf Besuch. Der Herr hatte einen siebenbürgischen Bärenbeißer geschenkt erhalten, konnte ihn aber nicht auf die Probe stellen, weil es keine Bären gab. Der Hund gewöhnte sich schnell an mich und begleitete mich auf all meinen Spaziergängen. Eines schönen Tages schlenderte ich mit ihm durch das Dorf. Da blieb er vor der Tür eines Bauernhauses halten und gab Laut. Ich konnte mir die Sache nicht erklären; aber weil er nicht von der Tür wegzubringen war, so öffnete ich dieselbe. Sofort sprang er mit einem weiten Satz zur Stubentür und gab wieder Laut. Ich machte auch diese auf – er hinein und ich hinterher.

Wer glauben Sie wohl, lieber Frank, daß sich in der Stube befunden hat?«

»Natürlich een Bär.«

»Es gab ja keine dort!«

»So war's vielleicht eener, der eenem rumziehenden Bärenführer entsprungen ist.«

»Auch nicht.«

»Nun, wer war denn dann anwesend?«

»Nur die alte Großmutter, die auf dem Kanapee saß und Strümpfe stopfte. Sie erschrak natürlich außerordentlich über den hereinstürzenden Hund und ...«

»Alle Wetter! Er hat sie doch nich etwa gebissen? Oder hat er ooch Strümpfe mit stopfen wollen?«

»Keins von beiden. Er achtete gar nicht auf die Frau, sondern sprang sofort auf den Tisch, welcher in einer Ecke der Stube stand.«

»Off den Tisch? So een großer Hund! Was hat er denn da gewollt?«

»Das fragte ich mich auch. Nachdem ich mich bei der Frau höflich entschuldigt hatte, trat ich zum Tisch, und nun raten Sie, was der Hund da oben gesucht hatte?«

»Irgendeen Viehzeug natürlich.«

»Ja und doch auch nein.«

»Was denn für eens?«

»Einen Bären.«

»Was der Kuckuck! Sie sagten doch vorhin das direkte gerade Gegenteel von Ihrer jetzigen Behauptung!«

»Ich habe beide Male recht. Nämlich auf dem Tisch lag ein altes Buch, welches der Hund mit der einen Pfote festhielt, während er mit der Zunge ein Blatt nach dem anderen umwendete oder vielmehr umleckte, bis er die betreffende Seite gefunden hatte. Dann fing er an zu knurren und zu heulen und biß immer vor sich hin, als ob er ein Raubtier unter sich habe. Es war ein Heidenskandal.«

»Aber ich begreife die Sache gar nich. Een Bärenbeißer off dem Tisch mit eenem Buche! Das ist mir die vollständigste terra in Cognaco.«

»Incognito heißt es!«

»Cognac heeßt's! Der gibt den besten Grog. Und wenn Sie dieses Getränk noch nich kennen, so haben Sie eben noch gar nich menschenwürdig gelebt. Also weiter! Was war's denn für een Buch?«

»Ich sah natürlich nach. Es war ein altes Abc-Buch aus der Zeit vor fünfzig, sechzig Jahren, mit kleinen Bildern, unter welchen darauf bezügliche Verse zu lesen waren. Und ganz erstaunlicherweise hatte der Hund die Seite aufgeschlagen, auf der ein Bienenstock und ein Bär abgebildet waren. Darunter stand der schöne Reim: ›Gar grimmig ist der wilde Bär, wenn er vom Honigbaum kommt her‹. Ich war natürlich ganz Verwunderung. Der Hund hatte draußen auf der Straße gerochen, daß hier auf dem Tisch die Abbildung eines Raubwildes, auf das er abgerichtet war, liege, und es für seine Pflicht gehalten, mich darauf aufmerksam zu machen. Natürlich erzählte ich das Vorkommnis, als ich auf das Gut zurückgekehrt war, und der Herr war nicht wenig stolz darauf, einen solchen Hund zu besitzen. Ihr erkennt also, Mesch'schurs, daß unser Hobble-Frank ganz recht gehabt hat, als er vorhin behauptete, daß die Bärenbeißer fast

Unglaubliches leisten. Die Geschichte sprach sich natürlich schnell weiter. Sie wurde in verschiedenen Jagdzeitungen abgedruckt, und das betreffende ABC-Buch wurde von einem berühmten Kynologen, wie man die Experten für Hundezucht nennt, für fünfzig Taler gekauft und ging zu immer höherem Preis von Hand zu Hand, bis es schließlich für dreitausend Franken in den Besitz der Pariser Akademie der Künste und Wissenschaften überging. Und da unser Frank vermöge seiner hochgradigen Gelehrsamkeit ganz sicher baldigst ersucht werden wird, dieser Akademie als Mitglied beizutreten, so hat er denn die beste Gelegenheit, in dem berühmt gewordenen Büchlein nachzuschlagen, um sich den Bären zu betrachten, den ich mir damals von dem Hund habe aufbinden lassen. Jetzt nun bin ich ihn glücklich wieder losgeworden. Thank you, Master Frank! Ihr habt ihn mir abgenommen.«

Er machte eine ironische Verbeugung zu dem kleinen Sachsen hin. Die Anwesenden brachen in ein lautes Gelächter aus. Hobble-Frank machte zunächst ein ganz verblüfftes Gesicht; dann aber, als er erkannte, daß Jemmy die Geschichte nur erfunden habe, um ihn zu foppen, brach er los: »Was, ich soll Ihren Bären nun haben? Erlooben Sie es diesem dummen Gedanken ja nich etwa, sich in Ihr obskures Begriffsvermögen festzusetzen! Ehe Sie im Stande sind, mir nur eenen eenzigen Bären offzuhängen, hab ich mir selber schon mehr als fuffzig offgebunden. In Beziehung off das aktiv-passive Anlügenlassen bin ich Ihnen weit über. Sie sind ja der reene Münchmeier, und wenn ...«

»Münchhausen heißt es«, fiel Jemmy ein.

»Wollen Sie gleich off der Stelle stille sein, Sie dicker Loobfrosch, Sie! Een Münch, der andere bemeiert, kann eben nur Münchmeier heeßen. Wenn dieser Lügenkönig seit eeniger Zeit zuweilen Münchhausen genannt worden ist, so ist das die mißverstandene Folge eener idealen Begriffsverwechslung im materialen Zusammenhang mit seinem Geburts- und Heimatsort. Nämlich nach dem Impfschein, welcher von ihm noch vorhanden ist, wurde er zur Zeit des starken Augusts im Städtchen Mühlhausen, Kreisdirektion Sonderhausen, Regierungsbezirk Schaffhausen geboren, drei Orte, die mit ›hausen‹, endigen, weil dort die mehrschte Hausenblase verschifft wird. Bei so vielmal ›hausen‹ ist es gar keen Wunder, daß man diese Endung auf Versehen an das ›Münch‹ gehängt hat. Unsereener aber ist nich so leicht zu täuschen. Meine historisch weltgeschichtlichen Studien befähigen mich, solche Spreu vom guten Weizen auszuscheiden, und darum habe ich ooch, noch ehe Sie Ihre Geschichte angefangen hatten, sofort mit meinem angenehmen Scharfblick erkannt, daß es off eene großartige Lüge und Münchmeierei abgesehen war. Ich hab Sie aber reden lassen, weil ich von jeher een eifriger Bewunderer des parlamentarischen Taktes gewest bin. Ich hab mich großmütig in meine Überlegenheet gehüllt und von oben herunter bemerkt, wie Sie mich von unten herauf angelogen haben. Jetzt aber geb ich meiner Langmut den allerletzten Gnadenstoß und fordere Sie allen Ernstes off: Geben Sie in Zukunft dem Kaiser, was des Kaisers ist, und dem Frank, was dem Frank gehört, nämlich Anerkennung seiner Standeswürde und ergebene Berücksichtigung seiner Persönlichkeet. Nur off diese Weise ist een ferneres Zusammenbleiben zwischen uns beeden möglich, und ich verlange jetzt off der Stelle von Ihnen vor diesen erwachsenen Zeugen die öffentliche und aktenmäßige Erklärung, ob Sie von jetzt an mich mit Achtung behandeln wollen oder nich. Ich bin das meiner verflossenen Vergangenheit und meiner noch zu erwartenden Zukunft schuldig. Also, wie wird's, und wie soll's werden? Reschpekt oder nich?«

Zunächst war es tief still im Kreis. Die sonderbare Rede des kleinen Mannes wirkte um so mehr auf die Lachmuskeln seiner Zuhörer, als sie mit einem ungeheuren Ernst vorgebracht worden war. Die Augen leuchteten voller Lust; die Lungen atmeten voll auf, um loszubrechen, aber man biß die Zähne zusammen, um den fast unüberwindlichen Reiz zum Lachen zu besiegen. Old Shatterhand war der erste, der sich einigermaßen in der Gewalt hatte. Er sagte in tiefernstem Ton: »Aber, lieber Frank, der Scherz war doch wohl ziemlich harmlos und auch gar nicht auf Sie allein abgesehen. Wir anderen sind ebenso Zuhörer gewesen wie Sie und haben uns nicht beleidigt gefühlt, sondern die Erzählung als das genommen, was sie war – eine Anekdote, welche uns erheitern sollte. Ihr bekanntes Gerechtigkeitsgefühl wird Ihnen sagen, daß wir von Ihnen ganz unschuldigerweise um diese Heiterkeit gebracht worden sind.«

Der eindringliche Ton, in dem diese Worte gesprochen wurden, verfehlte seine Wirkung nicht. Frank hatte ein weiches Gemüt: Es tat ihm weh, vielleicht zu weit gegangen zu sein. Er antwortete: »Wenn Sie diese Angelegenheit in dieser Weise darstellen, so bekommt die Sache freilich eene ganz andere Wendung. Ich habe Sie keineswegs in Ihrem Vergnügen schtören wollen. Aber Sie werden mir ooch zugeben, daß ich ooch Anspruch off meine anthropologischen Menschenrechte erheben darf.«

»Ganz richtig, aber wir gestehen Ihnen diese Rechte ja ganz gern zu.«

»So? Warum reibt sich da der Dicke schtets an mir?«

»Denken Sie einmal nach, ob Sie ihm nicht vielleicht die Veranlassung dazu geben. Lassen Sie ihn nicht immer Ihre Überlegenheit fühlen?«

»Hm! Sie geben also zu, daß ich ihm wirklich mehrstenteels überlegen bin?«

»Wenn ich Ihre eigene Ansicht für die richtige halten soll, so muß ich das zugeben.«

»Schön! Das genügt mir vollständig. Und da will ich denn voller Einsichtigkeet off die verlangte öffentliche Ehrenerklärung Verzicht leisten. Es soll mir niemand nachsagen, daß ich een Störer des allgemeinen Völkerfriedens sei. Hier, Dicker, ist meine Hand! Schlagen Sie ein! Wir wollen in trauter Eenigkeet die Pfade unseres Lebens wandeln. Ich rufe Ihnen mit Schillern zu: Soyongs, Anis, Emma!«

Leider brach bei diesen letzten Worten das lang verhaltene Gelächter kräftig los. Der Kleine sah sich erstaunt im Kreise um.

»Was gibt's denn schon wieder?« fragte er.

»Einen Fehler, den Sie gemacht haben, oder vielmehr mehrere Fehler«, antwortete Jemmy.

»So? Welche denn?«

»Diese Worte sind nicht von Schiller, sondern von dem

französischen Dichter Corneille, und heißen Soyons amis, Cinna! Es ist also weder von Anis noch von einer Emma* die Rede.«

»Ah? Meenen Sie wirklich? Ich biete Ihnen meine Hand zum großen Versöhnungsfest, und zum Dank dafür wollen Sie mich abermals korrigieren? Da kann ooch die beste Wasserleitung platzen. Wenn meine Friedfertigkeit in so solenner Weise abgewiesen wird, so mag es bei der Feindschaft bleiben, und ich werde ...«

»Oh bitte!« fiel Old Shatterhand vermittelnd ein. »Dieses Mal haben Sie sich wirklich geirrt, mein bester Frank. Ich muß Master Jemmy beistimmen, und ich hoffe, daß Sie mir ein gerechtes, unparteiisches Urteil zutrauen!«

»Ja, wenn Sie es sagen, so ergebe ich mich der Übermacht. Sie sind eene authentische Zehlabrität, vor der ich mich gerne beugen will. Selbst een Fürst und König kann sich irren, und für ganz und gar unfehlbar will ich mich denn doch nich halten. Also hier abermals die Hand, Jemmy. Et in terra pax, Friede sei off der ganzen Erde! Ist es so richtig?«

»Ja, vollständig!« antwortete der Dicke, indem er in die dargebotene Hand einschlug.

»Schön! Das genügt mir. Sie erkennen mich an, und da soll alles vergeben und vergessen sein.«

---

* Emma: Vorname von Karl Mays erster Frau.

Der Brand des Öltals

Zounds, merkt Ihr nicht auch das Parfüm, Sir, das meine Nase belästigt, als hätte mich ein drei Ellen langer Skunk angespritzt? Das ist nicht Truthahn-, Bussard-, auch nicht Boudinsgeruch*, Kammas-Odeur** noch weniger. Ich weiß wahrhaftig nicht, was ich aus diesem Veilchenduft machen soll. Ist er vielleicht Euch bekannt?«

Der diese Worte sprach, war Sam Hawkens, mein Begleiter, einer der verwittertsten Trapper zwischen dem Mississippi und dem Stillen Ozean. Ich wußte, daß er den Geruch, der seit einiger Zeit die Luft schwängerte, gut kannte und mich mit seiner Frage nur einer kleinen Prüfung unterwerfen wollte.

»Möglich, Sam, daß es mir bekannt ist, habe aber als Greenhorn keine Lust, so einen alten Woodsman zu belehren, wie du es bist. Mach die Nase ein wenig besser auf, sie ist ja groß und derb genug für diese unvergleichliche Atmosphäre!«

---

* Boudinsgeruch: Boudins sind Würste, die von Trappern in der Wüste gemacht wurden.

** Kammas-Odeur: Kammas sind zwiebelähnliche Wurzeln, die Indianer gesammelt haben.

»Habt recht, Sir«, antwortete er, indem er seinen fabelhaften Riecher mit beiden Händen erfaßte und zärtlich liebkoste. »Die Nase, die dem Sohn meiner Mutter in das Gesicht gewachsen ist, hat wirklich etwas Imponierendes. Aber ich muß Euch offen gestehen, daß ich mich hier in dieser Himmelsgegend noch gar nicht recht auskenne. Der Ölgeruch ist da, aber ich sehe Prärie, nichts als Prärie. Die muß doch bald ein Ende haben, wenn das Petroleum zu seinem Recht kommen soll.«

Er richtete seine Gestalt auf dem Rücken der kamelartigen Stute, die er ritt, so hoch wie möglich empor und suchte mit den kleinen, klug blickenden Äuglein die vor uns liegende Gegend sorgfältig ab.

»Der Teufel hole Euren Young-Kanawha, oder wie Ihr den Fluß nennt, zu dem Ihr wollt, ich sehe keine Spur davon!«

»Ist von hier aus auch nicht gut möglich, Sam Hawkens! Der Fluß wird wohl einen Bluff* durchlaufen, und ich wette meinen Hengst Arrow gegen deine Stute Mary, wir halten vor dem Tal, ehe wir es uns versehen.«

»Das wäre sehr zu wünschen, denn ein wenig Wasser würde uns und auch den Pferden wohltun. Aber geht mir mit Eurer Wette! Euer Arrow ist das beste Pferd, welches jemals einen echten und rechten Westmann getragen hat, das muß man sagen, doch meine Mary hat auch ihre fünfundzwanzig Eigenschaften. Die Haare sind ihr zwar abhanden gekommen, und an der Gestalt des braven Tieres wäre vielleicht auch noch dieses oder jenes auszusetzen, aber sie

---

* Bluff: Felseinschnitt.

hat mich nun fast an die zwanzig Winter ehrlich getragen, und es ist außer Eurem Mustang wohl kaum ein Tier zu finden, das trotz dieses Alters die Beine so zu werfen versteht wie sie. Ich gäbe sie nicht hin für alle Biberfelle und Indianerhäute, die ich von den Bälgen gezogen habe!«

Er klopfte zärtlich den langen, dürren Hals seiner Rosinante und sank dann in jene unbeschreibliche Haltung zurück, welche er auf ihrem scharfen Rücken einzunehmen pflegte. Ich kannte das alte, zuweilen recht störrische, sonst aber wirklich ausgezeichnete Tier und mußte darum seine Anhänglichkeit billigen. Wer da weiß, welchen Wert ein Pferd für einen Präriejäger hat, der wundert sich nicht über die ungewöhnliche Zuneigung, die beide für einander zu besitzen pflegen.

In kurzem Trab ging es weiter, und bald zeigte es sich, daß meine Vermutung richtig gewesen war. Wir hielten vor einer jener Schluchten, die das sonst vollständig ebene Terrain rinnenförmig durchschneiden, meist irgendeinem Flüßchen als Bett dienen und »Bluffs« genannt werden. Das vor uns liegende, scharf und steil in die Tiefe fallende Tal bildete eine schmale Pfanne, die der tiefe, schwarzwellige Young-Kanawha durchströmte, um sich unten zwischen nahe zusammentretenden Felsenmassen rauschend und schäumend einen gefährlichen Ausweg zu suchen. Die ganze Sohle der Senkung war mit Anlagen, wie sie die Petroleumgewinnung erfordert, bedeckt. Oben, ganz nahe am Wasser, sah ich einen Erdbohrer in voller Tätigkeit, am mittleren Lauf stand ein Stück vor den eigentlichen Fabrikräumlichkeiten ein trotz des provisorischen Charakters ganz stattliches Wohngebäude, und wo das Auge nur hinblickte, waren Dauben, Böden, Reifen und fertige Fässer, teils leer, meist aber mit dem vielbegehrten Brennstoff gefüllt, zu sehen.

»High-day, Sir«, meinte Sam, »da ist ja alles, was wir uns nur wünschen können! Ist das nicht ein Store, der dort am Fluß steht?«

»Jedenfalls ist es so ein Ding: Laden, Restauration, Destillation, Herberge und alles sonst noch Mögliche gleich beisammen. Steig ab, Sam. Wollen wir nicht den Hals riskieren, so müssen wir diesen steilen Weg zu Fuß zurücklegen!«

»Meine es auch, Sir! Der Hals ist zuweilen das Beste, wofür der Sohn meiner Mutter zu sorgen hat.«

Er folgte meinem Beispiel und stieg vom Pferd. Erst jetzt war die Gestalt des Mannes, dem ein Unbekannter wohl kaum den kühnen Rifleman* angesehen hätte, in der rechten Weise zu erkennen. Unter der wehmütig herabhängenden Krempe eines Filzhutes, dessen Alter, Farbe und Fasson selbst dem schärfsten Denker einiges Kopfzerbrechen verursacht hätten, blickte zwischen einem echten Wald von verworrenen schwarzgrauen Barthaaren die riesige Nase hervor, die jeder beliebigen Sonnenuhr als Schattenwerfer hätte dienen können. Infolge des gewaltigen Bartwuchses waren außer diesem so verschwenderisch ausgestatteten Riechorgan von den übrigen Gesichtsteilen nur die zwei Äuglein zu bemerken, die eine außerordentliche Beweglichkeit zeigten und unter dem Ausdruck schalkhafter List unruhig hin und her

* Rifleman: Schütze.

blitzten. Der kleine Körper stak in einem alten ledernen Jagdrock, der augenscheinlich für eine bedeutend stärkere Person angefertigt war und dem ehrlichen Hawkens ganz das Aussehen eines Kindes gab, das sich zum Vergnügen einmal in den Schlafrock des Großvaters gesteckt hat. Aus dieser Umhüllung guckten zwei dürre, sichelkrumme Beine hervor; die ausgefransten Leggins, mit denen sie bekleidet waren, hatte das Männchen sicher schon vor zwanzig Jahren ausgewachsen und gestatteten einen Blick auf ein Paar Indianerstiefel, in denen zur Not der ganze Besitzer während eines Regengusses hätte Platz und Schutz finden können.

Wie er, seine Mary am Zügel führend, langsam und vorsichtig vor mir so den schmalen Schluchtpfad hinabstieg, glich er mehr einer Karikatur als dem, was er wirklich war; ich aber wußte, daß es wohl selten einen Trapper oder Jäger gab, vor dem mein kleiner Sam die Augen niedergeschlagen hätte. Unten im Tal angekommen, bestieg er das Pferd wieder und deutete in Richtung Store: »Vorwärts, Sir! Ich habe einen Hunger, daß ich gleich einen Büffel verschlingen möchte, und der Durst ist nicht minder groß. Wem gehört denn eigentlich dieses Ölfeld hier?«

»Dem reichen Josias Alberts, wenn ich nicht irre. Er kam vom Oil-Creek im Venango-County hierher und wird zu den ersten Ölprinzen der Union gezählt. Vielleicht bekommen wir ihn zu sehen!«

»Sehne mich nicht nach ihm! Ein saftiges Stück Büffellende ist dem Sohn meiner Mutter jetzt lieber als zehn solcher Geldsäcke, die in ihrer Ölbrühe immer mager bleiben.«

Nach wenigen Augenblicken hielten wir vor dem kleinen

Haus, an dessen Läden mit Kreide die Worte »Store and Boardinghouse« geschrieben waren. Noch waren wir nicht abgestiegen, so traten einige Männer aus der Tür, von denen einer sofort als Wirt und Ire zu erkennen war. Seine versoffenen Gesichtszüge ließen vermuten, daß er gewohnt war, den Inhalt seiner Flaschen regelmäßig einer fleißigen Probe zu unterwerfen.

»Good day«, grüßte Hawkens. »Seid Ihr der Landlord hier in diesem Palais, Mann?«

»Denke es!« nickte der Gefragte.

»Habt Ihr vielleicht ein weniges, was ein Hungriger zwischen die Zähne nehmen kann, und einen Schluck, um es glücklich hinabzuspülen?«

»Denke es!« lautete die Wiederholung.

»So setzt Eure Beine auseinander, sonst falle ich verschmachtend über den Haufen!«

»Hm, der Haufen scheint nicht übermäßig groß zu sein!« antwortete der Wirt, uns mit einem halb geringschätzigen, halb mißtrauischen Blick musternd. »Habt Ihr denn auch eine Zahlung bei der Hand?«

»Das ist nicht deine, sondern unsere Sache! Oder hältst du uns etwa für armselige Yambaricos?« fragte Hawkens mit blitzenden Augen; er meinte damit die »Wurzelgräber«, einen Stamm der Comanchen.

»Hoho, Männchen, tu nicht so wichtig hier«, nahm ein anderer von den Männern das Wort, der in meine Nähe getreten war und mit Kennermiene meinen Arrow betrachtet hatte. »Hier ist nicht Savannenland, und wer die Höflichkeit vergißt, dem wird sie einfach einstudiert!«

Hawkens drehte sich herum und maß den Sprecher mit einem seiner unvergleichlichen Blicke. »Lack-a-day! Da seid wohl auch Ihr wegen dieses Studiums hier?«

»Mensch, nimm deine Zunge in acht, sonst kostet sie dich ein blaues Leder!«

»Tut nichts, Mann! Mein Leder hat schon öfter Blau gesehen. Aber sag mir doch einmal, wie dein Name lautet, du großer Riese du?«

»Den kann ein jeder hören. Er lautet Josias Alberts, und wer ihn kennt, der hat Respekt vor ihm.«

»So, da sind wir ja von ganz gleichem Holz: Ich bin Sam Hawkens, und wer mich kennt, der hat Respekt vor mir. Nur meine ich doch, daß es einen kleinen Unterschied gibt: Öl kann ein jeder finden, der mit der Nase hineinfällt. Die meinige wäre lang genug dazu, ich mag sie aber dennoch nicht in deine Soße stecken. Mach dich von dannen, Master Petroleum, und bekümmer dich nicht um Dinge, die nur zwischen dem Wirt und mir abzumachen sind!«

Die blasse Yankeephysiognomie Alberts' wurde bei diesen Worten des furchtlosen Kleinen blutrot. Der Zorn reckte seine Gestalt in die Höhe, und mit geballten Fäusten trat er einige Schritte auf den Sprecher zu.

»Nehmt mir doch einmal den Zwerg von seinem Ziegenbock herunter!« gebot er den andern, die bei ihm standen. »Wir wollen ihm die Nase doch grad einmal mit Pittsöl einreiben.«

Die Umstehenden machten sofort Miene, dem Befehl Folge zu leisten, hatten sich aber in meinem Sam verrechnet. Einige Sätze seiner alten Mary, die vor Freude über den zu erwartenden Streit mit den langen Ohren wedelte und den haarlosen Schwanzstummel in die Höhe hob, brachten ihn in eine rückenfreie Stellung, und im Nu hatte er die Büchse aus dem Sattelriemen gezogen. Das rätselhafte Schießinstrument stammte jedenfalls noch von Anno Pocahontas her, und ich getraute mir nur mit der größten Vorsicht, es anzufassen, aber jeder Schuß, den Sam Hawkens aus dem rostigen Rohr tat, pflegte ein Meisterschuß zu sein. Er legte an.

»Stopp, ihr Leute, sonst bekommt ihr Löcher in die Haut! Hier ist allerdings nicht Savannenland, und es mögen drum im Tal eure Rechte gelten. Noch aber bin ich bei euch nicht abgestiegen und werde also nach den Präriegesetzen handeln: Wer mir auf weniger als zehn Schritte nahe kommt, der schmeckt die Kugel.«

Mein Begleiter war jedenfalls in seinem Recht, und zwei erfahrene Präriemänner brauchten sich vor einem Häuflein Ölarbeiter nicht eben sehr zu fürchten. Aber welchen Nutzen konnte uns ein Kampf bringen? Das monatelange Herumschweifen im Wilden Westen hatte uns hart mitgenommen, und unser Äußeres glich darum ganz demjenigen von Leuten, welche einen Store besuchen, ohne die Zeche bezahlen zu können. Ich drängte deshalb Arrow zwischen die Streitenden und versuchte, die Sache in Güte beizulegen: »Will ein Gentleman, wie Master Josias Alberts wirklich zwei müden Jägern, die ihm nichts zuleide taten, die Einkehr versagen? Bitte, ruft Eure Leute zurück, Sir! Wir sind gekommen, uns Munition zu kaufen und uns mit einigem Proviant zu versehen, und werden alles bis auf den Penny bezahlen!«

»Geht mich nichts an!« antwortete er mit einem lauernden Blick. »Der Kleine hat mich beleidigt und muß mir Buße tun. Doch will ich ausnahmsweise Nachsicht üben, wenn Ihr mir einen Wunsch erfüllt.«

»Welchen?« fragte ich, fast neugierig gemacht.

»Ich habe Euer Pferd schon von weitem gesehen und Gefallen an ihm gefunden. Verkauft es mir!«

»Dieser Wunsch bleibt Euch leider unerfüllt, das Tier ist mir nicht feil.«

»Ich gebe Euch hundertfünfzig Dollar.«

»Ich verkaufe es nicht.«

»Hundertfünfundsiebzig – Zweihundert!«

»Nicht für so viele Tausende! Es ist ein Geschenk und darum, wie gesagt, mir nicht feil.«

»Ich will es aber haben, und wenn Ihr es nicht verkauft, so wird es Euch belieben müssen, es mir zu schenken!«

»Good luck, Sir, klingt das sonderbar!« rief ich lachend. »Glaubt Ihr wirklich, einen Westmann zwingen zu können, sein Pferd, ohne das er verloren ist, zu verschenken!«

»Ich gebe Euch ein anderes dafür!«

»Behaltet, was Ihr habt. Mich gelüstet nicht im geringsten nach Euern Mauleseln!«

Jetzt war ich mir über sein Verhalten vollständig klar. Mein trefflicher Mustang, welcher allerdings seinesgleichen suchte, hatte ihm in die Augen gestochen, und er war schon bei unserem Nahen entschlossen gewesen, ihn auf jeden Fall in seinen Besitz zu bringen. Darum hatte er den Streit mit Sam vom Zaun gebrochen und hegte jetzt jedenfalls die Absicht, das Ansehen, das er genoß, zu dem angegebenen Zweck zu verwenden. Ein Ölprinz läßt sich – noch dazu im fernen Westen – nicht leicht einen Wunsch versagen. Das sollte ich jetzt auch sofort sehen.

»Mauleseln!« sagte Alberts. »Soll das eine Beleidigung sein?«

»Sind Eure Pferde so gentlemenlike, Sir, daß man sie beleidigen kann? Macht Euch von dannen, sage nun auch ich, wir haben mit Euch nichts zu schaffen!«

Und zu dem Wirt gewendet, fuhr ich fort: »Wir brauchen Pulver, Blei, Tabak ...«

»Halt«, fiel mir Alberts schnell in die Rede. »Gebt Euch keine Mühe, Ihr bekommt ohne meine Erlaubnis nichts von alledem, was Ihr wollt! Am Young-Kanawha bin allein nur ich der Herr. Steigt ab und geht mit mir. Wenn Ihr mit Euch handeln laßt, sollt Ihr auch mit mir zufrieden sein!«

»Macht Euch nicht lächerlich und geht Eurer Wege! – Landlord, bekommen wir, was wir brauchen? Ja oder nein!«

»Nein!« antwortete der Wirt ängstlich, als er sich von einem scharfen Blick Alberts bedroht sah.

»Gut! Du sollst deinen Willen haben und erfahren, was es heißt, einem Westmann die Lebensbedürfnisse, die er bezahlen will, zu versagen. Ein Store ist ein offenes Haus. Du weist uns zurück und hast also deinem Recht entsagt. Es wird verschlossen, bis wir erhalten, was wir wünschen!«

»Oho!« rief Alberts. »Ich möchte sehen, wie Ihr dies anfangen wollt!«

»Wird gleich zu sehen sein, Sir. Wir legen einfach den Block um das Haus!«

Ein Wink genügte für Sam Hawkens. Im nächsten Augenblick war er hinter dem Gebäude verschwunden, um den dortigen Ausgang zu bewachen. Ich nahm den Henrystutzen aus der Schleife und lockerte die beiden sechsläufigen Revolver. Der Ire erschrak, er mochte gehört haben, was es bedeutet, wenn ein zurückgewiesener Präriejäger den »Block um das Haus« legt.

»Das sollte Euch nicht wohl bekommen!« antwortete der Ölprinz.

»Wartet's ab, Sir! Jetzt aber hört, was ich Euch zu sagen habe: Wer sich dieser Tür nähert oder binnen zwei Minuten sich nicht bis auf hundert Schritte vom Hause entfernt hat, wird einfach weggeputzt. Nun tut, was Euch beliebt!«

Die Waffe in der einen Hand, zog ich mit der andern die Uhr hervor. Ich konnte diese drohende Haltung annehmen, da ich nur wenige Gegner vor mir hatte und keiner von ihnen mit Messer und Schießgewehr bewaffnet war. Der Erfolg war ganz, wie ich vorausgesehen hatte. Die Leute wußten, daß man, ohne zu laden, aus einem Henrystutzen fünfundzwanzig Schüsse abgeben kann, dazu kamen zwölf Revolverschüsse. Ich war also wenigstens in diesem Augenblick ein Mann, mit dem man es nicht aufzunehmen vermochte.

Kaum waren die zwei Minuten verstrichen, so befanden Sam und ich uns im alleinigen Besitz des Platzes. Wir wußten nicht, ob sich noch irgendwer im Haus befand. War dies der Fall, so konnten es nur Personen sein, die wir nicht zu fürchten brauchten, wie Weib und Kinder des Iren. Sie mußten auf alle Fälle Zeugen unserer feindseligen Verhandlung gewesen sein, ließen sich aber jetzt wohl vor Angst weder hören noch sehen. Natürlich hüteten wir uns, das Innere des Hauses zu betreten. Wir hätten uns damit einer gesetzwidrigen Handlung schuldig gemacht. Vielmehr begnügten wir uns mit der Beobachtung dessen, was von außen her gegen uns vorgenommen wurde.

Das war nun allerdings für jetzt wenig oder gar nichts.

Der Sohn des Westens pflegt, wenn er zur Waffe greift, mit seinen Drohungen niemals Scherz zu treiben. Alberts wußte das. Selbst für den Fall, daß er eine genügende Mannschaft zusammenbrachte, uns zu überwältigen, mußte er einen verhältnismäßig großen Verlust voraussehen, solange das Tageslicht uns ein sicheres Zielen gestattete. Er war mit den Seinen verschwunden, und es stand zu vermuten, daß er versuchen würde, uns am Abend zu beschleichen und zu überfallen. Bis dahin war es nicht mehr weit. Die Sonne war schon hinter dem Rand der Schlucht verschwunden, und die Schatten der Dämmerung breiteten sich allmählich über das tiefe Tal. Hunger und Ermüdung machten sich bei uns immer mehr geltend, doch wir beschlossen, wacker auszuharren, um den ungastlichen Bewohnern von Young-Kanawha die beabsichtigte Lehre zu erteilen.

Es wurde dunkler und dunkler. Hier und da tauchte ein flimmerndes Licht auf. Da vernahmen wir in der Gegend, aus der wir gekommen waren, sich nähernde Schritte. Einer unserer Gegner konnte es nicht sein, er hätte sich Mühe gegeben, jedes Geräusch zu vermeiden. Sam war auf einen Augenblick herüber zu mir gekommen und versuchte, die Büchse im Anschlag, die Dunkelheit zu durchdringen. Seine kleinen Äuglein hatten etwas von den Eigenschaften der

Katzenaugen, er vermochte mit ihnen auch des Nachts bis auf eine leidliche Entfernung zu sehen.

»Behold, Sir, es ist kein Mann, sondern ein Frauenzimmer, ob jung oder alt, das kann ich noch nicht erkennen. Sie hat das Kleid emporgeschürzt und will an uns vorüber. Soll ich sie niederschießen? Das Weiberzeug taugt doch zu weiter nichts!«

»Laß sie vorüber, Sam! Wer weiß, wer es ist. Jedenfalls aber gehört sie nicht zu denen, die uns übelwollen.«

»Pah, Sir, die Weiber wollen uns alle übel, und der Sohn meiner Mutter könnte . . .«

Er wurde unterbrochen, denn in diesem Augenblick ertönte ein gewaltiger Donnerschlag, und es war uns, als sei die Erde unter uns mitten auseinandergeborsten. Der Boden erzitterte, und als ich das Auge erschrocken seitwärts wandte, sah ich im oberen Teil des Tales, da, wo der Bohrer tätig gewesen sein mußte, einen glühenden Feuerstrom wohl fünfzig Fuß in die Höhe steigen, der flackernd oben breit auseinanderfloß, und, wieder zur Erde niedersinkend, mit reißender Schnelligkeit das abfallende Gelände überschwemmte. Zugleich drang ein scharfer, stechender, gasartiger Geruch in die Atmungsorgane, und die Luft schien von leichtflüssigem, ätherischem Feuer erfüllt zu sein.

Ich kannte dieses furchtbare Phänomen, denn ich hatte es im Gebiet von Venango in seiner ganzen Schrecklichkeit gesehen: Der Erdbohrer war auf Öl getroffen, und da es in der Nähe unvorsichtigerweise Licht gegeben hatte, so war der aufsteigende Petroleumstrahl und mit ihm die nahe, mit leichten Gasen geschwängerte Atmosphäre in Brand geraten.

»Das Tal brennt!« rief Sam, zu seinem Pferd eilend. »Vorwärts, Sir, sonst sind wir verloren!«

Er sprach die Wahrheit. Die an den verschiedenen Arbeitsplätzen brennenden Lichter gaben den flüchtigen Ölteilen immer neue Entzündungspunkte. Die Flut des hochaufsprühenden Brennstoffes breitete sich mit unglaublicher Geschwindigkeit über das ganze obere Tal aus und hatte jetzt den Fluß erreicht.

Wir dachten nicht mehr an unsern »Block um das Haus«, es galt, alles einzusetzen, das nackte, bloße Leben zu retten.

Schon hatte ich den einen Fuß im Bügel, als ich einen klagenden Wehruf vernahm. Da, wo sie sich befunden hatte, als der Donnerschlag ertönte, lag die Frauengestalt, die an uns vorübergeschritten war, auf den Knien. Der Schreck hatte sie niedergeworfen, und das Entsetzen lähmte ihre Bewegungen.

Mit einem raschen Sprung war ich bei ihr, zog sie empor, eilte mit ihr zu Arrow zurück und schwang mich in den Sattel. Soeben schoß Sam Hawkens auf seiner Mary talabwärts in die glühend erleuchtete Nacht hinein. Mein Mustang folgte in rasendem Lauf. Sein Instinkt machte die Führung des Zügels und den Gebrauch der Sporen vollständig überflüssig. Der Bergpfad, der uns herabgeführt hatte, war uns verschlossen, denn der Glutstrom war schon an ihm vorübergeflutet. Wir mußten die Höhe zu gewinnen suchen und konnten nur talabwärts Rettung finden. Aber ich hatte am Tag nichts einem Weg Ähnliches bemerkt, im Gegenteil, ich hatte gesehen, daß die Felswände so eng zusammentraten, daß der Fluß sich nur schäumend den Ausweg erzwingen konnte.

Die alte, langbeinige Mary lief erstaunlich schnell, mein Hengst konnte sie nur um wenige Kopflängen überholen. Die braven Tiere fühlten die Gefahr, die sich mit jeder Sekunde vergrößerte. Der glühende Strom hatte die Lagerräume erreicht, die Fässer zerplatzten mit kanonenschußähnlichem Knall und ergossen ihren sofort lichterloh brennenden Inhalt in das auf diese Weise immer mehr anwachsende und immer rascher vorwärtsschreitende Feuermeer. Die Luft war zum Ersticken heiß. Ich hatte das Gefühl, als kochte ich in einem Topf siedenden Wassers, und doch wuchsen Hitze und Trockenheit noch mit solch rasender Schnelligkeit, daß ich innerlich zu brennen meinte. Die Sinne wollten mir schwinden, aber es galt nicht bloß mein Leben, sondern auch das des Wesens, das vollständig bewegungslos vor mir quer über dem Sattel lag.

Die Flammen beleuchteten die Felswände hell genug, um erkennen zu lassen, daß diesseits des Flusses kein Pfad empor zur Höhe führte. Wir mußten hinüber auf die andere Seite. Ein leiser Schenkeldruck – ein Sprung des gehorsamen Tieres, und hochauf schlugen die Wellen über uns zusammen. Ich fühlte neue Kraft, neues Leben durch die Adern pulsieren, aber das Pferd war unter mir verschwunden. Doch das war jetzt gleich, nur hinüber, immer hinüber! Ich schwamm wie noch nie, nie in meinem ganzen Leben, mit einer Angst, die nicht zu beschreiben war. Hawkens war mir gefolgt, ich hörte sein Stöhnen hinter mir.

Als ich das Ufer erreichte, schnaufte es an meiner Seite – Arrow, du Treuer, Wackerer, bist du es? Ich schwang mich mit meiner Bürde von neuem auf seinen Rücken. Fast wahnsinnig vor Aufregung und Überanstrengung ging es wieder vorwärts. Ich wußte nicht mehr, was ich tat, ich ließ dem Pferd freien Willen und fühlte nur, daß es in rasendem Lauf vorwärts schoß, dann in weiten Sätzen über Risse und Sprünge setzte, mit keuchendem Schnauben von Kante zu Kante, von Fels zu Fels kletterte und endlich freudig wiehernd still stand.

Es dauerte lange, bis ich mich soweit erholt hatte, daß ich meine Lage überblicken konnte. Der Himmel glänzte blutrot, und der Brodem des entfesselten Elements lastete in dichten, schwarzen, von purpurnen Lichtern durchbrochenen Ballen über dem Herd der Verwüstung. Wie es dem Pferd gelungen war, ich weiß es heute noch nicht, aber es hatte seine doppelte Last die steile Steinwand, an der kein Pfad zur Höhe stieg, emporgetragen und auch dem braven Hawkens zum Führer gedient, denn dieser lag in meiner unmittelbaren Nähe, zwar bewegungslos, jedenfalls aber nicht ohne Leben.

Ich richtete meine Aufmerksamkeit nun natürlich auf diejenige, die der treue Arrow mit mir aus der Glut gerettet hatte. Es war ein Mädchen. Es lag vor mir so bleich, so kalt und starr. War es in der fürchterlichen Hitze erstickt oder später in den Fluten des Wassers ertrunken? Das leichte Gewand war durchnäßt, und auf dem bewegungslosen Angesicht spielten die düsteren Reflexe der über den Rand der Ebene emporsprühenden Feuerstrahlen. Ich befand mich in großer Verlegenheit, da ich nicht wußte, in welcher Weise ich ihr Hilfe bringen könnte.

Da atmete es neben mir tief und schwer, und die bekannte

Stimme Hawkens fragte: »Heigh-ho! Bin ich denn gebraten oder gesotten? Was ist nur eigentlich mit dem Sohn meiner Mutter vorgegangen?«

Sich langsam emporrichtend, gewahrte er mich. »Da seid Ihr ja, Sir! Ah, jetzt weiß ich, was es gegeben hat: Das Tal brennt, und meine Mary – zum Teufel, wo ist die Mary hingekommen? Ich habe sie im Wasser verloren und bin immer nur Eurem Arrow nachgerannt und nachgestiegen. Mary! – Mary!! – Mary!!!«

Ein kurzes Wiehern antwortete in der Ferne.

»Mary, altes Viehzeug, komm, komm zu deinem Sam!« rief freudig der Kleine und schlang, als die kamelbeinige Stute langsam herbeigehinkt kam, die beiden Arme fast weinend um ihren hageren Hals.

»Sie geht lahm, sie hat sich verletzt. Ich glaube gar, sie ist von den Wellen durch die fürchterliche Enge gerissen worden und dann jenseits der Felsenpforte emporgeklettert! Schaut her, Sir, sie hat sich das Bein zerschunden. Ich werde einen Fetzen vom Rock schneiden und ihr einen recht sauberen Verband umlegen. – Wäre doch lieber ich ein wenig geschunden worden!«

Noch lange, sehr lange dauerte es, bis die Lohe sich auf den oberen Teil des Tales zurückzog, wo der emporsteigende Ölstrahl ihr immer neue Nahrung bot.

Das Mädchen war wieder zu sich gekommen, hatte aber den Schreck noch nicht überwunden und vermochte nur unzusammenhängende Worte zu stammeln.

Am Morgen stieg die Sonne über die Ebene empor, und in ihren goldenen Strahlen erbleichte der Schein des flammenden Öles. Als wir an den Rand der Schlucht traten, um nach der Verwüstung zu sehen, die der fürchterliche Brand da unten angerichtet hatte, ergriff uns ein Gefühl des Entsetzens und zugleich des Dankes für unsere glückliche und wunderbare Rettung.

Alles war zerstört und vernichtet, alles. Die Gebäude lagen in Trümmern, der Boden sah schwarz und verbrannt aus, keine Spur von Leben war mehr zu erkennen, kein menschliches Wesen ließ sich erblicken. Die gestern noch gelebt und frisch geatmet hatten, sie hatten alle ihren Untergang gefunden – alle? Bewegte sich dort nicht etwas die Kante der Vertiefung entlang? War es ein Mensch oder ein Tier?

»Ich habe Hunger, Sir, fürchterlichen Hunger«, meinte Hawkens, »und werde einmal nachschauen, ob ich zu Schusse kommen kann. Es wird wohl nichts anderes sein, als ein elender Kojote, den der Brandgeruch aus der Prärie herbeigetrieben hat. Aber wenn man keine Büffellende hat, so ist man auch mit einem Stück vom Schakal zufrieden. Bleibt einstweilen bei den Pferden!«

Er nahm seine Schießmaschine zur Hand und schritt vorsichtig der Gegend zu, in der wir das einsam sich vorwärts schleichende Geschöpf gesehen hatten.

Der gute Sam sah heute noch possierlicher aus als gestern. Grad so wie mir waren ihm in der gestrigen Hitze Kopf- und Barthaar vollständig weggesengt worden. Rock, Hose und Stiefel, alle aus Leder gefertigt, hatten bei dem Wechsel von Glut und Wasser ihren Zusammenhalt verloren und bröckelten ihm stückweise vom Leib, und der alte Filz war ihm so zusammengeschrumpft, daß er ihm wie ein verbrannter

Eierkuchen auf dem kahlen Scheitel lag und die unvergleichliche Nase in ihrer ganzen Dimension erkennen ließ.

Nach einer Weile kehrte er in Begleitung eines Mannes zurück, in dem ich sofort Alberts erkannte.

»Habe Unglück gehabt, Sir!« klagte Sam. »Es gibt weder eine Büffellende noch ein armseliges Kojoten-Viertel. Das Tier, welches ich schießen wollte, war dieser edle Master hier, der seine Tochter sucht und jammert, daß er sie verloren hat. Laßt ihn doch einmal Eure Miß ansehen!«

Die Veränderung, die mit dem stolzen Mann vorgegangen war, wirkte so ergreifend wie die Szene, die nun erfolgte. Das Mädchen war seine Tochter. Sie hatte, wie wir nun erfuhren, gestern am Nachmittag einen kleinen Ausflug unternommen und bei dem Heimweg durch meinen Arrow Rettung vor dem sonst unvermeidlichen Tod gefunden.

Durch die entsetzliche Katastrophe war dem Ölprinzen alles verlorengegangen, was er in Young-Kanawha sein eigen nannte. Von allen Lebewesen im Tal waren nur wir vier, die wir beieinanderstanden, dem Untergang entflohen, und zwar Alberts nur infolge des Umstandes, daß er sich im Augenblick der Detonation an einem oberhalb des Bohrloches gelegenen Ort befunden hatte, während der Feuerstrom seinen vernichtenden Weg talabwärts nahm. An dieser Stelle hatte er diejenigen versammelt und abgeschickt, die uns überfallen sollten. Die Unglücklichen hatten uns gar nicht erreicht, sondern waren unterwegs von dem Brand erfaßt und getötet worden.

»Behold, Master Petroleum«, bedeutete ihm der noch immer auf ihn zornige Sam, »es ist stets ein gefährliches

Ding, einem gewissen Hawkens die Nase mit Pittsöl einreiben zu wollen. Noch keiner hat es fertiggebracht, und auch Ihr hättet besser getan, Eure eigene Nase in das Öl zu stecken, dann hättet Ihr vielleicht noch rechtzeitig gerochen, daß es aus dem Loch wollte. Doch das ist nun vorüber, und wir wollen nicht weiter daran denken. Ihr seid bestraft genug! Verschafft uns zunächst etwas zu essen, dann werden wir ja sehen, ob auch wir Euch in irgendeiner Weise dienen können.«

Alberts schüttelte traurig den Kopf. »Es ist nichts da, gar nichts, kein Schluck, kein einziger Bissen. Bis zur nächsten Niederlassung ist es weit, und wir müssen nun verhungern, wenn Ihr Euch unser nicht erbarmt.«

Hawkens sah mich fragend an. Ich wußte, daß er trotz seiner eigentümlichen Art und Weise ein gutes Herz besaß und sicher keinen Hilfebedürftigen im Stich ließ. Deshalb antwortete ich: »Das ist schlimm, Sir, sehr schlimm! Das Wasser des Flusses ist ungenießbar, weil Euer Öl hineinläuft, und aus eben demselben Grund wird es im Bluff und unterhalb desselben keinen Fisch mehr geben. Wir müssen darum stromaufwärts gehen, um etwas zu fangen, und dann werden wir ja sehen. Meinst du nicht auch, Sam?«

»Es wird wohl das Richtige sein! Die Miß mag sich auf meine Mary setzen, Ihr wechselt Euch auf dem Arrow ab, und der Sohn meiner Mutter spaziert zu Fuß nebenher. Am Wasser wird wohl einiges Futter für die Pferde zu finden sein, und wenn wir jeder erst einmal ein Gericht Fische in dem Ding haben, das mir wie ein leerer Tabaksbeutel im Leib hängt, dann müßte es mit dem Kuckuck zugehen, wenn wir nicht gesund und mit heiler Haut irgendwohin kämen, wo Menschen zu finden sind und ein Stück saftige Büffellende dazu!«

Gesagt, getan. Der kleine Zug setzte sich in Bewegung. Als wir von dem Ort schieden, an welchem unser »Block um das Haus« auf eine so gräßliche Weise aufgehoben worden war, blieb Alberts für kurze Zeit hinter uns zurück. Er wollte stillen und traurigen Abschied nehmen von dem Grab eines gewiß sehr großen Teiles seines Reichtums. Es bedurfte jedenfalls großer Opfer und einer gewaltigen Anstrengung, den mächtigen Ölstrahl in Fesseln zu zwingen und die Verluste zu decken, die eine einzige Nacht gebracht hatte. Ich mußte Sam Hawkens recht geben, welcher sich dem reichen Ölprinzen gleichgestellt hatte. Die beiden zurückgewiesenen Westmänner waren jetzt respektable Leute, von deren Ausdauer und Erfahrung das Schicksal des Millionärs und seines Kindes abhing.

Der Geist der Savanne duldet die Macht des gleißenden Metalls nicht, und in den »dark and bloody grounds« wiegt jeder gerade so schwer wie die Gefahr, der er die kühne Stirn zu bieten wagt.

Der Fürst der Bleichgesichter

Im Westen der Sierra de los Mimbres liegt die Sierra della Acha, die ihre Wasser dem Rio Gila und durch diesen dem Colorado River zusendet. Oben auf der Sierra della Acha gibt es einen herrlichen Gebirgssee, an dessen Ufer die alten Gebäude einer längst verlassenen katholischen Mission stehen.

Für die Comanchen und Apachen ist das Gebiet heiliger Boden, da dort ihre berühmten Häuptlinge begraben sind. Früher soll dort ein reiches Volk gewohnt haben, die Tolteken. Sie schürften Silber in den Bergen und sollen, als sie verdrängt wurden, unermeßliche Schätze in der Nähe des Sees vergraben haben. Deshalb und weil das Wasser des Sees bei klarem Wetter wie flüssiges Silber in der Sonne funkelt, hat man ihn den Silbersee genannt.

Diesem Gebiet näherte sich eine kleine Reiterschar. An der Spitze ritt ein kleiner, aber außerordentlich dicker Kerl. Sein ganzer Anzug bestand aus einem einzigen Fell des grauen Bären, das er sich selbst zurechtgeschnitten und nach Indianersitte mit Hirschsehnen zusammengenäht hatte. Hose, Weste und Ärmel hingen zusammen. Die Ärmel bestanden ganz einfach aus dem Fell der Vorderpranken des Bären. Der Pelz ging nach außen. Nur bei den Stiefeln, die er sich auch selbst gefertigt hatte, waren die Haare nach innen gerichtet. Seine Kopfbedeckung bestand aus einer Mütze, die er sich aus der Kopfhaut des Bären bereitet hatte.

Um den dicken Bauch hatte er als Gürtel ein langes fünffach geflochtenes Lasso geschlungen. In diesem steckten der Tomahawk und das Bowiemesser, und daran hingen auch noch allerhand andere Sachen: eine Tabakspfeife, einige Lederbeutel mit Schrot, Pulver, Tabak, Kaffee, eine blecherne Büchse, welche als Schüssel, Topf und Tasse gebraucht werden konnte, ein paar Hufeisen und weitere Kleinigkeiten, bei deren erstem Anblick man noch gar nicht zu sagen vermochte, wozu sie bestimmt waren.

Dieser Mann, der von weitem wie ein reitender Grizzly wirkte, war Sam Barth, der berühmte Westmann und ehemalige Knopfmachergeselle aus Herlasgrün in Sachsen. Hinter ihm ritten Jim und Tim Snaker, zwei nicht minder berühmte Westleute.

Jim war unendlich lang und hager, gerade wie sein Bruder auch. Auf diesem spindeldürren Leib schlotterte der weite Militärüberrock eines amerikanischen Offiziers. Die Lederhosen, welche unter diesem Uniformrock zum Vorschein kamen, waren in ihren unteren Teilen wohl so defekt und zerrissen gewesen, daß der Besitzer es für das Bequemste gehalten hatte, sie kurz über den Knien abzuschneiden. Darum zeigte er jetzt die nackten, braungebrannten, skelettartigen Unterschenkel bis herab zu den Füßen, die in riesigen Holzschuhen steckten.

Auf dem Kopf hatte er ein Ding getragen, welches früher einmal ein Filzhut gewesen war. Aber es war ihm die Krempe so vollständig verlorengegangen, daß die Kopfbedeckung jetzt jenen Näpfchen glich, in denen die deutschen Bauernweiber ihrem Quark die bekannte Form zu geben pflegen. Jetzt, in diesem Augenblick, hatte er diese Kopfbedeckung abgenommen, und da zeigte sich der Schädel so vollständig glatt und kahl, daß man selbst mit dem Vergrößerungsglas kein einziges einsames Härchen oder Fäserchen gefunden hätte.

Die Nase fehlte, jedenfalls nicht infolge eines Geburtsfehlers, denn die Stelle, an der sie hätte anwesend sein sollen, zeigte die deutlichen Spuren einer Gewalttätigkeit. Die Stelle war blutrot und geschwollen.

Sein Bruder Tim war ebenso lang und hager, aber er hatte eine Nase, und was für eine! Sie glich einem Geierschnabel zum Verwechseln. Dünn und spitz, scharf gebaut und gebogen, von Hitze, Wind und Wetter ausgegerbt und ausgetrocknet, schien sie wirklich aus Horn zu bestehen, ganz wie der Schnabel eines Raubvogels. Seine Kleidung war fast noch sonderbarer als diejenige des guten Jim. Sein spindeldürrer Leib steckte nämlich in einem schwarzen Priesterrock, der nichts weiter sehen ließ als die untere Hälfte der riesigen büffelledernen Stiefel. Auf dem Kopf trug Tim einen Reiterhelm mit Pferdehaarbusch. Beide Brüder waren gleich bewaffnet, nämlich mit Büchse und Bowiemesser.

Solche Jägergestalten existieren nicht etwa nur in der Phantasie eines Romanschreibers. O nein! Sie laufen und reiten zu Hunderten und Hunderten im westlichen Urwald und der Prärie herum.

Ein Westmann geht gut ausgerüstet in die finsteren und

blutigen Gründe, wie die wilden Gegenden genannt werden. Bald ist sein Anzug verdorben und abgerissen. Er kann ihn nicht erneuern; er hat entweder keine Gelegenheit dazu, oder es fehlt ihm das Geld oder irgendein Tauschmittel.

Er ist also gezwungen, nach dem ersten besten, was sich ihm bietet, zu greifen. Nach verhältnismäßig kurzer Zeit besteht sein Anzug aus Stücken, die er gefunden, besiegten Gegnern abgenommen oder wohl auch gar »mitgenommen« hat.

So war es auch bei Jim und Tim gewesen. Tim hatte aber zu seinem frommen Priesterrock noch eine kostbare, in grellen Farben schimmernde Saltillodecke bei sich, die der Kenner sicherlich auf wenigstens fünfhundert Dollar taxiert hätte.

Dieses originelle und im Wilden Westen ebenso bekannte wie gefürchtete Kleeblatt hatte wenige Tage zuvor die aus Deutschland ausgewanderte Familie des Försters Rothe vor einer Bande gerettet, die es auf Hab und Gut der Auswanderer abgesehen hatte. In der Schwägerin des Försters hatte Sam Barth seine einstige Jugendliebe Auguste wiedergefunden, derentwegen er vor Jahren aus Liebeskummer Europa verlassen hatte. Gemeinsam wollte man nun in Kalifornien eine neue Heimat suchen.

»In einer Stunde sind wir am Silbersee!« rief Sam, indem er sein Pferd anhielt und sich zu seinen Begleitern umwandte. »In der alten Mission können wir gründlich ausruhen von dem langen Ritt, Paloma-Nakanas Gastfreundschaft ist bekannt!«

»Wer ist dieser oder diese Paloma-Nakana?« erkundigte sich Förster Rothe.

»Es ist kein Er, sondern eine Sie«, antwortete Sam. »Dieses weibliche Wesen ist von ebensolchen Geheimnissen umgeben wie Tan-ni-kay, der Fürst der Bleichgesichter, von dem auch an allen Lagerfeuern erzählt wird. Man spricht seit ungefähr drei Jahren von ihr. Sie soll jung sein, ein Mädchen von ganz außerordentlicher Schönheit, eine Weiße, die aber von den Indsmen wie eine Göttin verehrt wird, weshalb, das kann man nicht sagen. Wir drei haben den Norden abgepirscht und sind seit langem nicht in dem Süden gekommen, darum sind wir noch nicht zu ihr gekommen. Jetzt aber hoffe ich, daß wir sie sehen werden, da wir uns in der Nähe befinden.«

»Ja, weißt du denn, wo sie wohnt?« fragte Jim.

»Ja.«

»Vor kurzem wußtest du es noch nicht.«

»Das ist sehr richtig. Ich wußte weiter nichts von ihr, als was auch ihr gehört hattet, nämlich, daß sie ihr Wigwam da aufgeschlagen hat, wo die Gebiete der Comanchen und Apachen zusammenstoßen. Diese beiden Stämme sind von jeher Todfeinde gewesen. Die Wohnung der Nakana aber ist ihnen heilig. Wo das schöne Mädchen sich befindet, ist neutraler Boden. Wo ihr Auge hinfällt, da hört die Feindschaft und die Blutrache auf, und die Comanchen kommen von Osten, die Apachen von Westen her, um sie zu verehren und mit Geschenken zu überschütten. Das wußten wir alle. Vor zwei Wochen aber bin ich mit einem Scout* zusammengetroffen, der bei ihr gewesen ist und mir den Weg zu ihr

* Scout: Pfadfinder (KM).

beschrieben hat. Sie lebt mit ihrem Vater in einer eingegangenen Mission. Ich habe nach dem Namen gefragt, konnte aber nichts anderes erfahren, als daß sie ihn nur Pa nennt, er sie aber Almy.«

»Du«, meinte da Jim. »Der Name kommt mir sehr bekannt vor. Hieß nicht die schöne junge Lady Wilkins auf Wilkinsfield so, wo wir damals einige Tage zu Gast waren?«

»Ja, die junge Lady hieß so. Es war überhaupt dort eine unglückliche Gegend. Wilkins hatte damals seinen Prozeß gegen seinen Nachbarn Leflor verloren. Er sollte in Schuldhaft gesteckt werden und schoß auf Leflor. Das brachte ihn in Untersuchung wegen Mordversuchs, und er entfloh mit seiner Tochter.«

»Was bedeutet denn das Wort Nakana?« erkundigte sich der Förster.

»Eigentlich heißt es vollständig Paloma-Nakana. Beide Worte gehören dem Tehuadialekt an. Das erstere bedeutet Taube und das letztere Wald, Urwald, zusammen also die Taube des Urwalds. Warum dieses Mädchen von den Indianern so genannt wird, weiß ich freilich nicht. Vielleicht erfahren wir es.«

»Sie wollen wirklich hin?«

»Ja, und ich denke, daß Sie mitgehen werden.«

»Sie vergessen, daß wir nach Kalifornien wollen!«

»Und Sie wissen nicht, daß der beste Weg von hier aus nach Kalifornien über die Sierra della Acha geht.«

Sie setzten den unterbrochenen Ritt fort. Nach einiger Zeit traten die Höhen, zwischen denen die Hochebene lag, näher zusammen, mit ihnen der Wald, und von der Seite her näherte sich das Flüßchen, dessen Wasser den Silbersee speiste. Dann vernahmen sie das Brausen eines hohen Wasserfalles. Das Flüßchen stürzte sich wohl über fünfzig Meter hoch hinab in ein Felsbassin, das es ausgehöhlt hatte, und floß von da weiter dem See entgegen, den man aber noch nicht sehen konnte.

Der Weg, den die Reiter einzuschlagen hatten, ging in einem weiten, sich immer tiefer senkenden Bogen um den Wasserfall hinab zum Bassin und von da am Flüßchen hin, bis die Bäume, die dort einen geschlossenen Wald bildeten, wieder auseinandertraten. Jetzt war das Tal des Sees in seiner ganzen Ausdehnung zu überblicken.

Es bot einen Anblick von wunderbar ergreifender Schönheit. Die fast lotrecht aufsteigenden Wände konnten keine Bäume tragen, waren aber mit Buschwerk bestanden, das für seine Wurzeln überall einen Felsenriß gefunden hatte. Nur hier und da stand an einer horizontalen Stelle eine Zeder, aber von solcher Mächtigkeit wie in dem berühmten Yosemite-Tal in Kalifornien. An diesen Felswänden konnte kein menschlicher Fuß hinauf- oder herabklettern. Es gab nur zwei Wege in das Tal, nämlich da, wo das Flüßchen eintrat, und da, wo es das Tal wieder verließ.

Der größte Teil der Talsohle war mit Wasser angefüllt – dem Silbersee. Die Sonne stand bereits hoch, und unter ihren Strahlen erglänzten die Wellen wie poliertes Silber.

An seinem diesseitigen Rand stand das alte Gebäude der Mission. Es war gebaut wie ein Kloster, durchweg aus Steinen aufgeführt. Diejenigen, die es vor alter Zeit errichtet hatten, waren gezwungen gewesen, sich gegen feindliche

Angriffe zu schützen. Sie hatten den Mauern eine bedeutende Stärke gegeben und im unteren Stock keine Fenster, wohl aber zahlreiche Schießscharten angebracht. Aus demselben Grund gab es auch nur einen einzigen Eingang, der durch ein mächtiges hölzernes Tor verschlossen wurde. Neben diesem befand sich eine Klingel, die jedenfalls erst in neuerer Zeit angebracht worden war.

In der Nähe des Gebäudes weideten Pferde. Am Ufer des Sees waren mehrere Rindenkähne befestigt. In der Mitte der Wasserfläche sah man eine Insel mit einem kleinen steinernen Gebäude. Es ließ vermuten, daß sie vom Ufer aus sehr oft besucht werde.

Um den See herum gab es eine ganze Menge künstlicher Erhöhungen, meist ungefähr zwölf Ellen hoch und mit Gras bewachsen, oben darauf irgendein Busch mit in die Erde gesteckten Lanzen und allerlei anderem Gerät. Sam erklärte: »Das sind die Häuptlingsgräber, die in der ganzen Gegend für heilig gelten.«

»Die liegen in ihren Särgen unter so riesigen Hügeln?« fragte der Förster.

»Liegen? In Särgen? Fällt keinem Menschen ein! Ein Häuptling wird nicht in einen Sarg gepreßt. Man zieht seiner Leiche das beste Gewand an, setzt sie auf sein Lieblingspferd und gibt ihr die Waffen und den Medizinbeutel in die Hand. Das Wort Medizin bedeutet hier nicht etwa soviel wie Arznei, sondern es heißt Heiligtum. Der Medizinbeutel enthält Amulette und andere Gegenstände, die durch den Medizinmann geweiht worden sind.

Nun wird um das Pferd und die Leiche Erde aufgehäuft. Das

Tier kann sich zuletzt nicht mehr bewegen und wird erstochen, damit es nicht so lange mit dem Tod zu kämpfen habe. Die Erde wächst höher und höher, Steine darüber, die dem Grab Halt geben. Hat der Hügel seine Höhe erreicht, so steckt man allerlei Gerätschaften des Häuptlings, seine Lanzen und Pfeile, seinen Bogen, oben in die Erde und hängt verschiedenes daran, was ihm im Leben lieb gewesen ist. Diese Gegenstände sind unantastbar. Wer sich an ihnen vergreift, begeht ein Verbrechen, das nur mit dem Tod gesühnt werden kann.

Es sind Weiße hier gewesen, die die Gräber entweiht haben. Darum wurde zu der Zeit, als ich zum ersten Mal hierherkam, jedes Bleichgesicht feindselig empfangen und mit den Waffen fortgewiesen. – Hier nun sind wir am Tor. Wir werden klingeln müssen.«

Er zog an der Glocke. Man hörte ihren Ton wie aus weiter Entfernung. Nach einiger Zeit wurde ein kleines Guckloch im Tor geöffnet, und das Gesicht einer alten, runzeligen Indianerin erschien.

»Wohnt hier die Taube des Urwaldes?« fragte der kleine Dicke.

»Paloma-Nakana wohnt hier«, lautete die Antwort.

»Ist sie daheim?«

»Sie ist da.«

»Ich habe mit ihr zu sprechen.«

»Es ist ein großes Wunder geschehen. Ihr seid Bleichgesichter, die nur Unheil bringen, und doch habe ich den Befehl erhalten, euch alle einzulassen. Kommt ihr in arglistiger Absicht, so werdet ihr dieses Haus nicht lebendig verlassen. Darum reitet lieber sogleich wieder fort!«

»Wir sind Freunde der Taube. Wir haben uns nicht zu fürchten.«

»So kommt herein.«

Das Tor ging auf, und die Angekommenen folgten dem breiten gewölbten Durchgang bis in einen großen viereckigen Hof, der von den vier Flügeln des Gebäudes eingeschlossen wurde. Auch hier ließ sich kein Mensch sehen.

In jeder Seite dieses Hofes befand sich eine Tür. Hier gab es zahlreiche Fenster, aber in den wenigsten war noch der Rest einer alten Glasscheibe zu finden. Wo sollte hier mitten im Indianergebiet ein Glaser herkommen?

»Wer ist der Anführer?« fragte die Alte.

»Ich bin es«, meinte Sam.

»Steig hier diese Treppe hinauf. Die anderen mögen warten.«

Sie deutete zur Türöffnung, in der aber die Tür fehlte.

Er stieg vom Pferd und ging die steinerne Treppe hinauf. Droben kam er auf einen Korridor. Dort stand ein älterer Indianer.

»Du sollst den Vater der Taube sehen«, sagte er. »Komm mit mir!«

Er führte ihn zu einer Tür, öffnete diese und winkte ihm, einzutreten. Als dies geschah, machte er von außen die Tür wieder zu.

Sam befand sich nun in einem hohen, düsteren Raum, der außer den nackten Steinwänden nichts als einen roh zugehauenen Tisch und einige ebenso primitive Bänke zeigte. Vor ihm stand ein Mann in indianischem Lederanzug. Sein Gesicht trug einen gewaltigen Vollbart, so daß man die Züge fast gar nicht erkennen konnte. Er streckte Sam die Rechte entgegen und sagte: »Herzlich willkommen, Master Barth! Ich habe mich sehr gefreut, als ich hörte, daß ich Euch einmal wiedersehen würde.«

Der Blick des Dicken forschte vergebens in dem bärtigen Gesicht nach einem Erkennungszeichen. Er schüttelte den Kopf und antwortete: »Ich will mich auf der Stelle auffressen lassen, wenn ich weiß, wo ich Euch schon einmal gesehen habe. Ihr seid der Vater der Taube?«

»Ja.«

»Darf ich einmal mit ihr sprechen?«

»Natürlich. Eigentlich kennt Ihr sie ja schon!«

»Sapperment! Davon weiß ich gar nichts. Aber da fällt mir ein, gehört zu haben, daß die Taube des Urwaldes eigentlich Almy heißt. Ich kenne keine Almy außer einer einzigen – hm!«

»Wer ist diese einzige?«

»Die Tochter eines Pflanzers bei Van Buren.«

»Meint Ihr Wilkins?«

»Himmelelement! Ihr kennt den Mann?«

»Ja, ich kenne ihn, und diese da kennt ihn auch.«

Er öffnete eine Nebentür und rief den Namen Almy hinein. Die Tochter kam auf diesen Ruf herbei. Sie war höchst einfach auf indianische Weise gekleidet. Alle Stücke ihres Anzuges bestanden aus feinstem, schneeweiß gegerbtem Leder. Das kleine, kurze, kaum über das Knie reichende Röckchen, das enge Leibchen, welches sich drall um die Fülle des reizenden Busens legte, die Gamaschen, die sich faltenlos um die Waden schlossen, die kleinen Mokassins, wie für ein

Kind gemacht. Alles aus schneeglänzendem Leder und mit mühevoller roter Sehnenstickerei verziert. Um den Hals trug sie eine kostbare Schnur von Zähnen und Krallen des grauen Bären, kostbar durch die Gefahr, die mit der Erlegung dieses starken Tieres verbunden ist. Das prächtige, dunkle, in langen, schweren Flechten herabhängende Haar trug keinen Schmuck als eine Doppelnadel, an der sich zwei Nuggets von der Größe eines Taubeneis befanden.

Sie streckte dem Jäger ihr kleines Händchen entgegen. »Willkommen, Master Sam!«

»Himmelsapperment!« rief er aus. »Ist das denn wahr oder nicht?«

»Es wird wohl wahr sein.«

»Mademoiselle Wilkins!«

»Die bin ich.«

»So ist also dieser Sir Euer Vater, Monsieur Wilkins aus Wilkinsfield?«

»Natürlich.«

»Ich will mich fressen lassen, wenn ich Euch beide wiedererkannt habe! Ihr hier, Ihr! Das ist ein blaues Wunder und ein grünes und gelbes dazu! Wie in aller Welt kommt denn Ihr hierher an den Silbersee, mitten zwischen Comanchen und Apachen hinein?«

»Das ist eine lange und traurige Geschichte, die ich Euch wohl noch erzählen werde«, antwortete Wilkins.

»Und Ihr habt gar keine Angst, so allein hier zu leben?«

»Ich bin nicht ohne Schutz hier!«

»Hm! Ich habe bisher nur eine alte Indianerin und einen jungen Burschen gesehen. Ist das etwa Euer ganzer Schutz?«

»O nein. Zunächst bietet mir dieses Haus Schutz vor einer ganzen Menge von Feinden. Ich bin reichlich verproviantiert und könnte eine lange Belagerung aushalten. Waffen und Munition habe ich auch genug. Mein bester Schutz aber sind die Indianer, die meine Tochter fast wie ein höheres Wesen verehren.«

»Hm! Kein Wunder!« meinte Sam, indem er das schöne Mädchen freundlich betrachtete. »Mademoiselle Almy ist auch wirklich etwas ganz Apartes, etwas Höheres. So viel ist wenigstens sicher, daß sie etwas Höheres ist als Sam Barth. Aber sind diese Indsmen denn bei der Hand, wenn Ihr sie braucht?«

»Ja. Wenigstens kann ich mich hier so lange halten, bis sie kommen!«

»Ihr müßt sie also benachrichtigen?«

»Ja.«

»Etwa einen Boten senden? Das ist umständlich und gefährlich.«

»Oh, der Bote, den ich ihnen sende, ist schneller als der schnellste Reiter.«

»Oho! Den möchte ich sehen! Und wenn sie ihn nun unterwegs wegfangen?«

»Das können sie nicht.«

»Na, na! Ich sage Euch, daß auch der schlaueste Kerl ergriffen werden kann!«

»Mein Bote wird offen durch sie hindurch oder an ihnen vorübergehen, und sie werden ihn gehen lassen.«

»Dann sind sie Prügel wert. Wer ist denn dieser prachtvolle Kerl?«

»Das Wasser.«

Sam machte ein höchst erstauntes Gesicht. Er fragte: »Das Wasser? Hm! Ja, ich kann mir so ungefähr denken, was Ihr meint. Ihr steckt einen Brief oder so etwas in ein Kästchen und werft es in den Fluß, wo er aus dem See kommt. Der Fluß nimmt es mit dahin, wo es aufgefangen wird.«

»Das wäre höchst unzuverlässig. Unter hundert Malen würde das Kästchen neunundneunzigmal unbeachtet bleiben. Es kann doch nicht Tag und Nacht jemand am Fluß sitzen und aufpassen.«

»Wie ist es denn?«

»Der See hatte früher einen kleinen Seitenabfluß, der sich durch die Seite des Tales einen Weg gebahnt hatte. Wir haben die Öffnung verschlossen. Von diesem Haus geht ein Draht zu ihr hin. Ich brauche nur zu ziehen, so ist der Weg für das Wasser wieder frei. Es fließt ab, nicht in großen Wogen, sondern als ein kleines, schmales Bächlein. Sobald es unten in der Ebene erscheint, wissen die Indianer dort, daß ich mich in Gefahr befinde, und kommen mir zu Hilfe.«

»Nicht übel! Ganz hübsch ausgedacht.«

»So, nun will ich hinabgehen, um auch die anderen zu begrüßen. Wir haben sie bereits zu lange warten lassen.«

»Ganz recht! Aber – hm! Könnten wir wohl für einige Zeit hier wohnen?«

»Natürlich.«

»Auch die beiden Ladys?«

»Freilich!«

»Ich muß Euch da nämlich sagen, daß die eine davon meine Verlobte ist, die eines schönen Tages sogar meine Frau sein wird. Euch wird das freilich gleichgültig sein, mir aber desto weniger. Ich möchte sie gern soviel wie möglich in Sicherheit haben.«

»Was das betrifft, so könnt Ihr ruhig sein. Sie ist bei mir hier ganz genauso sicher, wie wenn sie in Abrahams Schoß säße.«

»Na, wenn es notwendig ist, daß sie sich irgendeinem in den Schoß setzt, so will ich diesen Abraham doch lieber selbst machen. Besser ist besser.«

»Ich habe Euch also eingeladen. Und Eure Verlobte kann hier bei mir bleiben, solange es ihr beliebt; meinetwegen auch jahrelang, mir soll es recht sein. Jetzt aber wollen wir hinunter in den Hof gehen.«

Nach kurzer Zeit saßen alle Neuangekommenen in einem großen Saal beim Essen, das allerdings nur in Maiskuchen und riesigen Büffelbratenstücken bestand. Als das Mahl beendet war, wollte Sam die Umgebung kennenlernen. Er ersuchte Wilkins, ihm die Erlaubnis zu einem Erkundungsgang zu erteilen.

»In Gottes Namen«, antwortete dieser. »Tut nur immer, was Ihr für notwendig haltet. Ich werde selbst mitgehen.«

Sie brachen zu viert auf: Sam, Wilkins, Tim und Jim. Wilkins wollte sie rund um den See führen, damit sie die ganze Gegend kennenlernen könnten. Unterwegs erkundigte sich Sam, ob der Zugang zum See auch von den Höhen herab möglich sei.

»Nein«, antwortete Wilkins. »Man kann nur durch das Zu- und Abflußtor des Tales zu mir kommen. Und diese beiden Örtlichkeiten sind so beschaffen, daß zwei Wachen genügen, um mich über jeden Nahenden zu unterrichten.«

Sie wanderten an der einen Längsseite des Sees hin und gelangten an die Stelle, wo das Flüßchen wieder heraustrat und, sich durch eine Felsenenge Bahn brechend, in mehreren aufeinanderfolgenden Schnellen von der Höhe hinabrauschte. Neben diesen Schnellen gab es nur so viel Raum, daß zwei einander begegnende Reiter kaum ausweichen konnten.

Als die vier Männer da oben standen und mit ihren Blicken den Sprüngen des Flusses folgten, schob plötzlich Sam die anderen zur Seite und sagte: »Tretet schnell zurück! Seht Ihr den Mann?«

»Wo?« fragte Jim.

»Ganz unten. Er kommt langsam am Fluß heraufgeritten. Es ist ein Weißer.«

Jetzt sahen auch die anderen den Reiter. Sie verbargen sich hinter den Bäumen und beobachteten ihn.

»Der Kerl kommt mir verdächtig vor«, meinte Sam. »Was für einen alten, starkknochigen Gaul er reitet! Er sitzt ganz vornübergebeugt und sucht nach Spuren. Dabei gehen die Augen nach rechts und links, wie diejenigen eines Spitzbuben.«

»Wollen wir ein paar Worte mit ihm sprechen?« fragte Tim.

»Natürlich. Aber kommt noch ein wenig zurück. Hier ist es zu eng. Wir müssen Platz haben, ihn festzuhalten.«

»Der Kerl hat gar kein Gewehr!«

»Das hat er natürlich zurückgelassen, damit wir ihn für einen friedlichen Menschen halten sollen. Er soll sich in uns getäuscht haben.«

Der Reiter kam langsam näher. Er hatte sie längst bemerkt, tat aber nicht so. Er war von hoher, breitschultriger Gestalt und trug einen dichten Vollbart. Gekleidet war er in starkes ungegerbtes Wapitileder. Im breiten Ledergürtel steckten ein Messer und ein großes Beil; eine andere Waffe bemerkte man nicht an ihm. Um die Schulter hatte er einen Lasso geschlungen, und auf dem Rücken trug er einen Tornister, der ihm ein eigenartiges Aussehen gab. Er hatte seinem großen starkknochigen Pferd die Zügel auf den Hals gelegt und die Hände in die Hosentaschen gesteckt. So kam er ganz gemütlich dahergetrollt.

Das Pferd schnaubte, wedelte mit den Ohren und warf den Schwanz hin und her.

»Nein, ist dieser Mensch dumm!« sagte Sam. »Sein Gaul ist viel klüger. Das Pferd hat uns längst gewittert, er aber merkt gar nicht, wie unruhig es tut.«

Jetzt wollte der Fremde vorüber. Da trat Sam hervor und rief: »Halt, Mann! Ihr seid nicht so ganz und gar allein, wie Ihr anzunehmen scheint!«

Die anderen drei waren dem Dicken gefolgt. Der Fremde sah ihn ein wenig von der Seite an, zuckte die Achseln und antwortete: »Weiß es! Habe Euch längst bemerkt.«

»Ah! Oh! Wann denn?«

»Schon als ich noch weit unten war. Euer Körper ist nicht so dünn, daß man ihn für einen Strich im Wege halten könnte.«

»So! Gesehen habt Ihr uns? Und dennoch kommt Ihr da herauf?«

»Wie Ihr seht, ja.«

»Was wollt Ihr denn da oben?«

»Hm! Mich ein wenig umsehen.«

»Das ist verboten.«

»Wer hat es denn verboten? Etwa Ihr?«

»Ja.«

»Daraus werde ich mir nicht viel machen. Adieu, Master!«

Er nickte dem Dicken zu und wollte weiter. Schnell ergriff Sam das Pferd beim Zügel, Jim aber sprang an die rechte und Tim an die linke Seite des Reiters, beide griffen nach den Steigbügelriemen.

»Halt, Mann!« meinte Sam. »Ihr werdet warten.«

Der Fremde hatte noch immer die Hände in den Hosentaschen. Er nahm sie auch jetzt nicht heraus, lächelte den Dicken lustig an und fragte: »Ihr wollt mich aufhalten?«

»Ja. Steigt einmal aus dem Sattel!«

»Hm! Da habt Ihr meine Antwort!«

Er stieß einen scharfen Pfiff aus – ein Druck seiner Schenkel –, und sein Gaul ging mit allen vieren in die Luft, schlug nach vorn und hinten aus und blieb dann stehen, nachdem er sich in dieser Weise zweimal im Kreis gedreht hatte.

Sam war an einen Baum geschleudert worden, Jim lag rechts und Tim links am Boden. Beide standen langsam auf, und alle drei rieben sich diejenigen Stellen ihres Körpers, mit denen die Hufe des Pferdes in Berührung gekommen waren.

Der Fremde saß ganz gemütlich im Sattel, die Hände noch in den Hosentaschen, und sagte: »Nicht wahr, Mesch'schurs, es ist ziemlich schlimm, wenn so ein Pferd sich nicht festhalten lassen will?«

»Eine verdammte Bestie ist Euer Vieh!« rief Sam zornig. »Nehmt Euch in acht, daß ich ihm nicht eine Kugel in den Dickkopf gebe!«

»Das würde die letzte Kugel sein, die Ihr verschießt. Wir Rafters verstehen es, unser Eigentum zu verteidigen.«

»Ah! Für einen Rafter, einen Flößer, gebt Ihr Euch aus?«

»Ja, Sir.«

»Und Ihr meint, daß wir es glauben?«

»Was Ihr glaubt, ist mir egal.«

»Nun, wir werden Euch nachher sagen, was wir denken.«

»Ich kann Euch schon jetzt sagen, was ich von Euch denke.«

»Was denn, he?«

»Daß Ihr alle vier Euch ein wenig überschätzt. Mich anzuhalten, dazu gehören andere Kerls!«

»Oho, Mann! Kennt Ihr mich?«

»Pah! Wer werdet Ihr denn sein!«

»Oder diese beiden?«

»Englische Nähnadeln, etwas in die Länge geklopft.«

»Donnerwetter! Wir werden Euch eine höflichere Sprache lehren. Ich sage Euch, steigt vom Pferd herunter, sonst holen wir Euch herab!«

»Versucht es doch noch einmal! Zwanzig solcher Yankees, wie Ihr seid, bringen keinen braven Deutschen aus dem Sattel, wenn er nicht will.«

»Wie? Was?« fragte Sam schnell. »Ihr seid ein Deutscher?«

»Ja, wenn Ihr nichts dagegen habt.«

»Wie lautet denn da Euer Name?«

»Steinbach.«

»Das ist freilich stockdeutsch. Wunderbar! Es sollte mir leid tun, wenn Sie ein schlechter Kerl wären!«

Er hatte diese Worte in deutscher Sprache gesprochen. Steinbach antwortete ebenso: »Wer das behauptet, dem schlage ich die Faust an den Kopf. Verstanden?«

»Aus welcher Gegend Deutschlands kommen Sie?« Über das männlich schöne Gesicht Steinbachs zuckte es lustig. Vor einiger Zeit hatte er zufällig Näheres über die Lebensgeschichte des im Wilden Westen außerordentlich populären Jägers gehört, den er sofort nach den Beschreibungen erkannt hatte, und beschloß nun, ihn zu necken.

Er nahm den breitkrempigen Filzhut höflich ab und antwortete: »Sie sind wohl auch ein Deutscher?«

»Ja, freilich!«

»So erlauben Sie mir, daß ich mich Ihnen als einen Sachsen vorstelle!«

»Ein Sachse! Kreuzschockschwerenot! Ist das möglich? Woher denn?«

Abermals leuchtete für einen Augenblick aus Steinbachs Augen der Schalk. Er antwortete ernsthaft: »Sie werden das kleine Örtchen wohl nicht kennen. Ich bin aus Herlasgrün.«

»Her – Her . . .!« stammelte Sam Barth.

»Ja, Herlasgrün«, nickte Steinbach.

Der Dicke war ganz perplex. Er stemmte die Arme in die Seiten und stammelte: »Her-her-las-lasgrün! Da schlage doch Gott den Teufel tot! Möchte man da nicht vor lauter Freude den Ofen einschmeißen?«

»Warum denn?«

»Ich bin ja auch aus Herlasgrün!«

»Sie machen Spaß!«

»Nein, nein! Ich heiße Samuel Barth.«

»Etwa der Knopfmacher?«

Das war dem Dicken doch zu toll. Er riß sich die Pelzmütze vom Kopf, warf sie vor Freude zur Erde und schrie jubelnd: »Gottstrambach, der Kerl kennt mich! Er kennt mich! Nein, so ein Weihnachten!«

»Natürlich kenne ich Sie«, sagte Steinbach, obgleich er in seinem ganzen Leben nicht in Herlasgrün gewesen war. »Ich war so eine kleine Kröte, als Sie nach Ruppertsgrün zu Ihrer Gustel auf die Freite gingen.«

»Auch die Gustel kennt er! Ist so etwas denn möglich Und Steinbach heißen Sie? Sind Sie etwa einer vom Fleischer Steinbach?«

»Ja, der Jüngste.«

»Und jetzt hier in der Sierra della Acha! Wenn mir noch einmal einer behauptet, daß keine Wunder mehr geschehen, dem klopfe ich das Leder, daß er sich selbst für einen Kanonenstiefel halten soll! Wie geht es denn jetzt in Herlasgrün?«

»Ich danke! Ganz gut. Vor zwei Jahren hat Winters Ziege zwei Karnickel geworfen, und nur eine Woche später hat der Stadtrat wegen der heißen Hundstage dem Kirchturm einen grünseidenen Sonnenschirm machen lassen.«

»Wie – wa – wo! Hören Sie, Sie scheinen ein ziemlicher Nichtsnutz zu sein!«

»Das nicht. Ich mache nur gern Spaß, mein lieber Sam der Dicke.«

»Verteufelt! Jetzt kennt er meinen Trappernamen.«

»Ich kenne auch noch andere. Sind diese beiden hier nicht die Masters Jim und Tim Snaker?«

»Ja, sie sind es. Woher wißt Ihr das?«

»Woher? Wenn man irgendwo im Westen auf einen recht Dicken trifft, der zwei recht Dünne bei sich hat, so heißen diese drei Kerle sicherlich Sam, Jim und Tim. Das weiß doch alle Welt.«

»Sehr viel Ehre! Aber, sagt mir einmal, was Ihr eigentlich

hier oben in der Sierra wollt. Ihr habt ja nicht einmal ein Gewehr bei Euch!«

»Nicht? Nun, wenn ich keines habe, so werde ich wohl keines brauchen, sonst hätte ich sicherlich eins mit. Hier ist doch wohl der Silbersee?«

»Ja.«

»Da wohnt ein Master Wilkins?«

»Ja. Was wollt Ihr bei ihm?«

»Mich schickt ein gewisser – na, wie war doch gleich der Name! Es war ein sehr indianisches Wort, obgleich der Mann ein Deutscher war, so ähnlich wie Tan-tan mi oder talmi oder ...«

»Etwa Tan-ni-kay?« fragte Sam rasch, der keine Ahnung hatte, daß dies Steinbachs indianischer Name war.

»Ja, ja, so war der Name.«

»Alle Teufel! Also haben Sie mit dem Fürsten der Bleichgesichter gesprochen?«

»Habe keine Ahnung davon. Der Mann nannte sich so und hatte einen Indianer bei sich, der hieß La-la-la ...«

»Lata-nalga?«

»Ja, so hieß er.«

»Das war also die Starke Hand* der große Apachenhäuptling. Diese beiden schicken wohl eine Botschaft?«

»So ähnlich. Ich soll herauf an den Silbersee reiten zu Master Wilkins und ihn vor den Marikopa warnen, die die Mission überfallen wollen. Master Wilkins soll sich aber

* Starke Hand: Ebenso wie Rimatta (siehe Fußnote S. 130) ist auch der Apachenhäuptling Starke Hand eine Winnetougestalt.

nicht fürchten, denn die zwei, die mich senden, sind hinter den Kerlen her und würden zur geeigneten Zeit selbst hier oben eintreffen.«

»Gott sei Dank!« sagte Wilkins. »Diese Botschaft ist mir von hohem Wert.«

»Ich bin also an die richtige Adresse gekommen?«

»Ja, Master Steinbach.«

»Nun, so kann ich wieder gehen.«

Er wendete sein Pferd um. Da aber griff ihm Sam schnell in die Zügel, obgleich er vorhin so schlimme Erfahrungen gemacht hatte.

Er sagte: »Was fällt Euch ein! Ich hoffe doch nicht, daß Ihr so schnell wieder gehen werdet!«

»Warum nicht? Der Empfang, den ich gefunden habe, war nicht sonderlich einladend.«

»Das müssen Sie verzeihen. Wir hielten Sie nämlich für einen Spitzbuben.«

»Sapperlot! Habe ich denn solch ein Spitzbubengesicht?«

»Nein, ganz und gar nicht. Ich kann sogar sagen, daß mir Ihr Gesicht gefällt.«

»Schön! So haben Sie Ihr Versehen wiedergutgemacht. Ich gehe aber trotzdem fort.«

Da sagte Wilkins zu ihm: »Wenn ich Sie bitte, sich bei mir auszuruhen, so hoffe ich, daß mir diese Bitte nicht abgeschlagen wird.«

Steinbachs Augen ruhten mit einem eigentümlich forschenden Blick auf dem Sprecher. Er antwortete: »Ich würde Ihrem Wunsch sehr gern entsprechen, aber es ist mir leider unmöglich. Die Botschaft, die ich Ihnen brachte, hat mir einen Teil meiner Zeit genommen, die ich so notwendig brauche. Ich muß diesen Verlust wieder einholen.«

»Darf man nicht vielleicht erfahren, was Ihre Zeit so kostbar macht? Die Rafters pflegen sonst doch immer genug Muße zu haben.«

»Bei mir ist das anders.«

»Unsinn! Sie gehen mit uns, Landsmann, sonst haben Sie es mit mir zu tun. Sie werden es nicht bereuen, denn Sie lernen meine Auguste kennen und ihre Verwandten, die aus der Gegend von Zeulenroda stammen. Also kommen Sie! Man läuft doch nicht so schnell wieder auseinander!«

»Nein, so will ich mich erbitten lassen. Ich bleibe da.«

»Das wird auch für Ihr Pferd besser sein. Der alte Gaul ist so abgetrieben und abgemagert, daß er einem ordentlich leid tun kann. Er mag einige Tage hier grasen, damit er sich wieder Fleisch anfrißt.«

»Ja, das alte Pferd taugt gar nicht viel. Aber ein armer Flößer, wie ich bin, bringt es eben selten zu einem guten Mustang. Man muß zufrieden sein mit dem, was andere nicht mehr gebrauchen können.«

Er hatte dabei eigentümlich gelächelt und stieg vom Pferd.

Als die Männer nun langsam am Ufer des Sees dahinschritten, um zur Mission zurückzukehren, lief das Pferd wie ein Hund hinter seinem Herrn her. Es ließ die Ohren und den Schweif hängen und bot dabei ein ziemlich trauriges Aussehen. Als aber zufällig ein Geier von einem nahen Felsen aufstieg und einen schrillen Schrei ausstieß, warf es den Kopf und den Schweif in die Höhe, spitzte die Ohren und funkelte mit den Augen. Es sah den Vogel emporkreisen und ließ

Kopf und Schweif wieder sinken. Es hatte sich überzeugt, daß der Schrei nicht die Nähe einer Gefahr bedeute. Sam hatte diese Bewegungen nicht bemerkt, sonst hätte er seine Ansicht über das Tier jedenfalls geändert.

Ein anderer hatte ein besseres Auge dafür. Als sie nämlich in die Nähe des Gebäudes gelangten, kam ihnen der junge Indianer entgegen.

»Das ist ein Indsman, der trotz seiner Jugend bereits wegen seiner Tapferkeit, Klugheit und besonderen Schnelligkeit bekannt ist«, sagte Wilkins zu den anderen. »Wegen dieser Schnelligkeit wird er der Flinke Hirsch genannt.«

Der Indianer blieb achtungsvoll stehen, um sie vorüberzulassen. Kaum aber erblickte er Steinbachs Pferd, so stieß er den indianischen Ruf der Verwunderung aus: »Uff, uff!«

»Worüber wundert sich mein roter Bruder?« fragte Sam.

Der Indsman betrachtete Steinbach mit einem scharfen Blick und antwortete: »Ist dieses Bleichgesicht ein Freund der Taube?«

»Ja.«

»Da du es sagst, will ich es glauben, sonst hätte ich ihm das Messer in die Brust gestoßen.«

»Warum?«

»Die Starke Hand hat mir befohlen, die Taube zu beschützen, und so darf ich keinen Dieb in ihre Nähe kommen lassen.«

»Hältst du ihn für einen Dieb?«

»Da er Euer Freund ist, kann er keiner sein, sonst aber hätte ich es sicher angenommen.«

»Aus welchem Grund?«

»Weil er wie ein Seste-tsi aussieht, und er ist doch keiner.«

Das apachische Wort Seste-tsi heißt Baumtöter. Der Indianer meinte damit Holzfäller. Sam fühlte sich betroffen und fragte: »Warum soll er keiner sein?«

»Frage ihn selbst. Der Flinke Hirsch kann nicht wissen, warum ein Bleichgesicht sich ein falsches Gesicht gibt. Ist Euer Freund auch der Freund der Starken Hand?«

»Ja. Die Starke Hand hat ihn zu uns gesendet.«

»Uff! So könnt Ihr ihm vertrauen, wie ich selbst ihm vertraue.«

Er blickte Steinbach ehrfurchtsvoll an und legte dabei die Hand auf Stirn und Herz, zum Zeichen des untertänigen Grußes. Dabei ging ein pfiffiges, selbstbewußtes Zucken über sein Gesicht, als ob er Steinbach sagen wolle, daß er ihn durchschaut habe, aber nichts sagen werde. Dann schritt er weiter.

»Was mag er wohl meinen?« fragte Sam. »Wissen Sie es, Herr Steinbach?«

»Wenn Sie es nicht wissen, meinen Sie dann, daß ich es wissen kann, der ich ihn doch zum ersten Mal sehe?«

»Hm! Er blickte Sie so eigentümlich an.«

»Ich kann nichts dafür.«

»Aber Sie warfen ihm auch so ein Lächeln hin, als ob Sie ihm sagen wollten: Schon gut! Gehe nur immer weiter, wir verstehen uns ja! Fast möchte ich glauben, daß Sie irgendein Geheimnis miteinander haben. Aber Sie haben sich doch noch gar nicht gesehen. Er hielt Sie für einen Spitzbuben.«

»Sie selbst haben mich ja auch für einen gehalten.«

»Na, ich hoffe, daß ich mich wirklich getäuscht habe, sonst

würde es Ihnen traurig ergehen, obwohl Sie mein Landsmann sind.«

»Ja, das ist wahr, Sir«, bestätigte Tim. »Wir würden Euch die Seele ein wenig aus dem Leib herausquetschen.«

»Wirklich?« lächelte Steinbach. »Wie wolltet Ihr das wohl anfangen?«

»Das könnte ich Euch zeigen, wenn es mir nicht leid um Eure Knochen täte.«

»O bitte, um meine Knochen braucht es Euch gar nicht sehr bange zu sein. Ich möchte wirklich gern wissen, wie Ihr Euch bei so einer Seelenherausquetscherei benehmen würdet.«

»Na, wenn es Euch wirklich Spaß macht, will ich es Euch zeigen, wie man die Seele aus dem Leib drückt. Das fängt man nämlich so an.«

Der Präriejäger läßt nicht gern eine Gelegenheit, seine Kraft und Gewandtheit zu zeigen, vorübergehen. So auch der lange Tim. Er ergriff mit der linken Hand Steinbach beim Hals und mit der Rechten beim Gürtel, um ihn emporzuheben und zur Erde zu werfen. Da er von starkem, knochigem und sehnigem Körperbau war, eine langjährige Übung besaß und seine jetzige Bewegung mit außerordentlicher Schnelligkeit und Sicherheit ausführte, so wäre ihm der Angriff wohl gelungen, wenn er nicht eben gerade gegen Steinbach gerichtet gewesen wäre. Es hatte ganz den Anschein, als ob Tim Sieger sein werde, denn Steinbach tat, als ob er ganz erschrocken sei, und blieb stehen, ohne seine Hand zu rühren. Nur die Füße hatte er auseinandergespreizt.

»Halt, Tim! Mach keine Dummheiten!« sagte Sam. »Du könntest ihm Schaden tun!«

»Keine Angst, Master Sam!« lachte Steinbach. »Schaden würde er sich nur selbst. Wir wollen doch sehen, wie lange er an mir herumhantieren wird.«

Er stand mit ausgespreizten Beinen da, und zum größten Erstaunen gelang es Tim bei aller Anstrengung nicht, ihn aufzuheben oder auch nur um einen Zoll vom Standpunkt, den er einnahm, zu entfernen.

»Verdammt!« keuchte der Lange. »Das geht doch mit dem Teufel zu! Das ist mir noch nicht passiert!«

»Drück doch drauf, Tim!« rief sein Bruder Jim. »Du mußt dich ja sonst schämen!«

»Mach es besser, wenn du kannst!«

»Natürlich werde ich es können! Paß auf!«

Jim packte Steinbach schnell von der anderen Seite.

»Oho! Zwei gegen einen!« lachte Steinbach. »Da muß ich Euch doch zeigen, wie es ein Flößer macht!«

Er ergriff Jim mit der Rechten und Tim mit der Linken oberhalb des Gürtels bei den Jagdhemden, stieß sie so kräftig von sich ab, daß sie ihre Hände loslassen mußten, riß sie wieder an sich, so daß sie den festen Halt verloren, und hob sie hoch vom Boden empor. Steinbach machte drei, vier schnelle Schritte zum Wasser des Sees hin, riß die beiden einige Male auf und nieder und setzte sie dann, indem er sie plötzlich fahren ließ, in das Gras.

»So, da sitzt Ihr, Mesch'schurs!« meinte er munter. »Ich hätte Euch recht gut da in den See werfen können, wenn es sich nicht um einen bloßen Spaß handelte. Das werdet Ihr doch zugeben.«

Die Brüder sahen erst einander und dann ihn mit einem so

unendlich erstaunten Ausdruck an, daß er in ein lautes Lachen ausbrach.

»Verdammt!« keuchte Jim.

»Verflucht!« hustete Tim.

»Das ist doch eigentlich unmöglich!«

»Unglaublich! Noch nie dagewesen!«

»Ich bin auch ganz starr!« sagte Sam der Dicke. »Man möchte seinen eigenen Augen nicht trauen. Das ist doch eine wahre Elefantenstärke!«

»Machen Sie es einmal nach, Master Barth«, meinte Steinbach zu dem Erstaunten.

»Unsinn! Das macht Ihnen überhaupt keiner nach. Ich hätte im Leben nicht geglaubt, daß aus Herlasgrün so ein Goliath kommen könne. Packt dieser Mensch die beiden Kerle hier an der Brust und hebt . . .«

»Halt! Fort!« rief Steinbach.

Sam hatte nämlich, um seine Worte zu erklären, Steinbach bei der Brust gepackt, erhielt aber, obgleich er von diesem augenblicklich beiseite gerissen wurde, einen solchen Streifhieb über den Rücken, daß er zu Boden stürzte.

»Donnerwetter!« rief er, sich schnell aufraffend. »Wer war der Halunke?«

Aber er sprang augenblicklich zur Seite, sonst hätte er einen zweiten Hieb erhalten, der diesmal wohl gefährlicher ausgefallen wäre. Steinbachs Pferd hatte sich nämlich herumgedreht und mit den beiden Hinterhufen nach ihm ausgeschlagen. Den Kopf zurückgewendet, funkelte es ihn mit zornigen Augen an und fuhr, genau auf ihn zielend, mit den Schlägen so anhaltend fort, daß er eine ganze Strecke zurückwich und ergrimmt ausrief: »Verdammtes Biest! Ein Glück, daß mich der erste Hieb nur streifte! Ich wäre tot gewesen.«

»Ja, ich hatte gerade noch Zeit, Sie zurückzuzerren«, bemerkte Steinbach. »Der Gaul ist brav.«

»Was!« rief Sam. »Wenn das Viehzeug ehrliche Leute totschlägt, nennen Sie es brav?«

»Natürlich! Das Pferd will mich beschützen.«

»Beschützen? Unsinn! Sie wollen mir doch nicht etwa weismachen, daß die Bestie nach mir geschlagen hat, weil ich Sie angegriffen habe!«

»Bloß deshalb!«

»Pshaw! Warum hat sie dann nicht vorher nach Jim und Tim geschlagen?«

»Weil der brave Gaul sofort sah, daß ich diese beiden Mesch'schurs in die Höhe nahm. Eine Fortsetzung des Kampfes hat er aber doch nicht dulden wollen.«

»Sollte man es denken! Er verteidigt seinen Herrn! So etwas habe ich noch nie gehört. Für andere ist das unter Umständen verhängnisvoll, für seinen Herrn aber vorteilhaft. Wer hat es ihm denn so beigebracht?«

»Von einer Dressur ist dabei wohl nicht die Rede. Das Pferd ist eben ganz von selbst so treu und anhänglich, daß es seinen Herrn in Schutz nimmt. Sie mögen sich also in Zukunft in acht nehmen, daß Sie mich nicht falsch angreifen, Sir!«

»Wer hätte das dem mageren Racker angesehen!«

Er betrachtete jetzt das Pferd genauer. Steinbach nickte mit dem Kopf.

»Man kann sich eben in den Tieren genauso irren wie in

den Menschen. Ich bin der Meinung, daß dieses Pferd stets so gut genährt gewesen ist wie jetzt.«

»Dann ist es zu bedauern, denn in diesem Fall hat es stets Hunger gelitten.«

»Oho! Ich lasse mein Tier nicht Hunger leiden. Eierkuchen und Gänsebraten kann ich freilich nicht füttern, aber Sie haben gesehen, daß es mir nachgelaufen ist wie ein Hund, ohne sich nach einem Grashalm oder nach dem Wasser des Sees zu bücken. Es hat also keine Spur von Hunger noch von Durst.«

»Aber diese Magerkeit, diese Knochen!«

»Nicht alle Geschöpfe können so dick und fett sein wie Sie, Mister Sam. Aber bekommen die Mister Jim und Tim etwa weniger zu essen als Sie, weil sie so mager und knochig sind, noch mehr als mein Gaul?«

»Das ist Rasse.«

»Nun, so ist es bei meinem Pferd eben auch Rasse. Vielleicht werden Sie bald eine andere Meinung von ihm haben.«

Sie gingen jetzt weiter, auf das Missionsgebäude zu. Die alte indianische Torhüterin hatte sie bereits von weitem kommen sehen und das Tor geöffnet. So konnten sie hinein, ohne warten zu müssen. Das Pferd lief mit hinein, hinter seinem Herrn her, als ob sich dies ganz von selbst verstehe.

Bevor Steinbach den anderen in den Speisesaal folgte, versorgte er sein Pferd und ging nochmals an das Tor, um den Verschluß zu untersuchen. Er bestand aus zwei außerordentlich starken Querriegeln, die man von draußen wohl kaum einzudrücken vermochte. Als er sich noch da befand, hörte er draußen Schritte. Er sah durch die Klappe hinaus und bemerkte den Flinken Hirsch. Er öffnete, um den Indianer hereinzulassen.

Als dieser ihn sah, blieb er stehen, legte grüßend die Hand auf das Herz und sagte: »Darf ich deinen Namen hören?«

»Steinbach.«

»Warum soll Flinker Hirsch dieses fremde Wort aussprechen, wenn er dich rufen will?«

»Denkst du, daß es ein besseres gibt?«

»Ja.«

»Welches?«

»Tan-ni-kay.«

»Wie? Du hältst mich für den Fürsten der Bleichgesichter?«

»Du bist es, oder du bist ein Dieb.«

»Wieso?«

»Starke Hand, der berühmte Häuptling, gibt das berühmteste Pferd der Apachen nicht einem gewöhnlichen Mann. Das dicke Bleichgesicht will ein kluger Mann sein, und doch hielt es dieses Pferd hier für ein sehr schlechtes. Du hast den Hengst von der Starken Hand zum Geschenk erhalten?«

»Ja.«

»So bist du der Fürst der Bleichgesichter. Warum willst du es mir verschweigen?«

»Nun gut, ich will es dir eingestehen, aber sage den andern nichts.«

»Mein Mund weiß zu schweigen.«

»Ich werde dich dafür belohnen.«

»Der Flinke Hirsch verlangt keine Belohnung dafür, daß er seine Pflicht erfüllt.«

»Und doch möchte ich dir mein Wohlwollen erweisen, indem ich dich wie einen Helden behandle.«

Aus dem schönen dunklen Auge des roten Jünglings brach ein Strahl hellster Freude. Er sagte: »Der Flinke Hirsch kann für dich sterben, wenn du es befiehlst.«

»Ich trachte nicht nach deinem Leben. Du sollst vielmehr Ruhm haben und beneidet werden von den Bleichgesichtern, die heute hier eingezogen sind. Sie wissen nicht, wer ich bin, und halten mich für einen unerfahrenen Knaben. Dafür will ich sie beschämen.«

Da griff der Flinke Hirsch nach Steinbachs Hand und zog sie an seine Brust, ein außerordentlich hohes und ebenso seltenes Zeichen seiner dankbaren Ehrerbietung. Er antwortete: »Bring tausend Feinde, und ich kämpfe mit ihnen!«

»Ich weiß, daß du tapfer und klug bist. Als die Starke Hand fortzog, hat sie dich zum Beschützer der Taube des Urwaldes bestellt. Das wäre nicht geschehen, wenn du es nicht verdientest.«

Der Indianer ging. Sein Gesicht war ernst und unbewegt, innerlich aber empfand er über die ihm zuteil gewordene Auszeichnung eine Freude, die es ihm schwermachte, ruhig zu erscheinen.

Steinbach ging nun die Treppe hinauf in den Speisesaal, wo ihm ein Imbiß bereitet worden war. Die anderen leisteten ihm Gesellschaft. Es verstand sich ganz von selbst, daß Sam seine Braut und deren Verwandte brachte, um sie dem neuen Ankömmling zu zeigen, von dem er fest glaubte, daß er aus Herlasgrün sei.

Wilkins war am wißbegierigsten von allen. Er wandte sich

an Steinbach, als Sam seine Vorstellung der erwähnten Personen noch kaum beendet hatte: »Nun, Sir, eßt und trinkt und laßt Euch nicht stören. Eine Störung wird es hoffentlich nicht sein, wenn ich mich nach dem erkundige, was ich so bald wie möglich erfahren möchte.«

»Fragt nur in Gottes Namen, Master Wilkins! Neben dem Kauen und Schlingen wird man wohl einige Worte antworten können.«

Wilkins brachte das Gespräch auf Steinbachs Nachricht, daß Indianer vom Stamm der Marikopa einen Überfall planten.

»Also, die Marikopa kommen! Mir soll es recht sein. Ich fürchte mich nicht vor ihnen. Aber was wollen sie?«

»Sie wollen zweierlei. Erstens haben sie eine Absicht auf die Taube des Urwaldes und auf die Schätze, die sich am Silbersee befinden, und zweitens . . .«

Sam unterbrach ihn, sich an Wilkins wendend: »Man spricht und hört so viel von diesen Schätzen. Ist denn etwas Wahres daran?«

»Man täuscht sich außerordentlich«, antwortete Wilkins ausweichend.

»Nun, so mögen die roten Herren kommen und sich holen, was nicht da ist. Und zweitens?«

»Zweitens wollen sie eine weiße Frau auf den Gräbern der Häuptlinge opfern.«

»Habt Ihr das wirklich erlauscht?« fragte Wilkins rasch.

»Jawohl.«

»Das kommt mir sonderbar vor. Der Silbersee ist der Friedens- und Begräbnisplatz berühmter Häuptlinge der

Apachen und Comanchen. Die Krieger dieser beiden sich stets bekämpfenden Stämme sollen in Frieden hier nebeneinander ruhen. Ein Marikopa ist hier niemals begraben worden, also kann auch auf seinem Grab nicht geopfert werden.«

»So opfern sie auf dem Grab eines Apachen oder Comanchen«, meinte Sam.

»Unmöglich. Kein Indianer bringt dem toten Häuptling eines anderen Stammes ein Opfer, zumal eines feindlichen Stammes. Die Marikopa jagen am Gila und sind Todfeinde der Apachen und Comanchen. Das mit der weißen Frau muß einen anderen Grund und einen anderen Zweck haben.«

Da erscholl von der Tür her eine klangvolle Stimme: »Die Hunde der Marikopa sind aus ihren Löchern gekrochen, um die Gräber der Apachen zu besudeln und zu entehren. Das ist die größte Schande, die man einem Stamm antun kann. Die Starke Hand wird diese Hunde mit der Peitsche zurücktreiben und so viele erschlagen, daß der Gila überfließen soll von ihrem Blut und von den Jammertränen ihrer Weiber und Töchter.«

Ein großer, stattlicher Indianer trat ein, gefolgt vom Flinken Hirsch, der ihn hereingelassen hatte.

»Die Starke Hand!« rief Sam erstaunt.

»Ja, Master«, lächelte Steinbach, »Euch widerfährt heute das große Heil, den berühmtesten und tapfersten Häuptling aus Amerika und den dümmsten Weißen aus Herlasgrün, nämlich mich, kennenzulernen. Letzteres werdet Ihr allerdings für keine große Ehre halten, wie mir scheint.«

»Ja, viel Ehre kann man mit Euch nicht einlegen«, antwortete der Dicke. »Das andere aber lasse ich mir desto eher gefallen. Also, dieser rote Master ist wirklich der große Häuptling? Oder macht Ihr nur Spaß?«

»Er ist es.«

»So muß ich ihm auf der Stelle meine Hand geben. Man ist zwar nur in Herlasgrün geboren, aber man hat sich dennoch genug Benehmen angeeignet, um zu wissen, wie man einen so berühmten Krieger zu begrüßen hat.«

Er ging auf die Starke Hand zu, streckte ihm die Rechte entgegen, nickte ihm freundlich zu und sagte: »Der große Häuptling der Apachen sei willkommen am Silbersee. Ich freue mich, ihn zu sehen!«

Der Indianer blieb trotz der freundlichen Miene des Dicken ernsthaft, drückte ihm die Hand und antwortete: »Die Starke Hand ist am Silbersee zu Hause. Er ist es, der sich freut, Entschar-til willkommen zu heißen.«

Sam drehte sich zu den anderen um und sagte: »Entschar-til? Ich kenne das Wort nicht. Was mag es heißen, und wen mag er meinen?«

Da antwortete Steinbach lachend: »Entschar-til heißt der große Bauch, der dicke Bauch. Seht Euch an, Master Sam, so werdet Ihr gleich wissen, wen er gemeint hat.«

»Donnerwetter! Mich gleich so zu nennen! Diese Apachen sind sehr schnell im Namengeben.«

»Oh, den gibt er Euch nicht erst jetzt. Sämtliche Apachen nennen Euch nicht anders als Entschar-til, den dicken Bauch.«

»Das habe ich noch gar nicht gewußt. Wenn sie mich so nennen, muß ich doch ein ihnen sehr bekannter Kerl sein.«

»Na, ich will Euch aufrichtig sagen, daß Ihr weiter bekannt seid, als Ihr vielleicht denkt. Ihr seid ein berühmter Mann, ob wegen Eurer Verdienste oder wegen Eures dicken Bauches, das will ich nicht untersuchen.«

»Das ist auch nicht nötig. Ihr braucht Euch gar keine Mühe zu geben. Der Grund ist gleichgültig, wenn ich nur berühmt bin. Ihr freilich werdet niemals eine Berühmtheit erlangen, weder wegen eines dicken Bauches noch wegen Eurer Tapferkeit. Das ist der Unterschied zwischen Euch und mir.«

Diese Worte waren in englischer Sprache gesprochen, und da sie der große Häuptling beherrschte, so hatte er alles verstanden. Er richtete einen kurzen, fragenden Blick auf Steinbach, und da dieser leise den Kopf schüttelte, sagte er zu Sam: »Mein weißer Bruder Steinbach ist zwar kein großer Krieger und Jäger, aber er hat keine Furcht und wird bald berühmt werden unter den Männern des Westens.«

»Der? Da irrt sich die Starke Hand. Ich habe noch niemals einen berühmten Rafter gekannt. Diese Kerle treiben sich ja nur in der Nähe der Flüsse herum. Sie brauchen das Wasser, um ihre Flöße zu transportieren. Kenner des Landes, Pfadfinder sind sie also nicht, und Spürnasen haben sie auch nicht. Zu einem ordentlichen Scout gehört doch mehr, als ein Rafter sein kann.«

»Ihr habt Euch da wirklich ganz in Zorn und Ärger hineingeredet!« lachte Steinbach.

»Es ist mir auch danach. Ihr seid zwar ein Landsmann von mir, aber noch ein Neuling in der Prärie. Ihr habt weder ein Gewehr noch Pulver, Blei und Schrotbeutel. Ein Beil und ein Messer, das ist alles, was Ihr habt, und damit tut Ihr so dick, als ob Ihr die ganze Savanne zum Frühstück auffressen und den Mississippi dazu austrinken wolltet. Hier sind auch noch Leute, und von denen könnt Ihr etwas lernen. Merkt Euch das! Verstanden?«

»Ja, mein lieber Master Sam, Ihr habt recht. Ich bin ein bißchen unbescheiden gewesen. Der Mensch soll nicht dikker tun, als er ist. Ich will mir das in Zukunft abgewöhnen. Seid Ihr mit dieser Erklärung vielleicht zufrieden?«

»Ich muß wohl. Haltet aber auch nur Wort! Aber wir haben jetzt Notwendigeres zu tun. Was wollt Ihr jetzt unternehmen?« wandte sich Sam an die Starke Hand.

»Ich gehe sogleich, ihnen entgegenzureiten und zu sehen, wo sie ihr Lager aufgeschlagen haben.«

»Im Dunkeln?« fragte Sam erstaunt.

»Dem Häuptling der Apachen ist die Nacht wie der Tag«, sagte der Indianer stolz.

»Aber du kennst ja die Richtung gar nicht, aus der sie kommen!«

»Blamiert Euch nicht, Master Sam!« meinte Steinbach.

»Blamieren? Ich? Mich? Was fällt Euch ein? So ein in Herlasgrün ausgebrütetes Ei kommt als grünes Küchlein herüber in das Felsengebirge und sagt zu so einem alten, erfahrenen Kampf- und Streithahn, daß er sich nicht blamieren solle. Das ist mir doch noch mehr als stark, das ist stärker, nein, das ist sogar am stärksten, am allerstärksten!«

»Nicht gar so sehr, wie Ihr denkt. Ihr kennt doch wohl die Marikopa-Indianer?«

»Jedenfalls besser als Ihr!«

»Nun, was sind sie denn für Leute?«

»Wollt Ihr mich etwa examinieren, oder soll ich Euch unterrichten, Sir?«

»Ich will unterrichtet sein, Master Sam.«

»Das will ich mir gefallen lassen. Wäre es das erstere gewesen, so hättet Ihr keine Antwort erhalten, sondern etwas ganz anderes. Also, die Marikopa werden mit zu den Pueblo-Indianern gerechnet, sind ein höchst kriegerischer Stamm und wohnen mit den ebenso gefährlichen Papago-Indianern am Gilafluß. So, jetzt wißt Ihr es.«

»Ich danke Euch«, sagte Steinbach ernst. »Ihr seid wirklich der Mann, von dem man etwas erfahren und lernen kann. Wenn nun die Marikopa am Gila wohnen, so kommen sie also jetzt vom Gila her?«

»Natürlich! Das ist überhaupt eine geistreiche Frage, mein bester Master Steinbach. Der Regen steckt in den Wolken, also muß er auch aus den Wolken kommen. Man merkt nicht, daß Ihr aus Herlasgrün stammt. So sehr dumm sind die Leute dort doch nicht!«

»Sehr verbunden. Ich meine nur, daß wir uns hier nördlich der Quellen des Gila befinden, und darum denke ich, daß sich die Marikopa nicht an die Südseite des Flusses aufgehalten haben.«

»Jedenfalls nicht, Herr Professor der Geographie. Da kämen sie nach Mexiko, nicht aber zu uns herauf.«

»Schön. Aber auf dieser Route liegt ihnen doch wohl Silver-City im Wege, wo sie sich nicht sehen lassen dürfen.«

»Das lassen sie rechts liegen.«

»Dann kommen sie ja nach Fort West, wo man ihnen sogleich den Garaus machen würde.«

»So weit gehen sie natürlich nicht. Sie lassen das Fort links liegen. Ihr freilich würdet entweder nach Silver-City oder nach Fort West rennen, um Euch dort die Nase einzustoßen. Diese roten Leute aber sind klüger als Ihr, sie reiten zwischen beiden hindurch.«

»Ja, ja, das ist wahr. Aber Ihr seid doch noch viel klüger als sie. Ihr seid ein Mann, von dem man sehr viel lernen kann. Doch, mein lieber Master Sam, sagtet Ihr nicht soeben noch zu der Starken Hand, daß man nicht wissen könne, woher sie kommen?«

»Ja.«

»Und nun habe ich es doch aus Euch herausgekitzelt, daß sie zwischen Silver-City und Fort West kommen werden! Wer von uns ist da der Dumme und der Kluge, der Schüler und der Lehrer?«

Jetzt erkannte Sam, daß er übertölpelt worden sei. Er öffnete den Mund, blickte Steinbach ganz betroffen an und sagte: »Heiliges Pech! Jetzt weiß ich wirklich nicht, woran ich bin! Das habt Ihr gut gemacht, wirklich sehr gut! Aber es ist ja eben nur ein Zufall. Dennoch will ich gern gestehen, daß ich ohne Eure dummen Fragen nicht darauf gekommen wäre. Es ist ganz richtig, daß die Roten aus der angegebenen Richtung kommen müssen. Südlicher oder nördlicher können sie sich gar nicht wenden.«

»Ich freue mich, daß Ihr einseht, welche guten Erfolge einmal auch die Dummheit haben kann. Nun sollen die Marikopa aber bereits morgen hier sein. Sie sind also keinen Tagesmarsch mehr entfernt. Wo werden sie da während der Nacht wohl lagern?«

»Hm! Ich bin sonst nicht auf den Kopf gefallen, aber allwissend bin ich doch nicht.«

»Aber nachdenken kann man, ohne allwissend zu sein. Werden sie vielleicht hier in der Nähe liegen?«

»Nein, fällt ihnen gar nicht ein.«

»Oder in der Nähe der beiden genannten Orte?«

»Gewiß nicht.«

»Schaut, wie richtig Ihr zu antworten versteht, wenn man Euch nur richtig fragt. Wann werden sie zwischen den Orten hindurchreiten?«

»Heute, wenn es dunkel geworden ist. Wir müssen heute sagen, weil Mitternacht vorüber ist.«

»Ich bin ganz Eurer Meinung. Sie werden also bis zu dieser Zeit hinter der Linie, die man von Silver-City nach Fort West zieht, liegenbleiben. Das gibt uns Muße, sie tagsüber zu beobachten.«

»Das klingt nicht übel. Aber das Anschleichen ist schon nachts eine schwierige Sache, bei Tag aber doppelt und zehnfach schwer. Es dürfen also nur die gewandtesten Männer dazugenommen werden. Wer soll gehen?«

»Ehe wir das bestimmen, ist es notwendig, über den Ort nachzudenken, wo die Roten lagern werden. Kennt Ihr die Gegend, Master Sam?«

»So leidlich.«

»Macht nicht der Gila hinter der Silver-City einen ziemlichen Bogen nach Süden?«

»Ja. Woher wißt Ihr das?«

»Nebensache. Er ist dort seicht und schmal und kann sehr leicht überritten werden. Das Wasser reicht den Pferden nicht bis an den Leib. Innerhalb dieses Bogens liegt dichter Urwald. Am Ufer steht Schilf und dichtes Gestrüpp, dazwischen Gras, genug für viele Pferde. Dort werden die Roten gehalten haben.«

»Verflucht! Ich werde freilich ganz irre an Euch! Ja, es gibt kein besseres Versteck für sie als jene Stelle. Mitten im Urwald, vorn am Fluß geschützt, sind sie so sicher wie in Abrahams Schoß. Dort und nirgends anderswo sind sie zu suchen und zu finden. Hin müssen wir, um zu sehen, woran wir sind. Wer geht?«

»Die Starke Hand geht«, sagte der Häuptling.

»Und ich auch!« meinte Sam.

»Die Starke Hand wird allein reiten. Wenn der Dicke Bauch auch gehen will, so mag er es tun. Aber ich rate ihm, einen starken Beschützer mitzunehmen.«

Sam war ganz sprachlos vor Erstaunen. Es dauerte fast eine Minute, ehe er, den Häuptling anstarrend, die Antwort fand: »Ich? Einen Beschützer? Donnerwetter! Wen denn?«

»Meinen weißen Bruder Steinbach.«

»Den? Na, das wäre ja lustig! Der würde mir das ganze Geschäft verderben, anstatt mich zu beschützen!«

»Na, versucht es doch einmal«, bat Steinbach ironisch.

»Fällt mir gar nicht ein!«

»Ich denke, Ihr wollt mein Lehrer sein!«

»Hm! Das wohl! Aber Ihr macht mir Albernheiten und bringt uns in Gefahr!«

»Ich werde mir die möglichste Mühe geben.«

»Wirklich? Na, Ihr habt Euch jetzt nicht ganz so unklug benommen, wie ich es Euch zugetraut hatte. Darum will ich es einmal mit Euch versuchen.«

»Aber ich!« fiel Jim ein. »Soll ich etwa dableiben?«

»Ja«, erklärte Sam. »Die halbe Welt braucht nicht mitzugehen. Pflege dich, Langer. Du hast die Aufgabe, die Mission und die Taube des Urwaldes zu beschützen.«

Da fiel der junge Apache schnell ein: »Der Flinke Hirsch beschützt die Taube. Er braucht keinen zweiten.«

Es klang wie eifersüchtiger Ehrgeiz aus seinen Worten. Aber sein Oheim, der Häuptling, wies ihn zurecht: »Es nahen viele Feinde, da ist ein Arm zum Schutz nicht genug. Die weißen Freunde mögen das Haus mit hüten. Die Starke Hand reitet jetzt fort. Er wird nach Norden gehen, um an Fort West vorüber den Marikopa in den Rücken zu kommen.«

»So halten wir beide, Master Sam, uns nach Süden«, sagte Steinbach. »Wir reiten um Silver-City herum und kommen den Indsmen von der anderen Seite in den Rücken. Dort treffen wir vielleicht mit der Starken Hand zusammen.«

»Ich habe eine andere Ansicht«, meinte Sam. »Mit diesem Umweg vergeuden wir kostbare Zeit, und so halte ich es für besser ...«

Da aber fiel ihm der Häuptling in die Rede: »Der Dicke Bauch wird es für besser halten zu tun, was unser weißer Bruder Steinbach gesagt hat. Ich erwarte das ganz bestimmt. Howgh!« Er drehte sich um und ging hinaus.

Das indianische Wort Howgh ist fast allen Stämmen gemein. Es wird von allen Nationen gebraucht und hat eine sehr veränderliche Bedeutung. Meist aber ist es eine Bekräftigung, also: »Basta, abgemacht! So ist es und nicht anders.«

Die Starke Hand hatte das mit Nachdruck gesprochen. Sam sah zur Tür, hinter der der Häuptling verschwunden war, und sagte, den Kopf schüttelnd: »Na, Herr Jesses! Ich darf doch auch wohl eine Meinung haben! Aber meinetwegen, wir wollen es so machen, wie er es angegeben hat.«

»Was für ein Pferd werdet Ihr nehmen?«

»Das meinige.«

»Zu einem solchen Ritt?«

»Ja.«

»Aber bedenkt, daß es müde ist, daß wir auf Kundschaft reiten, daß wir dabei in Gefahr kommen können und es wohl einen Ritt auf Tod und Leben geben kann.«

»Da wären wir sehr dumme Kerls!«

»Wieso?«

»Gäbe es einen Ritt auf Tod und Leben, so hätte man uns bemerkt, und wir hätten unsere Sache also höchst unklug angefangen.«

»Nun, wollen hoffen, daß ich Euch klüger finde, als ich jetzt denke. Vorwärts also!«

Sie wollten aufbrechen. Da kam aber Wilkins nach, um ihnen Adieu zu sagen.

»Fürchtet Euch nicht«, meinte Sam. »Wir werden für Euch wachen. Solange wir nicht zurück sind, besteht keine Gefahr für Euch.«

»Danke, Sir! Übrigens verlasse ich mich auch ein wenig auf mich selbst. Sobald Ihr fort seid, werde ich das Wasser loslassen, dann sind bis zum Mittag wenigstens hundert tüchtige Krieger der Apachen hier am See beisammen.«

»Laßt sie aber nicht sehen«, sagte Steinbach, »sondern nehmt sie in das Haus herein. Es steht nämlich zu erwarten, daß die Marikopa Kundschafter senden.«

Der Morgen dämmerte. Als sie die Schlucht, die Steinbach heraufgekommen war, hinab ritten und die Ebene vor sich hatten, war es Tag geworden.

Steinbach lenkte nach Süden, um einen weiten Bogen zu schlagen. Sam machte Einwendungen, aber wunderbarerweise war Steinbachs alter Gaul dem Pferd des Dicken immer acht bis zehn Längen voraus. Sam konnte gar nicht recht zu Wort kommen.

Nach zwei Stunden hatten sie die Silver-City zur Rechten und lenkten nun nach West ein, dann mehr nach Nord zurück, bis sie auf den Fluß trafen.

»Aber, Master, was fällt Euch denn ein, in dieser Weise mit mir ... Donnerwetter!«

Steinbach hatte nämlich von der Klage des Dicken gar keine Notiz genommen, sondern sein Pferd in einem kühnen Satz in den Fluß getrieben. Erst am anderen Ufer hielt er an.

Als auch Sam dort ankam, keuchte er: »Mensch, ich bin ganz außer Atem! Ihr reitet ja wie der Tod, und Euer Vieh rennt wie der Teufel! Laßt mich doch endlich einmal reden! Wir befinden uns viel zu weit nordwärts. Wir müssen weiter nach Süd!«

»Meint Ihr? Hm! Wollt Ihr nicht absteigen?«

»Warum?«

»Weil ich die Pferde hier in diesem famosen Dickicht verstecken will.«

»Was fällt Euch ein! Ich meine, daß ...«

»Pst! Schreit nicht so! Die Indsmen brauchen uns nicht zu hören. Macht übrigens, was Ihr wollt. Laßt Euch meinetwegen skalpieren, wenn Ihr Spaß daran findet! Ich tue, was ich will.«

Er drängte das Buschdickicht auseinander und führte sein Pferd hinein, um es da anzubinden. Sam sah sich gezwungen, dasselbe zu tun. Als das geschehen war, wurden alle Spuren entfernt und möglichst verwischt. Sam wollte eine Rede halten, aber Steinbach schnitt sie ihm durch eine energische Handbewegung ab und schritt voran, immer den Fluß entlang und zwischen Büschen hindurch. Er vermied dabei sorgfältig, eine Fährte zurückzulassen. Sam folgte natürlich seinem Beispiel.

Als Steinbach einmal zögernd stehenblieb und der Dicke ihn also einholte, sagte er: »Aber, Sir, ich begreife Euch nicht! Warum sollen die Indsmen denn gerade hier sein? Warum rennt Ihr so? Übrigens habt Ihr kein Gewehr mit, keine Pistole, keine Schußwaffe! Ihr dauert mich!«*

»Schußwaffe? Beim Anschleichen? Nein, Ihr dauert mich! Schießt man denn, wenn man ein Indianerlager belauschen will?«

»Wenn man sich verteidigen muß, ja.«

»Ich schieße nur im Notfall.«

»Womit denn? Etwa aus dem Nasenloch? Ihr habt ja gar nichts anderes als Euer Beil und das Messer. Und dazu steckt dieses unförmige Beil in einem Lederfutteral. Ein Beil ist es überhaupt gar nicht, es ist größer als eine Axt. Und dazu der Ranzen auf dem Rücken, grad wie ein Herlasgrüner Knabe, der in die dritte Schulklasse gehört.«

Steinbach antwortete nicht, sondern schritt weiter, je länger, desto vorsichtiger werdend. Eben bog er zwei Büsche

---

* Ihr dauert mich: Ihr tut mir leid!

auseinander, um zwischen ihnen hindurchzuschreiten, da fuhr er zurück, schob die Zweige wieder zusammen und ließ einen leisen Ruf der Überraschung hören.

»Was gibt es?« fragte Sam.

»Indsmen.«

»Sapperment! Sollten sie wirklich hier sein? Solltet Ihr wirklich so eine Nase besitzen? Ihr hättet sie ja geradezu stundenweit in der Luft gerochen!«

Beide kauerten sich nieder, um durch das Buschwerk zu lauschen. Der Fluß hatte hier eine Einbuchtung. Am selben Ufer, aber jenseits dieser Bucht, erschienen drei Gestalten, zwei männliche Indianer und eine Frau, die nach Art der Weißen gekleidet war. Sie hatte das Gesicht verhüllt und schritt zum Wasser, während die Indianer zurückblieben. Diese hatten zwei Lassos um den Leib der Weißen geschlungen und hielten die Enden fest, indem sie mit dem Rücken zum Wasser standen.

»Verteufelt zart und rücksichtsvoll!« kicherte Sam. »Sie soll sich waschen, dabei aber nicht entweichen und sich auch nicht ersäufen. Sie muß sich entblößen, was die Roten nicht sehen dürfen.«

»Es muß die Gefangene sein, die geopfert werden soll!«

»Jedenfalls. Paßt auf, Master! Sie nimmt das Tuch vom Kopf.«

Das Mädchen war nach der Tracht der mexikanischen Provinz Sonora gekleidet. Sie trug ein leichtes, kurzes, rotes Röckchen, ein ebensolches vorn offenes Jäckchen und auf dem Kopf einen spanischen Rebozo, einen Schleier, welcher zwar in Falten hochgenommen werden konnte, aber so lang war, daß er die ganze Gestalt wie ein leichter, durchsichtiger Mantel zu umhüllen vermochte.

Diesen Rebozo nahm sie jetzt ab und legte ihn an das Ufer. Als sie die oberen zwei Schlingen des Jäckchens geöffnet und die Ärmel weit zurückgeschlagen hatte, um die Stellen zu entblößen, die mit dem Wasser in Berührung kommen sollten, stieß selbst Sam einen Laut des Entzückens aus. Das Röckchen ließ ein kräftiges, wohlgerundetes Bein und ein außerordentlich zierliches Füßchen sehen. Unter dem geöffneten Jäckchen rundete sich das weiße Untergewand über der Fülle eines herrlichen Busens. Die weißen Arme glänzten wie Alabaster. Als sie den Schleier abgelegt hatte, war eine Fülle reichen, langen, kostbar blonden Haares über die ganze Gestalt fast bis zum Boden herabgefallen. Sie tauchte nun die Arme in das Wasser, wusch sich und trocknete sich dann mit dem eigenen Haar.

Dann befestigte sie das Haar und den Schleier wieder. Sie trat langsam zu den Indianern zurück, mit denen sie hinter den Büschen des Ufers verschwand wie eine Erscheinung aus dem Feenreich, gehütet von häßlichen Bewohnern nordischer Felsenklüfte.

»Nicht übel!« brummte Sam. »Die müssen wir herausangeln! Nicht?«

Steinbach erhob sich und holte tief Atem. Er antwortete: »Sam Barth, hört, was ich Euch sage!«

Seine Stimme klang ernst, und sein Gesicht hatte den Ausdruck kühner, ja, todesmutiger Entschlossenheit.

Sam fragte, dies bemerkend: »Was denn? Doch keine Dummheit!«

»Ich gehe nicht eher hier vom Platz, als bis ich mit diesem Mädchen gesprochen habe!«

»Herr, meine Seele! Seid Ihr überspannt? Übergeschnappt? Verrückt? Wahnsinnig? Nicht bei Troste? Ein Mädchen zuwenig oder zuviel im Kopf? Oder habt Ihr ein Volk Bienen oder ein ganzes Nest von Ameisen unter dem Schädel, daß Ihr auf den Gedanken kommt, hier in den sicheren Tod zu gehen?«

»Ich habe es gesagt und ich tue es!«

»Da hat man es! Ich habe es gleich und stets gesagt, daß Ihr kein Westmann seid und nie ein Westmann werdet! Wenn Ihr solche Unvernünftigkeiten begehen wollt, so konntet Ihr getrost daheim in Herlasgrün bleiben und ...«

»Ach was! Herlasgrün! Geht mir mit Eurem Nest!«

»Nest? Wie? Was? Wo?«

»Ich bin gar nicht aus Herlasgrün!«

»Nicht? Woher denn? Etwa aus einem Dorf, das danebenliegt oder dort in der Nähe?«

»Auch nicht. Ich bin gar kein Sachse.«

»Alle Teufel! Was denn?«

»Ein Preuße.«

»Ja, das glaube ich! Wenigstens jetzt kommt Ihr mir ganz preußisch vor!«

Er blickte ihn forschend an, als ob er wirklich an seinem Verstand zweifle. Steinbach sah das, zuckte lächelnd die Achseln und meinte: »Ihr habt mich dumm genannt, aber Ihr seid es selbst, und zwar in hohem Grade! Habt Ihr denn nicht gemerkt, daß ich nur meinen Scherz mit Euch getrieben habe?«

»Scherz? Wie? Das will ich mir verbitten!«

»Daß ich alles besser wußte als Ihr?«

»Besser als Sam Barth? Das ist stark!«

»Daß mich sogar die Starke Hand viel höher achtete als Euch, Sir?«

»Als mich? Donnerwetter!«

»Mich sogar zu Eurem Beschützer erklärte?«

»Hole mich der Teufel! Wenn Ihr, Ihr mich beschützen solltet, so wäre ich verloren.«

»Nun, wer sollte denn mit der Starken Hand kommen?«

»Der Fürst der Bleichgesichter.«

»Nun, wo ist er jetzt?«

»Irgendwo. Er wird sich schon blicken lassen, wenn es nötig ist und wenn man es gar nicht denkt. Das ist ja so seine Art und Weise, seine Angewohnheit.«

»Na, grad jetzt denkt Ihr es doch nicht!«

»Nein.«

»Und er ist da.«

Sam blickte sich schnell um. Als er keinen Menschen bemerkte, sagte er kopfschüttelnd: »Wo denn? Ihr müßtet es sein.«

»So ist es auch. Ich bin Tan-ni-kay.«

»Tan-ni-kay! Ihr? Ihr?«

Der Dicke fuhr um einige Schritte zurück, starrte Steinbach an und fuhr dann fort: »Ihr der Fürst der Bleichgesichter? Das ist lustig!«

»Mag es Euch jetzt lustig erscheinen. In einigen Minuten wird es um so ernsthafter werden. Denkt an unser Zusammentreffen, an mein Pferd, es ist das beste der Prärie. Die

Starke Hand hat es mir geschenkt. Denkt daran, wie ich Tim und Jim belehrt habe und dann auch Euch. Denkt daran, daß ich in einer selbst für Euch wunderbaren Schnelligkeit und Sicherheit den Lagerplatz dieser Marikopa entdeckte. Wenn Ihr nun noch zweifelt, so ist Euch nicht zu helfen.«

»Alle neunundneunzigtausend Himmelselementer! Soll ich es denn wirklich glauben?«

»Ja doch!«

»Na, ich möchte wohl! Aber es fehlt mir so Verschiedenes an Euch.«

»Was denn zum Beispiel?«

»Euer berühmtes Gewehr.«

»Das habe ich ja bei mir.«

Er schlug dabei mit der Hand an die Axt, die im Lederfutteral in seinem Gürtel hing.

»Etwa hier, die Axt?«

»Ja. Es ist Axt und Gewehr.«

»Donnerwetter! Wer hätte das gedacht!«

»Also, fragt nicht erst viel weiter! Ich möchte keine Zeit verlieren. Hier meine Hand und mein Wort darauf, daß ich der Fürst der Bleichgesichter bin!«

Er streckte ihm die Hand entgegen. Sam schlug ein und meinte, indem seine Äuglein leuchteten und sein ganzes Vollmondgesicht vor heller Freude glänzte: »Bei Gott, jetzt ist es mir, als ob ich mit Blindheit geschlagen gewesen sei und als ob mir jetzt die Schuppen von den Augen fallen. Ihr habt ganz die Gestalt und das Wesen des Fürsten, wie man ihn mir beschrieben hat. Also topp, topp, ich glaube es! Aber wollt Ihr denn wirklich mit diesem Mädchen sprechen?«

»Ich muß! Ich habe viel von Euch gehört, ich schätze Euch sehr. Ihr seid der Mann, mit dem man so etwas unternehmen kann. Ihr sollt Euch zwar nicht mit in das Wagnis stürzen, aber Ihr sollt doch daran teilnehmen, nämlich als Wächter. Ihr bleibt hier verborgen. Kehre ich zurück, ist es gut. Hört Ihr aber sechs Schüsse schnell hintereinander fallen, dann bin ich gefangen – tot wohl nicht, denn ich nehme mich in acht. Ihr reitet dann zurück zu der Mission, um es zu melden. Die Starke Hand wird dann schon wissen, was zu tun ist.«

»Ich weiß es schon jetzt. Hier soll ich bleiben? Euch allein gehen lassen? Fällt mir gar nicht ein! Da kennt Ihr freilich den dicken Sam Barth schlecht! Er ist nicht der Mann, einen Gefährten in irgendeiner Gefahr stecken oder gar umkommen zu lassen. Ich gehe mit!«

»Vielleicht wird durch Eure Begleitung die Gefahr grad vermehrt anstatt verringert.«

»Oho! Haltet Ihr mich für einen Kindskopf?«

»Nein. Fehler werdet Ihr doch wohl nicht machen. Aber ein einzelner vermag sich jedenfalls leichter anzuschleichen als zwei.«

»Und wenn Ihr wirklich in Gefahr kommt, so ist es eben sehr gut, wenn Ihr einen Begleiter habt. Nein! Ich habe mich förmlich gesehnt, den Fürsten der Bleichgesichter einmal zu treffen. Da nun nicht nur dieser Wunsch in Erfüllung gegangen ist, sondern ich sogar einen gefährlichen Streifzug mit Euch unternehme, will ich diese Gunst des Schicksals auch gehörig ausnützen und mich mit Euch ins Wasser stürzen. Ich gebe Euch nicht nur mein Ehren-, sondern sogar mein Savannenwort, daß ich keinen Fehler machen werde.

Sam Barth ist als ein guter Westmann bekannt und wird sich doch heute, wo er die Ehre hat, zum ersten Male mit Euch einen Coup auszuführen, nicht etwa blamieren. Das werdet Ihr mir wohl glauben.«

»Ich sage Euch dennoch aufrichtig, daß ich lieber allein gehe und Euch sozusagen als Reserve zurücklasse. Aber ich will Euch nicht weh tun. Ihr könntet denken, daß ich kein Vertrauen zu Euch habe, und das will ich doch vermeiden. Einen Rat muß ich Euch aber trotz allen Wohlwollens, das ich für Euch empfinde, doch geben. Nämlich den: Achtet niemals einen Mann gering, den Ihr noch nicht genau kennt. Wenn ich einen bösen Charakter gehabt hätte, so wäre es leicht zu einem Zusammenstoß zwischen uns beiden gekommen, bei dem Ihr wohl den kürzeren gezogen hättet. Ihr habt Eure Ausdrücke zwar stets halb scherzhaft gemeint, fünfzig Prozent Ernst aber waren dabei, und die hätte Euch jeder andere übelgenommen.«

»Das ist wahr«, gestand Sam aufrichtig. »Ihr habt eben gewußt, wie sehr überlegen Ihr mir seid, und so habt Ihr Euch so großmütig gegen mich verhalten wie der Löwe gegen das Hündchen, das man zu ihm in den Käfig steckt. Er frißt es nicht, obgleich es nur eines Schluckes bedarf. Das Kerlchen ist ihm eben zu gering und zu klein. Aber wir versäumen hier unsere beste Zeit ...«

»Ja. Solche langen Plaudereien in der Nähe eines solchen Feindes zu wagen, das können eben nur solche Männer, wie wir zwei es sind. Jetzt aber haben wir lange genug gesprochen. Wir wollen nun auch handeln.«

»So macht Eure Vorschläge«, sagte Sam.

»Die Indsmen scheinen gerade hinter der Einbuchtung zu lagern. Wir schlagen also einen Bogen, indem wir dorthin zurückkehren, wo wir die Pferde gelassen haben, und kommen dann von hinten an die Roten. Aber ich bitte Euch sehr, vermeidet jedes, auch das kleinste Geräusch, und vertilgt jede Spur hinter dem einen Fuß, ehe Ihr den anderen vorwärts bewegt. Hat man den Fuß emporgehoben, so fährt man zurückblickend mit seiner Spitze über die Stelle, auf der er geruht hat. Kein Zweig, kein Ästchen darf zertreten und zerknickt werden. Dieses unbedeutende Geräusch kann bei dem scharfen Gehör der Indianer zum Verräter werden.«

»Und wenn wir dennoch bemerkt werden, wenn man auch nur einen von uns sieht, was tun wir da?«

»Mich werden sie nicht sehen, das weiß ich sehr genau.«

»Mich auch nicht.«

»Wollen aber das Schlimmere annehmen. Werden wir beide bemerkt, so können wir nichts anderes tun, als schleunigst unsere Pferde aufsuchen, um uns aus dem Staub zu machen. Wird nur einer gesehen, so entfernt sich nur dieser, aber nicht den Pferden zu, weil dann dem andern der Weg abgeschnitten wird. Übrigens bleiben wir wohl zusammen oder uns wenigstens so nahe, daß wir uns auf alle Fälle ein Wort sagen können, wie wir uns im betreffenden Fall verhalten. Kommt jetzt!«

Sie schlichen wieder zurück, an ihren Pferden vorüber und in einem großen Bogen um die Bucht herum. Dabei waren sie darauf bedacht, alle ihre Spuren auf das sorgfältigste zu verwischen.

Am Wasser stand zunächst ein nicht sehr breiter Raum von

Buschwerk, dann gab es hohen Wald. Dieser bestand ganz ausschließlich aus solchen Bäumen, die im Westen Deepbranch- oder Greatleafbäume genannt werden. Zuweilen heißt man sie auch Straightwoods. Aus diesen Namen läßt sich auch ohne weitere Beschreibung auf den Bau dieser Riesen des Laubwaldes schließen. Sie sind von bedeutender Höhe und Stärke. Ihre Zweige beginnen bereits zwei Fuß über dem Boden. Die Hauptäste sind oft über mannsstark und stehen schnurgerade im rechten Winkel vom Stamm ab, so daß man leicht auf ihnen wie ein Seiltänzer laufen kann. Die Blätter gleichen denen unserer Walnußbäume, sind aber bedeutend größer und bilden ein sehr dichtes Laubwerk. Diese Bäume stehen zwar niemals sehr nahe beieinander, aber die Äste erreichen eine sehr ansehnliche Länge. Das Astwerk des einen Baumes reicht in dasjenige des anderen hinein. So bildet ein solcher Wald mit seinen verschiedenen Astlagen ein dichtes, grünes, aus vielen Etagen bestehendes Dach, unter dem man der Niedrigkeit der Äste wegen zwar nicht gut gehen kann, aber sehr gut Schutz vor Regen und – vor Entdeckung findet.

Ein guter Kletterer oder vielmehr einer, der es versteht, sich gut im Gleichgewicht zu halten, kann da oben im Laub auf den starken Ästen von Baum zu Baum balancieren, ohne unten bemerkt zu werden. Die dünneren würden sich unter seiner Last biegen und ihn verraten. Freilich muß er sich hüten, einen Zweig zu knicken oder ein anderes Geräusch zu verursachen, sonst ist er, falls sich Indianer unten befinden, verloren.

Steinbach und Sam hatten den Saum der Büsche durchdrungen und wollten nun in den Wald, unter dessen Dach die Roten zu stecken schienen. Da ließ sich das Schnauben eines Pferdes vernehmen.

»Halt, Master!« flüsterte Steinbach. »Wahrscheinlich haben sie ihre Tiere in der Nähe. Es ist immer besser zu wissen, was mit diesen los ist. Ich möchte gern wissen, ob Wachen dabei sind.«

Sie krochen am Boden in der Richtung weiter, aus der das Schnauben gehört worden war. Zwischen dem Buschsaum und dem eigentlichen Wald gab es da eine ziemlich große mit Gras bewachsene Blöße, auf der eine große Anzahl Pferde weidete. Indem die beiden die Blöße vorsichtig, immer von den Sträuchern gedeckt, umschlichen, zählten sie mehr als dreihundert Tiere, die an den Vorderfüßen gefesselt waren, so daß sie nicht entfliehen konnten.

»Ich sehe keine Wache«, meinte Sam.

»Ich auch nicht. Die Roten fühlen sich hier vollständig sicher. Sapperment! Seht Ihr dort die beiden Goldfüchse?«

»Ja. Prächtige Tiere. Die werden sicher nicht von gewöhnlichen Indsmen geritten.«

»Nein, gewiß nicht. Ich bin kein Pferdedieb, aber wenn ich Verwendung für diese beiden Pferde hätte, so holte ich sie mir heraus, wenn ich nicht berücksichtigen müßte, daß dadurch unsere Anwesenheit verraten würde.«

»Machen wir vorwärts, in den Wald hinein!«

Als sie sich zwischen den hohen starken Stämmen befanden, sehr gut versteckt von den unteren Zweigen, welche fast den Boden berührten, schnupperte Sam mit der Nase rundum und sagte: »Riecht Ihr nichts, Sir?«

»O doch! Sie haben ein Feuer und braten.«

»Aber was?«

»Fische.«

»Ja. Ihr habt eine ebenso gute Nase wie ich. Aber woher kommt der Geruch? Hier mitten im Blätterwerk täuscht man sich.«

»Dort vom Fluß her.«

»Scheint mir auch so. Dahin müssen wir also.«

»Ja. Hm! Wenn ich wüßte!« Er richtete dabei den Blick prüfend empor und dann auf die Gestalt des Dicken.

»Was?« fragte dieser.

»Ob Ihr klettern könnt.«

»Wie ein Eichkätzchen.«

»Na! Das ist bei Eurem Körperbau nicht leicht zu glauben.«

»Pshaw! Der Bär ist auch nicht gebaut wie ein Bandwurm und klettert doch ausgezeichnet. Ich versichere Euch, daß Ihr Euch in dieser Beziehung wirklich auf mich verlassen könnt, Sir.«

»Ich halte es nämlich für geratener, hinaufzusteigen und da oben von Ast zu Ast weiterzuklettern.«

»Ich bin dabei.«

»Aber wenn Ihr stürzt?«

»Unsinn! Das zu denken ist gerade so dumm, als wenn Ihr nicht glauben wolltet, daß der Aal schwimmen kann oder der Falke fliegen. Paßt auf!«

Es gab in Mannshöhe einen starken Ast. Sam warf das Gewehr über die Schulter, ergriff den Ast und saß im nächsten Augenblick oben. Eine halbe Mannshöhe weiter empor ragte ein zweiter und dann ein dritter Ast in das Zweigwerk des nächsten Baumes hinein. Ein Schwung und noch einer – Sam saß oben im Laub, so daß Steinbach ihn gar nicht mehr sehen konnte.

Dieser nickte befriedigt vor sich hin und saß in zwei Sekunden oben bei Sam.

»Na, was meint Ihr dazu?« fragte dieser.

»Gut gemacht, was das Emporkommen betrifft. Aber ob das Vorwärtsklettern auch so gut gelingt, das müßt Ihr erst beweisen.«

»So paßt auf!«

Er wollte vorwärts. Steinbach aber hielt ihn fest und sagte in warnendem Ton: »Halt! Keine Unvorsichtigkeit! Hier stecken wir hinter dem Stamm. Ehe wir diese Deckung verlassen, müssen wir uns überzeugen, daß wir sicher sind. Es können auch andere Leute auf den Gedanken gekommen sein, hier oben herumzuspazieren.«

»Wie ich die Indsmen kenne, so sind sie nicht gerade sehr große Freunde vom Klettern.«

»Das ist wahr. Zudem wohnen die Marikopa in den offenen Ebenen am Rio Gila, wo es außer Kaktus keine Pflanzen gibt. Viel Übung im Klettern ist ihnen also nicht zuzutrauen. Aber dennoch müssen wir vorsichtig sein. Wir machen es in der Weise, daß ich stets vorangehe. Am nächsten Stamm angekommen, sehe ich mich genau um. Bemerke ich nichts Verdächtiges, so winke ich, und Ihr kommt nach. Hier sehe ich keinen Menschen, wir können also weiter.«

Er stellte sich aufrecht auf den über mannsstarken Ast und schritt vorwärts, bis er einen gleichen Ast des nächsten Baumes erreichte, auf dem er dann, ebenso gerade aufgerichtet, zum Stamm schritt. Hinter diesem kauerte er sich nieder und musterte die Umgebung. Dann gab er den Wink. Sam folgte ihm, und zwar mit einer Gewandtheit und Sicherheit, die Steinbach vollkommen zufriedenstellte.

Auf diese Weise bewegten sie sich von Baum zu Baum vorwärts. Doch je weiter sie kamen, desto größere Vorsicht wendete Steinbach an, und Sam tat desgleichen. Es war wirklich ein Kunststück, das die beiden vollbrachten. Sie verursachten nicht das mindeste Geräusch. Kein Zweig, kein Blatt fiel herab. Ihre Bewegungen waren so geschmeidig, daß die Äste sich gar nicht bewegten, obgleich beide ziemliches Gewicht besaßen.

Da plötzlich hörte der Wald auf. Es gab da einen Hurrikan. So heißen die Stürme, die mit geringer Breite, aber mit desto größerer Kraft durch die Wälder gehen und auf ganze Flächen die Bäume niederreißen. Eine solche verwüstete Waldfläche heißt dann ebenso Hurrikan.

Hier war der Sturm dem Lauf des Flusses gefolgt und hatte an dem einen Ufer weithin die stärksten Bäume entwurzelt und übereinander gestürzt. Es war ein undurchdringliches Chaos entstanden, an dessen Rand die Indianer lagerten. Viele von ihnen saßen am Ufer und angelten. Die, die bereits etwas gefangen hatten, brieten ihre Beute. Sie gruben mit den Kriegsbeilen Löcher in den Boden, machten dann Feuer darüber und legten die Fische, ohne sie vorher auszunehmen, in die glühende Asche.

Eben nahm einer ein großes Exemplar heraus und biß hinein.

»Pfui Teufel!« kicherte Sam leise. »So einen Fisch mit sämtlichen Eingeweiden zu fressen, das bringt eben auch nur so ein roter Kerl fertig!«

»Pah! Wir Weißen essen noch andere Dinge.«

»Was denn?«

»Ist nicht Käse verfaulte Milch?«

»Hm! Schmeckt aber fein!«

»Vogelnester!«

»Kenne ich nicht.«

»Schnecken! Schnepfendreck.«

»Brrrr! Ja, es gibt auch unter den Weißen so richtige Schweinigel, welche ... Donnerwetter!«

»Was gibt es?«

»Dort ist das Mädchen.«

»Wo?«

»Seht Ihr den starken Baum, da drüben? Sein Stamm liegt über einem andern. Das gibt ein Schlupfloch, und da hat die Miß gesteckt. Seht, sie tritt hervor.«

»Ah! Ja! Aber sie ist gebunden.«

»Leider! Verdammte Geschichte! Man hat sie an das eine Ende des Lassos gebunden, das andere Ende aber hat sich dort der rote Kerl, der an seinem Fischkopf schlabbert, um den Arm gebunden. Es ist also unmöglich, unbemerkt mit ihr zu sprechen.«

»Vielleicht doch.«

»Wenn Ihr das Leben riskiert, ja.«

»Hm! Das Lasso ist lang, fünfundzwanzig bis dreißig Ellen. Die Miß hat also ziemlich weiten Spielraum. Wenn wir auf den Baum gelangen können, der ihr am nächsten steht, und wir ihr einen Wink geben, so ...«

»So wird sie vor Schreck schreien, und man nimmt uns beim Schopf.«

»So schnell geht das nicht. Versuchen wir es!«

»So müssen wir eine Strecke zurück. Hier am Rande des Hurrikans können wir nicht hinklettern. Da würde man uns bald bemerken.«

Sie kehrten eine kurze Strecke zurück, und es gelang ihnen, Äste zu finden, welche in die angegebene Richtung führten. Sam blieb auf dem vorletzten Baum zurück. Steinbach aber kletterte, allerdings sein Leben wagend, zu dem Baum, der am Rand stand. Seitwärts davon, etwa zwanzig Ellen entfernt, saß der Indianer am Feuer. Die Gefangene, die mit ihm zusammengebunden war, stand viel näher. Das Lasso war so lang, daß sie noch näher kommen konnte, bis unter das Gezweig.

Steinbach hätte, um von ihr gehört zu werden, ein ziemlich lautes Zeichen geben müssen. Lieber wagte er etwas anderes. Er stieg einen Ast tiefer herab, legte sich lang darauf und kroch so weit nach außen, wie es möglich war, ohne daß der Ast sich senkte. Dies hätte ja gefährlich werden können. Jetzt war er höchstens acht Ellen von ihr entfernt.

Er konnte sie ganz deutlich sehen. Ihr schönes Gesichtchen war bleich, sehr bleich, wohl bleich vor Gram, vor Angst und jedenfalls auch vor körperlicher Anstrengung und Entbehrung. Sie blickte, in traurige Gedanken versunken, zu Boden. Ein schwerer Seufzer nach dem andern hob den schönen, vollen Busen. Sie stand mit dem Gesicht von dem Indianer abgewendet. Darum glaubte Steinbach, es wagen zu können.

»Pst!« machte er.

Sie hörte es nicht. Er hatte natürlich nicht so laut sein dürfen, daß der Indianer es vernehmen konnte.

»Pst!«

Jetzt fuhr sie zusammen und drehte sich zu dem Indianer um. Aber sogleich zuckte es wie eine plötzliche Erkenntnis über ihr Gesicht. Ein Indianer gebraucht niemals das Wort »Pst«. Daran dachte sie.

Sie hatte sich wieder herumgedreht und lauschte.

»Señorita!«

Steinbach bediente sich dieses spanischen Wortes, weil sie die Tracht der Provinz Sonora trug, wo spanisch gesprochen wird. Sie hob das Köpfchen ein wenig und blickte nach oben. Es schoß rot und bleich über ihre Wangen.

»Señorita!« wiederholte Steinbach.

Jetzt hatte sie es deutlich verstanden. Sie wußte auch, wo der Sprecher sich befand. Sie zuckte mit beiden Händen zum Herzen. Sie wankte, fast hatte es den Anschein, als ob sie umfallen werde. Aber sie kämpfte den freudigen Schreck nieder und besann sich.

Wie um sich ein Sträußchen des flockigen Mooses zu sammeln, bückte sie sich nieder und kam langsam näher, soweit das Lasso reichte. Der Indianer merkte es. Er blickte finster zu ihr hin, aber als er sah, daß sie das Moos ausraufte, wendete er sein scharf geschnittenes Gesicht wieder dem Feuer zu. Sie war ihm ja sicher. Sie konnte den Knoten des Lassos, der sich auf ihrem Rücken befand, nicht lösen und hatte auch kein Messer, das Lasso zu durchschneiden.

Jetzt erhob sie sich aus ihrer gebückten Lage und raunte vor sich hin, für Steinbach hörbar, aber ohne daß sie den Kopf nach oben hob: »Quien habla?« – »Wer spricht?«

»So y tu amigo.« – »Ich bin ein Freund von dir.«

Da hellten sich ihre schönen Augen auf. »Señor Carlos?« hauchte sie.

»No.«

»Oh, que pena!« – »Wie schade!«

Aus Zartgefühl wollte Steinbach nicht fragen, wer dieser Señor Carlos sei. Um sie zu beruhigen, flüsterte er: »Pero soi un hombre blanco!« – »Aber ich bin ein Weißer!«

»Beñito sea Dios!« – »Gelobt sei Gott!« seufzte sie erleichtert.

»Soy un aleman.« – »Ich bin ein Deutscher.«

Hatte er vielleicht erwartet, daß sie ihm hierauf in deutscher Sprache antworten werde? Wohl schwerlich. Aber dennoch sagte sie auf deutsch, indem ihr ganzes Gesichtchen vor Wonne leuchtete. »Mein Gott! Ist es möglich!«

»Sie sprechen Deutsch? Sind Sie eine Deutsche?«

»Von Geburt.«

»Wie heißen Sie?«

»Magdalena Hauser. Man nennt mich Magda.«

»Wo wohnen Sie?«

»Ich weiß es nicht, weit von hier.«

»Sie müssen doch den Namen Ihres Wohnortes kennen!«

»Es ist ein Quecksilberbergwerk und liegt in einer entsetzlichen Einöde im Todestal.«

»Haben Sie Verwandte?«

»Vater und Mutter.«

»Was ist Ihr Vater?«

»Er arbeitet unten im Bergwerk und Mutter auch. Sie kommen nie ans Tageslicht.«

Bei diesen Worten flossen ihr die Tränen aus den Augen.

»Um Gottes willen, bücken Sie sich! Der Indianer blickt hierher. Bücken Sie sich!«

Sie tat, als ob sie Moos abpflücke. Der Rote beruhigte sich und drehte sich wieder um.

»Wie kommen Sie unter die Indianer?« erkundigte Steinbach sich weiter.

»Roulin hat mich ihnen übergeben.«

»Wer ist das?«

»Der Besitzer des Quecksilberbergwerkes.«

»Was sollen Sie bei den Roten?«

»Mein Gott! Ich soll geopfert werden, verbrannt!«

»Warum?«

»Weil ich nicht Roulins Weib werden will.«

»Ah! So! Wo sollen Sie verbrannt werden?«

»Am Silbersee.«

»Dorthin also wollen die Marikopa?«

»Ja. Heute abend wollen sie dort sein. O mein Heiland! Mein Herr und Gott! Wäre ich doch schon tot!«

»Beruhigen Sie sich! Ich werde Sie retten.«

»Können Sie das denn?«

»Ich hoffe es.«

»Was sind Sie?«

»Ich bin Jäger. Es sind mehrere Gefährten bei mir, droben am Silbersee. Wir wissen, daß die Marikopa kommen wollen, und ich bin als Kundschafter hierhergegangen. Ich sah Sie am Wasser und habe mich herbeigeschlichen, um womöglich mit Ihnen zu sprechen.«

»Oh, wie danke ich Ihnen. Gott wird es vergelten.«

»Wie viele Häuptlinge sind da?«

»Nur einer.«

»Wie heißt er?«

»Der Eiserne Mund. Er hat seine beiden jungen Söhne mit, die die Kriegsprobe ablegen sollen.«

»Ah! Ich vermute, diese beiden Kerle sind auf zwei Goldfüchsen gesessen?«

»Ja, das sind ihre Pferde.«

»Wo ist der Häuptling?«

»Dort drüben rechts. Sie haben ihm eine Hütte gebaut. Roulin ist bei ihm.«

»Ah! Dieser Mann ist da?«

»Ja. Er hat, als ich seine Hand ausschlug, Vater und Mutter in das Bergwerk gesteckt. Mein Gott, sie werden bald sterben!«

Ihre Tränen begannen von neuem zu fließen. Der Indianer wendete den Kopf zu ihr. Er sah sie in der auffälligen Haltung stehen und erhob sich langsam. Er schien Verdacht zu schöpfen.

»Um Gottes willen!« flüsterte Steinbach. »Er kommt! Gehen Sie hin! Wir sehen uns wieder! Gott sei mit Ihnen!«

Sie war geistesgegenwärtig genug, seinem Rat sofort zu gehorchen. Wie in trübe Gedanken versunken, ging sie zu dem umgestürzten Baum zurück, unter dem sie vorher gesessen hatte, und setzte sich dort wieder nieder. Der Marikopa blickte ihr scharf nach, trat näher und betrachtete den Boden, wo sie Moos gepflückt hatte. Sodann erhob er den Blick nach oben, in die Zweige. Steinbach lag im höchsten Fall fünf Ellen über ihm. Es war ein böser Moment, aber er ging glücklich vorüber. Der Rote kehrte an sein Feuer zurück.

Steinbach kroch rückwärts bis zu dem Stamm und erhob sich dort. Für beide galt nun, sich ebenso glücklich wieder zurückzuziehen, wie sie sich herbeigeschlichen hatten. Er fand Sam hinter dem Stamm des zweiten Baumes auf dem Ast zusammengekauert.

Der Dicke sagte: »Die Situation war gar nicht so übel. Der Rote witterte Unrat. Wie gut, daß das Laub so dicht ist und daß die Blätter so schief sitzen, daß man zwar von oben hinab, nicht aber von unten herauf durch das Laub blicken kann! Habt Ihr Wichtiges erfahren?«

»Darüber bin ich noch im unklaren. Eins hat mich überrascht: Sie ist eine Deutsche.«

»Sapperment! Das ist doch wunderbar! Abermals deutsch! Wir haben die doppelte Verpflichtung, sie herauszuangeln. Meint Ihr nicht?«

»Ja. Als ich sie so unter mir stehen sah, kam mir für einen Augenblick der Gedanke, sie sofort zu entführen ...«

»Das wäre Tollheit gewesen!«

»Nicht Tollheit grad, aber unendlich verwegen. Ich habe aber schon Gefährlicheres vollbracht. Ich hätte sicher zugegriffen! Aber sie war ja mit dem Roten zusammengebunden. Sie wird also noch bis heute abend gefangen bleiben müssen. Jetzt haben wir nicht Zeit zu einem langen Diskurs. Kommt, Master!«

»Wohin? Gleich fort? Wollen wir nicht noch weiter suchen!«

»Allerdings. Ich möchte einmal den Häuptling sehen. Er steckt da unten in der Hütte.«

»Wie heißt er?«

»Der Eiserne Mund.«

»Tausend Donner! Von dem habe ich gehört. Er ist ein berüchtigter Kerl, grausam, falsch und treulos sowohl gegen Weiße wie auch gegen Rote, und ein Dieb, wie es keinen zweiten geben soll. Ich freue mich königlich darauf, ihm eine Ladung auf den roten Pelz zu brennen.«

»Wenn es möglich ist, machen wir diese Sache ganz ohne Blutvergießen ab.«

»Das wäre jammerschade. Solches Ungeziefer muß man ausrotten, Sir!«

»Sie sind auch Menschen!«

»Na, meinetwegen! Ich weiß freilich nicht, wie Ihr es anfangen wollt, ohne Kampf zu Eurem Ziel zu kommen.«

»List ist oft besser als Gewalt. Ihr wißt das ebensogut wie ich, denn Ihr seid ja grad als ein sehr durchtriebener Schlaukopf bekannt.«

»Bin ich das? Hm! Freut mich, Sir!«

»Ja, das seid Ihr. Darum freue ich mich, Euch bei mir zu haben. Euer Rat kann uns von großem Nutzen sein. Also kommt jetzt da rechts hinüber. Vielleicht gelingt es uns, den Eisernen Mund zu sehen.«

Sie bewegten sich in der bereits beschriebenen Art und Weise in die angegebene Richtung hin. Da sie sich dabei in unmittelbarer Nähe der Indianer befanden, mußten sie ihre Vorsicht jetzt nicht nur verdoppeln, sondern verzehnfachen. Sie schritten nicht mehr stehend über die Äste hin, sondern sie gingen auf Händen und Füßen, gerade wie Affen. Der dicke Sam entwickelte dabei eine Gewandtheit, welche man ihm bei seiner Leibesbeschaffenheit gar nicht zugetraut hätte.

Da, bereits nach kurzer Zeit, hörten sie Stimmen, denen sie sich näherten. Zwei Männer sprachen in jenem Gemisch von Spanisch und Indianisch, dessen sich die Weißen am Rio Gila bedienen, wenn sie mit den Roten sprechen.

Bald hielten die beiden Jäger oben auf dem Baum, unter dem das Gespräch geführt wurde. Sie konnten die Sprechenden zwar nicht sehen, aber es war ihnen möglich, jedes Wort zu verstehen. Dicht am Stamm, auf je einem Ast niedergekauert, lauschten sie.

»Welchen Plan hat der Eiserne Mund entworfen?« fragte einer, der seiner Aussprache nach nicht ein Indianer, sondern ein Weißer war. »Wäre es nicht geraten, List anzuwenden?«

»Welche List meint mein weißer Bruder Sonataka?«

Der dies sagte, war der Häuptling selbst. Er nannte den anderen Sonataka, das heißt so viel wie Silberner Mann. Der Betreffende war also höchstwahrscheinlich jener Roulin, Besitzer des Quecksilberbergwerkes, von dem Magda gesprochen hatte. Er wurde, da er Quecksilber grub, von den Indianern der Silberne Mann genannt. Auf die letzte Frage des Häuptlings antwortete er: »Wir sollten voranreiten und sagen, daß wir den Gräbern der Häuptlinge unsere Verehrung bringen wollen.«

»Mögen sie sitzen im finstersten Winkel der ewigen Jagdgründe! Es sind lauter verdammte Apachen und Comanchen!«

»Wir sagen ja nur so! Man würde uns als Gäste in der Mission aufnehmen. Des Nachts kämen unsere Leute und wir öffneten ihnen Tor und Türen.«

»Das geht nicht.«

»Warum nicht? Es ist ja sehr leicht.«

»Es ist nicht leicht, es ist sogar sehr gefährlich. Man kennt den Eisernen Mund, und man würde uns sogleich gefangennehmen. Ich käme an den Marterpfahl zu Ehren der Gräber der Häuptlinge. Nein, dieser Plan taugt nichts, gar nichts.«

»So sage einen andern!«

»Was ich tun werde, das weiß ich längst. Es wohnen wenig Leute in der Mission, und ihre Beschützer, die Apachen, sind auf der Jagd entfernt. Wir zählen zehn mal drei mal wieder zehn. Wir werden des Nachts das Tal des Silbersees erreichen und die Mission umzingeln. Die Bewohner ahnen nichts. Sie werden überrascht und von uns niedergemacht, ehe es ihnen einfallen kann, sich zu verteidigen. Wir werden sie dann am Marterpfahl verbrennen, wie sie uns verbrennen würden.«

»Und die Schätze?«

»Sie sind dein, wie wir besprochen haben. Du wirst sie aber erst dann bekommen, wenn du uns Pulver und Blei dafür gegeben hast, wie zwischen uns ausgemacht worden ist.«

»Aber wenn wir das Gold und das Silber nicht finden?«

»Wir werden die Taube des Urwaldes so lange peinigen, bis sie uns den Ort sagt.«

»Und sie dann töten?«

»Ob ich sie töten werde, weiß ich noch nicht«, klang die Stimme des Häuptlings unwirsch. »Ich bin der Anführer der Marikopa und tue, was ich will!«

»Du vergißt, daß ich nicht dein Untergebener bin!«

»Und du vergißt, daß ein Häuptling niemals sagt, wie er mit dem Feinde kämpfen werde. Ich rate dir, dein Mahl zu halten und dann zu schlafen, damit du heute in der Nacht nicht ermüdest.«

Man hörte einen nicht ganz unterdrückten Fluch, und dann entfernte sich der Silberne Mann. Die Lauscher blickten durch das Blätterdach. Als er aus dem Schutz des Baumes getreten war, konnten sie ihn sehen. Er war nicht alt und mochte wenig über dreißig Jahre zählen. Sein Gesicht war nur für wenige Augenblicke zu sehen.

»Wer ist denn dieser Ehrenmann?«

Steinbach sagte ihm, was er von Magdalena erfahren hatte.

»Hm! Schätze rauben, Menschen töten und ein armes weißes Mädchen verbrennen, weil es ihn nicht leiden kann! Das ist allerliebst. Den Kerl wollen wir einmal das Vaterunser beten lehren, daß es ihm beim Amen angst und bange wird. Was nun? Der Häuptling scheint noch unten zu sitzen.«

»Jedenfalls. Ich werde mich einen Ast tiefer hinablassen, um ihn einmal anzusehen.«

»Wenn er Euch aber bemerkt!«

»Das geschieht hoffentlich nicht! Wartet hier!«

»Fällt mir nicht ein! Ich will mir den roten Kerl doch auch einmal betrachten.«

Sie schwangen sich also tiefer hinab. Da sahen sie, daß aus Buschwerk für den Häuptling eine kleine Hütte errichtet worden war. In ihrem Dach steckte eine Lanze, an der ein Skalp hing. Er saß vor dem Eingang und hatte zwei kleine Farbentöpfe vor sich stehen, in die er abwechselnd den Pinsel tauchte, um sich das Gesicht zu bemalen.

»Gelb und Schwarz«, sagte Sam flüsternd. »Das sind die

Kriegsfarben. Der Kerl meint es also sehr ernst und wird keinen Pardon geben. Wer kommt da?«

Längs des Hurrikans kamen zwei junge Indianer herbei, denen man es ansah, daß sie Brüder waren. Sie waren vielleicht siebzehn und achtzehn Jahre alt. Als sie ihren Vater bei seiner Beschäftigung sahen, blieben sie in ehrfurchtsvoller Entfernung stehen. Das Bemalen mit den Kriegsfarben ist nämlich stets eine heilige Handlung und darf nicht gestört werden. Da sie nicht fremd, sondern seine Söhne waren, winkte er sie endlich herbei.

»Was wollen die beiden Finger hier?« fragte er.

Der Ältere antwortete: »Der Rechte Finger und der Linke Finger kommen zu ihrem Vater, dem Häuptling, um ihm eine Bitte zu sagen.«

»Sagt sie!«

»Warum sollen wir hier sitzen unter den Bäumen, wenn wir uns auf dem Kriegspfad befinden? Sind nicht unsere Pferde frisch und mutig? Wir kennen das Ziel des Zuges. Wir wollen Krieger werden. Wir stehen im Begriff, unsere Proben abzulegen. Die Jünglinge, die sich einen Namen verdienen wollen, werden stets als Kundschafter ausgesandt. Warum sendet unser Vater, der Eiserne Mund, keine Kundschafter aus? Warum gönnt er uns nicht den Ruhm, mit den Skalpen zweier Feinde zurückkehren zu können?«

Diese beiden Indsmen hatten noch keine Namen, sie wurden einstweilen »Rechter Finger« und »Linker Finger« genannt. Den Namen, welchen er für das ganze Leben trägt, bekommt der Indianer erst dann, wenn er seine Probe bestanden hat.

Der alte Häuptling ließ ein wohlgefälliges Grinsen sehen, welches sich auf seinem halbbemalten Gesicht scheußlich ausnahm. Er fühlte sich von der Unternehmungslust seiner Sprößlinge sehr befriedigt, antwortete aber: »Wollen die zwei Fliegen dem Adler Befehle geben? Was versteht ihr von dem Krieg, den wir jetzt führen? Wozu bedarf ich der Botschafter? Ich kenne den Ort genau, an den wir gelangen werden. Durch Botschafter würden wir uns verraten. Die beiden Finger werden beim nächsten Morgengrauen Gelegenheit finden, sich die Skalpe der Weißen zu holen. Sie sollen die ersten sein, die in das Gebäude eindringen.«

»Wir sind unser so viele, und der Bleichgesichter sind so wenige. Die zwei Finger werden keine Skalpe bekommen, wenn sie warten. Sie werden voranreiten.«

»Ihr bleibt hier!« gebot er.

»Der Eiserne Mund ist streng mit seinen Söhnen. Wir haben hier unsere Messer, und wir haben Köcher, Pfeile und Bogen. Sollen wir damit nichts schießen als Nisch-yuknovan?«

Dieses letztere Wort bedeutet Schmetterlinge. Der Falter ist wegen seines unregelmäßigen Zickzackfluges außerordentlich schwer zu schießen. Darum üben sich die Indianerknaben mit ihren kleinen Pfeilen auf dieser Jagd. Später aber, wenn sie mannbar geworden sind, schämen sie sich ihrer.

»Schießt so lange Nisch-yuknovan, bis ihr gelernt habt, dem Häuptling zu gehorchen!«

Sie blickten einander fragend an, wendeten sich dann rasch ab, um sich in den Wald zu entfernen. Es war ihren trotzigen Mienen anzusehen, daß sie gewillt waren, ihm nicht zu gehorchen, sondern irgend etwas zu tun, was ihnen Ruhm und Ehre einbrachte.

Der Alte dachte das gewiß auch. Er brummte wohlgefällig vor sich hin. Die beiden Lauscher verstanden das eine Wort Okameka, welches soviel wie Junge Löwen bedeutet.

»Die begehen irgendeine Dummheit!« flüsterte Sam.

»Das werden wir sehr klug benutzen. Folgt mir! Aber etwas langsamer als ich, und macht Euer Lasso los, Master Barth.«

»Warum?«

»Werdet es sogleich sehen.«

Steinbach eilte mit wahrhaft unbegreiflicher Leichtigkeit von Ast zu Ast, von Baum zu Baum, in der Richtung, in der die beiden jungen Indsmen gegangen waren. Sam folgte, so schnell er konnte.

Der erstere erreichte die beiden Roten. Er befand sich oben im Gezweig. Sie schritten langsam nebeneinander vorwärts. Er legte sich auf den Ast und hielt den Kopf unter die Zweige hinab, um Umschau zu halten. Kein Mensch war in der Nähe. Schnell schwang er sich hinab. Ein leiser Sprung, und er befand sich hart hinter den beiden. Seine Arme ausstreckend, ergriff er hüben den einen und drüben den anderen beim Hals, natürlich von hinten, und drückte seine Finger fest zusammen. Sie verloren den Atem und die Besinnung. Sie hatten nicht den geringsten Laut ausgestoßen.

»Donnerwetter, Sir!« klang es gedämpft von oben herab. »Ich dachte mir so etwas! Sieht es denn niemand?«

»Jetzt nicht, aber es kann in jedem Augenblick jemand kommen. Schnell, nehmt einen hinauf!«

Er hob den einen Gefangenen empor, und Sam zog diesen zu sich hinauf.

»Und diesen nun. Ich komme nach!«

Sam stand oben auf dem ersten Ast, an den Stamm gelehnt, und hielt die beiden Indianer fest. Steinbach schwang sich zu ihm empor, band sie mit Sams Lasso zusammen, stieg dann einen Ast höher und zog sie da hinauf. Sam folgte. Sie konnten unten nicht mehr bemerkt werden.

»Ein Geniestreich! Ein Geniestreich!« kicherte Sam. »Hoffentlich leben sie noch! Es wäre jammerschade, wenn Ihr den süßen Kinderchen weh getan hättet!«

»Sie sind nicht tot. Sie sollen mir dazu dienen, die Geschichte ohne Blutvergießen zu beenden.«

»Ah! Als Repressalien oder Geiseln?«

»Ja. Jetzt nun zu den Pferden!«

»Unsinn! Wir haben ja die unsrigen. Die tragen diese beiden Puppen auch noch mit.«

»Nein. Wir nehmen die Goldfüchse. Der alte Häuptling muß denken, daß sie dem Stamm als Kundschafter vorangeritten sind.«

»Hm! Nicht übel! Auf diese Weise bekommen wir auch die Goldfüchse. Und Euch habe ich für dumm gehalten, Sir! Ich habe geglaubt, daß Ihr ein Herlasgrüner seid! Das ist der größte Schwabenstreich, den ich begangen habe.«

»Macht ihn heute wieder gut! Vorwärts!«

»Könnt Ihr denn alle beide tragen?«

»Natürlich! Kommt nur!«

Er balancierte voran, die zwei zusammengebundenen Gefangenen in den Armen. Das war höchst schwierig, sogar gefährlich, bei diesem riesenstarken und so außerordentlich gewandten Mann aber sah es aus, als ob er nur so spiele.

So gelangten sie schnell an den Rand des Waldes, wo dieser an den Weideplatz stieß. Dort mußte Sam sich von Ast zu Ast zur Erde niederschwingen. Nachdem er sich überzeugt hatte, daß niemand zugegen sei, ließ ihm Steinbach die Gefangenen am Lasso herab und folgte dann selbst nach. »Jetzt zunächst Knebel in den Mund«, sagte er.

»Von was sie machen?«

»Von Gras. Wir haben nichts anderes. Schnell, Master Barth.«

Nachdem den Gefangenen diese Knebel in den Mund geschoben worden waren, so daß sie beim Erwachen nicht zu sprechen oder gar nach Hilfe zu rufen vermochten, wurden sie zu der Stelle getragen, wo sich ihre beiden Goldfüchse befanden. Diese waren gesattelt, ein Umstand, der den beiden Jägern sehr zustatten kam. Die beiden dreißig Ellen langen Lassos reichten, die Jünglinge auf den Pferden festzubinden. Ihre Füße wurden unter dem Bauch des Pferdes, weg von den Riemen, festgehalten.

Während dies geschah, wachten sie auf. Ihre Gesichter waren starr vor Schreck. Sie konnten nichts tun, als eine Art Röcheln auszustoßen, und waren gezwungen, sich widerstandslos in ihr Schicksal zu ergeben.

»Jetzt werde ich diese Pferde eine Strecke flußaufwärts führen«, sagte Steinbach. »Ihr geht zu den unsrigen, reitet sie in das Wasser und schwimmt in derselben Richtung aufwärts, damit man keine Spuren findet.«

Das geschah. Als Steinbach den Fluß erreichte, hatte er nicht lange zu warten, so kam der Dicke herbei.

»Ihr habt doch die Spuren im Gebüsch verwischt?«

»Meint Ihr wirklich, daß ich so dumm bin und dieses nicht getan habe? Ich will den Indsman sehen, welcher auf den Gedanken kommt, daß die Herren Marikopa so hohen und exzellenten Besuch gehabt haben.«

»Schön! Man wird die Spuren dieser beiden Pferde sehen und ihnen ein Stückchen folgen. Auf eine Fährte von vier Pferden darf man da nicht stoßen, sonst sind wir verraten. Wir trennen uns also jetzt. Ihr nehmt einen Gefangenen und setzt über den Fluß. Ich nehme den anderen, schwimme noch eine Strecke hinauf, reite im Uferwasser weiter, bis es mir genügend erscheint, setze dann auch über und reite einen Bogen, um unsere beiden Fährten so weit wie möglich auseinanderzubringen.«

»Wo treffen wir uns?«

»Am letzten Vorberg, an dem wir früh vorübergekommen sind. Könnt Ihr Euch besinnen, daß an seinem Fuß ein ausgetrocknetes Bachbett zu sehen war?«

»Sehr genau, Sir.«

»Dort treffen wir zusammen. Wer zuerst dort ankommt, der wartet.«

»Das werde ich sein, da Ihr einen Bogen reitet.«

»Wollen sehen. Ihr wollt noch immer nicht glauben, daß mein Rapphengst etwas wert ist.«

»Hm! Sollte mich wundern, wenn ich später käme als Ihr. Aber erlaubt vorher, Sir! Ich meine nämlich gerade so wie Ihr, daß die Roten hier diese beiden Waisenknaben vermissen und sie suchen werden. Sie finden, daß die Goldfüchse fehlen, und folgen ihren Spuren. Hier gehen die zwei Tiere in das Wasser, am jenseitigen Ufer aber steigt nur ein Goldfuchs nebst meinem Braunen heraus. Wenn sie das nun bemerken? Wenn sie nun sehen, daß eines der Pferde umgewechselt worden ist!«

»Das werden sie nicht, denn die Goldfüchse sind auch beschlagen, was mich sehr wundert. Ich vermute daher, daß sie gestohlen worden sind. Bei den Marikopa soll es keine Schmiede geben. Euer Brauner wird keine andere Spur machen als das Indianerpferd. Übrigens könnt ihr Euch darauf verlassen, daß die Indsmen gar kein Mißtrauen haben werden. Sie werden sich die Spuren nur flüchtig ansehen und dabei erkennen, daß die zwei Finger auf ihren Pferden das Lager verlassen haben, über den Fluß gesetzt sind und höchstwahrscheinlich die Absicht verfolgt haben, zum Silbersee voranzureiten, um sich als Kundschafter ihre Rittersporen zu verdienen. Das ist eigentlich eine Unbotmäßigkeit, die aber von jungen Leuten, welche sich sehnen, den Namen eines Kriegers zu erlangen, sehr oft begangen wird. Es kann das freilich zu irgendeiner Unzuträglichkeit führen, und darum wird der alte Eiserne Mund ungehalten auf seine beiden Finger sein. Im stillen aber wird er sich doch über ihren Mut und Unternehmungsgeist freuen. Keinesfalls jedoch wird er auf den Gedanken kommen, daß sie inmitten des Lagers gefangengenommen, aus demselben entführt und dann in aller Gemütlichkeit zum Silbersee gebracht worden sind.«

»Hm, ja! Das leuchtet allerdings ein! Der Alte sagte zu

ihnen, daß sie als erste die Mission betreten sollten. Wir tun ihm den Gefallen, sein Wort in Erfüllung gehen zu lassen, und zwar viel schneller, als er es für möglich gehalten hat. Er wird uns höchstwahrscheinlich Dank wissen! Das ist ein Streich, Sir, den uns nicht so leicht einer nachmachen wird. Man wird lange Zeit von dem Fürsten der Bleichgesichter und dem Dicken Sam erzählen und über das Schnippchen lachen, das wir den Roten heute geschlagen haben. Na, bringt mir den einen Monsieur herein! Holen darf ich ihn mir doch nicht, sonst findet man die Spuren dreier Pferde am Ufer.«

Steinbach folgte dieser Aufforderung. Er führte beide Indianerpferde in das Wasser, gab das eine dem dicken Jäger und schwang sich, das andere am Leitzügel behaltend, auf sein eigenes Pferd. So befanden sich nun alle vier im Fluß, während an dieser Stelle nur die Spuren zweier Tiere in denselben führten.

»So, Master!« meinte Sam, »jetzt sind wir in Ordnung, und der Ritt kann beginnen. Wir werden uns am angegebenen Ort wiederfinden. Gehabt Euch wohl!«

Er lenkte um und trieb die beiden Pferde dem jenseitigen Ufer entgegen, das er wohlbehalten erreichte, um dann im Galopp in der ihm vorgeschriebenen Richtung davonzureiten.

Steinbach hingegen suchte mit seinen beiden Pferden das tiefere Wasser und schwamm da eine ziemliche Strecke stromaufwärts, ehe er sich dem Ufer, und zwar natürlich dem jenseitigen, näherte. Dort war der Fluß seichter, und er ritt nun längs des Ufers im Wasser weiter, bis er von der Stelle aus, an der er sich von Sam getrennt hatte, ungefähr eine halbe Wegstunde zurückgelegt hatte.

Bis hierher, hoffte er, würden die Marikopa nicht kommen, und darum lenkte er aus dem Wasser heraus an das Ufer. Dieses machte hier eine scharfe Krümmung, so daß er mit dem Blick dem Fluß nicht weiter aufwärts zu folgen vermochte.

Er wollte nun weiterreiten, landeinwärts, der Gegend von Silver-City zu, um womöglich trotz des Umweges, den er zu machen hatte, noch vor dem Dicken am Ort des Stelldicheins einzutreffen. Aber sein Pferd weigerte sich fortzugehen. Es wendete den Kopf stromaufwärts, spielte in höchst verdächtiger Weise mit den Ohren und schnaubte leise, zum Zeichen, daß in der angegebenen Richtung irgend etwas nicht in Ordnung sei. Er kannte sein Pferd zu gut, als daß er diese Warnung hätte unberücksichtigt lassen mögen. Darum führte er die beiden Pferde zu einem Baum, wo sie von einem nebenan stehenden Gebüsch verdeckt wurden, band sie an den Stamm und stieg ab. Nachdem er sich überzeugt hatte, daß die Fesseln des jungen Indianers sich noch in Ordnung befanden, legte er sich auf den Boden nieder und kroch längs des Ufers hin, dem Strom entgegen. Er wußte, daß sein vortreffliches Pferd ohne genügenden Grund kein Warnungszeichen gebe, und wollte nun sehen, worin dieser Grund bestand.

Nur wenige Schritte weit war er gekommen, so weit, daß er mit dem Auge der vorhin angegebenen Krümmung des Flusses zu folgen vermochte, als er den Gegenstand erblickte, den er suchte: Ein Pferd mit einem Reiter im Sattel kam den

Fluß herabgeschwommen. Das Pferd schien ein vortreffliches Tier zu sein. Es schwamm außerordentlich schnell und doch so ruhig und leicht, wie es schien, ganz ohne alle Anstrengung. Das Gesicht des Reiters war noch nicht zu erkennen. Er trug einen sehr breitrandigen Sombrero. Seine Kleidung war aus Büffelleder gefertigt und hatte den Schnitt, den man bei den mexikanischen Rinderhirten zu finden pflegt. Der Mann hatte die hohen Stiefel, an denen ein Paar gewaltige Sporen befestigt waren, ausgezogen, um sie nicht naß werden zu lassen, und sie sich zusammengebunden über den Nacken gehängt. Mit der Rechten das Pferd lenkend, trug er mit der Linken die Büchse, deren Schaft mit silbernen Nägeln beschlagen war, die im Sonnenlicht glänzten.

Als er bei der Schnelligkeit, mit der sein Pferd schwamm, jetzt näher kam, wurden auch seine Züge deutlicher. Er konnte nicht viel über drei- oder vierundzwanzig Jahre alt sein. Sein Gesicht war außergewöhnlich hübsch zu nennen. Der kleine Schnurrbart, den er trug, machte es pikant. Seine dunklen, scharfen Augen hielt er suchend auf das linke Flußufer gerichtet. Am rechten aber befand sich Steinbach.

Dieser vermochte sich die Anwesenheit dieses jungen Mannes nicht zu erklären. Er ließ ihn so weit herankommen, daß er ihn anrufen konnte, ohne die Stimme sehr laut erheben zu müssen. Dann richtete er sich aus seiner liegenden Stellung auf. »Hallo, Señor! Wollt Ihr nicht näherkommen?« redete er ihn an.

Der Fremde fuhr erschrocken zusammen. Doch schien er eine sein Alter übersteigende Geistesgegenwart zu besitzen, denn zugleich mit seinem Blick richtete er auch den Lauf seines Gewehres auf Steinbach.

»Macht keine Dummheit, Señor!« sagte dieser. »Ich bin kein Feind von Euch, Euer Schuß würde mich übrigens nicht treffen, Euch aber denjenigen verraten, die es nicht so gut mit Euch meinen wie ich.«

»Caramba, ein Weißer!« antwortete der andere. »Das ist etwas anderes. Ich werde also hinüber zu Euch kommen, Señor.« Er ließ das Gewehr sinken und lenkte sein Pferd zu Steinbach herüber.

»Wer seid Ihr?« fragte er, als er das Ufer erreicht hatte. Doch blieb er vorsichtig im Wasser halten und ließ seinen Blick scharf herumschweifen, ob sich vielleicht etwas Verdächtiges sehen lasse.

»Ich bin ein ehrlicher Präriejäger. Ihr braucht kein Mißtrauen zu haben.«

»Hm! Euer Gesicht gefällt mir freilich. Aber der Teufel traut zuweilen seiner eigenen Großmutter nicht, und wie man sagt, soll er alle Ursachen dazu haben. Seid Ihr allein?«

»In diesem Augenblick, ja.«

»Grad das befremdet mich.«

»Warum?«

»Weil ein erfahrener Jäger, wie Ihr sein wollt, nicht allein in eine so gefährliche Gegend geht.«

»Ah, so! Seid Ihr allein?«

»Ja.«

»Nun, das könnte mich doch auch befremden. Ich will aber Eurem jungen, ehrlichen Gesicht trauen. Darf ich vielleicht Euern Namen erfahren?«

»Warum nicht! Ich heiße Carlos Cuartano.«

»Carlos – Carlos – hm! Dieser Vorname wurde mir vor ganz kurzer Zeit genannt. Es wäre freilich mehr als eigentümlich, wenn ich richtig vermutete, aber hier und in der Welt ist ja alles möglich. Ist Euch vielleicht ein anderer Vorname bekannt, ein Mädchenname, Magda meine ich?«

Der junge Mann richtete sich schnell in den Steigbügeln empor und antwortete überrascht: »Valgame Dios! Magda! Habt Ihr sie etwa gesehen, Señor?«

»Ja.«

»Himmel! Ist's wahr?«

»Nicht nur gesehen, sondern sogar gesprochen.«

»Das ist unmöglich!«

»Warum?«

»Weil sie von diesen verdammten Indios bewacht wird.«

»Pah! Ich habe mich dennoch zu ihr geschlichen.«

»Wann?«

»Vor nicht viel mehr als einer Stunde.«

»Also am hellen, lichten Tag?«

»Ja.«

Carlos Cuartano zog die Brauen zusammen, fixierte Steinbach mit finsterem Blick und meinte: »Señor, ich bin zwar noch jung, habe aber keineswegs die Gewohnheit, mich an der Nase fassen zu lassen!«

»Das ist auch nicht meine Absicht. Ich sage Euch nichts als die reine Wahrheit.«

»Dann werde der Teufel klug aus Euch. Euer Gesicht ist dasjenige eines ehrlichen Mannes. Aber das, was Ihr mir sagt, klingt so unglaublich, daß ich an der Wahrheit zweifle. Ich bin kein Kind und habe bereits vieles erfahren und vieles gewagt und durchgemacht, doch daß sich einer am hellen Tag mitten in eine Indianerbande schleicht, um eine Gefangene zu sehen und zu sprechen, das ist verwegen.«

»Und dennoch ist es wahr. Wenn Ihr Euch aus dem Wasser herausbemühen wollt, will ich Euch erzählen, wie es zugegangen ist.«

»Danke, Señor! Es wird besser sein, wenn ich es gar nicht erfahre. Wer so wenig Zeit hat wie ich, der darf die kostbaren Minuten nicht vergeuden, um ein Märchen anzuhören.«

»Ganz wie Ihr wollt. Ich vermute, daß Ihr es so eilig habt, weil Ihr die Marikopa sucht?«

»Das ist allerdings der Fall.«

»Nun, so schwimmt in Gottes Namen weiter, so werdet Ihr sie in einer Viertelstunde finden, sie Euch aber auch. Adios, Señor!«

Er wendete sich um und tat, als ob er fortgehen wolle. Das lag aber nicht in der Absicht des jungen Mannes. Dieser hatte bisher mit seinem Mißtrauen gekämpft. Er besiegte es und bestätigte dies durch die Bitte: »Halt, Señor! Es wird doch besser sein, wenn ich Euch anhöre. Vorher aber sagt mir Euern Namen, da Ihr auch den meinigen gehört habt.«

Steinbach hemmte seinen Schritt und antwortete: »Gern. Ich heiße Steinbach.«

»Wie? Steinbach? Das ist ja ein deutscher Name!«

»Allerdings. Ich bin ein Deutscher.«

»Ein Deutscher! Hurra! Das ist prächtig!«

Er gab seinem Pferd Schenkeldruck, daß es in einem

riesigen Satz aus dem Wasser auf das Ufer sprang, so daß er beinahe Steinbach umgeritten hätte.

»Vorsicht, Vorsicht!« lachte dieser. »Wollt Ihr mich etwa kaputtreiten, Señor!«

»Ach was, Señor! Laßt dieses spanische Wort beiseite! Ich bin auch ein Deutscher.«

»Ihr? Aber Ihr heißt ja Cuartano!«

»Nun, wie heißt dieses Wort auf deutsch?«

»Zimmermann.«

»Richtig! Und so heiße ich eigentlich: Zimmermann, Karl Zimmermann, oder vielmehr Karl von Zimmermann. Ich bin also sogar adelig, wie Sie hören, mein bester Herr Steinbach.«

Er sagte das lachend. Er war vom Pferd gesprungen. Am ganzen Gesicht vor Freude glänzend, streckte er Steinbach beide Hände zum Gruß entgegen. Dieser drückte sie ihm herzlich und antwortete: »Das ist freilich eine höchst angenehme Überraschung. Als ich Sie den Fluß herabkommen sah, hielt ich Sie für einen verirrten Vaguero, konnte aber nicht ahnen, daß Sie ein Landsmann von mir sind.«

Natürlich gebrauchten sie jetzt ihre Muttersprache. Zimmermann blickte suchend umher und meinte dann: »Jetzt aber sind Sie über mich im klaren, doch ich habe Sie noch als Rätsel vor mir stehen. Bitte, bekennen Sie es, daß Sie mir vorhin nicht die Wahrheit gesagt haben. Sie wollten mich foppen?«

»Ist mir nicht eingefallen.«

»So hätten Sie also wirklich Magda gesehen und sogar mit ihr gesprochen?«

»Gewiß!«

»Ich kann es nicht glauben. Ich begreife es nicht. Sie haben nicht einmal ein Pferd.«

»O doch. Kommen Sie mit. Es steht ganz in der Nähe.«

»Gut! Aber erlauben Sie, daß ich vorher meine Stiefel anziehe. Ich habe mich Ihnen leider als Barfüßler vorgestellt.«

Und während er hastig mit den Füßen in die Stiefel fuhr, konnte er doch seine Zweifel nicht zurückhalten. Er sagte: »Sie kennen den Vornamen des Mädchens. Etwas Wahres muß doch an Ihren Worten sein. Wäre dies nicht der Fall, so würde ich doch als sicher annehmen, daß Sie mich belügen wollen. Wird denn Magda so schlecht bewacht, daß es Ihnen so leicht geworden ist, zu ihr zu gelangen?«

»Hm! Leicht ist es mir freilich nicht geworden. Ich werde es Ihnen erzählen. Vor allen Dingen aber kommen Sie zu meinem Pferd.«

Zimmermann warf die Büchse über, ergriff sein Pferd am Zügel und folgte Steinbach. Als beide hinter das Buschwerk an den Baum gelangten, blieb Zimmermann im höchsten Grade erstaunt stehen und rief: »Alle Teufel! Sehe ich recht?« Sein Blick war auf den Gefangenen gerichtet.

»Nun?« meinte Steinbach lächelnd.

»Der Linke Finger!«

»Allerdings.«

»Und zwar gefangen!«

»Wie Sie sehen! Kennen Sie ihn?«

»Mehr als zur Genüge. Haben Sie selbst ihn gefangengenommen?«

»Natürlich. Sie werden wohl nicht annehmen, daß die beiden Finger sich aus eigenem Antrieb gefangengegeben haben.«

»Höre ich denn recht? Auch der Bruder ist gefangen?«

»Auch er.«

»Und Sie sprachen in der Mehrzahl? Sie sind also nicht allein hier?«

»Ich hatte einen Gefährten, der mit dem anderen Gefangenen vorausgeritten ist. Er ist ein sehr wackerer Westmann und heißt Sam Barth, ein Deutscher.«

»Donner und Doria! Ist es etwa der Dicke Sam, von dem man so viel erzählen hört?«

»Ganz derselbe.«

»Nun, wenn dieser bei Ihnen gewesen ist, so glaube ich es, daß Sie sich bei hellem Tage unter die Roten gewagt haben. Der Dicke ist ebenso pfiffig wie verschlagen. Ihm ist so etwas zuzutrauen. Was aber werden Sie mit den beiden Gefangenen machen?«

»Wir bringen sie hinauf zum Silbersee.«

»Sogleich? Direkt?«

»Ja. Und ich lade Sie ein, mich zu begleiten.«

»Das ist leider unmöglich. Ich freue mich zwar königlich, einen Landsmann getroffen zu haben, auch würde ich die Gelegenheit, den berühmten Dicken kennenzulernen, sehr gern ergreifen, aber meine Pflicht gestattet mir dies nicht. Ich darf nicht von den Fersen der Marikopa weg. Ich habe mir geschworen, Magda zu befreien.«

»Weiter nichts?«

»Weiter nichts! Ist das nicht genug? Fragen Sie den Dikken. So ein Westmann wie er weiß ganz genau, was es heißt, eine Gefangene aus der Mitte von hundert Indianern herauszuholen.«

»Nun, ich kann mir, auch ohne ihn zu fragen, denken, daß so etwas nicht leicht ist. Sie könnten Ihren Vorsatz sehr leicht mit dem Leben bezahlen.«

»Das kann mich nicht abschrecken. Bitte, Herr Steinbach, erzählen Sie mir, wie Sie zu der Gefangenen gekommen sind, wie es Ihnen gelungen ist, mit dem Mädchen zu sprechen, und wo ich überhaupt die Indianer zu suchen habe. Dann werde ich mich von Ihnen verabschieden.«

»Sie werden sich nicht von mir verabschieden, sondern mit mir zum Silbersee reiten.«

»Unmöglich.«

»Es ist nicht nur möglich, sondern es bleibt Ihnen sogar keine andere Wahl. Bereits in diesem Augenblick werden die Marikopa die Söhne des Häuptlings vermissen und sie suchen. Gehen Sie stromab, so gehen Sie also grad in Ihr Verderben. Sie wollen Magda befreien. Ich beabsichtige ganz dasselbe. Ich bin überzeugt, daß sie heute abend frei sein wird. Sie soll nämlich von den Indianern zum Silbersee gebracht werden. Dort erwarten wir sie.«

Zimmermann blickte den Sprecher ganz erstaunt an. Er schüttelte den Kopf und meinte: »Ich verstehe Sie nicht. Wollen Sie mir erklären?«

»Jetzt haben wir zu einer Erklärung keine Zeit. Steigen Sie in den Sattel und kommen Sie mit mir!«

»Hm! Wissen Sie genau, daß die Kerle zum Silbersee wollen?«

»Ganz genau. Wenn Sie meinem Rat folgen, werden Sie schneller und gefahrloser Ihr Ziel erreichen, als wenn Sie hinter den Roten bleiben. Ich will Ihnen, um Sie zu beruhigen, drei Namen nennen, die Ihnen vielleicht Garantie bieten, daß Sie mir trauen können. Magda steht unter dem Schutz dieser drei Männer. Ich meine den Dicken Sam, den Apachenhäuptling Starke Hand und endlich den Fürsten der Bleichgesichter.«

»Ist es möglich! Diese beiden sind auch hier?«

»Sie werden sie am Silbersee sehen. Grad jetzt sind sie im Begriff, bei den Roten zu kundschaften.«

»Wenn dies der Fall ist, so kann ich allerdings mit Ihnen reiten. Was ich niemals fertigbrächte, diese drei berühmten Männer machen es möglich. Ich werde mich also an sie wenden. Sie, lieber Landsmann, sind sehr zu beneiden, daß Sie das Glück haben, diese drei Koryphäen des fernen Westens kennenzulernen. Wie ist denn das geschehen?«

»Ganz zufällig. Sie kennen ja wohl das deutsche Sprichwort, daß die dümmsten Bauern die größten Kartoffeln haben. So habe auch ich mehr Glück gehabt, als ich eigentlich verdiene. Wir können später davon sprechen. Jetzt aber wollen wir uns hier fortmachen. Der Boden brennt mir unter den Füßen.«

Der gefangene junge Indianer hatte so getan, als ob er Zimmermann gar nicht bemerkt habe. Auch nun, als die beiden Weißen aufstiegen und im Galopp mit ihm über die Ebene ritten, verzog er keine Miene. Er blickte starr auf den Hals seines Pferdes nieder und glich einer leblosen, auf das Tier gebundenen Bildsäule.

»Sie kennen ihn«, sagte Steinbach zu Zimmermann. »Kennt er Sie vielleicht auch?«

»Ja. Er hat mich öfter gesehen.«

»Wo?«

»Im Todestal, wo er mit seinem Vater und Bruder zuweilen bei Roulin verkehrte.«

»Ist dieser Roulin der Besitzer der Quecksilbergruben?«

»Ja. Auch ich war einige Male bei ihm. Haben Sie von ihm gehört und erfahren?«

»Nichts weiter, als was Magda mir vorhin sagte.«

»Ach, bitte, jetzt haben wir Zeit und brauchen die Roten nicht mehr zu fürchten. Haben Sie die Güte, mir zu erzählen, wie Sie mit Magda zusammengetroffen sind, Herr Steinbach.«

Der Genannte erzählte ihm seine Erlebnisse, aber so, daß der Dicke Sam als derjenige erschien, dem das ganze Verdienst zufiel. Als er geendet hatte, sagte Zimmermann, tief Atem holend: »Gott sei Dank! Sie nehmen die größte Sorge von mir. Ich hatte nämlich Angst, daß die Dame viel gequält und gemartert werde.«

»Äußerliche Not habe ich ihr nicht angesehen. Aber, wollen wir aufrichtig sein, lieber Freund! Ist Magda vielleicht Ihre Verlobte?«

»Leider nein.«

»Aber Geliebte?«

»Auch nicht – oder doch!«

Er errötete und blickte eine Weile schweigend vor sich hin. Dann fuhr er fort: »Sie sind mir als Landsmann, Freund und Helfer begegnet, ich darf Sie über das, was ich mitteilen kann, nicht im unklaren lassen. Meinen Namen kennen Sie.

Über meine übrigen Verhältnisse habe ich zu schweigen. Ich kam aus gewissen Gründen in dieses Land und in die Gegend von Palmetto. Ich hörte von dem berüchtigten Todestal reden, Death Valley nennt es der Amerikaner, und beschloß, es zu besuchen. Dort angekommen, war ich für einige Tage der Gast Roulins, den die Indianer den Silbernen Mann nennen. In seinem Haus sah ich Magda. Sie machte einen Eindruck auf mich, den ich unmöglich beschreiben kann. Roulin bemerkte es und wies mir die Tür. Ich mußte gehen, kam aber wieder, um sie heimlich zu sehen. Es gelang mir, einige wenige Worte mit ihr zu wechseln. Von Liebe aber haben wir nicht gesprochen. Als ich zum letzten Mal kam, war Roulin fort und sie mit ihm. Ich bekam Angst um sie und erkundigte mich. Ich erfuhr, daß er mit ihr unter der Begleitung der Marikopa nach Osten geritten sei. Das konnte nur eine für sie gefährliche Veranlassung haben. Daher zögerte ich keinen Augenblick, dem Zug zu folgen. Über den Colorado bis hierher habe ich die Spuren der Roten verfolgt. Weiteres zu erreichen aber ist mir unmöglich gewesen.«

»So kennen Sie also den eigentlichen Zweck dieser Reise des Silbernen Mannes gar nicht?«

»Nein.«

»Hm! Er will sich die Schätze des Silbersees holen.«

»Also die Taube des Urwaldes berauben?«

»Ja. Dabei soll Magda auf einem der Häuptlingsgräber geopfert werden.«

»Herrgott im Himmel! Er will sie töten?«

»Es scheint so. Sie hat seine Werbung abgewiesen, und nun will er sich rächen.«

»Vielleicht ist es nur eine Drohung. Er will sie wohl nur einschüchtern.«

»Möglich. Jedenfalls aber ist er ein Mensch, mit dem wir einige ernste Worte sprechen werden.«

»Er ist mir seit dem ersten Augenblick unheimlich vorgekommen. Kein Mensch kennt sein Herkommen, seine Vergangenheit. Auch sein gegenwärtiges Treiben liegt in tiefstem Geheimnis. Er bewohnt eine fürchterliche Gegend und fördert Massen von Quecksilber, ohne daß man weiß, wie. Man sieht zwar die Gruben, niemals aber einen einzigen Arbeiter. Die abergläubischen Bewohner der Nachbarschaft sagen, daß er mit dem Teufel einen Pakt geschlossen habe und daß die bösen Geister ihm das giftige Metall aus der Erde holen. Ich bin bestrebt gewesen, in dieses Dunkel einen Blick zu werfen, es ist mir aber nicht gelungen.«

»Er hat Arbeiter. Magdas Eltern befinden sich ja im Schacht, wie sie mir gesagt hat.«

»Mir hat sie dasselbe gesagt. Aber es ist das wohl ein Irrtum von ihr. Die Arbeiter müssen doch, wenn die Schicht vorüber ist, zutage fahren.«

»Hm! Vielleicht bringen wir noch mehr zutage als nur die Arbeiter. Ist Ihnen Näheres über Magdas Verhältnisse bekannt?«

»Nein. Sie heißt Magdalena Hauser, hat also einen deutschen Namen. Doch habe ich viel zuwenig mit ihr sprechen können, als daß es mir möglich gewesen wäre, mir ein klares Bild zu machen. Sie hat also meinen Namen genannt?«

»Ja. Jedenfalls hat sie mich im ersten Augenblick für Sie gehalten.«

Das Gesicht Zimmermanns strahlte vor Glück. Er sagte: »Also hat sie doch gehofft, daß ich ihr folge, um sie zu retten. Sie soll sich nicht getäuscht haben. Ich werde mein Leben wagen und es gern hingeben, um sie aus der Hand dieses Roulin zu erlösen.«

»Gewagt haben Sie es bereits, indem Sie den Marikopa nachgefolgt sind. Hinzugeben aber brauchen Sie es hoffentlich nicht. Sie haben jetzt Verbündete, und mehreren wird das leichter gelingen, was Ihnen allein wohl kaum möglich gewesen wäre. Aber wir wollen unsere Pferde jetzt besser ausgreifen lassen. Ich werde erwartet und möchte die Geduld des Dicken nicht zu sehr auf die Probe stellen.«

Zimmermanns Pferd war ein ausgezeichnetes Tier, dasjenige des Indianers nicht minder, und so flogen die drei Reiter mit größerer Schnelligkeit als derjenigen des Windes über die Prärie dahin. Silver-City blieb ihnen zur Linken liegen. Dann bauten sich die Berge in der Ferne auf. Sie rückten sehr schnell näher. Bald erreichten sie die erste Vorhöhe und auch das ausgetrocknete Bett des betreffenden Baches. Dort hielt Sam mit seinem Gefangenen.

»Hallo!« rief er bereits von weitem. »Wer ist denn eher da, Sie oder ich, Master Steinbach?«

»Na, Sie, wie es scheint.«

»Ja. Ihr Pferd ist also ... Sapperment, Sie bringen ja noch einen mit!«

»Das ist der Grund, weshalb ich mich verspätet habe. Sie werden Freude haben, einen Landsmann begrüßen zu können, Master Barth.«

»Einen Landsmann? Einen Deutschen?«

»Ja. Dieser Herr heißt Zimmermann. Sie können deutsch mit ihm sprechen.«

»Prächtig! Herrlich! Aber es ist doch wahr! Hier in diesem Amerika stolpert man heutzutage nur so über die Deutschen hinweg. Sogar in diesem entlegenen Winkel schießen sie herum wie die Fliegen. Also, grüß Gott, Landsmann! Darf ich wissen, in welcher Gegend Sie Ihre ersten Zähne erhalten haben?«

»In Bayern«, antwortete Zimmermann, dem Dicken die Hände schüttelnd.

»Sapperment! Da sind wir ja Nachbarn! Ich bin nämlich ein Sachse. Kennen Sie vielleicht Herlasgrün?«

»Dem Namen nach.«

»Na, da bin ich her. Wenn Sie mit uns reiten, so werden Sie da oben am See noch mehr Landsleute sehen, auch meine Auguste. Aber wie haben Sie beide sich denn eigentlich gefunden?«

Es wurde ihm in Kürze erklärt, und dann setzten die drei Weißen mit ihren beiden indianischen Gefangenen den Ritt fort.

Je höher sie kamen, desto mehr Apachen erblickten sie, die langsam denselben Weg verfolgten. Sie alle waren gut bewaffnet, aber zu Fuß. Sie hatten das Zeichen, das Wilkins ihnen gegeben hatte, bemerkt. Es galt, das Missionsgebäude gegen einen Überfall zu verteidigen, und dazu konnten sie keine Pferde brauchen. Sie traten, wenn die Reiter an ihnen vorüberkamen, still zur Seite, um sie vorüberzulassen, und stießen höchstens beim Anblick der Gefangenen ein halblautes und verwundertes »Uff« aus.

Oben am See war kein Mensch zu sehen. Als sie dann in den Hof des Missionsgebäudes gelangten, erblickten sie wohl gegen hundert Apachen, die ruhig und wortlos am Boden saßen, bereit, die Taube des Urwaldes gegen die Feinde zu verteidigen.

Draußen aber ließen sie sich nicht sehen. Es war ja möglich, daß die Marikopa Späher ausgesandt hatten, und diese sollten alles still und leblos finden, um denken zu müssen, daß man von ihrer Annäherung keine Ahnung habe.

Als Wilkins, Jim und Tim herbeikamen, gab es freilich ein Hallo beim Anblick der Gefangenen. Steinbach hatte Sam heimlich gebeten, noch zu verschweigen, daß er der Fürst der Bleichgesichter sei, und so kam es, daß man dem Dicken den Löwenanteil des Ruhmes zusprach.

Dann wurde Kriegsrat gehalten. Steinbach gab den Rat, erst die Rückkehr der Starken Hand zu erwarten. Wilkins ging darauf ein. Er hielt es überhaupt für das allerbeste, die Feinde ruhig herbeikommen zu lassen, um sie dann desto sicherer vernichten zu können.

»Vernichten?« sagte Steinbach. »Das ist meine Absicht nun freilich nicht. Auch die Roten sind Menschen, und man soll nicht ohne die größte Not Menschenblut vergießen.«

»Pah!« antwortete Sam. »Was Ihr da sagt, das klingt freilich sehr human und zivilisiert, ist aber trotzdem nicht viel wert. Diese Marikopa sind gekommen, um zu rauben und zu plündern. Sie werden jeden Skalp mitnehmen, den sie sich überhaupt verschaffen können. Wir haben uns unserer Haut zu wehren. Falsch angebrachte Nachsicht kann uns nur Schaden bringen. Ich habe mir ganz besonders diesen weißen

Roulin ausgelesen. Er ist ein Schurke, der uns die Roten auf den Hals hetzt. Er wird ganz sicher meine Kugel bekommen.«

»Wenn Ihr mir und uns allen einen Gefallen tun wollt, so unterlaßt Ihr das!«

»Warum?«

»Wenn Ihr ihn tötet, so kann er mir keine Auskunft geben. Ich habe die Ahnung, daß bei ihm der Schlüssel zu einem Rätsel steckt, das uns alle interessiert. Der Mann muß leben bleiben, um uns Auskunft geben zu können.«

»Meint Ihr? Na, ich will Euch nicht widersprechen und hoffe, daß Ihr Euch nicht irrt. Er mag sich aber dennoch in acht nehmen, daß er meiner Büchse nicht zu nahe kommt, sonst könnte es ihr einfallen, auch ohne meinen Willen loszugehen.«

Die Vorbereitungen, die getroffen wurden, bestanden zunächst in der Anfertigung von Leuchtgegenständen, die auf das platte Dach des Missionsgebäudes geschafft wurden, um da beim Nahen der Feinde angebrannt zu werden. Es war Petroleum, Pech und Harz genug vorhanden zu einem Feuer, mit dem man das ganze Tal des Sees beleuchten konnte.

Die beiden gefangenen Indianer waren eingeschlossen worden.

Zimmermann hatte sich schnell mit den Bewohnern des Hauses bekanntgemacht. Man saß in verschiedenen Gruppen im Hof, um sich die Erlebnisse früherer Zeiten zu erzählen und sich in Vermutungen über den Verlauf des zu erwartenden Abenteuers zu ergehen.

Als es dunkel geworden war, hatten sich wohl an hundertfünfzig Indianer eingefunden, die wohlbewaffnet des Angriffs harrten. Der Häuptling war noch nicht da. Wilkins wollte in Sorge um ihn geraten. Er befürchtete, daß ihm ein Unglück geschehen sei. Aber Steinbach beruhigte ihn.

»Habt keine Sorge, Sir! Wie ich die Starke Hand kenne, so kommt er nicht eher als die Feinde selbst, um sie uns anzumelden. Mir ist nicht im geringsten bange um ihn.«

Es war gegen Mitternacht. Draußen herrschte dichte Finsternis. Ruhig und dunkel lag auch das Gebäude da. Keines der Fenster, die nach außen führten, war erleuchtet. Da klopfte es leise an das Tor. Die alte Indianerin öffnete den Schieber und fragte, wer draußen sei. Es war der Apachenhäuptling.

Er ging, als sie ihn einließ, wortlos an ihr vorüber. Sein Pferd hatte er nicht mit, er hatte es an irgendeiner sicheren Stelle untergebracht, um besser lauschen und beobachten zu können. Im Hof brannte ein Feuer, dessen Schein aber nicht nach außen dringen konnte. Es beleuchtete die Gestalten der Apachen. Er rief ihnen nur einige kurze Worte zu. Sie verschwanden sofort, um sich auf die Plattform des Hauses und in diejenigen Stuben zu verteilen, deren Fenster nach draußen gingen. Und als er in das Gemach kam, in dem die Weißen versammelt waren, sagte er nichts als: »Die Hunde der Marikopa sind da.«

»Endlich!« meinte Sam. »Nun kann das Theater losgehen. Dieses ewig lange Warten ist das Unangenehmste, was es nur geben kann. Werden sie sogleich angreifen?«

»Sie sind hart hinter mir her und nähern sich jetzt dem Haus, das sie umzingeln werden. Haben meine weißen Brüder dafür gesorgt, daß ein Feuer angebrannt wird?«

Er erhielt natürlich eine bejahende Antwort, und nun begab sich jeder auf seinen Posten. Der dicke Sam ließ es sich nicht nehmen, sich hinter das Eingangstor zu plazieren. Draußen war nicht das leiseste Geräusch zu vernehmen. Sam stand am Guckloch und blickte hinaus, konnte aber nichts, gar nichts sehen. Dennoch wußte er, daß die Angreifer nur wenige Schritte entfernt sein konnten. Erkennen konnte er sie nicht, es war mehr Instinkt, der es ihm sagte.

Verwundert horchte er auf, als er dann den Schritt eines Pferdes hörte, der langsam näher kam und draußen am Tor anhielt. Man klopfte. Er wartete eine Weile, um dem Klopfenden glauben zu machen, daß man bereits im Schlaf sei, und erst nach wiederholtem Klopfen schob er den Schieber zurück und fragte laut hinaus: »Wer ist da?«

»Ein Bote«, antwortete der Betreffende. Er war seiner Ausdrucksweise nach ein Indianer.

»An wen?« fragte Sam.

»An die Taube des Urwaldes.«

»Von wem?«

»Von der Starken Hand.«

»Wer bist denn du?«

»Ich bin der Fliegende Pfeil.«

»Wunderbar! Wo befindet sich denn der große Häuptling, der dich sendet?«

»Er jagt den Büffel an den Ufern des Gila.«

Jetzt vernahm Sam ein leises Schleichen. Es kamen mehrere der Angreifer herbei. Der Plan war, sich öffnen zu lassen und mit demjenigen, der sich für einen Boten ausgab, zugleich einzudringen.

Sam hatte so laut gesprochen, daß man es oben auf dem Dach hören konnte. Er antwortete: »Er jagt? Hm! Mein roter Bruder irrt sich wohl!«

»Der Fliegende Pfeil irrt sich nicht!«

»Und dennoch. Der berühmte Häuptling Starke Hand befindet sich hier in diesem Haus, der Fliegende Pfeil ist auch hier.«

»Uff!« erklang es draußcn im Tone des Schreckens.

»Ja«, lachte Sam. »Wer einen andern übertölpeln will, der muß natürlich klüger sein als dieser andere. Ihr albernen Marikopa aber seid die dümmsten Kerle, die es nur geben kann. Ich war heute bei Euch in Eurem Lager und habe die Söhne des Eisernen Mundes aus Eurer Mitte geholt und als Gefangene hierhergebracht. Jetzt wißt Ihr, woran Ihr seid. Dir aber will ich auf Deine Lügen mein Ja und Amen geben.«

Er hatte den Lauf seines Gewehres durch das Guckloch gesteckt. Sein Schuß krachte. Bei dem Blitz desselben sah man den Indianer vom Pferd sinken. Zugleich aber sah man eine Anzahl seiner Gefährten, die sich herbeigeschlichen hatten, um mit ihm ins Haus zu dringen.

Ein wütendes Geheul antwortete auf den Schuß. Dann trat eine momentane, tiefe Stille ein. In diesem Augenblick loderte oben auf der Plattform des Hauses eine riesige Petroleumflamme auf, so daß die ganze Umgebung fast tageshell erleuchtet war. Die Belagerten sahen, daß die Marikopa das Haus rundum umgaben.

Da ertönte von oben eine tiefe, mächtige Stimme: »Hier steht Starke Hand, der Häuptling der Apachen, um seinen Feind, den Eisernen Mund, zu empfangen. Gebt Feuer!«

Von oben herab und aus allen Fensteröffnungen krachten Schüsse. Jede Kugel traf, da die Flamme die Angreifer hell beleuchtete und ein genaues Zielen ermöglichte. Die Marikopa erhoben ein Wutgeschrei, das noch weit gräßlicher klang als das Brüllen von hundert wilden Tieren. Währenddessen rannten sie davon, um außer Schußweite zu kommen. Diejenigen, die nur verwundet waren, hinkten oder krochen auch davon. Die Apachen wollten sie niederschießen, Steinbach aber gab dies nicht zu.

Als dann einige der Marikopa sich vorsichtig wieder näherten, um zu versuchen, ob man ihnen erlauben werde, die Leichen zu holen, war Steinbach der Ansicht, daß man es ihnen gestatten solle. Aber Starke Hand sagte in entschiedenem Ton: »Die Skalpe der Toten gehören meinen Leuten. Man soll sie uns nicht nehmen. Mein weißer Bruder sammelt nicht die Skalpe seiner Feinde. Wenn ich den Apachen verbieten wollte, sich die Zeichen des Sieges zu nehmen, so würden sie mir niemals wieder gehorchen. Howgh!«

Dieses letztere Wort, welches wie »Hau« ausgesprochen wird, hat die Bedeutung, daß es bei der Bestimmung, die er getroffen hatte, bleiben werde. Die herbeischleichenden Marikopa wurden durch einige Kugeln vertrieben. Die Leichen blieben also im Bereich des Hauses liegen.

Der Feind hatte einen solchen Empfang erhalten, daß er es nicht wagte, einen Angriff zu unternehmen. Er hatte sich in sichere Entfernung zurückgezogen. Die Flamme auf dem Haus wurde bis zum Anbruch des Morgens unterhalten, dann verlosch sie. Als der Tag heller wurde, konnte man die Toten zählen. Es waren ihrer über vierzig.

Die Marikopa lagerten unweit des Seeufers unter den Bäumen. Sie verhielten sich vollständig ruhig. Es war also anzunehmen, daß sie irgendeinen Entschluß gefaßt hatten.

Steinbach saß auf dem platten Dach und hatte sein Fernrohr in der Hand, durch das er die Feinde betrachtete. Wilkins befand sich bei ihm und ließ sich das Rohr auch geben. Als er eine Weile hindurchgeblickt hatte, stieß er einen Ruf aus, dem man es nicht anhörte, ob er ein Zeichen der Freude oder des Schrecks sei.

»Was gibt es?« fragte Steinbach.

»Sehen Sie! Es kommt einer der Roten.«

Sie sahen einen Marikopa, der sich langsam dem Haus näherte. Er trug ein weiß gegerbtes Fell in der Hand und schwenkte es zum Zeichen, daß er in friedlicher Absicht komme.

»Ein Parlamentär«, sagte Wilkins. »Ich werde gleich sehen, was er will.«

»Bitte, überlassen Sie das mir!«

Wilkins sah ihn einigermaßen befremdet an. Den Parlamentär zu empfangen, das war doch Sache des Hausherrn. Da trat der Apachenhäuptling herbei. Er hatte auf der Plattform auf seiner Decke gelegen und das Nahen des Marikopa auch bemerkt. Er deutete auf diesen und sagte: »Ein Bote des Eisernen Mundes.«

»Ich werde ihn empfangen«, meinte Wilkins.

Der Apache aber schüttelte den Kopf, zeigte auf Steinbach und bestimmte: »Mein weißer Bruder mag zu ihm hinabgehen.«

Steinbach ging. Wilkins schüttelte verwundert den Kopf

und schmollte: »Eigentlich ist es doch aber meine Sache, einen Parlamentär zu empfangen.«

»Ja, aber du weißt nicht, was er will, und wenn er eine schnelle Antwort verlangt, mußt du dich rasch entscheiden und kannst dabei sehr leicht das Falsche treffen.«

»Ah! Meint mein roter Bruder etwa, daß Steinbach leichter als ich das Richtige treffen werde?«

»Mein Bruder darf sich nicht beleidigt fühlen. Er wird Steinbach bald besser kennenlernen.«

Steinbach ließ sich unten das Tor öffnen und trat hinaus, da der Marikopa durch Zeichen zu verstehen gab, daß er nicht näherkommen wolle. Er schritt also auf ihn zu und fragte ihn nach seinem Begehr.

»Ich bin gesandt vom Eisernen Mund und soll sprechen mit der Starken Hand.«

»Der Häuptling der Apachen hat jetzt keine Zeit. Du wirst also mit mir sprechen.«

Der Indianer betrachtete Steinbach mit einem langen, keineswegs ehrfurchtsvollen Blick und sagte: »Du bist kein Häuptling. Ich spreche nur mit Kriegern, die auch Häuptlinge sind.«

»Lüge nicht! Es schmückt keine Feder dein Haupt. Du bist ein gewöhnlicher Krieger und mußt stolz darauf sein, wenn ich mit dir rede.«

»Sende mir die Starke Hand. Mit dir habe ich nichts zu schaffen.«

»So trolle dich von dannen! Aber ich sage dir, daß wir einen Boten des Eisernen Mundes nun nicht wieder empfangen werden.« Er wendete sich scharf ab, um zu gehen. Sein entschiedenes Wesen verfehlte die beabsichtigte Wirkung nicht.

»Uff!« rief der Indsman. »Mein Bruder bleibe noch! Die roten Männer wollen ihre Toten holen. Die weißen Krieger werden ihnen das erlauben.«

»Nein, wir erlauben es nicht. Die Skalpe der Marikopa gehören den siegreichen Apachen.«

»Sind viele von ihnen im Haus?«

»So viele, daß die Hälfte von ihnen genügt, die Marikopa in das Wasser des Sees zu stürzen.«

»Mein weißer Bruder nimmt den Mund so voll Wasser, daß er überläuft. Wie kommt es, daß so viele Krieger der Apachen hier sind?«

»Um euch zu empfangen.«

»Kein Apache hat gewußt, daß wir kommen.«

»Alle haben es gewußt. Der Häuptling hat euch am Gila umschlichen, und ich selbst bin mitten in eurem Lager gewesen, habe gehört, was der Eiserne Mund mit Roulin sprach, und dann seine beiden Söhne gefangengenommen.«

»Sie sind auf ihren Pferden davongeritten.«

»Ich habe sie gefesselt und auf ihre Pferde gebunden. Die Marikopa sind keine Krieger. Sie stellen nicht einmal während eines Kriegszuges Wache zu ihren Pferden.«

»Wird mein weißer Bruder die Söhne des Häuptlings töten?«

»Ja.«

Der Rote erschrak und meinte: »Warum soll dies geschehen? Kein Tapferer tötet einen, den er nicht im Kampf besiegt hat.«

»Ich habe die beiden besiegt, und ihr Leben gehört mir. Ich kann mit ihnen tun, was mir beliebt.«

»Ihr habt unsere Krieger getötet. Wir müssen die Toten rächen.«

»Tut das, wenn ihr könnt.«

»Ihr habt sie nicht besiegt, sondern ermordet. Wir kamen im Frieden zu Euch. Ihr aber habt uns sofort mit Kugeln empfangen.«

»Mein roter Bruder denkt, ich habe keinen Verstand. Er gehe und lasse erst den seinigen wachsen. Ihr kommt als Räuber und Diebe, und wir haben euch dementsprechend empfangen. Hast du mir noch etwas zu sagen, so mache es kurz!«

»Der Häuptling der Marikopa verlangt eine Unterredung mit dem Häuptling der Apachen.«

»Und wo soll diese stattfinden?«

»Nicht im Haus, sondern hier, wo wir stehen.«

»Gut. Er soll diese Unterredung haben. Er mag Roulin mitbringen und noch einen.«

»Bringt der Häuptling der Apachen auch Leute mit?«

»Auch zwei.«

»Aber es ist Regel, daß keinem Abgesandten ein Leid geschehen darf.«

»Das wissen wir. Ihr dürft alle Waffen mitbringen. Keiner aber wird sie gebrauchen. Melde, was ich dir gesagt habe. Ich habe keine Zeit weiter!«

Steinbach wendete sich ab und schritt dem Haus zu, wo man ihn neugierig erwartete. Er teilte den Zweck und das Resultat der Unterredung mit.

Wilkins fragte: »Also sie kommen zu dritt. Wer aber wird von uns zu ihnen gehen?«

»Sie, der Apache und ich. Ich bitte, mir das Wort zu überlassen, da Sie mir leicht meine Absichten verderben könnten.«

»Absichten? Was für Absichten können Sie haben?«

»Das werden Sie bald erkennen.«

»Master Steinbach, Sie sind ein rätselhafter Mann!«

»Vielleicht, ja! Da aber diesen ›Wilden‹ niemals recht zu trauen ist, so müssen wir auf alles gefaßt sein. Es ist möglich, daß sie auf Verrat sinnen und uns überfallen wollen, um uns so in die Hand zu bekommen, wie wir die beiden Söhne des Häuptlings haben. Lassen Sie also das Dach mit den besten Schützen besetzen, die mit ihren Kugeln den Beratungsplatz bestreichen können!«

Es dauerte wohl über eine Stunde, ehe man den Anführer der Marikopa mit seinen beiden Begleitern kommen sah.

Der Indianer ist ein ganz anderer Mann, als er gewöhnlich beurteilt wird. Er ist vor allen Dingen ein guter Sprecher und läßt keine Gelegenheit, eine Rede zu halten, ungenützt vorübergehen. Eine solche bot sich jetzt. Da mußte denn alles auf das feierlichste eingeleitet und angeordnet werden.

Der Eiserne Mund näherte sich in einem Aufzug, der nach indianischen Begriffen geradezu überwältigend war. Er hatte seinen besten Kriegsstaat angelegt. Von seinem kunstvoll zusammengeflochtenen Haarschopf wehten vierundzwanzig Federn des Kriegsadlers herab. Als Mantel trug er das Fell eines Jaguars, welches mit zahlreichen Büffelschwänzen und Klapperschlangenhäuten geschmückt war. Bewaffnet war er mit allem möglichen, so daß man sich eigentlich zu wundern hatte, wie er alles fortbringen konnte: Büchse, Messer, Tomahawk, Lanze, Köcher, Bogen und Munitionsbeutel. Über die Brust hingen mehrere zusammengedrehte Lassos herab. Das Hauptstück aber trug ihm sein Begleiter voran, derselbe Indianer, mit dem Steinbach vorhin gesprochen hatte. Es war das eine überaus lange Lanze, an deren Spitze drei Medizinbeutel hingen. Sie war mit mehreren Querleisten versehen. An diesen und an dem Schaft hingen zahlreiche Skalpe, wohl über dreißig Stück, von Weißen und von Indianern. Da auch sein ganzer Anzug mit den Skalphaaren getöteter Feinde ausgeputzt war, konnte man auf die Anzahl von Menschen schließen, die von der Hand des Eisernen Mundes gefallen waren. Roulin ging an seiner Seite, aber um einen halben Schritt zurück.

Auf dem bestimmten Platz angekommen, steckte der rote Begleiter des Häuptlings die Lanze in die Erde, nahm diesem den Mantel ab und breitete ihn auf dem Boden aus. Der Eiserne Mund ließ sich im Bewußtsein seiner Würde darauf nieder. Nun setzten sich auch die beiden andern, doch etwas hinter ihm, wie es die ihm zu zollende Achtung erforderte. Sie warteten.

Erst nach längerer Zeit öffnete sich das Tor des Missionsgebäudes. Wilkins, Steinbach und der Apache kamen herbei.

Starke Hand stach in seinem Äußeren auf das auffälligste von dem feindlichen Häuptling ab. Er trug als Schmuck nur eine einzige Feder und als Waffe nur ein Messer im Gürtel. Aber diese Feder war aus dem Schwanz des weißen Kriegsadlers und die größte Seltenheit, die es gibt. Sie hatte einen Wert von wenigstens sechzig Pferden.

Wilkins hatte nichts als einen Revolver bei sich, und

Steinbach trug nur sein Beil an der Seite. Diese drei Männer traten so einfach, so anspruchslos auf, und doch war ihre Haltung so ehrfurchtgebietend, daß Roulin sich bei ihrem Nahen unwillkürlich von seinem Sitz erhob. Er wurde aber von dem Indianer ergriffen und wieder niedergezogen.

Die drei Zuletztgekommenen setzten sich ohne ein Wort der Begrüßung den andern gegenüber. So saßen die sechs wohl eine Viertelstunde lang wie Statuen, ohne sich zu regen, ohne ein Wort zu sagen. Es kam jetzt darauf an, wer das Schweigen und damit seine Würde am längsten wahrte.

Dem Marikopa dauerte dies denn doch zu lange. Er erhob sich endlich und begann zu sprechen. Er zählte die Taten und die Tugenden seines Stammes auf und berichtete dann auf das ausführlichste von seinem eigenen Heldentum. Von seinen gegenwärtigen Absichten aber erwähnte er kein einziges Wort. Dieser bombastische Wortschwall erforderte über eine halbe Stunde Zeit.

Jetzt nun mußte der Häuptling der Apachen reden. Er erhob sich, legte die Hand an den Griff seines Messers und sagte einfach: »Ich bin die Starke Hand. Man kennt mich, und wer mich noch nicht kennt, der kann mich kennenlernen. Ich spreche durch die Tat. Mein weißer Bruder hier mag an meiner Stelle das Wort führen.«

Er deutete auf Steinbach und setzte sich wieder nieder. Der Marikopa richtete sein Auge verächtlich auf Steinbach und sagte: »Ich bin ein Häuptling. Soll ich mit einem Mann sprechen, der unter mir steht!«

»Woher weißt du, daß ich unter dir stehe?« fragte Steinbach in ruhiger Weise.

»Welches Häuptlingszeichen trägst du an dir?«

»Bedarf es eines solchen? Du trägst deine Zeichen auf dem Körper, und sie hindern dich. Die Bleichgesichter aber tragen ihre Häuptlingszeichen hier hinter der Stirn. Habe ich nicht deine Söhne mitten aus dem Lager geholt? Habe ich nicht auf dem Baum gestanden, unter dem du saßest und mit ihnen sprachst? Du versprachst ihnen, daß sie die ersten sein sollten, die dieses Haus betreten dürften. Ich habe dein Versprechen erfüllt. Sie sind die ersten gewesen, aber als Gefangene. Ist das nicht ein Beweis, daß ich dir ebenbürtig bin?«

»Du bist listig, aber nicht tapfer!«

»So stehe auf, um mit mir zu kämpfen. Du darfst dich aller deiner Waffen bedienen. Ich aber nehme nur die bloße Hand und werde dich besiegen!«

»Der Große Geist hat deinen Verstand verdüstert. Welche Waffe hättest du auch! Du hast nur ein Beil. Mit ihm vermagst du nicht einmal den Vogel zu treffen, der da oben auf dem Ast sitzt!«

Er deutete auf einen Baum, auf dem eine Krähe sich niedergelassen hatte. Anstatt aller Antwort stand Steinbach auf und zog das Beil aus dem Gürtel. Er schwang es einige Male um den Kopf und schleuderte es fort, scheinbar gar nicht gegen den Baum. Es flog eine Strecke waagerecht, stieg dann plötzlich in die Höhe und beschrieb einen wirbelnden Bogen zum Baum hin. Ein Schrei der Bewunderung entfuhr dem Marikopa. Das Beil hatte die Krähe getroffen und getötet. Es kam im Bogen zurückgeflogen und fiel nur wenige Schritte von Steinbach zur Erde nieder.

Das war ein Meisterstück, viel, viel größer als der meisterhafteste Schuß aus einem Gewehr. Der australische Bumerang kann so geworfen werden, daß er zurückkehrt. Auch das indianische Schlachtbeil wird von Meistern so geschleudert, daß es auf- und niedersteigt und sein Opfer im Bogen, beinahe im Zickzack verfolgt. So einen Wurf aber wie hier hatte der Marikopa für eine Unmöglichkeit gehalten. Auch Wilkins sagte: »Welch eine Geschicklichkeit! Man entdeckt an Ihnen immer neue Seiten!«

Steinbach steckte das Beil wieder in den Gürtel und setzte sich wieder nieder. Dann fragte er: »Wirst du nun mit mir sprechen?«

»Du bist listig und geschickt, aber doch kein Häuptling«, antwortete der Marikopa hartnäckig.

»Du irrst. Ich bin ein größerer Häuptling als du. Ich bin der Fürst der Bleichgesichter.«

Alle außer dem Apachen fuhren erschrocken auf.

»Ist das wahr?« fragte Wilkins.

»Uff!« antwortete die Starke Hand bestätigend.

»Dann ist alles erklärt. Jetzt begreife ich alles. Aber wer hätte das gedacht!«

»Beruhigen Sie sich.« Steinbach lächelte. »Ich nenne den Titel, den man mir gegeben hat, nicht gern.«

Dieser kleine Gedankenaustausch war so schnell erfolgt, daß er den Marikopa gar nicht aufgefallen war. Sie starrten Steinbach noch immer wortlos an, so daß dieser seine vorherige Frage, ob der Häuptling mit ihm sprechen wolle, abermals wiederholte.

»Wenn du der Fürst der Bleichgesichter bist, werde ich deine Fragen beantworten.«

»Das erwarte ich freilich. Du wirst von mir gehört haben. Ich habe keine Zeit zu unnützen Worten. Ich liebe die Tat, gerade so wie hier der tapfere Häuptling der Apachen. Sage mir, ob das Bleichgesicht, welches da neben dir sitzt, dein Freund ist.«

»Es ist mein Freund und Bruder.«

»Weshalb will der Eiserne Mund mit uns sprechen?«

»Er verlangt die Leichen der Gefallenen zurück!«

»Er soll sie bekommen, nachdem die tapferen Apachen ihnen die Skalpe genommen haben.«

»Der Fürst der Bleichgesichter spricht nicht wie ein Vermittler des Friedens. Weiß er nicht, daß ein roter Mann, dem die Skalplocke fehlt, nicht in die Ewigen Jagdgründe gelangen kann?«

»Ich weiß es.«

»Warum sollen da unsere Toten die Skalpe einbüßen? Warum soll das tapfere Volk der Marikopa beleidigt und geschändet werden?«

»Dieses Volk hat sich gegen uns nicht tapfer, sondern verräterisch benommen. Wäre euch der Überfall geglückt, so hättet ihr uns allen die Skalpe genommen. Nun aber haben wir die eurigen. Der Große Geist hat es so gewollt.«

»Wenn ihr unsere Toten skalpiert, werden wir zur Strafe auch euch die Skalpe nehmen.«

»Das könnt ihr versuchen. Wenn du uns weiter nichts zu sagen hattest, so brauchtest du dich nicht zu bemühen. Wir sind fertig.«

»Noch nicht. Ich habe noch eins. Du hast mir meine Söhne geraubt. Du hast zu diesem Mann hier gesagt, daß sie sterben müssen. Ist das wahr?«

»Ja.«

»Was haben sie dir getan, daß du sie töten willst?«

»Was hatten dir die Bewohner dieses Hauses getan, daß du sie überfallen wolltest?«

»Sie sind meine Feinde, weil sie Freunde der Apachen sind.«

»Und deine Söhne sind aus demselben Grund meine Feinde. Ich werde sie vertilgen aus dem Land der Lebendigen.«

»Ich habe gehört, daß der Fürst der Bleichgesichter den Frieden liebt und das Blutvergießen haßt.«

»Das ist wahr. Aber grad aus diesem Grunde töte ich deine Söhne, damit sie nicht später das Blut meiner Freunde vergießen können.«

»Du lädst eine fürchterliche Schuld auf dich. Wir werden wenigstens so viele Apachen töten, wie ihr von den Unsrigen getötet habt. Das sind bis jetzt mehr als vier mal zehn.«

»Die Apachen sind tapfer. Sie werden sich zu verteidigen wissen.«

Der Marikopa liebte natürlich seine Kinder. Er fand Steinbach scheinbar unerbittlich. Darum griff er zum letzten Mittel, das ihm übrigblieb: »Ich will dir ein Lösegeld geben.«

»Ich brauche kein Geld.«

»Ich gebe dir Pferde.«

»Das meinige genügt mir.«

»Du bekommst die Pferde aller meiner Krieger, die heute in der Nacht gefallen sind!«

»Ich brauche nicht vierzig Pferde, sondern nur eins, und das habe ich.«

»Du kannst sie verkaufen.«

»Ich bin kein Pferdehändler. Es gibt nur einen einzigen Preis, gegen den ich dir deine Söhne zurückgebe, einen einzigen, sonst keinen.«

»Nenne ihn!«

»Du gibst mir für jeden Sohn eine andere Person.«

»Wen meinst du da?«

»Diesen weißen Mann hier, der sich Roulin nennt, und das weiße Mädchen, das ihr gefangen bei euch führt.«

Der Franzose sprang erschrocken auf. Der Marikopa aber sagte in beruhigendem Ton zu ihm: »Fürchte dich nicht. Du stehst unter meinem Schutz. Ich kann dich nicht opfern.«

»Also nicht? Auf keinen Fall?« fragte Steinbach.

»Nein. Lieber magst du meine Söhne töten. Man soll nicht von mir sagen, daß ich einen Freund geopfert habe, um meine Kinder zu retten.«

»Aber der, den du deinen Freund nennst, ist ein Verbrecher, ein Schurke.«

»Oho!« rief Roulin, in seinen Gürtel greifend.

Der Marikopa warf ihm einen ernsten, warnenden Blick zu und sagte dann: »Nach euren Gesetzen mag er vielleicht unrecht getan haben, nach den unsrigen aber bin ich sein Beschützer und muß mein Wort halten.«

»So müssen deine Söhne sterben.«

Es glitt ein trotziges, siegesgewisses Lächeln über das bronzene Gesicht des Marikopa, als er antwortete: »So schnell geht das nicht. Du wirst dich vielmehr sehr besinnen, ehe du sie tötest.«

»Keinen Augenblick.«

»Ich werde es dir beweisen.«

»Das kannst du nicht.«

»Sehr schnell sogar. Paß auf!«

Er gab dem Franzosen einen Wink. Dieser entfernte sich jedenfalls, um einen bereits früher erhaltenen Auftrag auszuführen.

»Was mag er vorhaben?« flüsterte Wilkins.

»Wir werden es ja erfahren.«

»Wollen Sie die beiden Jungen wirklich töten?«

»Fällt mir gar nicht ein. Es ist nur eine Drohung, um Roulin und das Mädchen in die Hand zu bekommen. Da, schauen Sie! Man drängt zum See hin.«

Die Marikopa hatten während der Nacht eines der Boote in ihre Gewalt bekommen. Auf dieses schien sich das Augenmerk aller zu richten. Der Eiserne Mund zögerte nicht mit der Erklärung: »Man wird jetzt das Mädchen, von dem du sprachst, hinüber auf die Insel schaffen, um sie dort an den Marterpfahl zu binden. Sie behält ihr Leben nur dann, wenn du meine Söhne freigibst und uns unsere Toten unskalpiert überantwortest.«

Da zuckte es schnell über Steinbachs Gesicht. Er antwortete: »So grausam wirst du nicht sein. Sie ist unschuldig.«

»Meine Söhne sind auch unschuldig.«

»Sie folgten freiwillig, das Mädchen aber habt ihr gezwungen, mitzugehen.«

»Das ist gleich. Besinne dich! Sieh, das Boot stößt bereits ab.«

»Ich werde mit meinem Gefährten sprechen.«

Das war nur zum Schein gesagt. Er wendete sich in deutscher Sprache, welche der Marikopa jedenfalls nicht verstand, leise an Wilkins: »Spracht Ihr nicht von einem Gang zu der Insel?«

»Ja.«

»Ist er begehbar?«

»Das versteht sich.«

»So entfernt Euch unter dem Vorwand einer Beratung und begebt Euch auf die Insel.«

»Um das Mädchen zu holen?«

»Ja.«

»Das wird blutig hergehen. Ich sehe, daß sie vier Begleiter hat. Und das Rasentürchen, durch das ich muß, hat nur für einen einzigen Mann Raum. Sie stechen mich nieder, ehe ich heraus bin.«

»Keine Sorge! Ich schieße alle vier nieder.«

»Womit?«

»Mit meiner Büchse.«

»Ihr habt ja gar keine mit!«

»Pah! Macht nur, daß Ihr fortkommt. Ihr tretet nicht eher auf die Insel, als bis Ihr hört, daß ich schieße.«

»Aber Ihr wagt Euer Leben!«

»Unsinn! Während ich die Augen in Richtung Insel richte, ist der Apache Manns genug, diese beiden aufgeputzten Marikopa im Zaum zu halten. Übrigens liegen auf unserem Dach hervorragende Schützen. Also vorwärts!«

Wilkins entfernte sich. Anstatt Argwohn zu schöpfen, war dies dem Marikopa lieb. Er glaubte, daß Wilkins jetzt die beiden Knaben holen werde. Als dieser aber nach einiger Zeit nicht zurückkehrte, sagte der Eiserne Mund: »Nun, erhalte ich meine Söhne?«

»Nur gegen die beiden Personen, die ich dir bereits genannt habe.«

»Nein.«

»So sterben sie!«

»Und das Mädchen stirbt auch. Siehst du, daß meine vier Krieger sich mit ihr bereits auf der Insel befinden. Sie errichten schon den Pfahl.«

»Ich sehe es. Aber sie dürfen ihr jetzt kein Leid tun.«

»Wer will es ihnen untersagen?«

»Ich. Wir unterhandeln hier. Solange dies währt, darf nichts Feindseliges geschehen.«

»Es wird geschehen, denn ich habe es befohlen.«

»Und es wird nicht geschehen, denn ich dulde es nicht.«

»Was willst du dagegen tun?«

»Ich töte deine vier Krieger.«

»Womit? Mit deinem Beil? Dorthin reicht selbst die Kugel des besten Gewehrs nicht.«

»Vergiß nicht, daß ich der Fürst der Bleichgesichter bin. Jetzt binden sie das Mädchen an. Gib Gegenbefehl, sonst schieße ich!«

»Mit dem Beil?« höhnte der Marikopa.

»Ja.«

»So schieß!«

»Du willst es!«

Der Apachenhäuptling hatte unbemerkt in seine Tasche gegriffen, um zwei kleine Revolver herauszuziehen. Das genügte, um für Steinbach freie Hand zu machen. Dieser zog sein Beil aus dem Gürtel. Der Eiserne Mund lachte dazu. Vorhin, als das Beil geworfen worden war, hatte sein Besitzer es gar nicht für nötig gehalten, erst die lederne Scheide zu entfernen, in der es steckte. Jetzt aber zog er sie ab. Zwei schnelle Griffe, ein Druck an einen Hebel, und der Stiel des Beiles hatte sich in die Läufe eines Doppelgewehrs verwandelt. Der eigentliche Beilkörper bildete einen Kolben in Axtgestalt, mit dem man einem Büffel den Kopf spalten konnte.

»Also, gibst du den Befehl, sie nicht anzurühren?« fragte Steinbach.

»Nein. Sie wird gemartert! Schieß doch!«

»Du höhnst? Paß auf, wie der Fürst der Bleichgesichter schießt!« Im Nu war geladen. Der Kolben flog an die Wange. Zwei Schüsse krachten. Zwei neue Patronen in die Kammern. Noch zwei Schüsse. Die vier Marikopa, die das Mädchen zur Insel gerudert hatten, lagen lang ausgestreckt am Boden! – Einer wie der andere durch den Kopf geschossen, wie sich später zeigte. Und zu gleicher Zeit tauchte aus dem Boden der Insel Wilkins Gestalt auf, der Magdas Stricke durchschnitt und mit ihr wieder im Boden verschwand, grad so schnell, wie er da erschienen war.

Dieser ganze Vorgang hatte sich in der Zeit von einer einzigen Minute abgewickelt. Darum herrschte zunächst Stille droben auf dem Dach des Gebäudes, drüben bei dem Haufen der Marikopa und auch an dem Beratungsort, wo der Eiserne Mund offenen Mundes dastand und ebenso wie sein Begleiter mit weit aufgerissenen Augen in Richtung Insel starrte.

Außer Steinbach und dem Häuptling der Apachen gab es nur einen, der trotz der kurzen Spanne, die der Vorgang in Anspruch genommen hatte, sofort voller Geistesgegenwart handelte. Das war Sam, der Dicke.

Die Tür des Missionsgebäudes öffnete sich, und Sam kam in langen Sprüngen, die man ihm bei seiner außerordentlichen Wohlbeleibtheit gar nicht zugetraut hätte, herbeigeeilt.

»Master Steinbach, was ist geschehen?« rief er. »Haben die roten Kerle vielleicht trotz der Verhandlung den Parlamentärsfrieden gebrochen? Da soll sie sofort alle zusammen der Teufel holen! In Beziehung auf das Völkerrecht verstehen wir Herlasgrüner nämlich gar keinen Spaß.«

»Es ist so etwas Ähnliches. Ich habe aber dafür vier von ihnen totgeschossen.«

»So ist es recht! Wenn sie nicht Verstand annehmen, bringe ich die andern auch noch um!«

Er trat drohend vor den Eisernen Mund hin und schwang sein Gewehr in einer Weise, als ob er ihm mit dem Kolben den Kopf einschlagen wolle. Dieses Verhalten weckte den Häuptling aus seinem starren Erstaunen. Er wendete sich zornig an Steinbach: »Was hast du getan? Du hast vier meiner besten Krieger getötet!«

»Ganz recht!« lautete die ruhige Antwort.

»Das ist eine Tat, die ich rächen muß!«

»Du scherzt!«

»Sehe ich so aus, als ob ich über die Ermordung meiner Krieger scherzen möchte?«

»Du siehst sehr ernst aus, machst aber dennoch Spaß. Wie kannst du eine Tat rächen wollen, zu der du selbst mich vorher aufgefordert hast?«

»Das habe ich nicht getan!«

»Hast du nicht gesagt, daß ich schießen solle?«

»Aber nicht sie töten!«

»Ah! Meinst du, daß der Fürst der Bleichgesichter sein Gewehr nur bei sich trägt, um in die Luft zu schießen? Wehe dem, auf den es gerichtet wird! Er ist unbedingt des Todes!«

»Ich wußte nicht, daß dieses Beil ein Gewehr ist.«

»Das ist nur allein deine Schuld!«

»Und daß du so weit schießen könntest.«

»Ich habe es dir gesagt. Warum glaubtest du es nicht?«

»Deine Flinte ist verzaubert. Das konnte kein Mensch vorher wissen.«

»Ich habe dir gesagt, daß ich schießen werde. Du hast mich höhnisch aufgefordert, es zu tun. Du selbst bist also der Mörder deiner Leute. Du bist es aber auch noch aus einem anderen Grund. Du kamst zu uns, um mit uns zu verhandeln. Während der Verhandlung muß jede Feindseligkeit unterbleiben. Du aber hast ein weißes Mädchen vor unseren Augen und während unserer Beratung martern und töten lassen wollen. Du hast also den Frieden gebrochen. Ich habe dir Sicherheit und ungefährdete Rückkehr zu den Deinen versprochen, ich brauche dir dieses Versprechen nicht zu halten. Was willst du dagegen tun, wenn ich dich jetzt gefangennehme, dich und deinen Begleiter, der sich so vornehm dünkte, daß er gar nicht mit mir sprechen wollte?«

Der Marikopa richtete sich zu seiner vollen Höhe auf und antwortete in stolzem Ton: »Das wirst du nicht wagen!«

»Warum nicht?«

»Ich bin der Eiserne Mund, der oberste und berühmteste Häuptling meines Volkes.«

»Und ich bin der Fürst der Bleichgesichter! Verstanden?«

Da erhob sich auch der Apache und sagte ruhig: »Und hier

steht die Starke Hand. Wer will sagen, daß er ihr widerstehen könne?«

Auch der dicke Trapper trat einen Schritt näher, warf sich stolz in die Brust und sprach: »Und ich bin Samuel Barth aus Herlasgrün in Sachsen. Ich mache Knöpfe und zerhaue Köpfe. Verstanden!«

Der Marikopa war im vollsten Häuptlingsstaat herbeigekommen. Fühlte er auch innerlich Besorgnis, so ließ er sich dies nicht merken. Einmal wollte er sich vor seinem Begleiter nicht blamieren, und sodann war er es den Emblemen, mit denen er geschmückt war, schuldig, daß er keine Furcht zeigte. Er sagte: »Seht hier die Skalpe, die ich erbeutet habe, so kann ich mir auch die eurigen holen!«

»Versuch es!« lachte Sam. »Ihr beide gegen uns drei. Das ist lächerlich!«

»Hier an der Lanze hängen meine Medizinbeutel. Sie werden mir den Sieg geben!«

»Und hier an meinem Gürtel hängt mein Kugelbeutel, auf ihn kann ich mich eher verlassen!«

»Blickt dorthin zu meinen Leuten! Sie harren nur meines Winkes. Es sind mir vier Krieger getötet worden. Ich brauche nur die Hand zu erheben, so fallen die Meinigen über euch her, um die ermordeten Brüder zu rächen.« Er zeigte auf die Marikopa, die sich zusammengezogen hatten und ihre Waffen drohend schwangen.

Aber Sam fuhr mit seiner Hand auf geringschätzige Weise durch die Luft und antwortete: »Du machst uns nicht bange. Du hast den Frieden gebrochen und bist also der schuldige Teil. Du magst meinetwegen ein berühmter Mann sein, stehst aber drei noch viel berühmteren gegenüber, die sich auch vor hundert Marikopa nicht fürchten würden. Du mußt also sehr froh sein, wenn wir dir erlauben, mit heiler Haut zu entkommen. Anspruch auf Rache aber kannst du auf keinen Fall stellen. Das war ein sehr lächerliches Verhalten. Du sagst, daß du nur den Arm zu erheben brauchst, so fallen deine Krieger über uns her. Ich aber sage dir: Ich brauche nur die Hand auszustrecken, so bist du mein Gefangener, oder wenn es mir beliebt, schicke ich dich gar in die Ewigen Jagdgründe, wo du dann meinetwegen dein Wort brechen kannst, sooft du nur immer willst.«

Das war eine sehr lange Rede, die der Dicke gehalten hatte. Er meinte es keineswegs böse mit dem Roten, aber er ärgerte sich darüber, daß dieser so stolze Worte im Munde führte, obwohl er es mit drei solchen Gegnern zu tun hatte. Der feindliche Häuptling hätte nun vielleicht so gehandelt, wie es für ihn am besten war, aber sein Begleiter war ergrimmt über die Art und Weise, in der Steinbach über ihn gesprochen hatte, und sagte: »Ist das dicke Bleichgesicht wirklich ein solcher Held, daß er dergleichen Worte zu uns sprechen darf?«

Der Apache sah ein, was da kommen werde. Er wendete sich zum Gebäude um, unter dessen geöffnetem Tor sein Neffe, der Flinke Hirsch, stand. Er gab ihm ein Zeichen, und sofort verschwand der junge Indianer im Innern des Hauses.

Es muß hier gesagt werden, daß die Indianer eine sehr ausgeprägte Zeichensprache ausgebildet haben. Bei den vielen unter ihnen herrschenden Sprachen und Dialekten, die untereinander oft nicht die geringste Ähnlichkeit besitzen, ist die Pantomimik von sehr großer Bedeutung. Mit ihrer Hilfe unterhalten sich zwei Männer, die sie beherrschen, ganz gut, ohne ein Wort zu sprechen und ohne ihren Dialekt gegenseitig zu erkennen. Die Starke Hand hatte einen Strich durch die Luft gemacht, hinten einen kleinen, abwärts gehenden und vorn zwei noch kleinere, aufrecht stehende. Das bedeutete einen Leib mit einem Schweif und zwei Ohren: Er verlangte ein Pferd. Und die hastige Weise, in der er diese Bewegungen gemacht hatte, bedeutete, daß das Pferd sehr schnell hergebracht werden solle. Dabei hatte er eine solche Stellung eingenommen, daß die beiden Marikopa nicht sehen konnten, daß er ein Zeichen gab.

Der feindliche Häuptling fühlte sich durch die Worte seines Begleiters ermutigt. Er antwortete ihm: »Meinst du etwa, daß ich diese Männer fürchte? Sie nennen sich berühmt, aber wenn sie mich nicht um Verzeihung bitten, werde ich mit ihren Skalpen doch mein Wigwam schmükken!«

»Den Skalp des Dicken nehme ich!« stimmte der Marikopa bei, indem er nach seinem Messer griff.

Sam lachte laut auf und sagte: »Vortrefflich! Der Einfall gefällt mir gar nicht übel. Du hängst meinen Skalp in deinem Wigwam auf, und dann besuche ich dich, um zu sehen, wie er sich ausnimmt. Darauf gebe ich dir zu deiner Sicherheit mein Wort und auch noch als Handschlag diesen Nasenstüber.«

Er machte einen schnellen, behenden Schritt und schlug dem Roten die Faust von unten herauf mit solcher Wucht an das Kinn und an die Nase, daß er sofort zu Boden stürzte, von wo er sich nicht so bald wieder zu erheben vermochte. Blut drang ihm aus Mund und Nase.

In demselben Augenblick aber kniete Sam bereits über ihm, zog sein Messer und rief: »Töten will ich den Halunken nicht, skalpieren auch nicht, denn ich bin kein Indianer. Aber die Locke nehme ich ihm. Das brandmarkt ihn zeit seines Lebens. Warum hat er es gewagt, uns zu verhöhnen!«

Er zog die Skalplocke des Roten scharf an, schnitt sie ab und warf sie weit von sich.

Dabei muß erwähnt werden, daß einige Indianerstämme das volle Haar tragen, selbst diejenigen aber, die sich scheren, auf dem Scheitel eine Locke stehenlassen. Sie wird Skalplocke genannt. Wollte ein Indianer diese Locke nicht stehenlassen, damit, wenn er einmal von einem Feind besiegt werde, dieser ihn nicht skalpieren könne, so wäre das ein Zeichen der Feigheit, wodurch er sich die Verachtung aller zuziehen würde.

Diese Locke nun hatte Sam dem Marikopa abgeschnitten. Dies ist ebenso schlimm wie das Skalpieren, ja, es ist noch mehr als dies, es entehrt den Betreffenden für die ganze Zeit seines Lebens. Während selbst der Tapferste seinen Feinden unterliegen und skalpiert werden kann, ist es eine große Schande, nur die Locke zu verlieren. Der Feind hat dann den Besiegten für so verächtlich gehalten, daß er sogar von seinem Skalp nichts wissen mochte.

Auch dies war so schnell geschehen, daß der Häuptling der Marikopa gar keine Bewegung hatte machen können, seinem Gefährten beizustehen. Als er aber die Locke fliegen sah, stieß er einen lauten Wutschrei aus und machte Miene, sich auf Sam zu stürzen. Das ging aber nicht so schnell, wie er es sich vorgenommen hatte. Sein Häuptlingsstaat hinderte ihn, und Steinbach trat ihm entgegen.

»Halt!« sagte dieser. »Du hast meine Warnung und Ermahnung mißachtet. Ich werde dir zeigen, daß der Fürst der Bleichgesichter nie umsonst warnt. Du bist mein Gefangener!«

»Dein – Gefangener?« stieß der Marikopa hervor, mehr erstaunt als erschrocken.

»Ja. Folge mir gutwillig!«

Er griff nach dem Mantel des Häuptlings. Dieser stieß Steinbachs Hand zurück und rief: »Weißer Hund! Eher stirbst du!«

Er riß sein Schlachtbeil aus dem Gürtel, um sich zu verteidigen, kam aber nicht zum Hieb. Denn im selben Augenblick kam der Flinke Hirsch aus dem Tor des Missionsgebäudes geritten, parierte im vollen Galopp sein Pferd vor der Gruppe, so daß der Häuptling ihm den Rücken zukehrte, und sprang vom Pferd. Im nächsten Augenblick saß die Starke Hand im Sattel, faßte mit der Linken den Zügel und ergriff mit der Rechten den Eisernen Mund hinten am Kragen seines ledernen Jagdhemdes. Er riß ihn mit einem gewaltigen Ruck zu sich aufs Pferd hinauf, warf dieses herum und jagte dem Haus entgegen.

Natürlich entfielen dem Häuptling Mantel, Schild, sein Schmuck und alle seine Waffen. Dabei schrie er laut um Hilfe. Doch es half ihm nichts. Er verschwand mit dem mutigen, riesenstarken Apachen im Innern des Gebäudes.

Es versteht sich ganz von selbst, daß sämtliche Marikopa ein fürchterliches Geheul erhoben und herbeigeeilt kamen.

»Zurück!« warnte Sam. »Zu viele Hunde sind selbst des Bären Tod.«

»Geht, wenn Ihr Lust habt«, sagte Steinbach. »Ich aber bleibe.«

»Nun gut, so bleibe ich auch. Ich habe noch niemals einen Kameraden im Stich gelassen.« Dabei warf er einen Blick auf den am Boden liegenden Feind, ob dieser etwa bereits imstande sei, an Rache zu denken. Glücklicherweise aber war der Rote noch ohnmächtig.

Steinbach bückte sich nieder und hob das weißgegerbte Fell auf, das vorher als Friedenszeichen gegolten hatte. Er schwang es leicht und schritt mutig und ohne das geringste Zeichen von Furcht den Marikopa entgegen.

Diese stutzten. Die vordersten hielten ganz erstaunt an und zwangen so die ihnen folgenden, ebenfalls stehenzubleiben. Sie konnten Steinbachs Verhalten ganz unmöglich begreifen. War dies Wahnsinn, Todesmut? Oder hatten sie sich geirrt? War das, was man an dem Häuptling getan hatte, gar nichts Feindseliges gewesen? Hatte es nur so geschienen, und kam jetzt das Bleichgesicht, um es ihnen zu erklären?

Sam blieb stehen und hielt die Büchse, die er »Auguste« nannte, bereit, um Steinbach zu beschützen und den ersten, welcher die Waffe gegen diesen erheben sollte, sofort niederzuschießen.

Auch die Besatzung des Missionshauses konnte sich Steinbachs Vorhaben nicht erklären. Das, was er tat, war mehr als Verwegenheit. Hatte der Häuptling der Apachen mit seiner gelungenen Entführung des Feindes verwegen gehandelt, so war das, was der Fürst der Bleichgesichter jetzt unternahm, geradezu tollkühn zu nennen. Ein Glück war es für ihn, daß die Leute in und auf dem Gebäude den Ort, an dem sich jetzt die Marikopa befanden, noch mit ihren Kugeln erreichen konnten.

Steinbach fühlte seinerseits nicht die geringste Sorge. Er wußte, was er wollte, das hatte er ja gesagt. Zudem kannte er die »Wilden« genug, und das Vertrauen, das er zu sich selbst hatte, pflegte in allen Lagen sein bester Wegweiser zu sein. Er schritt also stolz und aufrecht auf die Feinde zu, blieb hart vor ihnen stehen und fragte: »Wohin wollen meine roten Brüder so eilig gehen?«

Diese Frage verblüffte sie noch mehr, so daß die Antwort vollständig ausblieb.

»Der Eiserne Mund hat meine roten Brüder hierhergeführt. Befindet sich außer ihm vielleicht noch ein Häuptling bei ihnen?«

»Nein«, antwortete ein alter Krieger, indem er hervortrat.

»Mit wem kann ich da jetzt sprechen, da der Eiserne Mund abwesend ist?«

»Mit dem Scharfen Beil. Er ist der Älteste unter den Kriegern der Marikopa.«

»Wo ist er?«

»Ich selbst bin es.«

»So höre meine Rede und antworte mir!«

»Ich werde deine Worte hören. Ob ich dir aber antworte, das weiß ich noch nicht. Mein Haupt ist grau, und meine Taten sind ungezählt. Du aber bist jung und hast noch nicht viel getan. Das Alter soll nur mit dem Alter sprechen.«

»Woher weißt du, daß ich noch nichts getan habe? Man

nennt mich den Fürsten der Bleichgesichter. Ist dir dieser Name nicht bekannt?«

»Uff! Uff! Uff!« riefen die Wilden.

Der Alte aber betrachtete Steinbach mit ungläubigem Blick und sagte: »Ich kenne den Namen, aber nicht den Helden, dem er gehört. Auch ein anderer kann sagen, daß er so heiße. Die Zungen der Bleichgesichter lügen.«

»Die meinige nicht. Laß fünf oder sechs deiner Krieger hervortreten. Sie alle zugleich sollen mit mir kämpfen. Sie mögen ihre Schlachtbeile nehmen oder ihre Messer, ganz wie es ihnen gefällt. Ich aber wehre mich nur mit der nackten Hand. Dennoch werde ich sie alle erschlagen, ohne daß sie mich verletzen.«

»Uff!« rief der Alte.

»Uff, uff, uff!« ertönte es im Kreis. Und mehrere legten ihre Gewehre weg, bereit, sich der Probe zu unterwerfen und die vermeintliche Prahlerei zu bestrafen.

Steinbach sah dies und warnte: »Sie mögen sich aber vorher wohl überlegen, was sie tun. Es geht auf Leben und Tod.«

»Sie werden siegen, du aber wirst sterben!« sagte der Sprecher.

»Du irrst. Ich war in eurem Lager und habe die Söhne des Häuptlings mitgenommen. Kann dies ein gewöhnlicher Krieger?«

»Nein.« Der Indianer erkennt die Vorzüge selbst seines Todfeindes an, daher diese ehrliche Antwort.

»Ich habe mit meinem Beil dort jenen Vogel getroffen. Habt ihr es gesehen?«

»Ja.«

»Vermag das ein gewöhnlicher Mann?«

»Nein.«

»Und ich habe jene vier Krieger erschossen, welche drüben auf der Insel liegen . . .«

»Du wirst ihren Tod mit dem deinigen bezahlen!« fiel ihm das Scharfe Beil in die Rede.

»Ich bin bereit, euch Rechenschaft zu geben. Aber sage mir, ob einer von euch vier solche Schüsse getan hätte!«

»Nein. Du hast unsere Krieger getötet, aber ich muß die Wahrheit bekennen: Du bist ein großer Schütze, und dein Gewehr ist eine große Medizin.«

Der Indianer nennt nämlich alles Medizin, was ihm geheimnisvoll und unbegreiflich ist.

»Du gibst also zu, daß ich kein gewöhnlicher Jäger bin?« fuhr Steinbach fort.

»Jawohl.«

»Warum aber glaubst du nicht, daß ich der Fürst der Bleichgesichter bin?«

»Weil du kein Zeichen deines Ranges an dir trägst.«

»Ich verachte solche Zeichen. Ich bedarf ihrer nicht. Meine Taten sind meine Zeichen.«

»Nun wohl! Ich werde sogleich sehen, ob du wirklich der Häuptling der Bleichgesichter bist. Du wolltest fünf oder sechs der unsrigen mit der nackten Hand besiegen. Das kann nur der Fürst der weißen Jäger.«

»Der bin ich, und ich kann es.«

»Er hat den Tod und den Blitz in der Faust.«

»Das ist meine Faust.«

»Wo er hinschlägt, da sitzt eine Kugel, grad so, als ob er mit einem Feuergewehr geschossen hätte.«

»Du bist ganz genau unterrichtet.«

»Kein zweiter hat den Blitz der Schießgewehre in der Faust. Hast du ihn, so bist du der Fürst der Bleichgesichter. Das soll die Probe sein.«

»Ich habe ihn.«

»In welcher Hand?«

»In welcher du willst. In der rechten oder in der linken.«

»Zeige mir deine Hände!«

Steinbach streckte sie ihm entgegen. Das Scharfe Beil betrachtete sie genau und schüttelte den Kopf.

»Uff!« rief er. »Diese Hände sind grad so und nicht anders wie die Hände jedes Mannes. Willst du sie auch meinen Kriegern zeigen?«

»Sie mögen herbeitreten, sie zu besehen.«

Die Indianer kamen einer nach dem andern, um sich die beiden Hände Steinbachs genau zu betrachten.

»Uff!« rief der erste, und »Uff!« riefen nach ihm alle andern, da sie nicht begreifen konnten, daß ein Mann mit so natürlichen Händen in ihnen den Blitz des Feuergewehres haben solle.

Während dieses eigentümlichen und beinahe spaßhaften Lokalaugenscheins trat auch Sam herbei. Er hielt die Sache für eine Posse, die Steinbach nur Schaden bringen könne, wenn entdeckt werde, daß er nur Unsinn treibe. Darum sagte er zu ihm, aber deutsch, daß die Roten ihn nicht verstehen konnten: »Master, macht keinen Hokuspokus! Er könnte Euch übel ausfallen!«

»Es ist keiner.«

»Eure Hände werden doch nicht anders sein als diejenigen anderer Menschenkinder.«

»Vielleicht doch.«

»Sind sie denn geladen?«

»Ja.«

»Etwa gar mit Kugeln?«

»Natürlich! Ihr habt es ja von den Roten gehört.«

»Unsinn und tausendmal Unsinn!«

»Pah! Ihr habt Euch gestern so viel in mir getäuscht, und so geht es Euch auch jetzt wieder.«

»Na, daß Hände geladen sind und losgehen werden, das kann man doch nur in einem Irrenhaus sagen. Aber glauben werden es selbst die Insassen eines solchen Hauses nicht. Darauf könnt Ihr Euch verlassen.«

»Wartet es ab!«

»Ich warne Euch noch einmal. Ihr lacht zwar so ganz zuversichtlich dazu, aber Ihr werdet diese Leute kopfscheu machen, und dann wird es unmöglich sein, sie wieder in die gehörige Ordnung zu bringen.«

»Habt nur einige Augenblicke Geduld, Master Sam. Ihr seht, daß jetzt der letzte meine Hand betrachtet hat. Nun kann es losgehen.«

Die Roten sahen einander ungläubig an. Das Scharfe Beil teilte ihren Zweifel. Er sagte: »Der rote Mann wettet niemals mit einem Bleichgesicht, weil er weiß, daß er von dem Weißen betrogen wird. Aber mit dir möchte ich doch wetten, daß du nicht das Feuer und die Kugel in deinen Händen hast.«

»Du würdest die Wette verlieren.«

»Beweise es!«

»Ich bin bereit dazu. In welcher Hand soll ich den Blitz haben? Bestimme du es!«

»In der rechten.«

»Und welchen von euch soll meine Rechte treffen?«

Diese Frage war nicht erwartet worden. Die Roten machten sehr verlegene Gesichter.

»Ach so!« lachte Sam. »Hier steckt des Pudels Kern. Wenn Ihr wirklich den Blitz in den Fingern habt, muß derjenige sterben, den Ihr trefft. Also wird sich keiner zu der Probe hergeben, und Ihr behaltet natürlich recht. Sehr pfiffig ausgesonnen!«

»Und Ihr täuscht Euch abermals. Ich täusche diese Leute ganz gewiß nicht.«

»Dann bin ich von Blech, oder ich habe einen Hopfenkloß zwischen den Schultern anstatt des Kopfes.«

Die Roten sprachen leise miteinander. Dann erkundigte sich das Scharfe Beil: »Muß denn deine Hand einen Menschen berühren?«

»Nein.«

»Es kann auch ein Tier sein?«

»Ja.«

»Oder ein anderer Gegenstand?«

»Auch das.«

»Warum sollen wir da einen von uns töten lassen!«

»Ah, ihr fürchtet euch bereits! Ihr gebt schon im stillen zu, daß ich der Fürst der Bleichgesichter bin!«

»Wir zweifeln, daß du es bist, dennoch aber könntest du es

sein. Sieh hier diesen Schild. Er ist aus vierfachen, geräuchertem Büffelleder gemacht und hat noch kein Loch. Es sind viele Pfeile mit ihm abgewehrt worden, und noch keiner hat ihn durchdrungen. Willst du uns den Beweis an diesem Schild liefern?«

»Gern. Ich bitte dich, ihn zu halten!«

»O nein, nein!« wehrte der Marikopa ängstlich ab. »Wenn du wirklich der Fürst der Bleichgesichter bist, so wäre ich verloren. Erlaube, daß wir ihn hier an diesem Baum aufhängen!«

»Meinetwegen.«

Der Alte schlug mit seinem Kriegsbeil einen Ast des Baumes los und hängte den Schild an den Stumpf. »So!« sagte er. »Jetzt kannst du es tun.«

Steinbach wollte zum Baum treten. Der dicke Sam aber ergriff ihn am Arm und sagte bittend: »Hört, wenn Ihr etwas auf meine Bitte gebt, so tut mir den Gefallen und treibt es nicht zu weit!«

»Nur so weit, wie es geht!«

»Bedenkt, daß sich selbst ein Wilder nicht gern foppen läßt, zumal hier, wo es wohl auf Tod und Leben geht!«

»Ich weiß ganz genau, was ich tue.«

»Nun, meinetwegen!« sagte Sam unwillig. »So mögt Ihr Feuer in den Händen haben oder Schnaps im Kopf, mir ist es egal. Aber wenn sie nachher über Euch herfallen, dann werde ich es sein müssen, der Euch herauszuhauen hat.«

»Das werde ich schon selbst besorgen, lieber Sam. Paßt einmal auf, was jetzt geschieht!«

Er trat zu dem Baum hin. Niemand hatte beachtet, daß er

vorher die rechte Hand einen Augenblick lang in den Gürtel gesteckt hatte. Er stellte sich zur Seite, so daß er einen bequemeren Hieb hatte, holte aus und schlug auf die Mitte des Schildes. Ein Blitz und ein Krach, als ob jemand mit einem Gewehr geschossen habe! Er trat zurück und sagte: »Nun, seht!«

Das Scharfe Beil trat näher und betrachtete den Schild. Er nahm ihn vom Baum weg und betrachtete sodann die Stelle des Stammes, über der der Schild gehangen hatte. »Uff, uff!« rief er verwundert.

Die Marikopa kamen herbei. Auch sie stießen laute Rufe der Verwunderung aus. Da ging auch Sam hin. Er griff nach dem Schild. »Verdammt!« rief er. »Ein Kugelloch!«

»Und seht den Baum an!« lachte Steinbach.

Sam tat es. »Wollt Ihr mir einen Storch braten, Sir?« meinte er. »Hier sitzt die Kugel im Holz. Sie ist durch den Schild gedrungen und im Baum steckengeblieben.«

»Na, also!«

»Das kann doch nur von einem Schießgewehr sein!«

»Pah! Seht hier meine Hand!« Sie war wie vorher, nackt und unbewaffnet.

»Etwas müßt Ihr doch in den Fingern gehabt haben!«

»Ja, ich will es gestehen.«

»Aber was? Eine Pistole oder ein Revolver war es nicht. Beides hätte man gesehen.«

»Natürlich.«

»Was war es denn?«

»Später. Jetzt muß ich mit diesen Leuten reden.«

Das Scharfe Beil war nämlich herbeigekommen und hatte

Steinbachs rechte Hand ergriffen. Er betrachtete sie auf das aufmerksamste, drehte sie nach beiden Seiten, befühlte sie und sagte endlich: »Ja, du hast es bewiesen, du bist der Fürst der Bleichgesichter. Ich glaube es.«

»Glauben es auch deine Gefährten?«

»Ja, alle.«

»So hoffe ich, daß ihr den Worten, die ich euch zu sagen habe, eure Aufmerksamkeit schenken werdet.«

»Sprich! Wir werden dich hören!«

»Warum seid ihr zum Silbersee gekommen?«

»Frage den Eisernen Mund. Er wird es dir sagen.«

»Er ist nicht hier, und du bist der Sprecher.«

»Gehe hinein in das Haus und rede mit ihm. Ich darf nicht von dem sprechen, was du wissen willst.«

»Nun, du brauchst es mir nicht zu sagen. Ich weiß es bereits. Als ich bei euch gestern in dem großblättrigen Wald war, stand ich auf dem Baum, unter dem der Eiserne Mund wohnte, und hörte ihn mit dem Silbernen Mann sprechen. So erfuhr ich alles, was du mir nicht sagen darfst. Ich nahm die beiden Söhne des Häuptlings und eilte hierher zurück. Hättet ihr uns einen Boten gesandt, um uns den Angriff ehrlich zu verkünden, so wäre keiner der Eurigen gefallen, und wir säßen jetzt beisammen, um die Pfeife des Friedens zu rauchen. Ihr habt es anders gewollt. Ihr wolltet das weiße Mädchen opfern ...«

»Uff! Wer sagt das?«

»Ich weiß es. Es ist euch nicht gelungen. Die Arme befindet sich jetzt in unserer Mitte. Sie ist gerettet. Ihr wolltet die Schätze des Silbersees haben für den Silbernen Mann, aber ...«

»Man hat dich getäuscht!«

»Der Häuptling selbst sagte es. Habt ihr sie erhalten? Nein! Ihr wolltet die Gräber der hier ruhenden Häuptlinge der Apachen und Comanchen entweihen. Ihr habt noch kein einziges berührt, und ihr werdet auch kein einziges entheiligen.«

»Wir werden es dennoch tun!«

»Ihr werdet es unterlassen. Es ist euch von allem, was ihr tun wolltet, gar nichts gelungen. Im Gegenteil befindet sich euer Häuptling mit seinen zwei Söhnen in unserer Gewalt.«

»Wir werden sie befreien.«

»Wie wollt ihr das anfangen?«

»Wir stürmen das Haus!«

»Ihr wolltet es in der Nacht stürmen. Ist euch das gelungen? Nein. Blicke in die Fenster und schau empor zum Dach! Siehst du nicht so viele Gewehrläufe auf euch gerichtet, wie ihr Krieger seid? Wir haben euch bisher geschont. Wenn wir ein Zeichen geben, so kommen die Apachen von allen Richtungen herbei. Ihr könnt nicht aus dem Tal hinaus und müßt alle eure Skalpe geben. Hast du einige Male von mir sprechen gehört?«

»Sehr oft.«

»Hat man gesagt, daß ich ein Feind der roten Männer bin?«

»Nein. Du bist ihr Freund. Du liebst sie, wie du die Weißen liebst. Du bist keines Menschen Feind.«

»Man hat die Wahrheit gesagt. Ich bin euer Freund. Euer Großer Geist ist auch mein Großer Geist. Er ist euer Vater und unser Vater. Er ist der Herr und König aller Menschen.

Darum sind wir alle Brüder, und es tut mir leid, wenn ich einem Bruder Schmerz bereiten soll. Ich möchte Frieden mit euch schließen. Ihr seid in unserer Hand, dennoch möchte ich es so weit bringen, daß ihr in euer Jagdgebiet zurückkehren könnt, ohne noch mehr eurer Brüder zu verlieren. Der Silberne Mann hat es böse mit euch gemeint. Ich aber meine es gut mit euch. Er war begierig auf die Schätze, die hier aufbewahrt sein sollen. Er aber ist zu feig, und darum hat er euch verleitet, sie für ihn zu holen. Es bereitet ihm keinen Schmerz, daß dabei eure tapferen und edlen Männer erschossen werden. Ich aber beklage das vergossene Blut meiner roten Brüder. Jetzt sage mir, was ist besser? Daß ihr auf ihn hört oder auf mich?«

Der Alte senkte das Auge lange zu Boden. Als er es wieder erhob, glühte es unheimlich in demselben auf.

»Deine Worte sind gut, und ich glaube an sie«, sagte er. »Ich habe noch nie gehört, daß der Fürst der Bleichgesichter eine Lüge sagt. Versicherst du uns, daß du die Unsrigen, welche gefallen sind, bedauerst, so ist es auch wahr. Die Apachen und Comanchen sind unsere Feinde, darum wollten wir die Gräber ihrer Häuptlinge beschimpfen. Diese Schande wäre die größte Strafe für sie gewesen.«

»Ihr habt euren Vorsatz aber nicht ausführen können. Sie sind wachsamer gewesen als ihr.«

»Es wäre uns gelungen, wenn du nicht gewesen wärst.«

»Ja, ich habe sie gewarnt. Nun will ich auch euch warnen, damit ihr nicht ausgerottet werdet. Du bist ein großer Krieger. Die Zahl der Skalpe, die du erbeutet hast, ist bedeutend. Darum wirst du meine Frage begreifen. Wer ist mutiger von beiden: Wer heimlich über die Gräber von Toten, die sich nicht verteidigen können, herfällt, oder wer seinen Feind offen und ehrlich bekämpft, Angesicht gegen Angesicht?«

Wieder blickte der Alte zu Boden. Als er den Blick erhob, richtete er ihn vorwurfsvoll auf Steinbach und sagte: »Du bist unser Freund, wie du sagst, aber deine Worte klingen wie diejenigen eines Feindes, der uns kränken und beleidigen will.«

»Ich will euch nicht beleidigen. Ich will euch nur erklären, warum die Krieger der Apachen neben Zorn auch noch etwas anderes für euch fühlen. Dennoch aber will ich mit ihnen sprechen. Vielleicht sind sie bereit, die Pfeife des Friedens mit euch zu rauchen.«

»Sie sind nicht bereit und wir auch nicht.«

»Warum nicht?«

»Warum nehmen sie unsern Anführer gefangen?«

»Weil er als ihr Feind handelte. Ich wollte Frieden mit ihm schließen, er aber beabsichtigte, meine junge weiße Schwester zu töten, obgleich er uns das weiße Fell des Friedens gezeigt hatte.«

»Was werden sie mit ihm tun?«

»Sie haben das Recht, ihn an den Marterpfahl zu binden.«

»Er wird sterben wie ein Mann.«

»Es ist besser, wie ein Mann zu leben, als wie ein Mann zu sterben. Ich werde mit dem Häuptling der Apachen sprechen und ihn bitten, den Eisernen Mund und dessen Söhne freizugeben.«

»Das wird er nicht tun. Kein roter Häuptling wird sich einer solchen Unklugheit schuldig machen.«

»Ich halte es nicht für eine Unklugheit, sondern vielmehr für Klugheit. Wer an einem Feind edel handelt, der darf von ihm auch wieder Edelmut erwarten.«

Das Scharfe Beil schüttelte langsam den Kopf. »Mein weißer Bruder spricht Worte, die so gut und fromm sind, als ob sie aus dem Mund des Großen Geistes kämen. Warum sind nicht alle weißen Männer so? Die roten Männer lebten in Frieden und Eintracht, da kamen dic Bleichgesichter und brachten die Blattern und das Feuerwasser, den Haß, die Feindschaft und das Verderben.«

»Es gibt gute und böse Männer bei euch und bei uns. Heute spricht ein guter zu euch, und ich hoffe, daß ihr seine Stimme hören werdet. Ich wünsche den Frieden und die Versöhnung zwischen euch und den Apachen!«

»Du wünschst das Unmögliche.«

»Warum solltet ihr nicht Freunde werden können?«

»Weil sie nicht tun werden, was du von ihnen forderst, und weil auch wir nicht tun dürfen, was du von uns verlangst.«

»Bisher habe ich noch nichts von euch verlangt.«

»Nein. Aber wir kennen im voraus die Worte, die du sagen wirst. Selbst wenn sie uns den Frieden anbieten, dürfen wir ihn nicht annehmen.«

»Warum solltet ihr das nicht dürfen?«

»Weil sie viele unserer Krieger getötet haben.«

»Nicht sie tragen die Schuld daran, sondern ihr tragt sie selbst. Ihr seid als Feinde gekommen, und sie mußten sich verteidigen.«

»Du selbst hast vier von uns erschossen!«

»Der Eiserne Mund forderte mich auf zu schießen. Er

überschüttete mich mit Hohn. Er glaubte nicht, daß meine Kugel so weit reichen würde. Ihr seht also, daß die Schuld nur auf eurer Seite ist.«

»Das kann nichts ändern. Du scheinst die Gesetze der roten Männer nicht genau zu kennen.«

»Ich kenne sie. Blut erfordert wieder Blut oder wenigstens den Blutpreis, mag schuld an der Tötung sein, wer da wolle.«

»So ist es. Du siehst also, daß wir Blut fordern müssen, und das werden die Apachen uns verweigern.«

»Vielleicht gewähren sie es euch.«

»Das ist unmöglich!«

»Vergiß nicht, daß ich der Fürst der Bleichgesichter bin, der bereits vieles möglich gemacht hat, was vorher unmöglich zu sein schien! Welche Absicht hattet ihr, als ihr vorhin auf mich und meinen Gefährten hier eingestürmt kamt?«

»Wir wollten euch töten, euch und den jungen Apachen, der nun zurückgewichen ist.«

»Er hätte sich verteidigt wie ein Mann. Er ist der Flinke Hirsch, der Brudersohn der Starken Hand. Es ist gut, daß ihr euren Vorsatz nicht ausgeführt habt; denn aus den Fenstern und von dem Dach des Hauses wären so viele Kugeln gekommen, daß ein großes, monatelanges Klagen in euren Dörfern entstanden wäre. Laßt euch ruhig nieder. Ich und mein Gefährte, wir werden in das Haus gehen und für euch sprechen.«

»Ihr redet diese Worte, um zu entkommen. Ihr habt den Eisernen Mund gefangengenommen und befindet euch nun an seiner Stelle in unserer Gewalt.«

»Ich bin zu euch mit dem weißen Fell gekommen!«

»Er auch zu euch.«

»Er hat das Friedenszeichen nicht geachtet, er hat den Frieden gebrochen.«

»Und du hast vier Krieger von uns dafür getötet. Auch du hast den Frieden gebrochen und befindest dich jetzt in unserer Gewalt. Wir geben dich nur gegen den Häuptling und dessen Söhne frei.«

»Du meinst wirklich, der Fürst der Bleichgesichter sei dein Gefangener?«

»Ja.«

»Und dieser weiße Mann hier auch?«

»Auch er.«

»Er ist ein berühmter Jäger. Hast du einmal von den Taten des Dicken Bauches gehört?«

»Ich habe von ihm gehört. Er kennt alle Wege des Westens und ist ein listiger und verwegener Mann.«

»Nun, mein weißer Gefährte ist der Dicke Bauch. Seht ihn euch an!«

»Uff, uff, uff!« erklang es aus aller Munde.

»Verdammt!« lachte Sam. »Das habt Ihr sehr gut gemacht, Master Steinbach. Das ist eine Vorstellung wie auf dem Theater. Jetzt bin ich neugierig, ob sie uns gefangennehmen werden.«

»Fällt mir nicht ein, mich festhalten zu lassen!«

»Wollen wir uns gegen sie wehren?«

»Nein. Das würde ein wahres Massaker werden. Sie schießen, wir schießen, die vom Gebäude her schießen. Wir würden vollständig durchlöchert werden.«

»Hm! Ja! Sie reden leise miteinander. Sie beraten. Der alte, brave Kerl, der sich das Scharfe Beil nennt, scheint Euch doch nicht gern feindlich behandeln zu wollen.«

»Ich hoffe es.«

»Wenn sie uns aber doch festhalten wollen.«

»So gehen wir dennoch.«

»Dann kommt es zum Kampf.«

»Sicherlich nicht.«

»Meint Ihr etwa, daß wir hier rechts hinter die Bäume springen und uns da weiter fortpirschen? Da holen sie uns sofort ein.«

»Das meine ich nicht. Ich habe so meine kleinen Mittel und Kunstgriffe. Eine Kleinigkeit kann einen aus der größten Gefahr erretten. Diesen Sachen habe ich wohl zum Großteil meinen Titel als Fürst der Bleichgesichter zu verdanken.«

»Hm! Ich möchte doch die Kleinigkeit wissen, die imstande wäre, uns aus dieser Patsche zu helfen.«

»Von Bomben habt Ihr gehört?«

»Natürlich!«

»Und von Granaten auch?«

»Auch. Ich fluche sogar zuweilen alle möglichen Bomben und Granaten.«

»Habt Ihr auch von der Mephistophelesgranate gehört?«

»Niemals. Was für ein Ding ist das?«

»Sie gehört zur Gattung der Handgranaten. Wenn man sie wirft, so zerplatzt sie und entwickelt einen entsetzlichen Qualm, der genauso riecht, wie der Teufel riechen soll, wenn er vor einer Seele Reißaus nehmen muß.«

»Verdammt! Das ist interessant! So ein Ding sollten wir hier haben!«

»Habe es!«

»Wirklich?«

»Ja. Im Ranzen, den ich auf dem Rücken zu tragen pflege, befinden sich mehrere solcher Raritäten. Ich steckte vorhin eine solche Granate ein.«

»Ist der Qualm dick?«

»So dick, daß sie nicht hindurchsehen können.«

»Prächtig! Bin neugierig, was sie dazu sagen werden!«

Diese Mitteilung in deutscher Sprache hatte vor sich gehen können, weil auch die Marikopa sich untereinander besprochen hatten. Dabei aber waren ihre Blicke fest auf Steinbach und Sam gerichtet, damit es diesen ja nicht gelingen möge, sich durch eine schnelle, unerwartete Flucht zu retten. Jetzt war ihre Beratung zu Ende, und das Scharfe Beil sagte: »Der dicke Bauch ist auch kein Feind der roten Männer, aber wir müssen ihn dennoch mit gefangennehmen, weil er sich bei unseren Feinden befindet.«

»Ihr tut unrecht. Ich habe euch den Frieden bringen wollen, und ihr nehmt uns gefangen!«

»Dadurch werden wir den Frieden erlangen.«

»Nein!«

»Ja. Um euch beide frei zu sehen, werden die Apachen auf alle unsere Bedingungen eingehen. Aber wir werden euch nicht behandeln wie Feinde. Wir werden euch Wasser und Fleisch geben, soviel ihr braucht, und euch bis zu unserem Aufbruch nur an einen Baum binden.«

Da lachte Sam laut auf.

»Du lachst?« fragte der Alte.

»Ja, ich lache. Hast du einmal gehört, daß der Dicke Bauch der Gefangene der roten Männer gewesen ist?«

»Nein, aber du wirst es jetzt sein.«

»Und glaubst du wirklich, daß sich auch der Fürst der Bleichgesichter an einen Baum binden lassen wird?«

»Er wird es. Ihr seid beide kluge Männer und werdet einsehen, daß Gegenwehr euch verderben würde.«

»Seht ihr nicht die Gewehre da oben?«

»Man kann nicht auf uns schießen, da man ja auch euch treffen würde. Hier ist mein Riemen. Der Fürst der Bleichgesichter mag mir seine Hände gutwillig geben, daß ich sie binde!«

Er trat auf Steinbach zu. Dieser streckte ihm die Hände entgegen und sagte: »Hier sind sie. Binde sie. Aber nimm dich in acht, daß der Blitz nicht losgeht, den ich in den Händen habe!«

Daran hatte der alte Indianer nicht gedacht. Er trat zurück und machte ein sehr betroffenes Gesicht. »Geht er denn los?« fragte er.

»Ja.«

»Aber er ist doch vorhin nicht losgegangen, als ich sie berührte und untersuchte!«

»Da hielt ich ihn zurück, weil ich glaubte, daß du mein Freund seist. Jetzt aber ist das anders. Also, hier sind meine Hände. Binde sie!«

Das Scharfe Beil trat um noch einen Schritt zurück und blickte höchst ratlos um sich. »Uff!« sagte er. »Wer will ihn binden?«

Keiner seiner Leute antwortete. Da aber zuckte es über sein scharfes, wetterhartes Gesicht. Es war ihm ein guter Gedanke gekommen. Er hielt nämlich Sam den Riemen hin und sagte: »Der dicke Bauch mag ihn binden. Er ist sein Freund, da wird der Blitz nicht losgehen.«

Sams Gesicht glänzte vor Vergnügen über diesen wahrhaft genialen Einfall des Indianers. Er ergriff auch wirklich den Riemen, trat zu Steinbach und sagte: »Gut, ich werde ihn binden. Aber obgleich ich sein Freund bin, kann der Blitz losgehen, denn er ist zornig auf euch, weil ihr ihn gefangennehmen wollt. Nehmt euch also in acht, daß die Kugel nicht euch trifft.«

Das wirkte augenblicklich. Sie wichen um mehrere Schritte weiter zurück. Sam tat, als ob er Steinbach binden wolle. Dieser hatte einen kleinen, kugelrunden Gegenstand aus der Tasche gezogen und meinte zu dem Dicken: »Das ist die Granate. Gut, daß die Roten etwas zurückgewichen sind. Da bekommen wir den Gestank nicht auch noch mit. Paßt einmal auf! Aber sobald ich werfe, lauft Ihr, so schnell wie Ihr könnt, auf das Haus zu.«

»Ihr denkt, sie schießen, wenn wir fliehen?«

»O nein, daran ist nicht zu denken. Es ist nur des Gestankes wegen.«

»Ist der denn gar so groß?«

»Werdet sehen!«

»Mach schnell!« gebot der Indianer, dem die Sache zu lange dauerte.

»Ja, ja! Aber ich glaube doch, der Blitz geht los. Reiß aus, Alter!«

Der Indianer tat wirklich einen schnellen Sprung rückwärts, denn er sah, daß Steinbach mit der rechten Hand zum Wurf ausholte. Die Granate flog auf den Boden und zerplatzte – ein Krach, ein buntes Zischen und Prasseln –, ein Augenblick tiefer Stille, dann aber ein Heulen und Brüllen, als ob hundert böse Geister losgelassen worden seien.

Steinbach und Sam liefen in Richtung Haus. Sie hatten es noch nicht erreicht, so hörten sie ein lautes vielstimmiges Gelächter vom Dach und aus den Fenstern schallen.

»Halt, Sam! Umblicken!« gebot Steinbach.

Beide hielten im Lauf inne und sahen zurück. Da bot sich ihnen ein Anblick, der allerdings ganz und gar nicht zum Weinen war.

Die Granate hatte bei ihrem Zerplatzen einen geradezu undurchdringlichen Qualm entwickelt, so daß die Marikopa die beiden Flüchtigen gar nicht sehen konnten. Jetzt jedoch hatte ein Windstoß den Dampf gelichtet und zur Seite gefegt. Nun sah man die Wirkung, welche die Granate hervorgebracht hatte.

Die meisten Indianer liefen, was sie laufen konnten, davon, sich mit den Händen die Nasen zuhaltend. Viele sprangen wie besessen hin und her, brüllten wie die Stiere und warfen die Arme in die Luft. Andere wieder hatten sich auf den Boden gelegt, steckten die Nase in den Sand und strampelten dabei wie verrückt mit Händen und Füßen. Einige waren direkt in das Wasser des Sees gesprungen. Um dem höllischen Gestank zu entgehen, tauchten sie unter. Er kam ihnen aber, sooft sie den Kopf über die Wasseroberfläche erhoben, um zu atmen, wieder in Mund und Nase, so daß sie schleunigst wieder verschwanden. Unglücklicherweise für sie trieb der Wind den Qualm jedoch in Richtung Wasser, in dem sie herumpaddelten. Ihre einzige Rettung bestand also in Flucht. Sie sprangen ans Ufer und rannten den anderen nach, dabei schreiend und heulend, als ob sie von der Hölle verfolgt würden.

Das Gelächter der Missionsbesatzung brauste wie ein Sturm auf den See hinaus.

»Himmelelement!« hörte man die geradezu wiehernde Stimme des langen Jim. »Welcher Teufel ist denn in die Kerls gefahren? Was ist das für ein Rauch? Wo kommt er her?«

Sam stand nicht etwa mehr neben Steinbach, sondern er hatte sich einfach gleich in das Gras gesetzt und brüllte förmlich vor Lachen. So etwas hatte er in seinem ganzen Leben noch nicht gesehen.

»Seht Ihr's? Seht Ihr's, Master Steinbach?« rief er. »Seht Ihr den Kerl dort, der wie ein Affe auf den Baum klettert, weil er denkt, daß es oben nicht so stinken werde wie unten? Die Beine, die Beine, die er macht! Er kann gar nicht klettern, aber dieses verdammte Parfüm treibt ihn hinauf. Oh, oh, oh! Hahahaha! Er verliert das Messer, den Gürtel, alles, alles! Schaut, da hat sich ein Fetzen von Qualm losgerissen und wird in Richtung auf den Baum getrieben. Jetzt, jetzt erwischt er ihn! Jetzt steckt der Kerl grad mit der Nase drin! Prosit, prosit! Wohl bekomm es! Prieschen gefällig, mein Herr? Ah, hahahaha! Jetzt rutscht er herunter! Droben ist's noch schlimmer als unten! Er rutscht, er fällt, reckt alle viere in die Luft – springt auf und rennt ins Wasser – wieder heraus und fort! Oh, so etwas, nein, so etwas! Da ist doch selbst Herlasgrün nichts dagegen! So etwas habe ich noch nicht erlebt, nein, so etwas noch nicht! Hahahaha!« Steinbach war trotz dieser Szene ernst geblieben. Er hatte das Experiment schon einige Male gemacht und kannte dessen Wirkung.

»Kommt, Sam!« sagte er. »Wir haben unseren Zweck erreicht und müssen auch an das Weitere denken.«

»An das Weitere? Was könnte das sein? Zunächst muß ich mir die Indsmen betrachten. Diesen Anblick muß man bis zu Ende genießen, denn so etwas erlebt man wohl nicht sogleich wieder.«

Als er aber sah, daß Steinbach zur Tür ging, folgte er ihm doch nach. Man hatte sie für sie offengelassen. Hinter ihnen wurde sofort geschlossen. Vom Inneren des Hauses aus stiegen Steinbach und Sam auf das Dach. Sie wurden sofort umringt und mußten alles erklären. Steinbach tat dies in kurzen Worten.

Sam war mit dabei gewesen, zeigte sich aber dennoch von dieser Erklärung nicht zufriedengestellt. Er sagte: »So weit ist alles sehr leicht begreiflich. Wie aber steht es mit dem Blitz in der Hand, Master Steinbach?«

»Habt Ihr schon einmal von einem Schlagring gehört?«

»Ja. Man soll dergleichen drüben in den Alpen haben, um bei Prügeleien einen guten Hieb zu führen.«

»Auch von einem Schießring?«

»Schießring? Nein. Was ist das?«

»Hier ist er. Seht ihn Euch an!« Er zog den Ring aus der Tasche. Dieser ging natürlich von Hand zu Hand und wurde bestaunt.

»Die Konstruktion ist sehr einfach. Der Ring hat fünf Schüsse«, erklärte Steinbach. »Bei jedem Hieb geht einer los. Nach dem fünften Hieb aber muß man natürlich wieder laden. Die Indianer haben nicht bemerkt, daß ich vor dem Hieb diesen Schießring anlegte, den ich dann natürlich gleich wieder in die Tasche steckte.«

Inzwischen war Wilkins zu Steinbach getreten. Steinbach fragte ihn: »Wo ist Magda?«

»Es geht ihr gut«, erwiderte Wilkins, »sie befindet sich bei meiner Tochter. Hoffentlich werden die Marikopa nicht entdecken, wie ... Sapperment! Schwimmen da nicht einige auf die Insel zu? Ich sehe die Köpfe.«

»Ja«, meinte Steinbach. »Sie werden die vier Leichen holen wollen.«

»Dulden wir das?«

»Warum nicht?«

»Sie werden unser Geheimnis entdecken.«

»Vielleicht nicht.«

»Oh, ganz gewiß. Wenn die Tür einmal geöffnet gewesen ist, sieht man den Umriß im Gras. Man müßte die Spur tilgen. Diese Leute werden sofort entdecken, daß sich da eine Falltür befindet. Sie machen die anderen darauf aufmerksam, diese steigen hinab.«

»Nun, daran wollen wir sie hindern.«

Als Steinbach diese Worte sagte, zog er die Axt aus dem Gürtel und nahm sie aus dem Futteral. Man hatte vorhin von hier oben seine Meisterschüsse gesehen und sie nicht begreifen können, zumal es von hier aus erschienen war, als ob er mit der Axt geschossen habe. Darum waren alle Augen jetzt auf diese eigentümliche Waffe gerichtet. Als er sie zum Schuß anlegte, wendeten sich die Blicke hinaus auf das Wasser des Sees. Dort wollte in diesem Augenblick der vorderste der Schwimmer an das Ufer der Insel springen. Steinbach legte die Hand an den Mund und stieß einen schrillen, durchdringenden Schrei aus, wie die Indianer zu tun pflegen, wenn sie einander warnen wollen.

Der Rote verstand den Laut und wandte sich um. Steinbach winkte ihn mit dem Arm vom Ufer ab. Der Mann besann sich einen Augenblick, ob er es tun solle oder nicht, stieg aber dann doch auf die Insel.

»Gut! Wer nicht hört, der muß fühlen«, sagte Steinbach.

»Werden Sie ihn erschießen?« fragte Wilkins.

»Nein. Er hielt einen Spieß in der Hand, grad wie die andern Schwimmer auch. Jedenfalls wollen sie die Leichen an den Lanzen befestigen, um sie an das Land zu schaffen. Ich werde ihm die eine Hand lahm schießen.«

Er zielte, und der Schuß krachte. Der Indianer warf die Hand hoch empor und stieß einen lauten Schrei aus. Da stieg der zweite an Land. Auch er hatte eine Lanze in der Hand. Der zweite Schuß blitzte auf, und der Getroffene machte dieselbe Handbewegung. Im nächsten Augenblick sprangen beide wieder in das Wasser und kehrten zum Ufer zurück. Sie hatten gemerkt, daß diese Schüsse genauso beabsichtigt waren, wie sie getroffen hatten.

»Donnerwetter!« sagte Tim. »Welche Meisterschüsse!«

»Esel! Da wunderst du dich?« antwortete Sam.

»Natürlich! Ein Rafter, der so schießt!«

»Dreifacher Esel! Ein Rafter! Pah! Der Fürst der Bleichgesichter ist's.«

»Alle Teufel! Ist's wahr?«

»Natürlich!«

»Von wem weißt du es?«

»Von ihm selbst. Kann aber auch anders sein: Ich habe es sofort gemerkt.«

»Du? Laß dich nicht auslachen! Grad du bist derjenige gewesen, der sich am allermeisten über ihn mokiert hat.«

»Das war zum Spaß.«

»Geh mir mit deinem Spaß! Wer da weiß, daß er es mit dem Fürsten zu tun hat, der wagt es nicht, Spaß mit ihm zu treiben.

Nun aber ist mir alles erklärlich. Sapperment! Welche Ehre, mit so einem Meister zusammenzutreffen! Hört ihr es, wer er ist?«

Das Wort »Fürst der Bleichgesichter« ging von Mund zu Mund der Weißen und der Name Tan-ni-kay von Mund zu Mund der Apachen. Es waren ganz andere Blicke, die jetzt auf ihn gerichtet wurden.

Er aber tat, als ob er dies gar nicht bemerke, und wandte sich an den Häuptling der Apachen: »Wo ist der Anführer der Marikopa?«

»Mein Bruder komme, ihn zu sehen!«

Der Apache führte ihn hinab in ein Zimmer, in dem sich der Eiserne Mund befand, gefesselt an Händen und Füßen, entwaffnet und bewacht von zwei bewaffneten Apachen. Der Gefangene lag stolz und bewegungslos am Boden. Er tat, als ob er die Eintretenden gar nicht bemerke.

»Warum hat mein roter Freund ihn gefesselt?«

»Weil er gefangen ist.«

»Er wird bald wieder frei sein.«

»Frei?«

Es war der Ausdruck außerordentlichen Erstaunens, mit dem die Starke Hand dieses Wort sprach. Steinbach zog ihn mit sich fort an das Fenster, wo sich zwischen beiden ein leise geführtes, aber höchst angeregtes Gespräch entwickelte. Der Weiße wollte den Roten zum Frieden, zur Versöhnung bewegen. Er hatte einen schweren Kampf, ging aber endlich doch als Sieger daraus hervor.

»Mein Bruder tue, was ihm beliebt«, sagte der Apache. »Er mag mich rufen lassen, wenn er mich braucht.«

Er verließ das Zimmer, jedenfalls in der Absicht, seine

Apachen auf die von ihnen ungeahnte Wendung der Verhältnisse vorzubereiten. Steinbach trat zu dem Gefangenen und löste ihm die Fesseln.

»Steh auf«, gebot er ihm. Der Marikopa blieb liegen.

»Warum tust du nicht, was ich dir sage?«

»Die Eiserne Hand kann auch liegend sterben!«

»Du wirst nicht sterben.«

»Nicht?«

»Nein, sondern du wirst leben.«

»Als Diener und Sklave der Apachen?«

»Als freier Mann.«

Da fuhr der Marikopa mit einem Satz empor. »Sagst du die Wahrheit?«

»Hat der Fürst der Bleichgesichter jemals gelogen?«

»Nein. Aber du hast nicht über mich zu bestimmen.«

»Wer sonst? Ich bin hier Gebieter.«

»Der Apache hat mich gefangengenommen.«

»Er hat dich in meine Hand gegeben. Wo hast du deine Waffen?«

»Man hat sie in die Stube nebenan getragen.«

»So komm mit!« Er trat mit ihm in das betreffende Gemach. Dort lag alles, was man ihm abgenommen hatte, auf dem Tisch.

»Nimm es dir wieder! Es ist dein Eigentum!«

Der Rote blickte den Weißen mit einem unbeschreiblichen Ausdruck an. Nach seinem Begriff war dieser geradezu verrückt.

»Du wunderst dich über mich«, lächelte Steinbach. »Ich bin nicht dein Feind. Wenn du mir dein Wort gibst, dieses Haus nicht ohne meine Erlaubnis zu verlassen, wird dir nicht das Geringste geschehen.«

»Ich gebe es dir.«

»So leg deine Waffen an und komm dann in das erste Gemach zurück.«

Steinbach ging voran und gab den beiden Wachen, die sich noch da befanden, den Befehl, die gefangenen Söhne des Häuptlings herbeizuholen.

Der Eiserne Mund kam bald nach. Er erhielt eine Decke, um sich nach seiner Art setzen zu können. Als gleich darauf seine Söhne eintraten, ungefesselt und mit ihren Messern und Bogen und Köchern bewaffnet, schien sein Erstaunen geradezu ins Grenzenlose zu gehen. Zwar war er zu sehr Indianer, als daß er sich zu einer Freudenszene hätte hinreißen lassen. Er blieb vielmehr scheinbar gleichgültig und gab den beiden Jünglingen einen Wink, sich hinter ihm niederzusetzen, aber in seinem Auge glänzte doch ein nicht ganz zu verbergendes Etwas, und seine Stimme zitterte leise, als er sagte: »Du selbst hast sie gefangen?«

»Ja.«

»Und gibst sie wieder frei?«

»Sie können gehen, wenn sie wollen.«

Da, erst jetzt, holte er tief Atem, wie um sich von einem schweren Alp zu befreien, und sagte, grad wie das Scharfe Beil vorhin gesagt hatte: »Warum sind nicht alle weißen Männer so wie du?«

»Und nicht alle roten so wie du?«

»Das kommt von deiner Zunge, nicht aber aus deinem Herzen!«

»Es kommt aus dem Herzen.«

»Wie nun, wenn du dich in mir verrechnest?«

»So werde ich es sehr bedauern, dich für edler gehalten zu haben, als du wirklich bist, trotzdem aber werde ich ein Freund der roten Männer bleiben.«

Da blickte der Eiserne Mund lange schweigend vor sich hin. Ob wohl eine innere Wandlung mit ihm vorging? Endlich sagte er: »Du bist der Fürst der Bleichgesichter, und du bist wert, diesen Namen zu führen. Komm her zu mir und setz dich an meine Seite!«

Steinbach folgte natürlich dieser Aufforderung.

»Sag mir, was du von mir verlangst!« forderte ihn der Rote auf.

»Ich bitte dich um das, um was ich dich bereits gebeten habe. Das weiße Mädchen hast du mir verweigert, wir haben es uns selbst geholt. Nennst du den Silbernen Mann auch ferner deinen Freund?«

»Ich habe ihn vorhin so genannt, aber er ist es niemals gewesen. Ich habe ihm mein Wort gegeben, ihn zu schützen, und dieses Wort kann ich nicht brechen.«

»So darf ich dich nicht weiter bitten. Wirst du ihn auch später beschützen, wenn du von diesem Zug in dein Dorf zurückkehrst?«

»Dann bin ich von meinem Wort entbunden.«

»Wie kommt es, daß er dein Gefährte geworden ist?«

»Er ist das einzige Bleichgesicht in unserer Nähe. Die Marikopa kaufen Gewehre, Pulver, Kugeln, Messer und alles andere bei ihm im Todestal. Daher kennen wir ihn, und daher zogen wir mit ihm, weil er uns die Gräber unserer Feinde versprach, während er die Schätze erhalten sollte, die wir nicht brauchen und nicht achten.«

»So mag er noch so lange unbelästigt bleiben, wie er sich unter deinem Schutz befindet. Dann aber werde ich ihn heimsuchen.«

»Hast du eine Rache gegen ihn?«

»Ja.«

»So nimm dich in acht. Er ist schlau und gewalttätig. Ich habe mehrere Männer gekannt, die eine Rache gegen ihn hatten. Sie kamen zu ihm, sind aber niemals wieder von ihm fortgegangen.«

»Willst du mir wohl sagen, wie, wann und wo du diese Männer gesehen und getroffen hast?«

»Jetzt nicht, aber wenn der Silberne Mann nicht mehr unter meinem Schutz steht. Jetzt bin ich sein Schirm und Schild, ich darf nicht von ihm erzählen.«

»Ich sehe ein, daß du nicht anders kannst. Ich habe mit dem Häuptling der Apachen gesprochen. Er ist bereit, die Friedenspfeife mit dir zu rauchen. Es ist besser, wenn Friede und Freundschaft zwischen den roten Männern herrschen. Soll ich ihn rufen?«

»Ruf den Häuptling der Apachen herbei! Ich bin bereit, mit euch die Pfeife des Friedens zu rauchen.«

Kurze Zeit später saßen die beiden Häuptlinge mit Wilkins, Sam und Steinbach rund um ein Feuerbecken und besprachen die Grundlagen eines ewigen Friedens zwischen den Apachen und den Marikopa. Dieser Frieden wurde abgeschlossen und mit dem Kalumet besiegelt.

Dann machte sich eine Prozession von roten und weißen Männern auf, um den Marikopa die Nachricht der Versöhnung zu bringen. Sie wurde von ihnen mit aufrichtiger Freude aufgenommen. Keiner aber freute sich so sehr wie das alte, ehrliche Scharfe Beil. Dieser Indianer ruhte nicht eher, als bis Steinbach mit ihm eine Extra-Friedenspfeife geraucht hatte.

Dabei fiel es Steinbach auf, daß er Roulin, den Silbernen Mann, gar nicht mehr zu sehen bekam. Als er den Alten nach ihm fragte, antwortete dieser mit einem spöttischen Achselzucken: »Der Silberne Mann ist wie der Tau!«

»Wieso?«

»Wenn die Sonne des Friedens kommt, vergeht er.«

»Meinst du etwa, daß er nicht mehr da sei?«

»Das meine ich. Als dein Gewehr unsere vier Krieger getötet hatte, sah er, daß das weiße Mädchen in eure Hände geriet. Dann nahmt ihr unseren Häuptling gefangen, er glaubte nun, daß unser Kriegszug mißglückt sei und daß wir uns an ihm, der der Anstifter war, rächen würden. Er ist ganz unbemerkt auf seinem Pferd davongeritten.«

Jetzt, als er das erfuhr, dachte Steinbach gar nicht daran, seine Erregung unter der Maske des Gleichmuts zu verbergen. Er sprang von seinem Sitz empor und suchte den Häuptling der Marikopa auf, der mit Sam, Wilkins und dem Häuptling der Apachen unter einem Baum saß, wo eine wiederholte Friedenspfeife den neu geschlossenen Bund zum wiederholten Male bekräftigte.

Der Eiserne Mund wollte es zunächst gar nicht glauben, daß sein weißer Verbündeter sich ohne Abschied entfernt habe. Weitere Nachforschungen ergaben aber die Richtigkeit dieser Aussage.

»Steht er nun noch unter deinem Schutz?« fragte ihn Steinbach.

»Nein. Er hat sich daraus entfernt. Als er mich gefangen sah, ist er entflohen. Der Feigling ist mein Gefährte gewesen, wird es aber niemals wieder sein.«

Es dauerte nicht lange, da verließ der Eiserne Mund mit der Starken Hand und einem Apachen den Silbersee, um der Fährte des Silbernen Mannes nachzufolgen. So tatkräftig und schnell entschlossen war der Häuptling der Apachen. Der Eiserne Mund hatte sich ihm sogleich angeschlossen, um ihm einen Freundschaftsbeweis zu geben und sich zugleich an Roulin zu rächen.

Inzwischen war Zimmermann bei Almy Wilkins eingetreten, um nach Magda Hauser zu sehen.

Mit einem schelmischen Lächeln entfernte sich Almy, angeblich, um irgend etwas Notwendiges vorzunehmen. Sofort stand auch Magda auf, um ihr zu folgen. Da aber bat er: »Bitte, bleibt, Señorita!«

Sie drehte sich unentschlossen um. Ihre Wangen hatten sich leicht gerötet, und an ihrem wunderbar geformten Hals sah er, daß sie einige Male hintereinander schluckte. Das ist immer ein Zeichen von Verlegenheit.

»Ihr flieht mich, Señorita!« sagte er in vorwurfsvollem Ton.

»Ich Euch?«

»Ja. Was habe ich Euch getan?«

»Nichts, gar nichts!«

»So weiß ich nicht, warum Ihr Euch von mir wendet. Habt Ihr kein Vertrauen zu mir?«

»Señor, ich weiß gar nicht, was ich Euch antworten soll. Ihr selbst wißt ja am besten, daß ich Vertrauen zu Euch habe. Ihr habt es verdient.«

»Meint Ihr?«

»Ja. Ihr seid meinetwegen den Marikopa nachgeschlichen und habt dann mit ihnen gekämpft. Ihr habt Euch für mich in Gefahr begeben. Warum sollte ich Euch nicht vertrauen?«

»Und dennoch fürchtet Ihr mich?«

»Ich Euch fürchten? Nein!«

»So fürchtet Ihr mich nicht selbst, sondern vielmehr meine Worte.«

»Ich verstehe Euch wirklich nicht.«

»Dann bitte, setzt Euch einmal zu mir! Wir wollen recht offen miteinander reden. Kommt her!«

Er ergriff ihr kleines, feines Händchen und zog sie zu dem Stuhl, der neben seinem stand. Dabei wich die Farbe aus ihren Wangen, und ihr Auge zeigte jene Feuchte und Unsicherheit, die man nur bei Sorge oder Verlegenheit beobachtet.

Er bemerkte das wohl und sagte in beruhigendem Ton zu ihr: »Fürchtet Euch nicht, Señorita! Ich werde die Worte, die Ihr jetzt von mir zu hören erwartet, nicht sprechen. Ich habe Euch schon längst beobachtet und bin der Meinung, daß es zwischen uns beiden zur Richtigkeit kommen muß.« Sie ließ einen tiefen, ängstlichen Seufzer hören.

In diesem Moment traf Wilkins ein und holte Zimmermann in den Hof hinunter, wo eine große Beratung stattfand. Steinbach litt es nicht länger am Silbersee. Auch er wollte Roulin nach. Sam, Tim, Jim und Zimmermann erklärten, daß sie sich anschließen würden.

So vergingen der Nachmittag, der Abend und die Nacht unter dem Schmieden verschiedener Pläne. Am Morgen zogen die Marikopa ab. Natürlich nahmen sie die unskalpierten

Leichen ihrer gefallenen Krieger mit. Gegen Abend kehrte der Apache, der die beiden Häuptlinge begleitet hatte, auf schweißtriefendem Pferd zurück und meldete, daß die beiden Genannten der Fährte Roulins bis zum Campo Grande gefolgt seien. Dorthin sollten die andern nachkommen.

Nun gab es kein Halten mehr. Magda wollte zu ihren Eltern in das Todestal. Almy wollte nicht zurückbleiben. Es wurde beschlossen, die beiden Mädchen nach San Marcial zu bringen, wo sie mit der Südbahn bis nach Mohawk-Station fahren sollten, um unter dem Schutz Jims, Tims und Zimmermanns dort die andern zu erwarten.

Förster Rothe blieb mit seinen Verwandten am Silbersee, um Sams Rückkehr abzuwarten. Natürlich war der Förster nicht allein. Es blieb eine Anzahl Apachen da, um das Missionsgebäude zu hüten. Diese Leute schienen zuverlässig genug zu sein, so daß man ihnen alles anvertrauen konnte, zumal kein Grund vorhanden war, irgendein störendes oder gar feindseliges Ereignis zu erwarten.

Am frühen Morgen brach man auf. Dann lag der Silbersee, an dessen Wasser es in der letzten Zeit so lebhaft hergegangen war, wieder still und einsam da, ohne das Geheimnis seiner Schätze preisgegeben zu haben.

Villa Bärenfett

Den zahlreichen lieben Kameraden, die partout eine Schilderung meiner Villa kennenlernen wollen, möge folgende Skizze zur Orientierung dienen:

Wer von Dresden aus mit dem Dampfschiff über den lieblichen Rücken der Elbe streicht, dem fällt schon nach kurzer Zeit die Form eines idyllischen Gebäudes auf, dessen Mauern sich am rechten Ufer aus dem chloroformgrünen Gesträuch eines viereckig abgerundeten Gartens erheben. Über der Veranda der vorderen Seite ist in großen Buchstaben zu lesen: »Villa Bärenfett«, folglich ist das meine Wohnung.

Sie liegt nur eene Stunde von Moritzburg entfernt, wo ich das erste Licht der Welt erblickt und für meinen berühmten Bildungsprozeß vegetiert habe. Bestehen tut die Villa erstens aus dem erwähnten Garten und zweetens aus den mittendrin errichteten menschlichen Niederlassungen für mich, eenen Pfauhahn, zwee Papageien, drei Brahtrapumahühnern und eenigen andern zoologischen Speziararitäten nebst Aschengrube und Weinspalier.

Der Garten is von eenem eisernen Staket mit feuerfesten Spitzen umgeben. Wer hinten herein will, der kann nich, nämlich weil keene Tür da ist. Aber als Ersatz derselbigen habe ich für Obstspitzbuben Selbstschüsse und angelnde Füße legen lassen. Der eenzige loyale Eingang strahlt dem Besucher ergebenst vorn, an der Elbseite entgegen, zwischen der Besuchs- und Überraschungsglocke und dem Meißner Porzellanschilde, off welchem der internationale Name prangt »Heliogabalus Morpheus Edeward Franke, Präriejäger«.

Von dort aus bewegt sich der huldreich Eingelassene an Aurikeln und langer Liebe, die ich aber erst im Frühjahr stecken will, pietätvoll durch den Blumen- und Schneeglöckchengarten zur Verandinah, in der ich jetzt im Winter die Amseln mit Ameiseneiern und die Meisen mit Speckschwarten füttere. Dann schmiegt er sich um zwee Hausecken links zum Obstgarten, wo ihn een Boom nach dem andern mit sympathetischen Zweigen umfängt, um ihm die dort befindlichen Herrlichkeeten zu zeigen, nämlich die grün und weiß angestrichenen Wäschepfähle, die amerikanischen Himbeersträucher und den in korinthischem Stile erbauten Karnickelstall mit sukzessiver Hühnertreppe. Die einst dort weilende Hundehütte habe ich wegen der jetzigen Kälte in meine Schlafstube schaffen lassen, een geistiger Ausfluß meiner Mitgliedschaft gegen die Tierquälerei und Antivivisektion. Unter dem Nußboom fällt dem verständnisvollen Ooge sofort die Türe off, durch die man sich über vier Stufen weg mit Eleganz in das Gebäude schwippt.

Dieses letztere besteht aus eenem chinesischen Hochparterre und eener sanguinisch-ägyptischen Bel-Etage mit dem Blitzableiter, eenem Flaggenstock und zwee Feueressen, aus denen von morgens bis abends unausgesetzt die häuslichen

Geister meines gemütvoll duftenden Herdes quellen, weil ich bekanntlich een deliciöser Feinschmecker bin.

Im Hausflur hängt meine Schmetterlingssammlung und eene Blumenampel mit versuchsweisen Sonnenrosen; ooch steht daselbst der Stiefelknecht. Rechts geht's in die Küche und links ins Vorzimmer. Dort steht een hoher Pfeilerspiegel und een Faß für nasse Regenschirme, ooch een Photographiealbinum für langweiliche Leute zum Blättern mit Glacéhandschuhen. Von da aus kommt man in den Staatssalon mit Samtmöbeln und meinem Bildnisporträt mit Federhut. Das Pianino is nich für mich, sondern für donnerstags, wo ich für meine Anbeter großen Schur Fix habe. Der Teppich besteht aus lauter Bärenfellen, welche die Mäuler offsperren und mit den Schwänzen zusammengebunden sind. Gegen den Mottenfraß reibe ich ihn mit eener Tinktur aus Asa foetida und Ammoniak ein, was meinen Besuchern zu komponieren scheint, da sie nie wagen, den Salon zu betreten.

Daneben liegt das Wohnzimmer mit echtem Nußboomkanapee und präparenten Tiergerippen, zugleich der Silberschrank aus Spiegelglas und alle Sorten von Vögeln in ausgestopfter Positur. Von da aus kommt man in das Speisezimmer für zwölf Personen off echten Eichenstühlen nebst Fußbänkchen für konventuelle Damen und der großen Schwarzwälder Uhr, die während der Zeit des Speisens immerfort spielt:

»'s is mir alles wurscht, 's is mir alles wurscht,
hab' ich Hunger, oder hab' ich Durscht!«

Hier hängen ooch die Bilder von Old Shatterhand und Winnetou, von mir selbst in Boomöl gemalt, weil ich damals keen anderes kriegen konnte. Leider sieht man diese beeden Helden nur von hinten, weil sie mir von vorn nich mehr sitzen wollten.

Nun kommt die Schlafstube mit der eisernen Feldbettstelle und der rotseidenen Decke mit blauen Bummeln und Fransen. An den Plafong sind alle Sterne und an die Wände große Bäume gemalt, um mich stets in den Urwald zu versetzen. Von den zwee Negern, die meine Diener sind, muß der eene, wenn ich schlafen gehe, bald wie een Bär brummen und bald wie een Tiger brüllen, nämlich draußen vor der Tür. Der andere pumpt Wasser off das Dach, natürlich sobald es nich regnet. Wenn's dann so in den Dachrinnen gurgelt und die wilden Tiere heulen, so versetze ich mich in meine berühmte Vergangenheet und sinke pêle-mêle und hochentzückt dem Träume spendenden Nautilus in die Arme.

Hier unten im Parterre lebe ich als unscheinbarer Privatmann und bescheidener angeblicher Laie für meine Gesundheit und für meine Freunde. Aber oben in der Bel-Etage wohnt die Wissenschaft und die Gelehrsamkeit. Da liegt meine Studierstube mit den Globussen und dem Schreibpapier, rechts und links davon die Bibliothekszimmer mit den Münchener Fliegenden Blättern, der Dresdener Dorfzeitung und dem Kladderadatsch. Im heiligsten Kral heb ich den »Guten Kameraden« off, dessen Gönner und Mitarbeiter ich bekanntlich bin, und darüber hängen meine Waffen und Kriegskoryphäen nebst indianischer Friedenspfeife, aus der ich besonders dann rooche, wenn ich mich mal über meine zwee Neger geärgert habe und mir heemlicherweise sage, daß ich sie hier in Sachsen doch nich skalpieren kann.

Die übrigen Räume sind mit philosophischen Sammlungen angefüllt, Indianergerätschaften und Kaffernhelmen, japanesischen Feuerspritzen und arabischen Butterfässern, grönländischen Sonnenschirmen und botokudischen Petroleumkochern, ägyptischen Walfischharpunen und neuseeländischen Notenpulten, samojedischen Weinflaschen und altassyrischen Bajonetten, Mausefallen aus dem Eskimolande und sogar eenem Paar malayischen Aufschlagestiefeln mit großen Rädersporen, kurz und gut, allen möglichen Gegenständen aus allen möglichen Ländern, mit großem Fleiß von meinen Freunden gesammelt und mir aus Verehrung an meinen Geburts- und sonstigen Gedächtnistagen ergebenst gewidmet und achtungsvoll dargereicht.

Es wundert mich ungeheuer, daß die vielen, guten Kameraden, denen ich dies schreibe, nich schon ooch längst off den Gedanken gekommen sind, mir ihren schuldigen Tribut off ähnliche Weise gehorsamst entgegenzubringen, wobei ich aber trotzdem verbleibe ihr wohlgewogener

Heliogabalus Morpheus Edeward Franke
kurzweg Hobble-Frank.

Winnetou und der Schwarze Hirsch

Winnetou ließ sein Pferd langsamer gehen, wartete, bis Tokvi-tey ihn eingeholt hatte, deutete nach Westen, wo blaugraue Wolken sich zu erheben schienen, und sagte: »Das sind die Berge des Feuerlochflusses, hinter ihnen öffnet sich das Maul der Hölle.«

Dem Häuptling der Schoschonen war es sehr lieb, daß der Apache das Schweigen gebrochen hatte. Auch er wußte natürlich, daß Schweigsamkeit eine der größten Zierden des Kriegers ist. Aber selbst den mürrischsten Indsman kann einmal die Lust zu einem kleinen Speech anwandeln, und in dieser Lage befand sich Tokvi-tey.

Er hatte bereits früher viel über Old Shatterhand gehört, nun war er mit diesem auf eine so wundersame Weise bekanntgeworden und hatte sich durch den Augenschein überzeugen können, daß das Gerücht die Eigenschaften und Taten des berühmten Mannes keineswegs in übertreibender Weise geschildert habe. Er, der viel ältere Mann, widmete dem Deutschen eine Verehrung, wie er sie noch für keinen Menschen empfunden hatte. Zu dieser Verehrung gesellte sich eine Scheu, wie man sie nur für höhere Wesen hat, und doch, trotz der Schranke, welche diese Scheu zwischen ihm und Old Shatterhand errichtete, fühlte er sich mächtig zu dem gewaltigen Jäger hingezogen. Die milde, ruhige Freundlichkeit, die immer gleiche rücksichtsvolle Güte des Mannes, der seine Feinde mit der Faust niederzuschlagen pflegte, hatte ihm wie alle Herzen so auch dasjenige des Häuptlings der Schoschonen gewonnen.

Schon längst hatte Tokvi-tey von Winnetou etwas Näheres über Old Shatterhand erfahren wollen. Der Apache war ja derjenige, der die beste Auskunft über ihn zu erteilen vermochte. Aber gerade die Unzertrennlichkeit dieser beiden Freunde machte es schwierig, einmal unter vier Augen mit dem einen über den andern zu sprechen.

Heute nun war Old Shatterhand abwesend. Diese Gelegenheit wollte Tokvi-tey benutzen, den Mund des Apachen zu öffnen.

»Tokvi-tey hat jene Gegend noch nie betreten, aber sein Ohr hat oft vernommen, was die alten, grauhaarigen Krieger der Schoschonen von ihr erzählen. Hat mein Bruder auch davon gehört?«

»Nein.«

»Tief unter diesen Bergen und Schluchten liegt ein Häuptling begraben, dessen Seele nicht in die ewigen Jagdgründe gelangen kann, obgleich er der tapferste Krieger war und viele Zelte mit den Skalps der von ihm erlegten Feinde geschmückt hatte. Sein Name ist K'un-p'a. Mein Bruder wird ihn gehört haben?«

»Nein. Ein berühmter Häuptling dieses Namens ist dem Apachen nicht bekannt. K'un-p'a heißt in der Sprache der Schoschonen das Feuerwasser, das die Yankees Brandy oder Whisky nennen.«

»Ja, Feuerwasser bedeutet auch der Name jenes Häuptlings, denn er hat seine Seele und seinen ganzen Stamm an die Bleichgesichter verkauft, die ihm Feuerwasser dafür gegeben haben. Er hatte das Beil des Krieges gegen sie ausgegraben, um sie von der Erde zu vertilgen. Seine Krieger waren zahlreicher als die ihrigen; sie aber hatten Feuerwaffen und – Feuerwasser. Ihr Häuptling bat um eine Unterredung mit ihm. Die beiden trafen sich an einer Stelle, die sich zwischen den Kriegslagern befand. Während sie verhandelten, gab der Häuptling der Bleichgesichter dem roten Krieger Feuerwasser zu trinken. Es war noch nie ein Tropfen davon über seine Lippen gekommen. Er trank und trank, bis der böse Geist des Feuerwassers über ihn kam. Da verriet er, um mehr davon zu bekommen, seine Krieger. Sie wurden alle getötet, so daß nicht ein einziger entkam.«

»Und ihr Häuptling?« fragte Winnetou.

»Er blieb allein übrig. Er war der Verräter, darum töteten ihn die weißen Männer nicht. Sie versprachen ihm noch mehr Feuerwasser, wenn er sie in die Weidegründe seines Stammes führen wolle. Er tat es. Die Wigwams seines Stammes standen da, wo jetzt die wasserspeienden Berge stehen. Das Tal des Feuerlochflusses war damals der glücklichste Weidegrund des Landes. Das Gras neigte seine Spitzen über dem Reiter zusammen, und auf den Büffelpfaden wandelten die Bisons in unzählbaren Scharen. Dorthin führte K'un-p'a die Bleichgesichter. Sie fielen über die roten Männer her und töteten sie nebst allen ihren Frauen und Kindern. Der Häuptling saß dabei und trank Feuerwasser, bis es ihm aus dem Mund brannte. Da brüllte er vor Schmerz laut auf und wand sich in schrecklichen Qualen hin und her. Sein Geheul klang über die Prärien und Wälder hinweg bis hinauf zu den Spitzen des Gebirges jenseits des Yellowstone-Sees. Dort wohnte der Große Geist der roten Männer. Er kam herbei und sah, was geschehen war. Er ergrimmte in schrecklichem Zorn. Er schlug mit seinem Tomahawk eine Spalte in die Erde, viele Tagereisen tief, und stürzte K'un-p'a hinab. Dort unten liegt nun der Verräter seit vielen hundert Sonnen. Wenn er sich in seinen nie endenden Schmerzen von einer Seite auf die andere wirft und dabei seine brüllende Stimme erhebt, so zittert die ganze Gegend des Yellowstone-Sees bis hinüber zum Schlangenfluß, und aus Spalten und Löchern dringt sein Jammergeheul zur Erde empor. Das Feuerwasser strömt kochend aus seinem Mund; es füllt alle Klüfte und Ritzen der Tiefe; es dampft und braust zur Höhe; es wirbelt und sprudelt aus allen Schlünden; es qualmt und stinkt aus allen Höhlen, und wenn dann ein einsamer Krieger vorüberreitet, die Erde unter den Hufen seines Pferdes zittern und bersten sieht, die kochende Flut erblickt, die auf zu den Wolken steigt, und das Gebrüll vernimmt, welches aus tausend Mäulern der Tiefe erschallt, so gibt er seinem Tier die Fersen und entflieht, denn er weiß, unter ihm wütet K'un-p'a, der vom Großen Geist Verfluchte.«

Wenn der Schoschone erwartet hatte, daß Winnetou zu dieser Schilderung irgendeine Bemerkung machen werde, so hatte er sich geirrt. Der Apache blickte still vor sich hin. Um seinen Mund spielte ein kaum bemerkbares Lächeln. Darum fragte Tokvi-tey: »Was sagt mein Bruder zu dieser Erzählung?«

»Daß noch niemals eine so bedeutende Schar bleichgesichtiger Krieger an den Fluß des Feuerloches gekommen sein kann!«

»Kann mein Bruder das behaupten?«

»Ja.«

»Aber das ist vor vielen hundert Sonnen geschehen. Damals hat mein roter Bruder noch gar nicht gelebt.«

»Und Tokvi-tey, der Häuptling der Schoschonen, war auch noch nicht vorhanden. Wie also kann er wissen, was damals geschehen ist?«

»Er hat es gehört. Die Alten haben es ihm erzählt, und diese wissen es von den Urvätern ihrer Urväter.«

»Aber als diese Urväter lebten, gab es noch keine Bleichgesichter bei den roten Männern. Ich habe das von einem gehört, der es ganz genau weiß, von meinem weißen Bruder Old Shatterhand. Als ich mit ihm zum erstenmal am Fuße des Feuerloches war, hat er mir erklärt, wie die Löcher entstanden sind, aus denen die kalten und heißen Wasserstrahlen steigen. Er hat mir gesagt, wie die Berge und Taler, die Cañons und Abgründe entstanden sind.«

»Weiß er es denn?«

»Sehr genau.«

»Aber er ist nicht dabeigewesen!«

»Dessen bedarf es nicht. Wenn ein Krieger die Spur eines Fußes sieht, so weiß er, daß hier ein Mann gegangen ist, und doch ist er nicht dabeigewesen. Solche Spuren hat der Große Geist zurückgelassen, und Old Shatterhand versteht es, diese Spuren zu lesen.«

»Uff!« rief der Schoschone verwundert.

»Höre ihn selbst sprechen! Dann wirst du dich noch viel

mehr wundern. Ich habe in stillen Nächten an seiner Seite gesessen und seinen Worten gelauscht. Es sind Worte des großen, guten, allmächtigen Geistes gewesen, Worte der Liebe und Milde, der Versöhnung und Erbarmung. Seit ich sie gehört habe, tue ich so wie Old Shatterhand – ich töte keinen Menschen, denn alle sind Kinder des Großen Geistes, der seine Söhne und Töchter glücklich machen will.«

»So sind die weißen Männer auch seine Kinder?«

»Ja.«

»Uff! Warum verfolgen sie ihre roten Brüder? Warum rauben sie ihnen ihr Land? Warum jagen sie sie von Ort zu Ort? Warum sind sie voller List, Heimtücke und Betrug gegen sie?«

»Um dem Häuptling der Schoschonen diese Frage zu beantworten, müßte ich viele Stunden sprechen. Dazu gibt es keine Zeit. Ich will ihn nur fragen: Sind alle roten Männer gut?«

»Nein. Es gibt gute und böse unter ihnen.«

»Nun, so ist es auch mit den Bleichgesichtern. Auch unter ihnen gibt es gute und böse. Old Shatterhand gehört zu dem Stamm der Bleichgesichter, der noch niemals das Kriegsbeil gegen die roten Krieger geschwungen hat.«

»Wie heißt dieser Stamm?«

»Es ist der Stamm der Deutschen, der weit im Osten, jenseits des großen Wassers wohnt.«

»Er ist dessen Häuptling?«

»Nein. Die Krieger der Deutschen haben mehrere Häuptlinge, die Könige genannt werden, der oberste Häuptling aber wird Kaiser genannt. Er ist ein alter, kluger, tapferer Krieger, der in allen Kämpfen gesiegt und doch niemals einen

Skalp genommen hat. Sein Haar ist weiß wie der Schnee der Berge, seine Jahre sind fast nicht zu zählen, aber seine Gestalt ist noch hoch und stolz, und sein Roß zittert vor Freude, wenn er in den Sattel steigt. Sein Arm ist stark und sein Befehl ohne Widerspruch. Aber in seinem Herzen wohnt die Liebe, und in seiner Hand glänzt der Stab des Friedens. In seinem Wigwam verkehren die Häuptlinge aller Völker, und sein Rat wird geachtet vom Aufgang bis zum Niedergang der Sonne.«

»Und wie heißt dieser große Häuptling?«

»Wi-he-lem. Du wirst dieses Wort nicht verstehen, denn es gehört der Sprache der Deutschen an und bedeutet soviel wie mächtiger Beschützer.«

»Warum aber ist Old Shatterhand nicht bei seinem Stamm geblieben?«

»Weil er gewünscht hat, die roten Männer kennenzulernen. Dann wird er wieder in den Wigwam der Seinen zurückkehren.«

»Wird mein roter Bruder mir sagen, wo er ihn zum ersten Mal gesehen hat?«

»Das war am Rio Gila, weit von hier gegen Mittag, wo die Pferde der Apachen weiden. Die Hunde der Comanchen waren aus ihren Löchern gekrochen, um die tapferen Krieger der Apachen anzubellen. Da hielten unsere Häuptlinge einen großen Rat, und am andern Morgen zogen zehnmal zehn mal sechs Apachen aus, um sich die Skalpe der Comanchen zu holen. Winnetou war noch jung. Er wurde ausersehen, die Fährte der Comanchen zu suchen; denn sein Auge war scharf, und sein Ohr hörte den Lauf des Käfers im Gras. Er erhielt zehn Krieger, die mit ihm ritten, und es gelang ihm, die Spur des Feindes zu finden. Auf dem Rückweg sah er Rauch aufsteigen und schlich hinzu, um zu sehen, welche Männer an dem Feuer zu finden seien. Es waren fünf Bleichgesichter. Die Apachen standen mit den Weißen in Feindschaft. Darum beschloß Winnetou, sie zu überfallen und sich mit ihren Skalpen zu schmücken. Der Überfall gelang den roten Männern, aber zu ihrem eigenen Schaden. Die Bleichgesichter wurden überrumpelt, aber sie waren tapfer, sie wehrten sich. Einer von ihnen war hinter einen Baum gesprungen und schoß einen Roten nach dem andern nieder. Es starben vier Bleichgesichter, aber auch die zehn Apachen, die mit Winnetou waren. Endlich waren nur noch das tapfere Bleichgesicht und Winnetou übrig. Der Weiße warf sein Gewehr weg und stürzte sich auf den Roten. Er riß ihn zu Boden und entwand ihm die Waffen. Winnetou war verloren. Er lag unter dem Weißen und konnte sich nicht bewegen, denn dieser war stark wie ein grauer Bär. Der Apache riß sein Jagdhemd auf und bot dem Feind die nackte Brust. Dieser aber warf das Messer weg, stand auf und reichte Winnetou die Hand. Sein Blut war geflossen, denn Winnetou hatte ihn in den Hals gestochen, und dennoch schonte er das Leben des Apachen. Dieses Bleichgesicht war Old Shatterhand. Seit jener Zeit sind beide Männer Brüder, und sie werden Brüder bleiben, bis der Tod sie voneinander trennt.«

»Und seid ihr seit jener Zeit stets beisammen gewesen?«

»Nein. Old Shatterhand ist in sein Land gereist. Aber sooft er wieder in die Prärie kam, hat er sofort seinen roten Bruder aufgesucht. Beide haben einander das Leben viele, viele Male gerettet, beide haben gegenseitig voneinander und miteinander gelernt, und jeder von ihnen würde sofort und gern sein Leben lassen, wenn der andere es von ihm forderte. Mehr als zehnmal zehnmal haben beide viele, viele Feinde gegen sich gehabt; sie sind oft von einem ganzen Stamm verfolgt worden, sie sind eingeschlossen worden von überlegenen Scharen, aber wenn sie beisammen sind, fürchten sie keinen Feind und fürchten nicht eine große Zahl der Feinde. Noch keiner hat sie überwinden können. Und seit Winnetou seinen Bruder Old Shatterhand gefunden hat, ist ihm die Erkenntnis gekommen, daß der Große Geist die Liebe ist und daß unser guter Manitou traurig sein Haupt verhüllt, wenn seine Söhne sich untereinander zerfleischen. Der Schöpfer der Erde hat seinen Sohn Jesus gesandt, um seine roten und weißen Kinder wissen zu lassen, daß Friede sein soll in allen Ländern. Das Kriegsbeil soll vergraben sein und das Calumet der Versöhnung geraucht werden von Ort zu Ort, von Stamm zu Stamm. Der Häuptling der Schoschonen wird das nicht begreifen, er mag, wenn er es erfahren will, selbst mit Old Shatterhand sprechen. Winnetou hat keinen Mund zu dieser Rede, aber er reitet von Nord nach Süd, von Ost nach West, von Stamm zu Stamm, um durch sein Beispiel zu lehren und zu zeigen, daß die roten und weißen Kinder des großen Geistes in Liebe und Frieden beieinander wohnen können, wenn sie nur wollen. Wenn die roten Männer erst gelernt haben, untereinander einträchtig zu sein, dann wird ihnen die Achtung der Bleichgesichter zuteil, und sie werden stark genug sein, den Brudermord aus ihren Weidegründen zu verbannen. Tokvi-tey, der Häuptling der Schoschonen, mag über meine Worte nachdenken. Ich lasse ihn allein.«

Nachwort

»In seinem 19ten Jahre (1860) ging er nach dem Westen und nachdem er erst Hauslehrer, dann Eisenbahngeometer war, bildete er sich unter der Vorsorge eines Mstr. Henry, sowie eines alten Präriejägers Sam Hawkens zum Westmann heran und war als solcher bald unter dem Namen ›Old Shatterhand‹ bekannt und berühmt im ganzen wilden Westen. Hier lernte er den fast gleichaltrigen Häuptling der Apachen, Winnetou, kennen, mit welchem ihn später die innigste Freundschaft verband. Leider wurde dieses schöne Verhältnis nur zu bald aufs Traurigste gelöst, indem Winnetou bei einem Überfall erschossen wurde. Winnetou heißt ›brennendes Wasser‹. Mit 13 Jahren bekam Winnetou als ›Krieger‹ diesen Namen, infolge einer Heldentat, die ihm und seinem Vater das Leben rettete.
Von 18 Indianer-(Apachen)stämmen erkannte nur einer Intschu Tschuna, Winnetous Vater, nicht als obersten Kriegshäuptling an, weshalb sich ersterer aufmachte, um persönlich mit diesem über die Häuptlingsfrage zu verhandeln. Winnetou kam im letzten Augenblicke, als sein Vater schon abritt, nach und bat, auf Tod und Leben mitreiten zu dürfen. Beim Stamme angekommen, wur-

den beide sofort gefangen und gebunden. Das Lager war an einem naphtahaltigen Tümpel. Nach der Beratung verkündete man, indem man den 13jährigen Winnetou losband: Wenn er durch diesen Teich schwimmend das andere Ufer lebend erreiche, sei ihm und seinem Vater das Leben geschenkt, ja der letztere werde sogar als oberster Kriegshäuptling anerkannt. Dann wurden von den den Tümpel umgebenden Caktus welche gefällt, zerstückelt und, nachdem diese angezündet wurden, in den Teich geworfen, dessen Oberfläche sofort zu brennen begann. Das Zeichen wurde gegeben und Winnetou sprang kopfüber in die brennende Flut. Spannend beobachteten die Krieger den Verlauf der Scene. Minute auf Minute verrann – kein Winnetou kam mehr zum Vorschein. Nachdem die feste Überzeugung herrschte, Winnetou sei den Vielen, die ihm auf gleiche Weise zu Grunde gingen, gefolgt, band man (resp. wollte man Intschu Tschuna losbinden) los, um auch ihn in den Tümpel zu werfen, als hinter dem Marterpfahl Winnetou erschien – doch hatte er starke Brandwunden und sein schönes Haar war verschwunden. Auf diese Heldentat hin schloß sich der Stamm den anderen 17 an und feierte ein großes Fest zu Ehren ihres obersten nun anerkannten Häuptlings Intschu Tschuna. Hier verlor Winnetou zum ersten- und letztenmal sein herrliches blauschwarzes Haar, welches ihm später bis über die Schenkel reichte.«

Diese ungewöhnliche Geschichte von der Bedeutung des Namens Winnetou findet sich in den »Aufzeichnungen und

Erinnerungen an Dr. Carl May während seiner Anwesenheit in München«, die ein Mitglied des »Münchner-May-Clubs«, Ernst Abel, im April 1898 zu Papier gebracht hatte. Karl May war am 28. März desselben Jahres bei seinem Münchner Fan-Club zu Besuch gewesen und hatte ausführlich aus seinem Leben erzählt. Damals befand er sich auf dem Höhepunkt seines Schriftstellerruhms, er hatte sich zum Bestsellerautor emporgearbeitet und war gern gesehener Gast am bayerischen Königshof und – im Februar 1898 – sogar am Kaiserhof in Wien. Die Wunschwelt, die er sich als Kompensation seiner trüben Jugend geschaffen hatte, war so übermächtig geworden, daß er den Blick für die Realität verloren hatte und seine Träume als Wirklichkeit ansah. Seine Faszination auf die Zuhörer muß dabei ebenso stark gewesen sein wie auf seine Leser – der überwiegende Teil glaubte all dieses wunderliche Trapperlatein und Westmannsgarn.

> »May spricht 24 Sprachen und hat fast sämtliche religiösen Werke und die ältesten Lehren der Völker in ihrem Urtexte gelesen. Außerdem spricht er viele, viele Dialekte. Seinen sogen. Henrystutzen hat May nicht nur erfunden, sondern auch selbst gefertigt, nicht Mstr. Henry.
>
> Auf weiteren Reisen führt Old Shatterhand über 1700 Patronen mit sich. Er macht dieselben alle während seiner freien Zeit selbst und von 100–120 Stück, die er oft fertigte, hat er schon 40–60 manchmal wegwerfen müssen. Nur eine Kleinigkeit darf fehlen und der Schuß geht nicht los. Bei den Gefahren eines Westmannes hängt das Leben oft nur von einem Augenblick ab und wenn im

richtigen Moment der Schuß versagt, dann ist der Schütze eine Leiche.

Auch versicherte uns May, daß er, so wie alle richtigen Westläufer, mit beiden Augen zielen und das Gewehr auf der Brust ansetzen könne. Trotzdem der Westmann kein Korn auf dem Lauf hat, denn ein richtiger würde sich schämen, besitzt er eine untrügliche Sicherheit im Treffen. Er, May, kannte Westleute wie Sam Hawkens, p.p., die Gewehre besaßen, daß man eher irgend einen Prügel vor sich zu haben glaubte denn ein Gewehr, und doch brachte jede Kugel den sicheren Tod. Selbst das kleinste Wild schießt der Westmann mit diesen Gewehren mit der Kugel. Schrote kennt er nicht.

Die schwerste Art zu schießen ist der sogenannte Knieschuß, denn er erfordert außer unbedingter Treffsicherheit ein sicheres Visieren und eine sehr große Körperkraft. May kannte außer ihm und Winnetou keinen, der den Knieschuß fertig brachte, nicht einmal Old Firehand und Old Surehand.

Der berühmte Bärentöter Old Shatterhand's wog 34 Pfd. Erst jetzt machte er ihn um ca. 7–8 Pfd. leichter, indem er vom Schafte verschiedene Eisenteile entfernte. Die Gewehre von vielen seiner Gefährten waren mit allen möglichen Eisenteilen beschlagen.

Von seinen Gefährten lebt außer Hobble-Frank, der in Dresden lebt, kein einziger mehr. Alle wurden ›ausgelöscht‹ und manche sogar starben auf elende Weise. Den Tod der meisten verschuldete der bekannte ›Buffalo Bill‹.«

Aufgrund derartiger Erzählungen Karl Mays entstand die sogenannte Frühreisen-Legende, wonach May, wie er es im Winnetou I beschrieben und im »Münchner-May-Club« auch zum Besten gegeben hatte, in jungen Jahren tatsächlich in Nordamerika – und natürlich auch im Orient – gewesen sei. Diese Legende wurde auch dadurch genährt, daß es in Mays Biographie der frühen Jahre tatsächlich einige »weiße Flecken« gab, Zeiträume von einigen Monaten, in denen er theoretisch solche Reisen hätte unternommen haben können. Abgesehen davon, daß er auf solchen Kurzreisen keinesfalls die Kenntnisse von Land und Leuten hätte erwerben können, die er in seinen Reiseerzählungen suggeriert, konnte durch die Forschungen der Karl-May-Gesellschaft bereits in den siebziger Jahren zweifelsfrei nachgewiesen werden, daß May solche Reisen nicht unternommen haben konnte. Es fanden sich nämlich Belege für seine Anwesenheit in seiner Heimat auch in den besagten Zeiträumen.

Wie kam er aber zu dem Wissen, das er über den Wilden Westen und über Nordamerika insgesamt gehabt haben mußte, wenn auch manchmal der Pegasus mit ihm durchging? Das Spektrum der Quellen und Vorbilder ist sehr breit und reicht von Artikeln und Berichten in der »Gartenlaube« und anderen Familienzeitschriften über die damals vielgelesenen Romane und Erzählungen von Thomas Mayne Reid, Gabriel Ferry, Armand, Balduin Möllhausen und Friedrich Gerstäcker bis hin zu den authentischen Berichten über Kultur und Sprachen der nordamerikanischen Indianer.

An zwei Stellen, im »Repertorium C. May« – einer Zusammenstellung literarischer Pläne aus seiner Zwickauer Zeit

1865 bis 1868 – und in seiner Autobiographie »Mein Leben und Streben« (1910) weist May auf die »Gartenlaube« hin. Er will sogar mit sechzehn Jahren eine Indianergeschichte an diese Zeitschrift geschickt haben, die er mit einem freundlichen Brief wieder zurückbekommen habe. Der Jahrgang 1859 der »Gartenlaube« brachte in sieben Fortsetzungen die Erzählung »Die Prairien – Erlebnisse eines deutschen Flüchtlings« von C. B. In dieser Geschichte, als deren Autor der »48er« Carl Beyschlag identifiziert wurde, finden sich erstaunliche Parallelen zu Mays »Old Firehand«, seiner ersten längeren Wildwest-Erzählung (1875). Der Ich-Erzähler unternimmt mit einem jungen Mann namens Harry einen Jagdausflug in die Prärie, erlegt dabei mit einem Schuß ins Auge einen starken Bison und begegnet einem hageren Westmann namens Dick, dessen Beine so lang sind, daß sie beim Reiten am Boden schleifen. Dieser Dick war einst von Indianern skalpiert worden, vermeidet es, seine Feinde zu töten, sondern sucht sie in Arme oder Beine zu treffen, und ist im übrigen gebürtiger Deutscher. Die kleine Schar wird von Comanchen verfolgt, Dick zündet die Prärie an, sie retten den Häuptling, der sie ins Comanchendorf mitnimmt. Dort befreien sie einige Gefangene, finden Zuflucht in einem unterirdischen Vorratslager, das Dick und sein Freund Ben vor Jahren schon angelegt hatten. Durch einen geheimen Kanal, der mittels einer Schleuse begehbar gemacht werden kann, gelingt ihnen die Flucht. Es kommt zum Happy-End, der Erzähler heiratet Harrys Schwester Ella.

Sind alle diese Ähnlichkeiten der Motive nur ein merkwürdiger Zufall? Im selben Jahrgang der »Gartenlaube« ist auch ein kurzer Artikel mit dem Titel »Grünhörner« abgedruckt, der Karl May offensichtlich zu seinen originellen Abhandlungen im »Scout« (vgl. »Winnetou und der Scout«, S. 11) inspiriert hat, die er dann in »Winnetou I« übernommen hat.

Zahlreiche Anregungen empfing – oder entnahm – May aus den Romanen der oben erwähnten Autoren, von denen damals auch viele Jugendbearbeitungen, mit prachtvollen Bildern ausgestattet, existierten. Von Gabriel Ferrys Roman »Der Waldläufer« fertigte May 1879 selbst eine Jugendbearbeitung an und nahm dabei sehr weitgehende Veränderungen vor. So stattete er Rayon Brûlant, den indianischen Hauptthelden, mit einer Silberbüchse aus und machte den Comanchenhäuptling zu einem gebürtigen Apachen.

Das zweite wichtige Vorbild für Winnetou war der Marikopa-Häuptling El Sol aus Thomas Mayne Reids Roman »Die Skalpjäger«:

> »Der Indianer schien ein Mann von etwa dreißig Jahren zu sein. Er hatte ganz römische Gesichtszüge. Die hohe Stirn, die Adlernase und das starke Kinn verrieten Klugheit, Willensstärke und Tatkraft. Gekleidet war er wie die Männer seines Volkes. Sein Jagdrock aus Hirschleder war fast so weiß gebleicht wie ein Glacehandschuh. Das Auffallendste an dem Mann war aber sein Haar. Es fiel lose über seine Schultern und berührte den Boden. Es mußte an sieben Fuß lang sein und war glänzend schwarz. Um den Kopf hatte er ein Tuch mit einer Adlerfeder gewunden, was sein majestätisches Aussehen noch erhöh-

te. Seine Waffen glänzten metallisch hell, der Schaft seiner Büchse war reich mit Silber ausgelegt. Er erschien wie das Ideal eines Wilden, obwohl weder sein Auftreten noch seine Sprache etwas Wildes an sich hatten.«

El Sol hatte in den Städten des Ostens studiert und hatte auch eine schöne Schwester mit Namen Luna. Rayon Brûlant und El Sol verschmolzen bei Karl May zu einer einzigen, unverwechselbaren Gestalt, die zum Idealbild des Indianers schlechthin werden sollte.

Auch eine andere typische Karl-May-Gestalt hat ihr Vorbild bei Mayne Reid: Sam Hawkens. Abgesehen davon, daß es einen historischen Sam Hawken gab, einen seinerzeit sehr bekannten Büchsenmacher, der zusammen mit seinem Bruder Jake in St. Louis ein Geschäft betrieb, weist Mays kauziger Trapper eine Reihe von Gemeinsamkeiten mit Mayne Reids Trapper Old Rube auf, der einen alten, sackartigen Lederrock und eine haarlose Katzenfellmütze trägt, auf einem alten, dürren Reittier reitet und einen alten Schießprügel verwendet. Dieser Old Rube ist ebenfalls eine historische Gestalt: Reuben Rawlings alias Old Rube war einer der Pelzjäger, von denen George Frederick Ruxton in seinem »Trapperleben im fernen Westen« berichtet. Dieses Buch, ein Klassiker der authentischen Western-Literatur, enthielt noch eine Reihe weiterer Fakten, die May als Kolorit übernahm, etwa die verschiedenen Trapperausdrücke. Die indianischen Sprachproben stammen meist aus George Catlins »Die Indianer Nordamerikas« (Brüssel/Leipzig 1848) und aus Albert S. Gatschets »Zwölf Sprachen aus dem Südwesten Nordamerikas« (Weimar 1876). Eine wichtige Quelle für die Apachen war Julius Fröbels Reisewerk »Aus Amerika«:

> »Es waren Apachen, deren Physiognomien sich von denen der Nation, die ich früher gesehen hatte, sehr unterschieden. Hier war nichts von den platten mongolischen Formen zu sehen, die ich an den texanischen Apachen und Lipans beobachtet hatte. Das Profil ihrer Gesichter näherte sich dem griechischen. Stirn, Nase, Augen und Mund waren wohlgebildet und nur die Breite der Backenknochen und der finstre Ausdruck zeigte den Indianer.«

Diese Beschreibung unterscheidet sich wesentlich von demjenigen der meisten anderen zeitgenössischen Autoren wie Balduin Möllhausen oder Gustave Aimard, die die Apachen als halbtierische Wilde schildern. Sowohl bei Fröbel als auch bei Möllhausen finden sich ausführliche Angaben über die Marikopa.

Ölbrände waren eines von Karl Mays Lieblingsmotiven. Neben zeitgenössischen Pressemeldungen über solche Brände war sicherlich auch Friedrich Gerstäckers Erzählung »Im Petroleum« eine wichtige Quelle. Sie enthält eine unerhört dramatische Schilderung eines Ölbrandes. Daß die Hauptheldin dieser Erzählung ein Mädchen namens Ellen ist, sei nur am Rande erwähnt.

Besondere Sorgfalt verwendete May, wenn es die Zeit erlaubte, auf die Authentizität der Schilderung von Landschaften und Örtlichkeiten. Für die Beschreibung der Mission Santa Barbara in Kalifornien stützt er sich beispielsweise auf Friedrich Gerstäcker, der diesen Ort selbst besucht hatte. Auch einen Silbersee gibt es tatsächlich, wenngleich seine Lage nicht genau mit der bei May beschriebenen übereinstimmt. Der Schriftsteller war davon so angetan, daß er das Motiv nicht nur in seinem Lieferungsroman »Deutsche Herzen – deutsche Helden« verwendete, sondern kurz darauf auch in seiner Jugenderzählung »Der Schatz im Silbersee«. Sein Umgang mit Quellen war nicht durch ein zielbewußtes Recherchieren gekennzeichnet, sondern eher von einem Sich-inspirieren-Lassen durch Motive, Fakten oder Figuren, die er fand.

Die vorliegende Sammlung von Wildwestgeschichten vereinigt Texte Mays aus seinen ersten drei Schaffensperioden.

Erste Schaffensperiode 1873 bis 1880 (Frühwerk):

- »Der Brand des Öltals« (Originaltitel »Der Oelprinz«).
  In: Frohe Stunden, 2. Jahrg., Nr. 10 und 11, erschienen ca. September 1877.
- »Vom Tode erstanden« (unter Pseudonym Emma Pollmer).
  In: Frohe Stunden, 2. Jahrgang, Nr. 38 bis 41, erschienen ca. März/April 1878.
- »Winnetou«.
  In: Omnibus, 17. Jahrgang 1878, Nr. 40 und 41, erschienen erste und zweite Oktoberwoche 1878.

Zweite Schaffensperiode 1881 bis 1886:

- »Der Bowie-Pater«.
  Kapitel aus »Die Juweleninsel«. In: Für alle Welt!, 5. Jahrgang 1881, Nr. 1–58.

- »Tödliches Feuer« (Originaltitel »Ein Oelbrand«).
  In: Das Neue Universum. 4. Band (1882/83), Heft 1 und 6, erschienen Dezember 1882 und Mai/Juni 1883. (Verlag W. Spemann, Stuttgart).
- »Der Fürst der Bleichgesichter«.
  Kapitel aus »Deutsche Herzen – Deutsche Helden«. Verlag H. G. Münchmeyer, Dresden 1885/87, 109 Lieferungen, Lieferung 43 bis 49. Erschienen 1886.

Dritte Schaffensperiode: 1887 bis 1899:

- »Jemmys Bärenabenteuer«.
  Von Karl May selbst nicht in die Buchausgabe des Union-Verlags übernommene Episode aus »Der Sohn des Bärenjägers«. In: Der Gute Kamerad, 1. Jahrgang 1887, Nr. 1–39, erschienen Januar bis September 1887.
- »Winnetou und der Schwarze Hirsch«.
  Von Karl May selbst nicht in die Buchausgabe des Union-Verlags übernommene Episode aus »Der Sohn des Bärenjägers«. In: Der Gute Kamerad, 1. Jahrgang 1887, Nr. 1–39, erschienen Januar bis September 1887.
- »Villa Bärenfett«.
  In: Der Gute Kamerad, 3. Jahrgang 1888/89, Nr. 25, erschienen zweite Märzwoche 1889. (Anonym, aber erwiesenermaßen aus der Feder Mays stammend).

In seiner vierten Schaffensperiode, dem Alterswerk, schrieb May mit Ausnahme des symbolischen Romans »Winnetou IV« keine Wildwestgeschichten mehr. Er distanzierte sich auch von den unglaublichen Abenteuern, die er noch wenige

Jahre zuvor zum Besten gegeben hatte, denen er aber letzten Endes seinen Nachruhm zu verdanken hat. Kehren wir deshalb nochmals in den Münchner May-Club zurück, wo der sächsische Münchhausen seinen atemlos lauschenden Zuhörern vom Wilden Westen erzählte:

> »Winnetou fragte einst Old Shatterhand, wie man bei uns einen Menschen nenne, der sich durch irgendwelche Eigenschaften des Geistes, der Seele und des Herzens, des Glaubens auszeichnet. Old Shatterhand fiel das Wort ›Aristokrat‹ ein, das Winnetou so gefiel, daß er es wiederholt anwandte, wenn Old Shatterhand einen kleinen Fehler begangen. Es hieß dann: ›Charlie, du bist kein Aristokrat der Liebe, des Überlegens.‹
> Einst fand Winnetou Old Shatterhand dem Tode nahe an einem Flusse, an dem der letztere schon 3 Wochen lag und sich nur mühsam einige Schritte schleppen konnte, sich nur von Wurzeln und Kräutern kümmerlich nährend.
> Durch einen nordamerikanischen Urwald führten die beiden einst nur ›die Pferde‹ heraus, nachdem Winnetou und Old Shatterhand seit mehreren Tagen nach einem Ausweg sich mühten und schon ca. 14 Tage in dem Urwald ritten. Dieser soll ganz das Gegenteil des tropischen Urwaldes bilden und gibt es kein Unterholz oder sonstige üppige Vegetation des Tropenwaldes. Die Kronen der Bäume aber sind so dicht und ineinander verwachsen, daß nicht einmal die Sonne ihre Strahlen hindurch zu senden vermag. Infolge dessen herrscht eine unheimliche Düsterheit, die um so stärker wirkt, da auch

außer Blumen, Gras und sonstigen Pflanzen jedes lebende Wesen fehlt. Der Boden ist feucht und moosig, teilweise auch sumpfig. Solche Wälder dauern oft 4–6 Wochen.

In der sogen. Rollingprärie, glaube ich, erzählte uns May, daß das Wasser und die Überschwemmung derselben oft einen solchen Grad erreicht, daß die Pferde tage- resp. stundenlang bis am Bauche im Wasser waten müssen. Abends konnte man kein Feuer machen, da das Wasser selbst die Höhen überflutete und infolgedessen konnten die Reiter nicht anders lagern, als daß sie aus den Gewehren einen Schragen bildeten, auf den die Pferde beim Niederlegen ihre Hälse legen mußten, um nicht in dieser Lage ertrinken zu müssen. Zum Stehen waren sie ja zu müd. Doch Winnetou und Old Shatterhand legten sich halb mit dem Kopf auf die Leiber ihrer Pferde, der Unterkörper lag im Wasser. Beide, selbst Winnetou, bekamen einen solchen Rheumatismus in den Knieen, daß es ihnen die Füße bis zum Kinn empor zog, denn der Ritt durch die Prärie dauerte ungefähr 3 Wochen, noch dazu immer in nassen Kleidern, weil kein Feuer zum Trocknen vorhanden war. Was an Fleisch zu machen war, das mußte roh verzehrt werden.

Die Apachen stammen von den uralten Tonkas ab und sind so alt wie der Stamm der Comanchen, die von den Azteken stammen. Winnetou starb als der letzte eines alten Indianeradels, als letzter erblicher oberster Kriegshäuptling von den Apachenstämmen. Er war nicht nur ein bildschöner Indianer mit fast klassischen Gesichtszü-

gen, sondern auch ein großer Westmann, kühn, schlau und verwegen, ein eminenter Redner und ein Mensch voll hoher und seltener geistiger und seelischer Vorzüge. Er besaß nicht nur einen seltenen Adel der Geburt, sondern noch viel mehr den in Mays Werken Beweis liefernden Adel der Seele, des Herzens. Wie groß und erhaben Winnetou gewesen und wie tief die Freundschaft und Erinnerung Old Shatterhand umstrickte, hatten wir den ergreifendsten Beweis.
Nach der Rede, die May über Winnetou gehalten, schlug unser Vorstand ein fünf Minuten währendes Trauerschweigen zur Ehre des großen Apachenhäuptlings vor, was Old Shatterhand, der hundertmal dem Tode kalt in die Augen sah, so bewegte, daß er die Tränen nicht zurückhalten konnte.«

S. C. A.

Karl May

in der nymphenburger

Band 1
Winnetou und der Scout
464 Seiten
ISBN 3-485-00724-2

Band 2
Winnetou und der Detektiv
432 Seiten
ISBN 3-485-00738-2

Band 3
Kara Ben Nemsi und die Rose von Kairwan
416 Seiten
ISBN 3-485-00740-4

Band 4
Old Shatterhand und Häuptling Schwarzer Mustang
432 Seiten
ISBN 3-485-00742-0

Band 5
Hadschi Halef Omar und der Frauenräuber von Serdascht
432 Seiten
ISBN 3-485-00743-9

Band 6
Tödliches Feuer
464 Seiten
3-485-0755-2

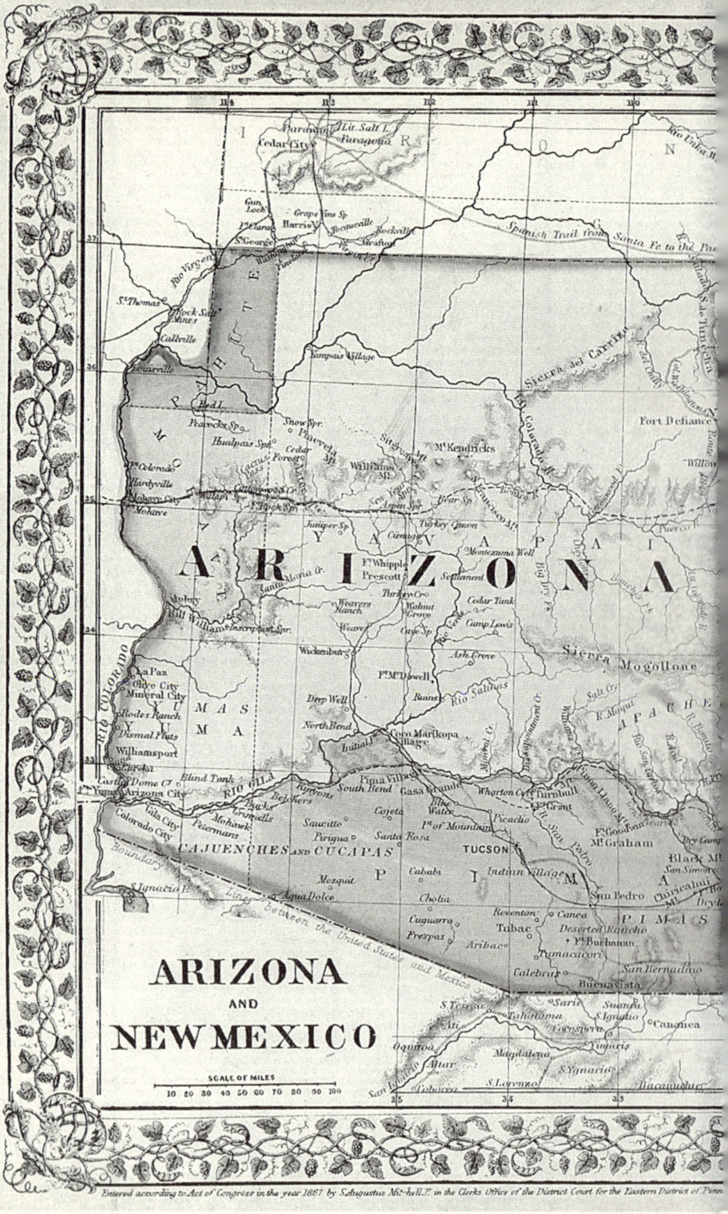
ARIZONA
AND
NEW MEXICO
SCALE OF MILES
10 20 30 40 50 60 70 80 90 100
ARIZONA
Spanish Trail from Santa Fe to the Pa
Cedar City
Paragoona
St. George
Harris
Grape Vine Sp.
Toquerville
Rockville
Grafton
Washington
St. Thomas
Rock Salt Mines
Callville
Rio Virgen
Yampais Village
Sierra del Carrizo
Fort Defiance
Colorado R.
Louisville
Red L.
Peacocks Sp.
Hualpais Spr.
Snow Spr.
Cedar Forest
Mt. Kendricks
Williams Mt.
Ft. Colorado
Hardyville
Mohave City
Mohave
Juniper Sp.
Cienaga
Turkey Canon
Montezuma Well
Ft. Whipple
Prescott
Santa Maria Cr.
Settlement
Cedar Tank
Camp Lewis
Walnut Grove
Weavers Ranch
Weaver
Bill Williams
Inscription Spr.
Wickenburg
Ash Grove
Ft. McDowell
Sierra Mogollone
Ruins
Rio Salinas
La Paz
Olive City
Mineral City
Rodes Ranch
Dismal Flats
Williamsport
Eureka
RIO COLORADO
Y U M A S
Y U M A
Deep Well
North Bend
Initial Pt.
Coco Marikopa Village
A P A C H E
Castle Dome Cr.
Blind Tank
Arizona City
Ft. Yuma
RIO GILA
Pima Villages
South Bend
Casa Grande
Blue Water
Wharton Cr.
Turnbull
Ft. Grant
Ft. Goodwin
Mt. Graham
Black Mt.
San Simon
Gila City
Colorado City
Petermans
Mohawk
Grinnells
Burks
Belchers
Cojeta
Saucitto
Pirigua
Santa Rosa
Ft. of Mountain
Picacho
TUCSON
CAJUENCHES AND CUCAPAS
Boundary
S. Ignacio
Mezquit
Cababi
Agua Dolce
Cholia
Cuquarra
Prespaz
Indian Village
San Pedro
Chiricahui Mt.
Reventon
Tubac
Canea
Deserted Rancho
Ft. Buchanan
Aribac
Tumacacori
Calebras
Buenavista
San Bernadino
P I M A S
Line between the United States and Mexico
S. Teresa
Atí
Tubutama
Saric
Suanca
S. Ignatio
Cananea
Cocospera
Oquitoa
Altar
Imuris
Magdalena
S. Ygnacia
Caborca
S. Lorenzo
Bacanuchi
San Ignacio